आलोचनात्मक लेखन, वृत्तात्मक लेखन
और कविताओं पर स्फुट लेखों का संग्रह

2

पहचान और परख

AF797419

मोहनकृष्ण बोहरा

प्रभाकर
प्रकाशन

Hard Cover: 978-93-56824-00-3
ISBN: 978-93-56823-98-3
eISBN: 978-93-56823-99-0

प्रकाशकः प्रभाकर प्रकाशन
प्लॉट नं.-55, मेन मदर डेयरी रोड
पांडव नगर, ईस्ट दिल्ली-110092
फोनः 011-40395855

ई-मेलः sales@pharosbooks.in
वेबसाइटः www.prabhakarprakashan.com

प्रथम संस्करणः 2023

पहचान और परख (भाग-दो)
मोहनकृष्ण बोहरा

प्रिय मुनमुन
गार्गी के लिये

दो शब्द

प्रस्तुत पुस्तक 'पहचान और परख' मेरे स्फुट लेखों का पाँचवाँ संग्रह है। यह पांडुलिपि तीन वर्ष पहले ही तैयार थी लेकिन जब इसे प्रकाशन के लिये सौंपने का क्षण आया तो ज्ञात हुआ, पांडुलिपि खो गई है! पांडुलिपि थी, प्रकाशित लेखों की फोटो-प्रति रूप में। सभी लेख अलग-अलग पत्र-पत्रिकाओं में वर्षों पुराने छपे हुए थे। सॉफ्ट-कॉपी उनकी थी नहीं। पत्र-पत्रिकाएँ भी बिखर गई थीं। एक बार तो पैरों तले धरती खिसक गई। लेकिन फिर जब हिम्मत जुटाई तो तय किया कि सामग्री एकत्र कर उसकी सॉफ्ट-कॉपी तैयार करवा ली जाय।

बिखरी सामग्री को फिर से ढूँढ़ना, फिर फोटो-कॉपी, फिर कम्प्यूटर पर टाइपिंग, फिर प्रूफ़-शोधन और किन्हीं लेखों की सामग्री आधी-अधूरी जान पड़ने पर उसका पुनर्लेखन, यह तमाम कार्य कितना श्रम और समय ले लेगा और इस अवधि में कितनी तरह-तरह की नई व्याधियाँ भी घेर लेंगी, इसका अनुमान भी नहीं था। पूरे तीन वर्ष का समय ले लिया। इसका कुछ पता पहले होता, तो हो सकता है, यह पुस्तक तैयार करने के बजाय एक नई पुस्तक ही लिखता।

खैर! जिस तरह भी हुआ, सामग्री-संकलन हुआ, तब स्थिति सामने आई कि जिन कुछ पुस्तकों पर मैं वर्षों पहले लिख चुका था, वे कुछ लेख हाथ आये ही नहीं।

अतः तय यह किया कि उन पुस्तकों को फिर से पढ़ा जाय और नये शिरे से उन पर लिखा जाय।

मन्नू भंडारी के नाटक 'बिना दीवारों का घर' और उनकी आत्मकथा पर फिर से लिखा गया। मन्नू ने अपनी आत्मकथा के लिये 'आत्मकथ्य' पद राजेन्द्र से लिया था। इस पद को समझने के लिये राजेन्द्र को दुबारा पढ़ा। तब दृष्टि उनके रेखाचित्रों पर अटक गई। लगे हाथ उन पर भी कार्य किया। नये पद आत्मकथ्य को ठीक से समझना हुआ, तब स्वयं प्रकाश की सद्यः प्रकाशित कृति 'धूप में नंगे पाँव' देखने में आई, उसे पढ़ कर लगा, 'आत्मकथ्य' पद उसके प्रकाश में ज़्यादा खुलेगा। अतः उस पर भी लिखा।

इस बीच रघुनन्द त्रिवेदी की 'सम्पूर्ण कहानियाँ' हाथ आ गई। एक सशक्त हस्ताक्षर की तरह जो उभरा था, जल्द ही लोग उसे भूलने लगे हैं, यह देख कर उस पुस्तक को भी जोड़ लिया। पद्मजा की 'विश्वास का घर' डायरी भी आ गई थी। डॉ. दुर्गाप्रसाद अग्रवाल के प्रवासी-संस्मरण पढ़ लिये गये थे परन्तु उन पर भी लिखा नहीं जा सका था। उपयुक्त अवसर देख कर उन पर भी लिखा गया।

एक ओर सॉफ्ट-कॉपी तैयार होती गई, दूसरी ओर अंतराल का उपयोग पुनर्लेखन और नये लेखन के लिये होता रहा। इस तरह, विलम्बन का कुछ लाभ ले लिया गया। कुछ पुस्तकों पर काम अभी भी चल रहा है। परन्तु कहीं तो लोभ संवरण करना ही था। अतः विराम।

इन संग्रहीत लेखों में कुछ पुस्तकों की पहचान है, तो कुछ की परख भी है। यह देख कर यही इसका शीर्षक रख दिया गया है।

अपनी जिन पुस्तकों को मैंने समकालीन कहानी, उपन्यास और आलोचना कहा है, उनमें संग्रहीत लेख हैं तो सभी समकालीन साहित्य पर ही, परन्तु बतौर शीर्षक वह मुझमें असंतोष ही जगाता रहा है। वह सामग्री भी है, पहचान और परख प्रकृति की ही। कभी दूसरे संस्करण का अवसर आया तो विचार करूँगा, उन्हें भी 'पहचान और परख' जैसा ही नाम दे दिया जाय।

इस पुस्तक की सॉफ्ट-कॉपी श्री यासीन ने तैयार की है। इसमें कुछ आलेख पूरे-पूरे बदल दिये गये। उन्होंने पूरे धैर्य से बदलाव और बार-बार की काट-छाँट को झेला। वे मेरे धन्यवाद के पात्र हैं। यही बात मैं श्री योगेश भाटी के लिये कहता हूँ। इस तमाम लेखन का ही नहीं, मूल-पाठ का वाचन भी उन्होंने ही किया। जिन पुस्तकों को बाद में जोड़ा गया, उन्हें कम-से-कम दो-तीन बार पढ़ा गया। उनके धैर्य और परिश्रम के अभाव में यह पुस्तक संभव ही नहीं थी। वे भी अनेकशः धन्यवाद के पात्र हैं।

मोहनकृष्ण बोहरा

विषय–सूची

आलोचना

आलोचना–2

वृत्तात्मक

कविता

आलोचना

डॉ. नन्दकिशोर आचार्य का रूप-चिन्तन

डॉ. नंदकिशोर आचार्य प्रमुखतः एक कवि और नाटककार हैं लेकिन सृजनकार्य के साथ-साथ आलोचनात्मक-लेखन भी उन्होंने प्रारंभ से ही किया है और सतत रूप से करते आ रहे हैं। उनकी आलोचनाएँ पर्याप्त विचारोंत्तेजक और बहुधा तलगामी तो होती ही हैं, उनमें नई जमीन तोड़ने की वृत्ति भी दिखाई पड़ती है। अपने मंतव्यों का विशद प्रतिपादन वे प्रायः नहीं करते, इससे उनकी धारणाएँ अस्पष्ट-सी रह जाती हैं और उनके आग्रहों की अतिवादिता की वजह से भी उन्हें सम्यक् रूप से पाने में कठिनाई होती है लेकिन इसके उपरान्त भी जिन मुद्दों को लेकर उन्होंने नई जमीन तोड़ी है, कोई विस्मय नहीं कि उनकी बदौलत आने वाले समय में उनकी आलोचना को विशेष महत्त्व मिले।

उनकी पहली आलोचना-पुस्तक 'अज्ञेय की काव्य तितीर्षा' जैसा कि नामकरण है, अज्ञेय के काव्य पर केन्द्रित थी लेकिन उसके बाद में प्रकाशित उनकी सभी पुस्तकें– 'रचना का सच', 'सर्जक का मन', 'अनुभव का भव' और 'साहित्य का स्वभाव'–उनके स्फुट आलोचनात्मक-लेखों के संग्रह हैं। ऐसा जान पड़ता है कि अपने रचना-कर्म को प्रमुखता देने की वजह से उन्होंने अपने आलोचना-कर्म को स्फुट ही रहने दिया है यद्यपि जिन मुद्दों पर उन्होंने नई जमीन तोड़ी है, वे मुद्दे उन्हें शुरू से ही आकर्षित करते रहे हैं और जब-तब वे उस ओर लौटते भी रहे हैं। इसी वजह से हम उनके चिंतन में सततता लक्ष्य कर सकते हैं। यद्यपि अपने आग्रहों पर उनके अतिरेकी बल की वजह से उनके विचारों में एक कठिन्य तो बना ही रहा है लेकिन उनके अध्ययन और मनन-मंथन ने आग्रहों की दृढ़ भित्ति में जहाँ-तहाँ दरार भी डाली है; हम उसमें से रिस कर आते उनके सोचगत बदलाव को भी लक्ष्य कर सकते हैं। इस प्रकार, यह कहना सर्वथा निरापद है कि स्फुटता की वजह से कैजुअल जान पड़ने के उपरान्त भी उनकी आलोचनाएँ उनके विचारों की गंभीरता ही दर्शाती हैं।

आचार्य का सर्वोपरि बल साहित्य की स्वायत्तता पर है। उनके अनुसार साहित्य इस अर्थ में स्वायत्त होता है कि वह अपना सत्य स्वयं रचता है। वह किसी अन्य विद्या जैसे; दर्शन, विज्ञान, समाज-विज्ञान आदि से गृहीत सत्य को अपनी रचना में विन्यस्त नहीं करता। वैसा करने पर उसकी हैसियत अन्य विधाओं के एक 'गरीब बिरादर' की रह जायेगी।

लेकिन इस स्वायत्तता पर बल देते हुए आचार्य तब अति-आग्रही हो जाते हैं, जब वे बाह्य यथार्थ के प्रति अनावश्यक रूप से शंकित हो उठते हैं। हिन्दी के

मार्क्सवादी-आलोचक साहित्य की स्वायत्तता के 'इस' विचार को स्वीकार नहीं करते, वे स्वायत्तता को सापेक्ष मानते हैं। लेकिन जो स्वायत्तता के हामी हैं, उन्हें भी आचार्य की यह व्याख्या स्वीकार करने में कठिनाई होगी कि बाह्य यथार्थ का स्वीकार भी साहित्य की स्वायत्तता को खंडित करेगा। इसे उनके आग्रह की अति ही कहा जायेगा। इस संदर्भ में उनका निम्नांकित विवेचन विशेष रूप से द्रष्टव्य है–

> यह बाह्य यथार्थ क्या है और उसे हम किस तरह जान पाते हैं? और इस जानने की प्रामाणिकता आख़िर क्या है? जिसे हम बाह्य यथार्थ कहते हैं, वह किसी न किसी अन्य विद्या के माध्यम से जाना गया यथार्थ होता है यानि वह किसी न किसी अनुशासन का यथार्थ-बोध होता है चाहे वह अनुशासन भौतिक विज्ञान हो, मनोविज्ञान या दर्शन, अर्थशास्त्र अथवा इतिहास या अन्य कुछ। यथार्थ को जानने की जितनी पद्धतियाँ और प्रक्रियाएँ हैं, उतनी ही विधाएँ या अनुशासन हैं और यथार्थ के हर स्वरूप का हमारा बोध इनमें से किसी न किसी प्रक्रिया या पद्धति से नियन्त्रित है। इसलिये किसी प्रक्रिया या पद्धति से बाहर का यथार्थ भी किसी न किसी दूसरी पद्धति या प्रक्रिया का यथार्थ है। जिसे हम साहित्य से बाहर का यथार्थ कहते हैं वह भी किसी न किसी अन्य अनुशासन के माध्यम से जाना गया यथार्थ है और उसे साहित्यगत यथार्थ पर वरीयता देने का सीधा तात्पर्य किसी अन्य अनुशासन की प्रक्रिया को साहित्य की प्रक्रिया की कसौटी बनाने की कोशिश करना है जो न केवल साहित्य-विरोधी बल्कि एक गलत कोशिश भी है। (सर्जक 34)।

यह उद्धरण विस्तृत तो हो गया है लेकिन आचार्यजी की आग्रहवादिता को अन्यथा जानना उतना संभव नहीं होता। किसी अन्य अनुशासन से गृहीत सत्य को साहित्य के सत्य पर वरीयता देने का विरोध तो समझ में आता है लेकिन प्रश्न यह है कि किसी अन्य अनुशासन के माध्यम से किसी यथार्थ को जानना भर साहित्य के सत्य पर उसे वरीयता देना और उसे साहित्य की प्रक्रिया की कसौटी बनाना भी कैसे हो जायेगा? इसे समझना कठिन है।

इसी तरह, इस बात को समझना भी कठिन है कि जो भी साहित्य-बाह्य यथार्थ है, वह तमाम किसी-न-किसी अनुशासन के माध्यम से जाना हुआ यथार्थ है। ऐसे आग्रह का क्या औचित्य है जबकि व्यक्ति निजी अनुभव से भी यथार्थ को पाता है। जिसे हम भोगा हुआ यथार्थ या प्रामाणिक अनुभूति कहते हैं, वह व्यक्ति का अपना जाना हुआ यथार्थ नहीं होता, तो और क्या होता है? वह किसी अनुशासन से गृहीत नहीं होता।

मुक्तिबोध का मानना है कि कला 'अपने जीवन-तत्त्वों के लिये, प्राण वैभव के लिए, कला-बाह्य यह जो अपार विस्तृत जीवन है, उस पर निर्भर है।' (सर्जक, 31)। आचार्य, मुक्तिबोध की वैचारिकता से सहमत नहीं है मुक्तिबोध का यह विचार भी उनकी समग्र विचारधारा से जुड़ा हुआ है, यह बात सही है, लेकिन मुक्तिबोध की वैचारिकता

का विरोध करते हुए आचार्य कला-बाह्य यह जो विस्तृत जीवन है, जहाँ से कला अपनी सामग्री पाती है, उसका भी निषेध कर जाते हैं, इसका कोई औचित्य नहीं है।

मुझे तो अन्य अनुशासनों से गृहीत सत्य के प्रति भी एक साहित्यालोचक के शंकित होने का कोई कारण नहीं जान पड़ता। जब स्वयं आचार्य दर्शन, विज्ञान आदि क्षेत्रों के सत्यों को ग्रहण करते हैं, और ग्रहण ही नहीं करते, वे सत्य उनकी चिंता-दृष्टि का निर्धारण भी करते हैं, तब फिर साहित्य ही क्यों प्रतिबंधित होना चाहिये? साहित्य के लिये तो ऐसा निषेध इसलिये भी बेमानी होगा कि वह जो कुछ भी कहीं से पाता है, रूपान्तरण की प्रक्रिया से गुजरे बिना वह उसमें नहीं ढलता; चाहे वह बाह्य-जीवन से प्राप्त सामग्री हो या अन्य अनुशासनों से प्राप्त सत्य। यदि रचनाकार कुछ विलक्षण या अनहोना भी पाता है तो वह उसे रचनात्मक विश्वसनीयता प्रदान करके ही अपनी रचना में ग्रहण करता है। यह रचनात्मक विश्वसनीयता मानवीय विश्वसनीयता से ज्यादा दूर नहीं होती। आचार्य के आग्रह पर मुझे हैरानी इसलिये भी होती है कि स्वयं वे रचनाकार हैं, रचना के विश्लेषक हैं, फिर भी रचना के मर्म की अनदेखी करते हैं।

वे बार-बार कहते हैं कि यथार्थ जस का तस पाया ही नहीं जा सकता, वह उस माध्यम से प्रभावित होता है, जिससे होकर उसे ग्रहण किया जाता है। प्रस्तुत प्रसंग में वे भलीभाँति जानते हैं कि रचना-प्रक्रिया में यह माध्यम एक ओर भाषा का होता है, तो दूसरी ओर रचयिता-मानस का होता है। ये दोनों ही बातें गृहीत सामग्री पर प्रभाव डालती हैं। फिर, यह सामग्री संरचनात्मक-संदर्भ से भी संस्कारित होती है इस तरह गृहीत सामग्री ठीक उसी रूप में नहीं रह जाती जिस रूप में उसे ग्रहण किया जाता है। रूपान्तरित होकर वह कई बार अपने मातृ-मूल से सर्वथा भिन्न भी हो उठ सकती है। ऐसी स्थिति में आचार्य अन्य विद्याओं या बाह्य यथार्थ से जो परहेज करते हैं, वह उनकी शंका ही है और निर्मूल है।

बहरहाल, अपने एक निबंध में आचार्य यह लिखते हुए अपने इस अतिवाद का मार्जन कर देते जान पड़ते हैं कि 'जब कविता या कलामात्र की स्वायत्तता का आग्रह किया जाता है तो उसका आशय अन्य ज्ञानानुशासनों का या जीवन के यथार्थ का निषेध नहीं है।' इसके उपरान्त आचार्य का जो मंतव्य बच रहता है, वह यही कि साहित्य एक स्वायत्त विद्या है और अपना सत्य वह स्वयं रचता है। कहने की आवश्यकता नहीं कि इस स्थापना का महत्त्व असंदिग्ध है और कोई 'साहित्यिक' आलोचना इसकी उपेक्षा करके साहित्य का महत्त्वांकन नहीं कर सकती।

साहित्य के समकालीन विचारकों में से जिन्होंने इस स्थापना पर निर्भ्रान्त और बार-बार बल दिया है, उनमें आचार्य का नाम निश्चित रूप से महत्त्वपूर्ण है।

यदि साहित्य एक स्वायत्त विद्या है तो प्रश्न यह होता है कि उस सत्य को हम पाते कैसे हैं, जिसे साहित्य रचता है? आचार्यजी का निर्द्वंद्व उत्तर है, रूप के रूप में। इसमें कोई संदेह नहीं कि रचनाकार जिस सत्य की अनुभूति करता है और जिसके वास्तव को वह रचते हुए ही जान पाता है, उसकी रूपात्मक अभिव्यक्ति ही साहित्य है, इसीलिये आचार्य साहित्य में रूप रचना को विशेष महत्त्व देते हैं। उन्होंने लिखा है कि-

साहित्यकार रूप की रचना करता है क्योंकि प्रत्येक रचना अनिवार्यतः एक रूप होती है। और इसीलिये न केवल साहित्य का प्रयोजन रूप की रचना करना है बल्कि रूप की उत्कृष्टता ही साहित्य रचना की श्रेष्ठता की कसौटी होनी चाहिए।

यहाँ आचार्य ने एक साथ दो बातों पर बल दिया है; एक तो यह कि साहित्य अनिवार्यतः रूप की रचना है। दूसरी यह कि उसकी श्रेष्ठता की जाँच की कसौटी भी रूप-रचना स्वयं होती है याने रचना-सत्य की जाँच की कसौटी रचना के भीतर से ही प्राप्त की जा सकती है।

एक विद्या की कसौटी पर दूसरी विद्या के निष्कर्षों को जाँचा जा भी कैसे सकता है? जब विज्ञान के निष्कर्षों की जाँच साहित्य के भाव-जगत की कसौटी पर नहीं की जा सकती, तब 'लखियत कालिन्दी अति कारी' की जाँच भी किसी वैज्ञानिक कोण से कैसे की जा सकेगी? यदि आचार्यजी साहित्य के सामान्य उदाहरणों की सहायता लेते चलते तो उनके विषय-प्रतिपादन की वैचारिक गरिष्ठता तो चाहे कम आतंकित करती, उनकी बातें ज़्यादा सहजता से ग्रहण होतीं। आख़िर, साहित्य का सत्य भाव-जगत का सत्य ही तो होता है। खैर!

जहाँ तक व्यापक क्षेत्र में मूल्यांकन का प्रश्न है, रूपात्मक धरातल पर दो उत्कृष्ट समझी जाने वाली रचनाओं की श्रेष्ठता का निर्णय कैसे किया जायेगा, इस पर आचार्यजी कुछ नहीं कहते। यहाँ भी वे बाह्य के दखल से अनावश्यक ही शंकित हैं।

जहाँ तक हर रचना के अनिवार्यतः रूप होने की बात है, रूप वह होगी ही अन्यथा रचयिता की अनुभूति अभिव्यक्ति पायेगी कैसे? रचयिता का अनुभूत सच होता है। सत्य जब रचना में ढलता है, तब हमारे सामने रूप ही रह जाता है, सत्य उसी में रच-बस जाता है, उसकी कोई पृथक सत्ता नहीं रह जाती, इसलिये रचना को रूप कहना उचित ही है। वह स्वभावतः रूप होती है लेकिन जब आचार्य उसे 'अनिवार्यतः' रूप कहते हैं, तब वे रूप पर अतिरिक्त बल दे रहे होते हैं इसलिये धारणा यह बनती है कि रचना के रूप होने का उनके निकट कोई विशिष्ट कारण भी है और इसी सबब से यह अपेक्षा भी होती है कि वे अपना रूप-विषयक प्रतिपादन कुछ विशद करते ताकि उनका मंतव्य कुछ स्पष्ट होता लेकिन वे विवेचन नहीं करते, आग्रह ही करते हैं।

एक रचना जिस सामान्य अर्थ में रूप होती है, वह कोई रेखांकन का या अनिवार्य विशेषण का विषय नहीं होती। हमारे यहाँ ज़्यादातर भाव-सत्य पर ही बल दिया गया है। जब हमारे कवि कह रहे थे, का भाषा का संस्कीरत भाव चाहिये साँच या भाव अनूठो चाहिए भाषा कोऊ होय, तब वे भाव-सत्य पर ही बल दे रहे होते थे। ऐसा नहीं है कि इन कवियों ने रूप का निर्वाह नहीं किया है; छंद रचने वालों को उस रूप का निर्वाह करना ही पड़ता था लेकिन छायावाद से पहले हमारे यहाँ रूप-चिन्ता नहीं मिलती और सर्वोपरि वह छायावाद में भी नहीं है। जब किसी रचना ने रूपगत वैशिष्ट्य अर्जित किया है तभी उसकी चर्चा उस रूप में हुई अन्यथा प्रमुखता वस्तु सत्य ने ही पाई है। आज भी

जो रूप के हिमायती नहीं हैं, वे पूछ सकते हैं कि रचना अनिवार्यतः रूप क्यों हैं, वस्तु क्यों नहीं, क्योंकि अंततः यह होती तो कौंधरूपेण वस्तु ही है जो रूप में ढलती है। रचे जाने के क्रम में रचनाकार की प्रतीति की जो वस्तु होती है, हो सकता है, रचे जाते-जाते वह आमूल बदल जाय लेकिन रचयिता मानस में अंतिम क्षण तक जो ऊहापोह चलता है और जो रची जा रही रचना में काट-छाँट कराती है, उसका नियामक सूत्र रहता इस प्रतीति में ही है जो हर अनुपयुक्त प्रस्ताव को रद्द करती चलती है, वह अवचेतन में अवस्थित रहती है। मराठी सौन्दर्य-शास्त्री जिसे आशय कहते हैं, वह अपने भ्रूण रूप में होती वस्तु ही है, रूप पर आचार्य बलाघात इस वस्तु-तत्त्व का निषेध करता है। लेकिन जादू वह जो सिर पर चढ़कर बोले। स्वयं आचार्यजी ने भी प्रश्न उठाया है कि–

"यदि साहित्य रचना है तो वह केवल रूप की रचना क्यों है और वह अन्तर्वस्तु की रचना क्यों नहीं है जो अनिवार्यतः रूप से अपृथक है।" (सर्जक...26)

लेकिन आचार्य के साथ कठिनाई यही है कि वे अपने मंतव्यों को स्पष्ट नहीं करते बल्कि उनके अस्पष्ट रहते हुए भी उन पर आग्रह करते हैं। एक अन्य स्थल पर भी उन्हें आवश्यकता अनुभव हुई है और उन्होंने यह सवाल भी उठाया है कि–

"रूपात्मक सम्प्रेषण से हमारा क्या तात्पर्य है और यह किस प्रकार संभव होता है।" (सर्जक...56)

लेकिन यह कहते हुए कि 'यह अलग विचार का विषय है', उन्होंने प्रश्न को अनुत्तरित ही छोड़ दिया है।

इस सारे संदर्भ में शंका यह होती है कि क्या आचार्य सत्य के ऊपर रूप की प्रतिष्ठा करना चाहते हैं? रूप पर अतिरिक्त बल देने का औचित्य तो तभी होगा। लेकिन प्रकटतः तो ऐसा नहीं जान पड़ता क्योंकि वे रूप के साथ ही सत्य का आग्रह भी करते हैं। जब वे पूछते हैं कि–

"क्या नये रूप का सर्जन अनिवार्यतः एक नये सत्य का भी सर्जन नहीं है? यदि ऐसा नहीं है तो यह कहने का क्या तात्पर्य है कि रूप का निर्धारण अन्ततः अन्तर्वस्तु के आधार पर होता है।" (सर्जक...26)

तब यह कहने की आवश्यकता नहीं रह जाती है कि वे सत्य को भी रूप के समान ही महत्त्व देते हैं। इस तरह के कथन उनमें और भी मिलेंगे जहाँ वे दोनों को अपृथक कहते हैं लेकिन समग्रतः विचार करने पर जान यही पड़ता है कि मौलिक आग्रह उनमें रूप के लिये ही है। उनका 'घोषित कथ्य' चाहे कुछ भी हो, 'गुप्त कथ्य' रूप ही है। कविता में विद्रोह की प्रकृति पर विचार करते हुए वे लिखते हैं कि–

"आधुनिक कविता पुरानी कविता से अपनी विषयवस्तु के कारण अलग नहीं है, वह अपनी समस्त संरचना में अलग है और यह संरचना उस संघर्ष में से रूपायित होती है जो भाषा को अर्थवान बनाने के लिये आधुनिक कवि कर रहा

है...हो सकता है, वैचारिक स्तर पर विद्रोही कोई कवि पारम्परिक काव्य-रूपों में लिखता रहे लेकिन तब उसका विद्रोह विचार के स्तर पर ही रहेगा–उसका वास्तविक काव्यात्मक प्रतिफलन तभी संभव है, जब उसकी कविता अपनी संरचना में भी पारम्परिक काव्य-रूपों से, पारम्परिक काव्य-भाषा से, विद्रोह करे। यह तो हो सकता है और हुआ भी है कि पारम्परिक काव्य रूपों को तोड़कर उन्हीं के आधार पर नये रूपों की सर्जना कर ली जाये, लेकिन उन्हें जस का तस स्वीकार कर लेना किसी आधुनिक कवि के लिये संभव नहीं है।" (रचना का सच, 35-36)।

स्पष्ट है कि आचार्य का मत, रूप को ही सर्वोपरि मानने का रहा है। अपने इस विवेचन में वे जब पश्चिम के रूपवादी आन्दोलनों की चर्चा करते हैं और उनकी अतिवादिता को भी दरगुजर करते हैं, तब यह कहने की आवश्यकता नहीं रह जाती कि उनका आग्रह वास्तव में रूप का नहीं, रूपवाद का है।

इसे संदर्भभूत रखते हुए जब हम पुनः आचार्य के इस प्रश्न पर लौटते हैं कि 'क्या नये रूप का सर्जन अनिवार्यतः एक नये सत्य का भी सर्जन नहीं है', तब यह कहना पड़ता है कि यह सदा-सर्वदा सच नहीं होता। इसे सैद्धान्तिकृत नहीं किया जा सकता। हम स्मरण कर सकते हैं कि इतिहास में एक पूरा युग ऐसा रहा है जिसमें सत्य के मूल्य पर रूप ने प्रतिष्ठा पायी है। रूप पर आग्रह की अति ही रचना क्षेत्र में छद्म-रचना का मार्ग प्रशस्त करती आई है। साहित्य के संक्रमण काल में तो ऐसी रचनाओं की बाढ़-सी आ जाती है।

निस्संदेह, आचार्य का रूप पर बल कुछ भिन्न अर्थ में है। वे जब रचना को 'रूपाश्रित संवेदनात्मक चिन्तन शैली' कहते हैं, तब वे संवेदना की ओर भी सजग होते हैं और उसके चिंतन शैली होने की ओर भी, लेकिन रूप के आग्रह की अति जब रूपवाद की ओर ले जाती है, तब संवेदना हाशिये पर रह जाती है। अतः इस आग्रह का कोई अर्थ नहीं रह जाता है कि हर नये रूप का सर्जन अनिवार्यतः नये सत्य का सर्जन भी होता है। होना उसे चाहिये, पर वह एक अलग बात होगी।

मैं रूप के महत्त्व से इनकार नहीं कर रहा हूँ, लेकिन वे 'अनिवार्य' पर बल देकर भाव-सत्य के मूल्य पर उसकी प्रतिष्ठा चाहते हैं, उसे स्वीकार नहीं करता। जब भी साहित्य में युग परिवर्तन होता है, क्रांति रूप के धरातल पर ही होती है; वस्तु के धरातल पर होने वाली क्रान्ति भी रूप का परित्याग नहीं करती। एक युग को दूसरे युग से अलग करके भी जो पहचाना जाता है या दो सत्-कवियों की जो पृथक पहचान बनती है, वह भी रूप के आधार पर ही अधिक बनती है लेकिन एक ही कवि की एक ही दौर की हर रचना रूप के धरातल पर पृथक से पहचानी जा सकती हो, ऐसा आवश्यक नहीं है। इसका अर्थ यह नहीं है कि रचनाकार हर रचना में रूप के स्तर पर कुछ नया नहीं करता है लेकिन यह भी सही है कि हर बार वह कुछ इतना नया नहीं कर पाता कि वह पृथक पहचान दे सके; बहुधा रचना-वृत्ति एक पैटर्न में ढलने की होती है, तब रचना 'अपने'

रूप से नहीं, पैटर्न से पहचानी जाती है। अतः इस आग्रह का कोई औचित्य नहीं है कि हर रचना अनिवार्यतः रूप होती है। हाँ, रूप वह होती है लेकिन इतने सामान्य अर्थ में कि अनिवार्य विशेषण वहाँ बेमानी हो जाता है। वस्तुतः विशेष संवेदनरहित रूप भी चौंका सकता है और विशेष रूप रहित संवेदन भी प्रभावित कर सकता है, इसे स्वीकार किए बिना साहित्य का वास्तविक मूल्यांकन संभव ही नहीं है, यही बात संवेदना के लिये नहीं कही जा सकती। वहाँ उसे पृथक पहचाना जाता है। समाज पर व्यापक प्रभाव संवेदना अधिक डालती है, चाहे समयबद्धता के कारण दीर्घजीवी वह उतनी न भी हो लेकिन महत्त्व उसका हम नकार नहीं सकते।

फिर, श्रेष्ठ रचनाकार के लिये भी यह सदा-सर्वदा संभव नहीं होता कि उसके रचना-रूप में वस्तु और विचार इस तरह विलयित हो जायें कि उनकी पृथक सत्ता न रहे, कारण चाहे रचनाकार के अपने अन्तर्विरोध हों या एक ही रचना में बहुत-सी बातें साध लेने की चेष्टा हो या ऐसा ही कुछ और। परिणाम यह होता है कि रचना में वस्तु और विचार रूप से पृथक अस्तित्व जताने लगते हैं। ऐसी सभी रचनाएँ निष्प्रभावी ही होती हो, ऐसा नहीं है। हिन्दी के महान् लेखक प्रेमचन्द और प्रसाद दोनों में इसके प्रभूत उदाहरण मिलेंगे। केवल रूपात्मकता पर आग्रह करके देखें तो हम इन रचनाकारों के साथ न्याय नहीं कर पायेंगे। मुझे लगता है कि इस पहलू पर विचार करते हुए आचार्य को स्वयं अपने आग्रह पर बने रहने में दुविधा हुई है। अपने एक निबंध 'रूपः साहित्य की ज्ञान मीमांसा' में अपनी अतिवादिता को शिथिल करते हुए उन्होंने लिखा है कि–

> "ऐसा नहीं है कि प्रत्येक साहित्यिक कृति देखने का एक नया ढंग, या एक नये प्रकार की ज्ञान-मीमांसा का प्रस्ताव करती है। अधिकांश कृतियाँ देखने के प्रचलित ढंग को ही अपना कर उसके माध्यम से हमें अपने परिचित यथार्थ से ही रू-ब-रू करवाती रहती हैं। कभी-कभी वे प्रचलित ढंग से किसी नये संदर्भ या प्रसंग को प्रकाश में ले आती हैं। ऐसी कृतियाँ कुछ उल्लेखनीय हो जाती है क्योंकि उन्होंने प्रचलित ढंग से ही सही, लेकिन एक नये संदर्भ को उजागर किया। (साहित्य का स्वभाव, 14-15)।

लेकिन इस रियायत के उपरान्त भी रूप का आग्रह उनमें बना रहा है। 'हिंसा और भाषा' निबंध में इस रूप-चिन्ता ने कुछ विस्तार भी पाया है। वे रचनाकार के सामाजिक दायित्व की बात स्वीकार करते हैं लेकिन साथ ही बलपूर्वक कहते हैं कि इसका निर्वाह भी उसे करना रूप के स्तर पर ही होगा। वे लिखते हैं कि–

> "लेखक, कलाकार और समाज का रिश्ता इसलिए विचारधारा या दृष्टि का रिश्ता नहीं बल्कि अनिवार्यतः एक रूपगत रिश्ता है और इसलिये एक कलाकार की हैसियत से इस रिश्ते से जो सामाजिक दायित्व उस पर आता है, वह भी अनिवार्यतः एक रूपात्मक दायित्व है। उसकी प्रासंगिकता और सार्थकता की परख इसलिये विषय या विचारधारा को आधार बनाकर नहीं की जा सकती।

इस परख के लिये यह देखना होगा कि किसी भी कलाकार को उन चुनौतियों की कितनी समझ है जो सामाजिक परिस्थितियाँ की वजह से उसके माध्यम को झेलनी पड़ रही है और उसकी रचनात्मकता की परख भी इसी बात में है कि वह किस हद तक इन चुनौतियों का साक्षात्कार करने की प्रक्रिया में अपने माध्यम की नयी रूपात्मक सम्भावनाओं को उजागर कर पाता है।" (सर्जक... 57)

कठिनाई यहाँ भी यही है कि अपनी बात आचार्यजी पूरी तरह नहीं खोलते इसलिए वह अस्पष्ट ही रहती है यद्यपि आलोचना की नई आहट जो वे सुन रहे हैं, उसकी ओर हमारा ध्यान अवश्य आकर्षित हो जाता हैं, और मैं समझता हूँ कि इसकी भी अपनी अर्थवत्ता है। एक कवि-आलोचक कदाचित यही कर सकता है। अवश्य ही, छायावादी कवियों द्वारा व्यवहृत संस्कृतनिष्ठ भाषा को और विशेषकर प्रसादजी के प्रयोगों में भाषा को, वे उपनिवेशवाद के विरुद्ध कलाकार के हथियार के रूप में देखते हैं, उसे रूप के धरातल पर सामाजिक चुनौती का सामना करना कहा जा सकता है लेकिन अन्यत्र मैंने दिखाया है कि प्रसाद समय के दबाव को वस्तु के धरातल पर भी समान रूप से झेल रहे थे। लेकिन कुल मिलाकर भी बात यहाँ मोटे अनुमान के तौर पर ही रहती है। इसकी तुलना में समकालीन कवियों की समीक्षा में उन्होंने रूपात्मक आलोचना की जो प्रवृत्ति दिखाई है, वह ध्यान देने योग्य है, विशेषत: विजयदेवनारायण साही, रघुवीर सहाय, श्रीराम वर्मा, अशोक वाजपेयी, प्रयाग शुक्ल, गिरधर राठी आदि की काव्य भाषा का विश्लेषण जिसमें वे कवियों के अपने मुहावरे की कुछ पहचान देते हैं। आवश्यकता इसी दिशा में आगे बढ़ने की है। आवश्यकता यह दिखाने की भी है कि जिन कविताओं में वस्तुगत सामाजिकता नहीं है, उनकी रूप-रचना समय की पहचान कैसे दर्शाती है। आचार्य स्वयं चाहे यह भूमिका अभी नहीं निभा पा रहे है लेकिन अपने आलोचनात्मक चिंतन में वे आलोचना की नई ज़मीन तलाशते देखे जा सकते हैं। जहाँ तक अति पर जाने का प्रश्न है, आचार्य के हक में यह कहा जा सकता है कि किसी भी दिशा में यथासंभव दूरी तक गये बिना यह जाना नहीं जा सकता कि उसमें कितनी दूर जाया जा सकता है। उनकी आलोचना को इसी रूप में देखा जाना चाहिये।

डॉ. रणजीत की प्रगतिशील काव्यदृष्टि

रणजीत संघर्ष का कवि है : मानवीय शोषण और अन्याय के विरुद्ध संघर्ष और मानवीय उन्नयन के लिये भी संघर्ष। यह संघर्ष उन्होंने अपने जीवन में और अपनी कविताओं में भी किया है और विचारात्मक-लेखन में भी और आलोचनात्मक-लेखों और टिप्पणियों में भी। संघर्ष की राह पर मार्क्सवादी दर्शन को अपने अनुकूल पाकर उन्होंने प्रारंभ में ही उसे अंगीकार कर लिया। जो चीज़ें उन्हें जीवन में प्रिय रहीं हैं, उनमें साहित्य और सुन्दर स्त्रियों के साथ-साथ मार्क्सवाद भी है यद्यपि इसकी कुत्सित और अतिवादी व्याख्याएँ उन्होंने स्वीकार नहीं की हैं। उत्तरकाल में आकर वे इससे कुछ आगे भी बढ़े हैं और भिन्न पथ पर भी गये हैं। मार्क्सवादी-संघर्ष सदैव सामूहिक-संघर्ष रहा है। इसमें विश्वास उन्होंने त्याग नहीं दिया है, इसके लिये आग्रह उनमें बना हुआ है और प्रयत्न भी; लेकिन इसके साथ ही, वे अब यह भी कहते हैं कि–

"मैं लड़ूंगा/लड़ता रहूँगा/अकेला भी।"

जिन दिनों रणजीत ने लिखना प्रारंभ किया, उन दिनों बल्कि उससे काफी पहले से ही, हिन्दी-जगत में मार्क्सवादी-विचारधारा में विचलन आ चुका था। कुछ लेखक अब भी साहित्य-रचना में पार्टी-लाइन का स्वामिभक्त अनुगमन किये जाने के पक्षधर थे लेकिन कुछ अन्य लेखक इस अनुगमन को साहित्य के लिये क्षतिकारक मानते हुए इसका विरोध भी कर रहे थे। श्री शिवदानसिंह चौहान अपने प्रारंभिक विचारों और लेखों में कट्टर और संकीर्ण ही थे, और यह संकीर्णता सर्वथा निर्मूल तो उनमें अंत तक भी नहीं हुई, अंत तक बनी ही रही लेकिन अपने प्रारम्भिक आग्रहों को उन्होंने शिथिल कर लिया। साहित्य रचना के लिये दलीय-निष्ठा का आग्रह उन्होंने छोड़ दिया। वे उदारवादी हो गये। उदारवादी दृष्टि वाले राजनीति में संशोधनवादी कहे गये और साहित्य में श्री चौहान ने उनके लिये 'प्रगतिशील' शब्द का प्रस्ताव किया। डॉ. रणजीत एक प्रगतिशील कवि और विचारक के रूप में ही साहित्य में आये और प्रगतिशीलता के पक्षधर बने।

प्रगतिशील लेखकों के लिये पहले हिन्दी में प्रगतिवादी शब्द प्रचलित था। श्री चौहान ने 'प्रगतिवाद' शब्द मार्क्सवादी-साहित्यालोचना के लिये निर्धारित किये जाने का प्रस्ताव किया और साहित्यिक-लेखन के लिये 'प्रगतिशील' शब्द का। डॉ. विश्वम्भरनाथ उपाध्याय ने प्रगतिवाद शब्द का प्रयोग मार्क्सवादी-आलोचना के साथ-साथ मार्क्सवादी दृष्टि का विनियोग करने वाले साहित्य के लिये भी किया है। व्यापक-दृष्टि वाले मानववादी

लेखन के लिये उन्होंने प्रगतिशील शब्द स्वीकार किया है। यद्यपि उनका मानववाद रहा मार्क्सभावित ही है। डॉ. रणजीत इन दोनों के मतों को आंशिक संशोधन के साथ स्वीकार करते हैं। आलोचना के लिये 'प्रगतिशील दृष्टिकोण' शब्द का प्रयोग ज़्यादा उपयुक्त पाते हैं। साहित्यिक-लेखन के लिये भी वे इसी शब्द का प्रयोग करते हैं।

साहित्यिक-लेखन के लिये 'प्रगतिशील' शब्द को स्वीकार करते हुए वे इसे और भी व्यापक अर्थ देते हैं। वे सुधार और आदर्श वाले प्राचीन-साहित्य का समावेश भी इस प्रगतिशील शब्द में कर लेते हैं, उसमें मिलने वाले रहस्यवाद और मायावाद के बावजूद! लेकिन इस व्यापक दृष्टि और उदारता के रहते भी जब वे कहते हैं कि 'आधुनिक काव्य' की द्विवेदीयुगीन और छायावादी काव्यधाराओं में प्रगतिशीलता के उद्‌घाटन के बावजूद हम उन्हें 'प्रगतिशील साहित्य' की संज्ञा नहीं दे सकेंगे, तब कुछ हैरानी होती है। इस विषय में डॉ. रणजीत ने अपना मत स्पष्ट नहीं किया है। सन् 1936 से वर्तमान समय तक साहित्य में प्रगतिशीलता का ही विस्तार देखने वाला लेखक द्विवेदीयुगीन और छायावादी कवियों से परहेज करे, यह बात विस्मयकारक है और विरोधाभासी भी, क्योंकि 'प्रगतिशील कविता के मील-पत्थर' संकलन (जिसका सम्पादन स्वयं रणजीत ने किया है) के पहले कवि 'निराला' है और दूसरे कवि 'पंत'। दोनों ही छायावादी! फिर, छायावाद से परहेज क्यों? दूसरी ओर, वे साठ-सत्तर वर्षों तक की कविता का विस्तार प्रगतिशीलता में ही समेट लेना चाहते हैं। क्या उस स्थिति में प्रगतिशीलता वैसा ही कम्बल नहीं हो जायेगी, जैसा कि रणजीत ने तब पाया था कि 'नई कविता' हो गई है, जब डॉ. जगदीश गुप्त ने इसके तले तमाम समसामयिक काव्य-प्रवृत्तियों को समेट लेना चाहा था? डॉ. रणजीत ने उसका विरोध किया था। आज वे स्वयं वैसी ही भूमिका निभा रहे हैं। यदि चालीस के बाद की तमाम कविता को 'नई कविता' कहना अनुचित है, तो फिर छत्तीस के बाद की तमाम कविता को 'प्रगतिशील' कहना ही उचित कैसे हो जायेगा? समय-समय पर कविता अपना तेवर बदलती रही है, क्या इस स्थूल समाहार में उसका वैविध्य अपनी पहचान खो नहीं देगा? और, सच तो यह है कि इस प्रगतिशीलता के मूल में जिनका आग्रह मार्क्सवाद पद दृढ़ रहा है, और कई एक में वह रहा है, बल्कि आज भी बना हुआ है, तब क्या उनका पार्थक्य उनसे किये जाने की आवश्यकता नहीं है जिनका उसमें विश्वास नहीं है? वस्तुतः संकलित सभी कवि स्थूल अर्थ में ही प्रगतिशील रह जाते हैं क्योंकि मार्क्सवाद में दृढ़ विश्वास रखने वाले गैर-मार्क्सवादियों को स्वीकार नहीं करते, वे आज भी कवि की कविता से पहले उसकी राजनीतिक विचारधारा जानना आवश्यक समझते हैं। विचारणीय यह भी है कि यदि विजयदेव नारायण साही जैसे कवि प्रगतिशील हैं, तो रघुवीर सहाय जैसे क्यों नहीं है? जबकि प्रगतिशील तत्त्व रघुवीर सहाय में भी कम नहीं मिलेंगे। ऐसे और भी उदाहरण दिये जा सकते हैं। क्या यह उचित नहीं होगा कि कवि की पहचान उसके समग्र कृतित्व के संदर्भ में ही की जाय, उसमें मिलने वाले स्फुट तत्त्वों के आध ार पर नहीं। डॉ. रणजीत इस बात से अपरिचित नहीं हैं। अपने लेखन में समग्रता की बात वे स्वयं कई जगह उठाते भी हैं लेकिन इस संकलन पर यह कसौटी लागू नहीं होती।

एक वास्तविकता यह भी है कि प्रगतिवाद और प्रगतिशील शब्द का घपला भी थोड़ा-बहुत आज भी बना हुआ है; एक ही लेखक में दोनों शब्दों का प्रयोग एक-दूसरे के अर्थ में हुआ मिल जाता है। डॉ. रामविलास शर्मा ने प्रारंभ से ही इस भेद को मानने से इनकार कर दिया था। डॉ. नामवर सिंह भी इन अर्थों से नहीं बँधते हैं। डॉ. रणजीत को इन सभी पहलुओं का पुनराकलन करते हुए इस विषय पर कुछ और भी विचार करना होगा।

बहरहाल, सभी प्रश्नों और शंकाओं के बावजूद यह कहना निरापद है कि आज हिन्दी साहित्य-जगत में कविता और आलोचना दोनों क्षेत्रों में 'प्रगतिशील' शब्द ने व्यापक प्रचलन पा लिया है, और यह भी कि इसका पथ प्रशस्त करने में सबसे अधिक सक्रिय भूमिका डॉ. रणजीत की रही है। 'हिन्दी की प्रगतिशील कविता' आलोचना ग्रंथ में उन्होंने विभिन्न कवियों द्वारा जीवन के विभिन्न क्षेत्रों से विषय चुनकर लिखी गई कविताओं में प्रगतिशील तत्त्वों का निदर्शन कर उसका स्वरुप स्पष्ट किया है, तो 'प्रगतिशील कविता के मील पत्थर' संकलन का सम्पादन कर प्रमुख प्रगतिशील समझे जा सकने वाले कवियों की कविताओं की बानगी भी संकलित की है। इस प्रकार, इस काव्य-प्रवृत्ति का स्वरुप कुछ स्थिर करने में डॉ. रणजीत का निश्चित योगदान रहा है।

लक्ष्य करने की बात यह भी है कि डॉ. रणजीत 'प्रगतिशील' पद का व्यवहार निरन्तर व्यापक अर्थ में करते आ रहे हैं, इससे उनके विचारों में सातत्य मिलता है। इसके बरक्स यदि हम देखें कि इस पद के प्रणेता और प्रवर्तक श्री शिवदान सिंह चौहान इसे व्यापक अर्थ देकर भी अपने आलोचनात्मक-लेखन में इस (व्यापकता) से पीछे हटते रहे हैं। प्रच्छन्नतः ही नहीं प्रकटतः भी हम उन्हें इस पद से अपना आशय मार्क्सवाद तक ही सीमित करते देख सकते हैं। प्रारंभ में उन्होंने जो उदारता दिखाई थी, आगे आते-आते उसका लोप हो गया। प्रारंभ में तो उन्होंने यहाँ तक लिख दिया कि प्रगतिशील शब्द के पीछे 'किसी दार्शनिक वाद की मान्यता का आग्रह नहीं किया जा सकता। एक प्रगतिशील कवि गाँधीवादी भी हो सकता है, मार्क्सवादी भी और द्वैत-अद्वैतवादी भी। जो साहित्य पाठक को स्वस्थ प्रेरणा देता है...वह सब प्रगतिशील ही तो है।' लेकिन कालान्तर में 'नई कविता' पर विचार करते समय हम उन्हें इस उदारता को विस्मृत करते भी देखते हैं। हम उन्हें उन सभी प्रगतिशीलों की, और प्रकारान्तर से मार्क्सवादियों की भर्त्सना भी करते देखते हैं जो अपने को नये कवि कहते हैं। वे उन पर ख्यातिलोलुपता का आक्षेप करते हुए यहाँ तक कह देते हैं कि ये प्रगतिशील कवि नये कवियों के प्रचार जाल में फँस गये हैं जबकि इन्हें समझना होगा कि नई कविता पूँजीवादी जगत का अन्तर्राष्ट्रीय षड़यन्त्र है। प्रगतिशील कवियों को इससे बचना चाहिये, आदि-आदि। कहने की आवश्यकता नहीं कि प्रगतिशील शब्द से यहाँ श्री चौहान का अभिप्रेत मार्क्सवादी दर्शन को अपनाने वाले नये कवियों से ही है। स्पष्ट है कि उदारवादी बनकर प्रगतिशील शब्द को व्यापक अर्थ देने के बावजूद श्री चौहान का दृष्टिकोण अन्ततः संकीर्ण ही रहा है। वे सही अर्थ में उदार नहीं हो पाये।

इसके विपरीत, रणजीत सही अर्थ में उदार रहे हैं और साहित्य में उदारता को बढ़ावा भी देते रहे हैं। एक ओर उन्होंने 'प्रगतिशील कविता के मील-पत्थर' संकलन

तैयार किया तो दूसरी ओर समवयस्क कवियों में अपनी समधर्मिता तलाशी, तो तीसरी ओर अपनी समस्वरता विदेशी कवियों में तलाशते हुए इसे एक नया विस्तार भी दिया। व्यापक स्तर पर की गई उनकी यह तलाश–'विश्वकाव्य के विद्रोही स्वर' संकलन में प्रतिफलित हुई है जिसका सम्पादन भी उन्होंने ही किया है। विदेशी कविता में मिलने वाला यह प्रतिरोधी स्वर रणजीत की प्रारम्भिक काल की कविता का सम्बल रहा है। इसमें उन्होंने 'बर्टोल्ट ब्रेख्त, पाब्लो नेरुदा, नाजिम हिकमत, खलील जिब्रान, मयकोव्सकी' जैसे कवियों की कविताओं की बानगी संकलित की है। इनका अनुवाद भी स्वयं रणजीत ने किया है। अपने समवयस्कों में उन्होंने जो समस्वरता पाई, उसका प्रकाशन हम 'प्रतिश्रुत पीढ़ी' संकलन में पाते हैं। इसका सम्पादन भी रणजीत ने ही किया है। इसमें उन्होंने अपने अतिरिक्त मृत्युंजय उपाध्याय, कुमारेन्द्र पारसनाथ सिंह, राजीव सक्सेना, जुगमन्दिर तायल आदि की कविताओं का समावेश किया है। इस संकलन में प्रतिरोध के स्वर के साथ-साथ मानववादी आदर्शों का स्वर भी मुखरित होता गया है। यह पीढ़ी मानववादी आदर्शों के प्रति प्रतिश्रुत पीढ़ी है। मानववादी स्वर की मुखरता, विचारों में और कविताओं में भी, रणजीत के विकास का अगला सोपान है।

यहाँ यह स्पष्ट रहना चाहिये कि रणजीत का मानववाद मार्क्सवाद से उनका विचलन नहीं है। अवश्य ही, प्लेखनाव जैसे विचारकों की मार्क्सवादी व्याख्याएँ उन्होंने स्वीकार नहीं की हैं क्योंकि वे संकीर्ण ही नहीं, कुत्सित भी रही हैं। कॉडबेल के विचारों को उन्होंने दूर तक स्वीकार किया है लेकिन वह भी जहाँ कला और कविता को आर्थिक परिस्थितियों के प्रत्यक्ष प्रतिफलन के रूप में देखने लगता है, वे उसे भी स्वीकार नहीं करते। इस प्रसंग पर वे यूदिन के मत को ग्राह्य पाते हैं कि विभिन्न वैचारिक ढाँचों पर आर्थिक प्रभाव एक ही प्रकार से नहीं आता है। राजनीति और न्याय जैसे वैचारिक ढाँचे आर्थिक आधारों के अधिक समीप पड़ते हैं, इसलिये इन्हीं पर प्रत्यक्ष प्रभाव की संभावना अधिक रहती है। साहित्य और कला भी हैं तो वैचारिक सृष्टियाँ हीं, लेकिन ये विचारों के गगनचारी रूप हैं। इनका संबंध व्यक्ति की सजग विचारशीलता से उतना नहीं है जितना उसके संवेगों से होता है, इसलिये किसी भी देश और किसी भी काल के आर्थिक-विकास और वहाँ के साहित्यिक उत्कर्ष में सीधा समीकरण स्थिर नहीं किया जा सकता। साहित्यिक उत्कर्ष उस युग की कृतियों में भी मिल जाता है, जिसमें आर्थिक-विकास हुआ नहीं मिलता। इसका विलोम भी सही है। ऐसे उदाहरण भी मिलते हैं जहाँ समुचित आर्थिक विकास के दौर में भी साहित्यिक पिछड़ापन बना रहा है। इस प्रकार, अपने संघर्ष में मार्क्सवाद को प्रेरक और सम्बल पाते हुए भी डॉ. रणजीत ने उसकी संकीर्ण व्याख्याओं को स्वीकार नहीं किया है। सच तो यह है कि उन्होंने संकीर्णता का मुखर विरोध किया है। अवश्य ही, प्रारम्भ में यह विरोध परोक्ष अधिक रहा लेकिन आपातकाल के संदर्भ में विशेष रूप से और उसके बाद भी, यह विरोध प्रत्यक्ष रुप से सामने आया है। दिनकर की 'दिल्ली और मास्को' कविता, जो 'स्वातंत्र्य से पहले साम्य के कामी, भारतीय साम्यवादी दल के 42 की क्रांति में अंग्रेज़-परस्त व्यवहार की

आलोचना करती है, की रणजीत द्वारा की गई प्रशंसा संकीर्णता के परोक्ष-विरोध का उदाहरण है, तो आपातकाल पर उनके रूख का विशेष विरोध प्रत्यक्ष विरोध है।' 'लेखक और अभिव्यक्ति की स्वतन्त्रता' शीर्षक से लिखे गये अपने आलेख में स्वयं रणजीत ने अपने दृष्टिकोण को निर्भ्रान्त रूप से स्पष्ट किया है। उन्होंने दो टूक शब्दों में लिखा है–

> "यह तथ्य है कि समता पर आग्रह के कारण और रूढ़ साम्यवादी विचारधारा के प्रभावस्वरूप यह मान्यता मुझमें गहरी थी कि पूँजीवादी स्वतन्त्रता केवल भौंकने की आज़ादी है, और कि खाने की आज़ादी के सामने भौंकने की आज़ादी कुछ नहीं है। आपातकाल ने पहली बार हमारी अभिव्यक्ति की स्वतन्त्रता छीनकर हमें उसकी महत्ता के प्रति जागरुक किया। साम्यवादी चिन्तन ने मुझे इस तथ्य से अवगत कराया था कि पूँजीवादी समाज द्वारा प्रदत्त स्वतन्त्रताएँ अधूरी हैं, कुछ पाखंडपूर्ण और इसलिए एक अंश तक अवास्तविक भी। पर इसके विकल्प में कोई सत्ता अगर इन अधूरी स्वतन्त्रताओं को भी छीन ले तो यह कौन वरणीय स्थिति है?...सच्चा समाजवाद वही है जो पूँजीवाद द्वारा दी हुई इन अवास्तविक और अधूरी स्वतंत्रताओं को वास्तविक और पूरी बनाये–न कि समता स्थापना के नाम पर उनसे भी हमें वंचित करे।...इस प्रकार, आपातकाल के अनुभव ने मुझे केवल समाजवाद का पाखंड करने वाली पूँजीवादी सत्ताओं के स्वभाव पर विचार करने के लिये ही मजबूर नहीं किया, तथाकथित समाजवादी सत्ताओं के स्वभाव को भी फिर से पहचानने और विश्लेषित करने के लिये मजबूर किया है। और मैं सोचता हूँ, अन्य लोगों को भी किया होगा।
>
> निश्चय ही, आम आदमी के लिये जीने की स्वतन्त्रता, भूखों मरने से बचने का अधिकार, प्राथमिक अधिकार है, पर किसी भी प्रबुद्ध व्यक्ति के लिए लेखक उन्हीं में शामिल है, अभिव्यक्ति की, संगठन की अपनी पसन्द की सरकार चुनने की और चुनी हुई सरकार की आलोचना करने की स्वतन्त्रता इतनी महत्त्वपूर्ण है कि उसके लिये कई बार वह प्राण तक न्यौछावर करना और भूखों मर जाना भी पसंद करता है। अभिव्यक्ति की स्वतन्त्रता लेखन कर्म के लिये प्राथमिक मूल्य है। मैं सोचता हूँ कि किसी भी सत्ता द्वारा (वामपंथी या दक्षिण पंथी) अभिव्यक्ति की स्वतन्त्रता के अपहरण का समर्थन किसी स्वाभिमानी लेखक को नहीं करना चाहिये। विरोध करने की शक्ति हो तो अवश्य करना चाहिये। जनवादी आवेश में, पीड़ित दमित जनता के साथ तादात्म्य के क्षणों में हम कह सकते हैं और कहते हैं कि अभिव्यक्ति की स्वतन्त्रता आख़िर कितने लोगों से सम्बन्ध रखती है? हिन्दुस्तान में ज़्यादा से ज़्यादा 4-5 लाख प्रबुद्ध लोग होंगे जिन्हें यह स्वतन्त्रता चाहिये। अगर कोई तानाशाही साठ करोड़ लोगों को रोटी दे दे और 4-5 लाख लोगों से उनकी यह आज़ादी छीन ले तो क्या

यह महँगा सौदा है? पर यह सवाल को गलत ढंग से प्रस्तुत करना है। आज़ादी का विकल्प रोटी नहीं है। जो सत्ता 4-5 लाख से बोलने की आज़ादी छीनती है, वह पूरी जनता से सच्चाई को जानने की आज़ादी भी छीन लेती है और कल वह उसी जनता के किसी हिस्से को रोटी माँगने पर भी यातना-शिविर में नहीं भेजेगी, इसकी क्या गारंटी है? इसकी गारंटी हो सकती है-स्वतन्त्र प्रेस, जनता को सच्चाई जानने की और प्रतिरोध की स्वतन्त्रता।"

विचारधारा और संगठन के भीतर प्रतिरोध की स्वतन्त्रता रणजीत ने किस तरह से संघर्ष करते हुए अर्जित की है, यह उद्धरण इस बात पर अच्छा प्रकाश डालता है। यहाँ यह देखना भी प्रासंगिक होगा कि संघर्ष पर रणजीत के बल ने उसकी कविता पर भी प्रभाव डाला है और कविता से की जाने वाली उसकी माँग पर भी। याने आलोचना पर भी। दोनों धरातलों पर संघर्ष ने उनको एक्टिविस्ट राइटर और बर्हिमुखी व्यक्ति अधिक बनाया है। वैसे कहा उन्होंने यह भी है और बतौर शिकायत कहा है कि-"जीवन को थोड़ा यांत्रिक दृष्टि से देखने वाले लोग साहित्यकार के केवल बाहरी सामाजिक संघर्ष को ही, और इसलिए उसी साहित्य को जो इस संघर्ष में सीधा काम आता है, सर्वाधिक महत्त्व देना चाहते हैं किन्तु जहाँ तक स्वयं साहित्यकार का सम्बन्ध है, उसके आन्तरिक संघर्ष का महत्त्व भी कम नहीं है।" लेकिन कठिनाई तब आती है, जब हम देखते हैं कि स्वयं रणजीत भी अपनी कविताओं में बहिर्मुखी ही रहे हैं। उनकी वस्तु सामाजिक-राजनीतिक जीवन पर ही ज़्यादा केन्द्रित रही हैं। वे साहित्यकार के लिये राजनीतिक समस्याओं से जूझना जितना आवश्यक ठहराते हैं, रचना में लेखक के अन्तर्मन और उसके द्वंद्व की अनुस्यूति पर वैसा कोई बल नहीं देते। मानव-मन की जटिलता में झाँकते हम उन्हें भूले भटके ही पायेंगे। उनके इस मत को स्वीकार करने में कोई कठिनाई नहीं है कि लेखक को अपने समय की राजनीतिक-सामाजिक समस्याओं से तटस्थ नहीं रहना चाहिये, और न इसमें कि संघर्ष में उसे न्यायपूर्ण पक्ष का पक्षधर बनना चाहिये, मुझे दुविधा इसमें भी नहीं जान पड़ती कि इस पक्षधरता में कोई लेखक साहित्य का साधनभूत नियोजन करना चाहता है तो करे, हमारे साहित्यिक इतिहास में तो ऐसे नियोजन की एक परम्परा भारतेन्दु और द्विवेदीयुग से ही चली आ रही है, उसे प्रगतिशील मानने से मुँह तो रणजीत ने ही मोड़ा है, लेकिन अड़चन तब आती है, जब हम साहित्य के महत्त्व का निरुपण उसकी सामाजिक सक्रियता की कसौटी पर करने लगते हैं। जाने-अनजाने रणजीत में यही प्रवृत्ति पल्लवित हुई है। सक्रियता के आग्रह ने रणजीत की कविता पर निश्चित प्रभाव डाला है। वे कविता को सामाजिक कर्तव्य की पूर्ति के साधन के रूप में देखते हैं। यह इसी दृष्टि का साहित्यिक रूपान्तरण है कि उनकी अधिकांश कविताओं में उनके सामाजिक राजनीतिक विचारों में सीधी अभिव्यक्ति पाई है। निश्चित रूप से यह अभिव्यक्ति विचारोंत्तेजक है लेकिन उतने ही निश्चित रूप से वह प्रसंगबद्धता में निश्शेष हो गई है। इस दृष्टि ने उनकी कविता की प्रकृति ही तय नहीं की है, उसे ऐसे पैटर्न में भी ढाल दिया है कि रणजीत उससे

आद्यन्त मुक्त नहीं हो सके हैं। कल्पना उनकी कविता में न्यूनतम मिलेगी। इसी तरह, प्रकृति-सौन्दर्य का उन्मुक्त चित्रण भी उनमें विरल है।

समाजवादी यथार्थवादी के काव्यादर्श पर विचार करते हुए एक जगह रणजीत ने लिखा है कि–

"समाजवादी यथार्थवाद साहित्य और कला को सामान्य जन की समाजवादी शिक्षा के लिये एक महत्त्वपूर्ण और प्रभावशाली माध्यम मानता है और इसीलिये जहाँ एक तरफ़ कलाकारों से यह माँग करता है कि उनकी शैली ऐसी होनी चाहिये कि बावजूद अपने कलात्मक स्तर के उनकी रचनाएँ व्यापक जनता तक पहुँच सकें, वहाँ दूसरी तरफ़ वह कला की उद्देश्यपरकता के प्रति भी आग्रहशील रहे।"

डॉ. रणजीत ने समाजवादी यथार्थवाद की जकड़न से अपने को मुक्त करने की चेष्टा की है लेकिन उनकी कविताओं से गुजरने पर हम पाते हैं कि उन्हें अपने अभिप्रेत उद्देश्य की सिद्धि का माध्यम बनाने, जनता को शिक्षित करने का साधन बनाने और इस उद्देश्य की पूर्ति के लिये उन्हें बोधगम्य बनाने की चिंता ही उन पर छाई रही है। वे उसे इन सीमाओं से मुक्त नहीं कर सके हैं। अपने एक निबंध 'साहित्य के प्रति प्रगतिशील दृष्टिकोण' का समापन करते हुए डॉ. रणजीत ने क्लिंजेण्डर का मत उद्धृत किया है। उनका कहना है कि–

"वह कलाकृति जो अपनी सजीवता और स्पष्ट अभिव्यंजना शैली के कारण लोगों का हृदय तुरन्त स्पर्श कर लेती है, उस कलाकृति से अधिक महत्त्वपूर्ण है, जिसमें यह गुण नहीं है..."

कहने की आवश्यकता नहीं कि कविता की श्रेष्ठता के विषय में किया गया क्लिंजेण्डर का यह निरुपण रणजीत की कविता पर भी सटीक बैठता है। वह भी स्पष्ट अभिव्यंजना शैली में लिखी गई है, बुद्धि को तुरन्त स्पर्श करती है और उद्देश्यपरक होने के नाते शिक्षण भी करती है लेकिन बतौर कविता सतही रह जाती है।

वस्तुतः एक कवि जब किसी आलोचक को पसन्द करता है, तब उसका एक प्रमुख हेतु यह भी होता है कि उसकी आलोचना में वह अपनी काव्य-प्रकृति का संरक्षण हुआ पाता है। उसकी अपनी आलोचना तो उसकी कविता का रक्षण करे, यह स्वाभाविक ही है। डॉ. रणजीत भी इसके अपवाद नहीं है। वे उद्देश्यपरक और सहज-संप्रेष्य कविता ही लिखते रहे हैं। इसी काव्यादर्श ने उनकी आलोचना का स्वरुप संघटित किया है।

'नई कविता' पर विचार करते हुए रणजीत नई प्रगतिशील और नई रोमानी कविता को तो सार्थक कविता के रूप में देखते हैं लेकिन शेष–काव्य-प्रवृत्तियों को वे रुग्ण और शिल्पवादी खाते में डालकर उनका तिरस्कार ही करते हैं। अवश्य ही, इन कवियों ने कुछ कविताएँ चौंकाने की दृष्टि से लिखी हैं लेकिन कुछ के आधार पर पूरी काव्यवृत्ति का मूल्यांकन करना उचित नहीं है। राजकमल चौधरी या श्रीकांत वर्मा हिन्दी के उपेक्षणीय कवि नहीं हैं। श्रीकांत के मुहावरे ने तो कई कवियों पर दूर तक प्रभाव डाला है। परन्तु क्योंकि इस वर्ग के कवियों की कविताएँ न तो रणजीत के अभिप्रेत अर्थ में उद्देश्यपरक

हैं, न उस अर्थ में पाठक का शिक्षण करती है, न ही सीधी-सपाट अभिव्यंजना शैली में हैं इसलिये उन्होंने उन्हें सिरे से ही खारिज कर दिया है। स्वयं रणजीत की कविताएँ हमें निरायास ही समझ में आ जाती हैं इसलिये रणजीत के निकट एक प्रतिमान ही यह हो गया है कि कविता सहज बोधगम्य होनी चाहिये। नागार्जुन और धूमिल उनके प्रिय कवि हैं। इसका प्रमुख रहस्य यही है कि इनकी काव्य-वस्तु भी सामाजिक-राजनीतिक है और कविताएँ भी सहज सम्प्रेष्य हैं। यद्यपि यहाँ यह कहना भी आवश्यक है कि इन कवियों की सीमाओं का निदर्शन भी रणजीत ने किया है लेकिन उनकी याने (रणजीत की) काव्य-दृष्टि इन सीमाओं के संदर्भ में कहीं भी अपना आत्मान्वेषण करती नहीं जान पड़ती।

डॉ. रणजीत की सहज-सम्प्रेष्यता की कसौटी पर शमशेर और मुक्तिबोध भी खड़े नहीं उतरते इसलिये रणजीत इनके प्रति भी सहज नहीं हो पाते। शमशेर को तो वे लगभग खारिज किये बल्कि कहीं तो उनका उपहास किये भी चलते हैं। लेकिन क्या यह स्थिति एक कवि-आलोचक के लिये चिंत्य नहीं है? एक कवि जब बड़े कवि के रूप में प्रतिष्ठा पा लेता है तो हम उस प्रतिष्ठा से चाहे आतंकित न भी हों यह अपेक्षा तो की ही जायेगी कि उसके महत् होने के रहस्य को हम भी समझने की चेष्टा करें, और उसके प्रति अपनी प्रतिक्रिया में संयत भी रहें। यदि उसकी कविता हमें रुचिकर नहीं है तो हम अपनी रुचि का संस्कार करें, न कि उस कवि और कविता को ही खारिज करें। आँखें बंद करने से सूर्यास्त नहीं हो जाता।

अवश्य ही, अपनी रुचि का संस्कार करते हुए डॉ. रणजीत ने मुक्तिबोध के प्रति अपनी अरुचि का शमन किया है और पुनर्पाठ पर उन्हें विचारणीय कवि पाया है। अपने एक निबंध 'मुक्तिबोध और अज्ञेय के काव्य बिम्ब' में उन्होंने दोनों कवियों की चुनी हुई कविताओं में प्रयुक्त बिम्बों के आधार पर कवियों पर विचार किया है। यह एक प्रकार से समाजशास्त्रीय पैटर्न पर साहित्य में की गई आलोचनात्मक पड़ताल है। इस तरह की आलोचना के उदाहरण हिन्दी में अभी विरल ही हैं। लेकिन बिम्बों की सांख्यिकी तक सीमित रह जाने के कारण उनके कई निष्कर्ष विश्वसनीय नहीं बन पड़े हैं। सैनिक जीवन से संबद्ध बिम्बों के आधार पर अज्ञेय के लिये कहना कि ये 'फौजी बर्बरता के प्रति अज्ञेय की असजगता' व्यक्त करते हैं या वैज्ञानिक बिम्बों के संदर्भ में यह कहना कि ये 'अज्ञेय की वर्तमान वैज्ञानिक युग के प्रति असंवेदनशीलता' दर्शाते हैं, नितान्त भ्रामक है। वास्तव में बिम्ब जैसा कि स्वयं डॉ. रणजीत ने भी लिखा है– 'काव्य-सौन्दर्य का एक उपकरण ही है, उसका पर्याय नहीं' इसलिये उसके आधार पर कोई निर्णय तभी विश्वसनीय हो सकता है जबकि समग्रत: कवि का अध्ययन भी पृष्ठभूत रहे। अज्ञेय का समग्र अध्ययन इन दोनों निष्कर्षों को और कुछ अन्यों को भी झुठलायेगा। यदि डॉ. रणजीत मुक्तिबोध और अज्ञेय को समग्रत: आयत्त करके और वस्तुनिष्ठ रहकर इस अध्ययन में प्रवृत्त होते तो यह प्रयत्न हिन्दी आलोचना का एक मूल्यवान दस्तावेज़ होता।

अपने एक इसी प्रकृति के अन्य निबंध 'तार सप्तकः कितनी प्रगति कितने प्रयोग' में उन्होंने कवियों की जो सांख्यिकी पड़ताल की है, वह भी हमारा ध्यान आकर्षित करती है। उनका विवेचन यह भी दर्शाता है कि तत्कालीन आलोचक 'तार सप्तक' से जो भड़के थे, वह 'तार सप्तक' सम्पादक अथवा कुछ कवियों के प्रति उनका वैयक्तिक पूर्वाग्रह ही था, 'तार सप्तक' का सम्यक् अनुशीलन उन्होंने किया ही नहीं था। अन्यथा इतना तो वे देख ही लेते की संकलित कवियों में वामपंथी ही अधिक थे। यह बात रणजीत ने दिखाई भी है। लेकिन यहाँ भी हम पाते हैं कि रणजीत की पड़ताल समग्र पर आधारित नहीं है, वह आंशिक ही है; और यह इस आंशिकता का ही परिणाम है कि अज्ञेय सबसे अधिक प्रयोगशील कवि हैं जबकि बिम्बों के सांख्यिकी विश्लेषण में वे परम्परावादी ठहरे थे!

मुझे लगता है कि डॉ. रणजीत की लेखन पद्धति में एक अधीरता है। कविता लिखते हुए भी वे किसी घटना, प्रसंग, स्थिति, मुद्दे आदि के प्रति तत्क्षण अधीर होकर प्रतिक्रियारत हो जाते हैं और आलोचनात्मक मंतव्य प्रकट करने में भी अधीरता ही बरतते हैं। हर स्थिति को सरलीकृत रुप में पाना चाहते हैं और सरलीकृत रुप में ही प्रेषित करना चाहते हैं। जिसे सहज नहीं पाया जा सकता, वह उनके निकट पाने योग्य ही नहीं होता। लेकिन इस स्वभाव के चलते किसी जटिल कविता में पैठ नहीं पाई जा सकती। इस अधीरता की वजह से ही उनके मूल्यवान आलोचनात्मक प्रयत्न अपनी पूर्णता नहीं पा सके। लेकिन यहीं यह जोड़ना आवश्यक है कि जब भी कभी उन्हें अपनी गलती का अहसास होता है, वे अपना मत परिवर्तित करने में भी अपनी हेठी नहीं समझते। उनकी यह बौद्धिक ईमानदारी निश्चय ही उनका प्रशंसनीय गुण है। इसी वजह से वे मुक्तिबोध के प्रति पूर्वाग्रह से मुक्त हो सके हैं और इसी वजह से उनके लिये प्रासंगिकता के सवाल को अलग ढंग से कुरेद पाना संभव हुआ है।

अपेक्षा यह होती है कि स्वयं डॉ. रणजीत उस साहित्य की कुछ गहराई से पड़ताल करते जिसे उन्होंने कभी विकासमान परिवर्तनधारा से सम्पृक्ति की वजह से ज़्यादा मूल्यवान पाया था। अपेक्षा यह भी होती है कि अपने एक्टिविजन के आग्रह के कारण उन्होंने अपने लेखन को भी प्रासंगिक बनाने की ही जो ज़्यादा चिन्ता की है, वे उस पर पुनर्विचार करते। जहाँ रणजीत प्रासंगिकता की चिन्ता से पीड़ित नहीं हैं, वहाँ उन पर वैयक्तिकता हावी रही है; साहित्य-रचना के लिये अपेक्षित निर्वैयक्तिकता वे अर्जित नहीं कर सके हैं। इस निर्वैयक्तिकरण के लिए व्यक्तित्व के परित्याग की अपेक्षा नहीं होती, वैयक्तिक जीवन को वस्तुनिष्ठ दृष्टि से देखने की अपेक्षा होती है। रणजीत को इस पहलू पर भी विचार करना होगा। उनकी बौद्धिक ईमानदारी के चलते यह भी उनके लिये कठिन नहीं होगा।

डॉ. रणजीत की इस ईमानदारी ने उनके चिंता-क्षेत्र को एक नया आयाम भी दिया है। यह कहा जा चुका है कि वे मूलतः मार्क्सवाद में आस्था रखने वाले लेखक हैं लेकिन साम्यवाद से मोहभंग का प्रभाव उनकी साहित्य-चिन्ता पर ही नहीं, समाज-चिन्ता पर भी आया है। 'इतिहास का दर्द' काव्य-संग्रह में हम देखते हैं कि गाँधीवाद के प्रति उनकी

दृष्टि तिरस्कार की रही है। समाज को बदलने में व्यक्ति के अपने स्तर पर किये जाने वाले प्रयत्न को वे कोई महत्त्व नहीं देते। भूमिका में वे लिखते हैं–

> "जब तक समाज–व्यवस्था में परिवर्तन नहीं आ जाता तब तक व्यक्तिगत रूप से ऐसा करने की कोशिश निष्परिणामी गाँधीवादी मूर्खता ही होगी।"

स्पष्ट रूप से अपने प्रारम्भिक काल में वे गाँधीवाद को सम्मान की दृष्टि से नहीं देख रहे थे। हिंसा से परहेज भी उन्हें नहीं था। लेकिन साम्यवाद से मोहभंग उन्हें जिस दिशा में ले गया है, वह बहुत कुछ गाँधीवादी–सर्वोदयवादी और पर्यावरणवादी दिशा ही है। सामूहिक प्रयत्नों को उन्होंने नकारा नहीं है। लेखकों के लिये संगठन की आवश्यकता वे आज भी महसूस करते हैं। हाँ! पार्टीबाजों का अंकुश उस पर नहीं चाहते लेकिन जहाँ सामूहिकता सम्भव या सुलभ नहीं है, वहाँ व्यक्तिगत प्रयत्न से भी पीछे नहीं हटते। बर्बर, अमानवीय और तर्कहीन, न्यायहीन व्यवस्था से वे अकेले लड़ते रहने का संकल्प भी व्यक्त करते हैं। इस दृष्टि से उनके संग्रह 'खतरे के कगार तक' में संग्रहीत 'नये साल का संकल्प' कविता विशेष पठनीय है। वे कहते हैं–'मैं लड़ूँगा/लड़ता रहूँगा/अकेला भी।' लक्ष्य करने की बात यह भी है कि यह लड़ाई अब वे हथियारों से लड़ना नहीं चाहते क्योंकि वे जान गये हैं और मान भी गये हैं कि यह सत्ता हथियारों से कभी परास्त नहीं होगी उन्हें हथियार उठाने के लिये मजबूर करके यह 'कर देगी हमारा भी राक्षसीकरण।' कहने की आवश्यकता नहीं कि यह भी स्वयं में गाँधीवादी तार्किकता ही है। व्यापक संगठन, आन्दोलन, मीडिया आदि का ही नहीं, साहित्य का सहारा भी वे इस लड़ाई में लेना चाहते हैं और उन्होंने लिया भी है; 'प्रगतिशील कविता के मील–पत्थर', 'प्रतिश्रुत पीढ़ी', 'विश्व–काव्य के विद्रोही स्वर', 'खामोशी भयानक' है जैसे संग्रहों के सम्पादन को भी हम साहित्य के स्तर पर किये गये सामूहिक संघर्ष के रुप में देख सकते हैं। लेकिन इसके साथ–साथ विभिन्न संग्रहों में संकलित संघर्ष–कविताएँ व्यक्ति के अकेले संघर्ष को भी सूचित करती हैं। 'हिन्दू नहीं हो सकते वे' जैसी पुस्तिका में संग्रहीत कविताएँ साम्प्रदायिकता के ख़िलाफ़ उनकी संघर्षशीलता की ही साक्षी है। 'पृथ्वी के लिए' शीर्षक वाली कविता उनका पर्यावरण प्रेम और पर्यावरण–चिन्ता भी दिखा देती है। इस प्रकार, रणजीत की बौद्धिक ईमानदारी उन्हें गाँधीवाद के निकट लाई है। उन्होंने अकुंठित भाव से पीड़ित–दलित वर्ग के लिये, शोषित–स्त्रियों की मुक्ति के लिये और पर्यावरण की रक्षा के लिये जो संघर्ष किया है, वह गाँधीवादी संघर्ष ही है।

पीछे मैंने कहा है कि रणजीत मार्क्स से विमुख नहीं है, लेकिन यहाँ यह जोड़ा जा सकता है कि अपने जीवनानुभवों से उन्होंने पाया है कि जीवन में कुछ क्षेत्र ऐसे भी हैं जिनमें अपने विचारों के चरितार्थ रुप की, उसके परिणामी–रुप की, कल्पना मार्क्स नहीं कर पाया था। सर्वहारा की अधिनायकता के परिणाम और भौतिकवाद की अति के परिणाम ऐसे ही क्षेत्र रहे हैं। रणजीत ने इन पर भी विचार किया है। उन्होंने पाया कि अधिनायकता सर्वहारा वर्ग की भी भयावह ही रही है इसलिये तानाशाही, चाहे

वह सर्वहारा की हो या सर्वसम्पन्न की, वामपंथ की हो या दक्षिणपंथ की, सिरे से ही अस्वीकार करने योग्य है। इसी तरह, उत्पादक शक्तियों का अनियंत्रित विकास भी उन्होंने स्वीकार नहीं किया है क्योंकि अंततः वह उपभोक्तावाद और बाज़ारवाद को ही बढ़ावा देता है और यह बढ़ावा मनुष्य-जाति के हित में नहीं है। अपने विचारों में और अपनी कविताओं में उन्होंने इन दोनों के विरुद्ध संघर्ष किया है। यह संघर्ष निरन्तर चल रहा है। अतः जैसा कि हमने प्रारंभ में कहा, अंत में भी दोहरा सकते हैं कि रणजीत मुख्यतः संघर्ष का कवि है। आवश्यकता यह है कि कविता में इस संघर्ष को संवेदन के स्तर पर जाय।

भारतीय या शास्त्रीय काव्य-चिंतन?

डॉ. राममूर्ति त्रिपाठी : अर्धशती का भारतीय काव्य-चिंतन

संस्कृत के जिन विद्वानों का हिन्दी-साहित्य के प्रति अनुराग रहा है और जिन्होंने उस पर लिखा भी है, उनमें राममूर्ति त्रिपाठी का नाम उल्लेखनीय है। आप न केवल हिन्दी बल्कि अंग्रेज़ी साहित्य के भी अध्येता रहे हैं और उस अध्ययन का विनियोग आप अपने लेखन में भी करते रहे हैं। अपने सद्यः प्रकाशित आलोचना-ग्रन्थ 'अर्द्धशती का भारतीय काव्य-चिंतन पक्ष और विपक्ष' में आपने इस बात पर विशेष विचार किया है कि पिछले पचास वर्षों में हिन्दी में जो काव्य-चिंतन हुआ है, उसमें काव्यशास्त्रीय विरासत की रक्षा कहाँ तक हुई है।

शास्त्रीय परम्परा की चर्चा करते हुए त्रिपाठीजी ने शास्त्र की उदारता का निदर्शन किया है। श्रेष्ठ साहित्य में रस की प्रतिष्ठा रहती है लेकिन त्रिपाठी जो कहते हैं कि परम्परा सर्वत्र रसात्मक प्रतिमान का आग्रह नहीं करती, यह आग्रह वह वहीं करती है जहाँ रचना की तह में रचनाकार की चेतना रसात्मक हो। जहाँ चेतना रसात्मक नहीं होती, वहाँ ध्वनि-सिद्धान्त का व्यवहार किया जाता है। ध्वनि का बल व्यंग्ययार्थ पर रहता है लेकिन वहाँ भी सर्वत्र व्यंग्ययार्थ का आग्रह नहीं है, वाच्यार्थ में भी रमणीयता स्वीकार की गई है। इस प्रकार, शास्त्रीय दृष्टि आग्रहवादी नहीं है। लेकिन विचारणीय यह है कि ये ही त्रिपाठीजी जब हिन्दी-आलोचना पर विचार करते हैं, तब उदार नहीं रह पाते। हिन्दी में आचार्य रामचन्द्र शुक्ल और डॉ. नगेन्द्र रसवादी आलोचक ही माने जाते हैं लेकिन त्रिपाठीजी की मनोनीत काव्यशास्त्रीय परम्परा में इन दोनों का समावेश नहीं किया गया है। वहाँ जयशंकर प्रसाद के बाद नन्ददुलारे वाजपेयी का नाम आता है और तदनन्तर विद्यानिवास मिश्र, गोविन्दचन्द्र पाण्डे आदि का। शुक्लजी के विषय में आपत्ति यह है कि उन्होंने रस के आधारभूत पारम्परिक तत्त्व-दर्शन या तत्त्ववाद को अमान्य कर मनोविज्ञान के आलोक में रस को समझना चाहा है। यही बात वे डॉ. नगेन्द्र के लिये भी कहते हैं। गंभीरता से विचार करने पर डॉ. नगेन्द्र भी भारतीय तत्त्वदर्शन से (जो रस-प्रतीति का एक आधार है) हट जाते हैं। वे भी परम्परा से हटकर शुक्लजी की राह पकड़ते हैं। जहाँ तक रस-सिद्धान्त और तत्त्वदर्शन के संबंध का प्रश्न है, स्वयं त्रिपाठीजी का मत स्थिर नहीं है। एक जगह वे कहते हैं कि व्याकरण-दर्शन और रस का तत्त्वदर्शन अविच्छेद्य रूप से जुड़े हुए है। लेकिन एक अन्य स्थल पर वे यह भी कहते हैं कि यह धारणा नितान्त

भ्रान्त है कि परम्परा रस की अवधारणा में तत्त्वदर्शन का अनिवार्यः समावेश करती ही है। इन दोनों मतों में तीखा विरोध है लेकिन त्रिपाठीजी में दोनों मत बने हुए हैं। उन्होंने इनका निरंकुश प्रयोग भी किया है। पहली धारणा के आधार पर ही आचार्य शुक्ल और डॉ. नगेन्द्र को परम्परा से खारिज किया गया है। जब संस्कृत के आचार्य परम्परा से हटते हैं, वे परम्परा को विस्तार देने वाले हो जाते हैं लेकिन जब हिन्दी के आलोचक परम्परा से हटते हैं, उन्हें अलग पड़ गये कहकर पंक्ति से बाहर कर दिया जाता है। स्पष्ट है कि हिन्दी-आलोचकों के प्रति त्रिपाठीजी अनुदार हैं।

हिन्दी-आलोचना को त्रिपाठीजी ने तीन वर्गों में बाँटा है; पारम्परिक आलोचक, अज्ञेयवादी खेमा और प्रगतिवादी खेमा। रामस्वरूप चतुर्वेदी अज्ञेय खेमे के आलोचक है और नामवरसिंह प्रगतिवादी खेमे के। दोनों का वैचारिक विरोध ध्रुवान्तक है लेकिन काव्यशास्त्र की परम्परा को संदर्भभूत रखते हुए त्रिपाठीजी ने दोनों को एक साथ विपक्ष में रखा है। यदि पारम्परिक काव्यशास्त्र को केवल रस और ध्वनि तक ही सीमित नहीं रखा जाय, उसके अन्य साहित्यिक मुद्दों का आकलन भी किया जाय तो यह सहज ही देखा जा सकता है कि सर्जन, सम्प्रेषण, आस्वादन, व्यक्तित्व की अभिव्यक्ति/निर्वैयक्तिकता, प्रयोजन, नैतिकता आदि मुद्दों पर कई साहित्यिक आलोचकों के विचार सीधे शास्त्रभावित चाहे न भी हों, शास्त्र की अनुरूपता में ठहरते हैं और परम्परा को आगे बढ़ाते हैं। स्वयं अज्ञेय का अपना उत्तरवर्ती चिंतन तो प्रस्तुत संदर्भ में विशेष महत्त्व का है। वह शास्त्रीय-चिंतन को भी नये आयाम देता है, भारतीय-चिंतन को तो देता ही है लेकिन त्रिपाठीजी ने उसका समग्र आकलन नहीं किया है, केवल खण्डन योग्य कुछ स्थल चुनकर अपने मत का पोषण कर लिया है। यही बात चतुर्वेदीजी के लिये भी कही जा सकती है।

यहाँ ध्यान देने की बात यह है कि आलोच्य-पुस्तक का प्रस्तावित प्रतिपाद्य अर्द्धशती का भारतीय काव्य-चिंतन है जबकि अपने विवेचन में त्रिपाठीजी ने 'भारतीय' शब्द का प्रयोग प्रायः 'शास्त्रीय' के पर्याय के रूप में किया है। जो शास्त्रीय है, वह तो भारतीय है लेकिन इसका विलोम सही नहीं होगा; जो भारतीय है, वह शास्त्रीय नहीं हो जायेगा। भारतीय केवल शास्त्र में निश्शेष नहीं हो जाता; उसमें शास्त्र से इतर किये गये चिंतन का समावेश भी होता है। त्रिपाठीजी चाहे शास्त्रीय-चिंतक के रूप में रामचन्द्र शुक्ल, अज्ञेय, रामस्वरूप चतुर्वेदी और नामवरसिंह को खारिज करें, भारतीय चिंतक के रूप में तो इन्हें किसी भी तरह खारिज नहीं किया जा सकता; न इन्हें विपक्ष में ही रखा जा सकता है। वस्तुतः भारतीय चिंताधारा के विपक्ष में कोई धारा होगी भी, तो वह विदेशी चिंताधारा होगी। हिन्दी की वामपंथी चिंताधारा ने भी भारतीय चिंताधारा को नया आयाम दिया है, उसकी उपेक्षा कैसे की जायेगी? इस प्रकार, भारत की काव्यशास्त्रीय परम्परा और भारतीय काव्य-चिन्ता का पर्यायवत् प्रयोग करके त्रिपाठीजी ने एक भ्रामक स्थिति उत्पन्न की है, शास्त्र से इतर हुए काव्य-चिंतन के साथ अन्याय तो किया ही है।

हिन्दी-आलोचना की विभिन्न पद्धतियों से त्रिपाठीजी अपरिचित नहीं है; समकालीन साहित्य और आलोचना से भी वे परिचित हैं लेकिन भारतीय काव्य-चिंतन के परिदृश्य

पर केवल अपने मनोनीत की ही प्रतिष्ठा करके उन्होंने अपनी संकीर्णता और अपना पूर्वग्रह ही सूचित किया है।

अर्द्धशती के काव्यशास्त्रीय-चिंतन के 'पक्ष' का आकलन करते हुए त्रिपाठीजी ने उसमें जयशंकर प्रसाद, नन्ददुलारे वाजपेयी, विद्यानिवास मिश्र, गोविन्दचन्द्र पांडे, के. सी. पांडे, गणेश ज्यंबक देशपांडे आदि की गणना की है लेकिन देखने की बात यह है कि शास्त्रीय परम्परा के विकास में इनका योगदान क्या है, इसका कोई सम्यक विचार उन्होंने नहीं किया है। त्रिपाठीजी ने स्वयं को पक्ष में रखा है और इसके साथ ही, पक्ष की कमान भी उन्होंने खुद ही सँभाली है और अपने ही मंतव्यों का प्रतिपादन किया है। इस प्रकार अर्द्धशती का यह भारतीय काव्य-चिंतन एक प्रकार से स्वयं राममूर्ति त्रिपाठी का काव्यशास्त्रीय विचार-विवेचन होकर रह गया है।

लेकिन जो भी हो, त्रिपाठीजी की इस चिन्ता को तो स्वीकार किया ही जाना चाहिये कि आज के अधिकांश हिन्दी आलोचक काव्यशास्त्रीय परम्परा से अनभिज्ञ हैं। पाठ्यक्रमों में शास्त्रीय ज्ञान प्रस्तावित रहता है लेकिन व्यवस्था ऐसी ही है कि उसके सतही ज्ञान से भी काम चल जाता है। किसी भी शास्त्र का सम्यक् ज्ञान अर्जित करके उसका अतिक्रम करना एक बात है और उसके अभाव में उसका तिरस्कार करना बिलकुल दूसरी बात। अधिकांश हिन्दी लेखक दूसरी श्रेणी में आयेंगे। इस मुद्दे पर त्रिपाठीजी की चिंता जायज है। उनका दर्द समझा जाना चाहिये। यदि शास्त्रीय संभावनाओं की तलाश की जा सकती है तो उसकी राह शास्त्र को आयत्त करके ही हो सकती है; अन्यथा भी विरासत से अपरिचय कोई शोभनीय स्थिति नहीं है।

लेकिन दूसरी ओर प्रश्न यह है कि क्या शास्त्र का आलोक किसी आधुनिक या समकालीन कृति को नये ढंग से उद्‌गासित कर सकता है? हमारे सामने त्रिपाठीजी के ही कुछ आलेख हैं जिनमें उन्होंने गुप्त, प्रसाद, पंत, निराला आदि पर शास्त्रीय दृष्टि से विचार किया है। इस विचार में जहाँ-तहाँ व्यवहृत हुई शास्त्रीय शब्दावली को छोड़ दें तो इसमें ऐसी कोई बात नहीं है कि यह कहा जा सके कि शास्त्र के व्यवहार के अभाव में विवेचित कृति का अमुक पक्ष प्रकाशित नहीं हो सकता था। सच तो यह है कि कई जगह शास्त्र का प्रयोग कृति का मर्म खोलने में असहाय ही जान पड़ता है। 'स्कन्दगुप्त' में नायकत्व का निर्णय शास्त्र के सहारे नहीं किया जा सका है। नायक के उत्साह, शम और अतृप्त शृंगार को किसी भी अंगी रस में गूँथना त्रिपाठीजी के लिये संभव नहीं हुआ है। कभी डॉ. जगन्नाथप्रसाद शर्मा ने प्रसाद के नाटकों का शास्त्रीय अध्ययन करते हुए 'स्कन्दगुप्त' के विषय में सुझाया था कि नाटक का अंतिम दृश्य हटा दिया जाना चाहिये। अब, त्रिपाठीजी का नायकत्व निर्णय के लिये याज्ञिक संस्कृति को अपनाये जाने का प्रस्ताव भी नाट्यशास्त्र को मुँह चिढ़ाता देखा जा सकता है। वस्तुतः प्रसाद सिद्धान्त के स्तर पर चाहे जितना शास्त्र का समर्थन करते हों, रचना के स्तर पर वे शास्त्र के लिये चुनौती बनकर ही आये हैं। यही स्थिति निराला के विषय में दिखाई पड़ती है। 'राम की शक्तिपूजा' में वस्तु की दृष्टि से विषाद की और पार्यन्तिक पोषण की दृष्टि से उत्साह

की प्रधानता मानी गई है लेकिन विषाद और उत्साह का यह मेल किस अंगीरस की प्रतिष्ठा करेगा, इसका निर्णय त्रिपाठीजी से नहीं बन पड़ा है।

स्पष्ट है (त्रिपाठीजी के ही मुहावरे में) 'शास्त्रीय भेदों के जंगल में' फँसकर कृति का आनन्द नहीं लिया जा सकता। इसके बरक्स राम के अन्तः संघर्ष की जो व्याख्या त्रिपाठीजी ने शास्त्र से बिना बँधे की है, वह कृति में ज़्यादा सही पेंठ देती है। वस्तुतः इस यान्त्रिक युग की भीषण उलझनों में फँसा व्यक्ति का द्विभाजित मन रचना में जो अभिव्यक्ति पाता है, रस के बँधे खाँचों में उसे अँटाने की चेष्टा का कोई अर्थ नहीं है। स्वयं त्रिपाठीजी ने इस दायरे से बाहर आकर कई समकालीन कविताओं की जो व्याख्या प्रसंग-प्राप्त स्थलों पर की है, वह ज़्यादा प्रभावी बन पड़ी है। ऐसी स्थिति में कोई भी हिन्दी-आलोचक, चाहे वह अज्ञेय हों या रामस्वरूप चतुर्वेदी या नामवर सिंह (इन पर त्रिपाठी ज़्यादा कुपित हैं) यदि रस-सिद्धान्त को अपर्याप्त ठहराते हैं तो उस पर क्षुब्धा होने का कोई औचित्य नहीं रह जाता। जब छायावादी रचना-कर्म की रसवादी व्याख्या में स्वयं त्रिपाठीजी ही सफल नहीं हो पाये हैं, तब नई कविता और इक्कीसवीं सदी की कविता के लिये क्या कहा जाय? और, क्या आज की घटनारहित कहानी की व्याख्या कथा या आख्यानिका के उन भेदोपभेदों के सहारे बन पड़ेगी जिनका विवेचन इस पुस्तक में त्रिपाठीजी ने किया है? यहाँ यह कहना भी आवश्यक है कि काव्यशास्त्र के कुछ तत्त्वों का, जैसे शब्दशक्तियों का या ध्वनि के मुख्यार्थ, व्यंग्यार्थ आदि का समाहार हिन्दी-आलोचना में हो चुका है इसलिये प्रयोग को शास्त्र के निदर्शन के रूप में नहीं देखा जाना चाहिये। संस्कृत की बहुत सारी शब्दावली भी तो आज हिन्दी में आत्मसात हो चली है।

हिन्दी की नई समीक्षा पर विचार करते हुए त्रिपाठीजी ने डॉ. रामस्वरूप चतुर्वेदी के बिम्ब-विधान विषयक मंतव्य पर विशेष विचार किया है। चतुर्वेदीजी के अनुसार बिम्ब का महत्त्व केवल ऐन्द्रिय संवेदन के कारण ही नहीं होता अपितु इसलिये भी होता है कि वह आंतरिक भाव-स्थितियों को भी व्यंजित करता है। उसमें कई अर्थों का संश्लेषण सघन भाव-चित्रों के माध्यम से व्यक्त होता है। उनका मत है कि काव्यशास्त्र में बिम्ब और प्रतीक-विधान पर इस तरह से सोचा-विचारा नहीं गया है। परम्परा व्यंजना का प्रसार 'अर्थ' तक ही मानती है, संवेदना के ग्रहण तक नहीं। त्रिपाठीजी ने इस मत का प्रत्याख्यान किया है। उनका कहना है कि आनन्दवर्धन का मंतव्य ध्वनि या व्यंजना के प्रतिपादन मात्र में नहीं अपितु रसात्मक संवेदन में उसके पर्यवसान में है। उन्होंने पंडितराज जगन्नाथ और नागेश भट्ट का उदाहरण भी दिया है। लेकिन ज्ञातव्य है कि ये आचार्य भी समासोक्ति और उन्योक्ति के संदर्भ में इस बात पर बल देते हैं कि दोनों अर्थ अलग-अलग नहीं रहते। सामान्यतः काव्याशास्त्र सिद्धान्त रूप में ही अद्धैतवादी है, व्यवहार में वह अर्थ के दो रूप अधिक दिखाता है, संश्लिष्ट चित्र कम। अंततः त्रिपाठीजी को भी यह स्वीकार करना पड़ा है कि काव्यशास्त्र में बिम्ब और प्रतीक का वैसा विचार नहीं किया गया है जैसा पश्चिम में हुआ है, इनकी अवधारणा किसी न किसी रूप में चाहे यहाँ भी मिल जाती हो, पर वह अलग बात है। उन्होंने लिखा है कि–

"दोनों (रामअवध द्विवेदी व रामस्वरूप चतुर्वेदी) इस बिंदु पर एक मत हैं कि भारतीय काव्यशास्त्र में बिम्ब और प्रतीक पर पश्चिमी काव्यशास्त्र की तरह नहीं सोचा-विचारा गया है। यह कोई नई बात नहीं है। हर राष्ट्र की अपनी सोच की एक धारा होती है जो एक दूसरे से हटकर होती है–भिन्न होती है, होनी ही चाहिये। पश्चिमी साहित्यशास्त्र में शब्द-शक्तियों पर कहाँ ऐसा विचार है?"

यदि त्रिपाठीजी प्रारंभ से ही इस दृष्टि को और प्रशस्त करके विचार करते तो हिन्दी के गैर-परम्परावादी साहित्य-चिंतन में जो भारतीयता है, उसे भी लक्ष्य कर सकते थे। बात यह है कि भारतीय काव्य-चिंतन में व्यापक रूप से साहित्य पर विचार किया गया है। समकालीन आलोचना में अज्ञेय सहित कई चिंतकों ने निर्वैयक्तिकता/व्यक्तित्व की अभिव्यक्ति, परम्परा आदि पर जो विचार किया है, वह चाहे पश्चिम प्रेरित रहा हो, समग्रत: वह भारतीय-चिंता के ही निकट रहा है बल्कि उसमें उसे नये आयाम भी प्राप्त हुए है। रचना को एक संश्लिष्ट इकाई के रूप में और समग्र के संदर्भ में पाने वाली तलगामी दृष्टि भी हमारी आलोचना की अपनी निधि है, चाहे इसके सूत्र भी हमने पश्चिम से ही पाये हैं। पश्चिम में तो समग्रता का विचार इस हद तक हुआ है कि शेक्सपीयर का समग्र कृतित्व एक कविता के रूप में देखा गया है। (कहना कठिन है कि कालिदास पर ऐसा कोई विचार हमारे काव्यशास्त्र में किया गया है। यह एक गहन आलोचन-व्यापार होगा जो समग्र कृतित्व में परस्पर ग्रथित अंत:सूत्रों को विश्लेषित करके ही किया जा सकेगा।) इसी तरह, परिवेश के संदर्भ और प्रभाव में रचना और रचनाकार को देखने के प्रयत्न भी हुए हैं। साहित्यकार के दायित्व का मनन-मंथन भी पिछली अर्द्धशती में बहुत हुआ है। लेकिन दृष्टि की व्यापकता के अभाव में यह सब त्रिपाठीजी के लिये भारतीय काव्य-चिंतन का भाग नहीं बन सका है।

'परिशिष्ट खंड' में भी त्रिपाठीजी ने कुछ सैद्धान्तिक प्रश्न छेड़े हैं लेकिन उनका विवेचन भी सामान्य-सा ही रहा है। त्रिपाठीजी अपनी व्याख्याओं में ज़्यादा प्रभावी रहे हैं। पुस्तक में एक 'परिशिष्ट' और भी है, उसमें भी चार लेख हैं लेकिन विषयानुक्रमणिका में इस परिशिष्ट और इन लेखों का कोई उल्लेख नहीं है। थोड़ी-सी सावधानी बरती जाती तो कई स्थलों पर गड़बड़ा गया वाक्य-विन्यास और अंग्रेज़ी और वर्तनी की अशुद्धियाँ भी ठीक की जा सकती थीं।

रस सिद्धांत को चुनौती देती मराठी आलोचना

सुधीर रसाल (सं.) : गंगाधर गाडगील की समीक्षा
अनुवादक—डॉ. हनुमान, श्रीपाद साने : डॉ. पद्मजा घोरपड़े

मराठी-साहित्य में मूर्तिभंजक आलोचक के रूप में प्रख्यात हुए गंगाधर गाडगील अपने जिस आलेख से चर्चा में आये, विवादास्पद बने और प्रतिष्ठित हुए, वह आलेख था- 'रसचर्चा का कबाड़ा' (रसचर्चेली अडगल)। आलोचक गाडगील की आलोचना-दृष्टि का कुछ पता इस तीखे शीर्षक से मिल जाता है। मराठी के नये लेखक अनुभव कर रहे थे कि भारतीय साहित्यशास्त्र का रस-सिद्धान्त नये साहित्य के नयेपन की पहचान नहीं करा पा रहा है (स्वयं गाडगील नई कहानी के प्रवर्तक थे) इसलिये रस-सिद्धान्त के प्रति उनमें एक गहरे असंतोष का भाव था, वही भाव इस शीर्षक में अपने आक्रामक रूप में प्रकट हुआ। गाडगील की आलोचना का आस्वाद देने वाले प्रस्तुत संचयन ('गंगाधर गाडगील–प्रतिनिधि समीक्षा'–सम्पादक–सुधीर रसाल) में ऐतिहासिक महत्त्व का यह दस्तावेज़ संकलित नहीं है तथापि गाडगील के 'रस और अनुभव' आलेख से, जो इस संचयन में है, रसवाद की सीमाओं का और आलोचक गाडगील की उसके प्रति दृष्टि का अच्छा परिचय मिल जाता है। अपने को अनुभववादी कहते हुए गाडगील ने रसवाद पर जो प्रहार किया, उसका मूल वक्तव्य यह है कि रस-सिद्धान्त केवल उस भाव-तत्त्व पर बल देता है जो समग्र अनुभव का अंश होता है। अनुभव के उस वैशिष्ट्य का तो वह कोई आकलन ही नहीं करता जो किसी भी समर्थ रचना को नई सृष्टि होने का गौरव देता है। रूढ़ पद्धति का अतिक्रमण कर रची गई रचना का महत्त्वांकन तो उसके सहारे संभव ही नहीं है। इसकी और भी सीमाएँ हैं। साहित्यिक आलोचना को इसकी जकड़न से मुक्त करने के लिये ही गाडगील ने स्वायत्तवादी-दृष्टि का प्रतिपादन किया। इसमें उन्होंने कृति में अनुभव की कलात्मक संगति पर सबसे अधिक बल दिया। इसी निकष पर उन्होंने श्री फड़के और श्री खांडेकर जैसे स्थापित लेखकों का पुनर्मूल्यांकन करते हुए उनके अधिमूल्यन को संतुलित किया, तो दूसरी ओर श्री मर्ढेकर जैसे कवि और श्री देवल जैसे नाटककार की आशंसा करते हुए नये साहित्य के आस्वादन का पथ भी प्रशस्त किया।

देवल के नाटक 'शारदा' और आपटे के उपन्यास 'वज्राघात' की व्यावहारिक समीक्षा में आपकी दृष्टि की तलगामिता भलीभाँति फलित हुई है।

सैद्धान्तिक समीक्षा खंड में संकलित निबंध भी साहित्य के चिर-प्रश्नों में आपकी गहरी पैठ और सूक्ष्म दृष्टि का वैसा ही पता देते हैं। यह दृष्टि सर्वत्र साहित्य की स्वायत्तवादी दृष्टि ही है यद्यपि यह मर्ढेकर की अतिवादिता से मुक्त है, इस अर्थ में कि यह साहित्य में जीवन, नैतिकता, वैचारिकता, मूल्य-दृष्टि, जीवन-दर्शन आदि की अनुस्यूति स्वीकार करती है, यद्यपि इन्हें पाना वे साहित्य की शर्तों पर और कला की संगति में ही चाहते हैं। सुधीर रसाल ने यह बात अपनी भूमिका में भलीभाँति दिखाई है। वस्तुतः वे इस संचयन के निष्क्रिय सम्पादक नहीं हैं। उनकी चयन-दृष्टि इस संचयन की सामग्री में दिखाई पड़ती है और समीक्षा-दृष्टि उनकी लम्बी भूमिका में। इसमें उन्होंने श्री गाडगील के तमाम आलोचनात्मक लेखन को छानते हुए उनसे निसृत सिद्धान्तों का विवेचन किया है, चाहे स्वयं गाडगील सिद्धान्तों में विश्वास नहीं करते। यह विवेचन जहाँ गाडगील की स्वायत्ततावादी-दृष्टि की पुष्टि करता है और उनके चिंतन-सातत्य को उभारता है, वहीं गाडगील की आलोचना में रसाल की सूक्ष्म दृष्टि और पकड़ का पता भी देता है। यदि संचयन में फड़के और खांडेकर की गाडगील कृत आलोचना के अंश भी रहते तो उनकी प्रारम्भिक आलोचना के मिजाज के तीखेपन की बानगी भी इसमें आ जाती और तब संचयन की प्रतिनिधिकता और भी असंदिग्ध होती।

इस संचयन का डॉ. हनुमान श्रीपाद साने और डॉ. पद्‌मजा घोरपड़े द्वारा किया गया प्रस्तुत अनुवाद बोधगम्य है और प्रवाहपूर्ण भी। यह मराठी-आलोचना से हिन्दी पाठकों का परिचय गहराता है। क्षेत्रीय भाषाओं से हिन्दी में किये जाने वाले अनुवादों में वाक्य-गठन की असंगतियाँ और वर्तनी की जो भूलें प्रायः मिलती हैं, वे इस अनुवाद में भी हैं लेकिन क्योंकि अनुवादकों ने मूल लेखन की भाव-दृष्टि और वैचारिकता को आयत्त कर रखा है इसलिये कुछेक भाषायी अवरोधों के रहते भी पुस्तक का आनन्द लिया जा सकता है। कुछ अवरोधों का उल्लेख पुस्तक का महत्त्व कम करने की दृष्टि से नहीं, अनुवाद की समस्या के निदर्शन के लिये किया जा रहा है।

हिन्दी वाक्य रचना में कारकीय विभक्तियों का लोप पुस्तक में जगह-जगह है, यथाः चंद्रगुप्त और 'उषःकाल' काफी समानताएँ हैं (213) आपटे बहुत कुछ हासिल करने का प्रयोजन रखा (215) उनके अपने जमाने यह महत्त्वपूर्ण योगदान था (217) आपने संमिश्र बिंबों तक उपयोग कर लेते हैं (181) आदि।

कई स्थानों पर तो वाक्य रचना पूर्णतः असंगत हो गई है। गाडगील तब तक सैद्धान्तिक लेखन इसलिये नहीं करते कि आप जब तक वे मानते थे कि सिद्धान्तों का प्रतिपादन साहित्य समीक्षा का प्रमुख कार्य है, बल्कि सैद्धान्तिक लेखक का उद्‌देश्य वह नई समझ तार्किक ढंग से स्पष्ट की जाए तो नए साहित्य के साथ उभर रही थी।

कुछ शब्दों का हिन्दी में प्रचलित अर्थ से हटकर जो प्रयोग हुआ है, वह भी अखरता है। 'विशेष' ऐसा ही पद है। 'आपके लेखन तीन विशेषयों है' (10) 'मैं रस सिद्धान्त के निम्नानुसार छह विशेष मानता हूँ (89)'। कोई छह-आठ जगह विशेष का प्रयोग हुआ है, लगभग विशेषता के अर्थ में। यह मराठी प्रभाव जान पड़ता है। गाडगील साहित्य के

दो भेद करते हैं शुद्ध और अशुद्ध। इन्हें दो गुट (69) कहन है। 'नाट्य-रूप' पद का भी ऐसे ही भिन्न अर्थ में प्रयोग है (138-39)। 'लेखन का आशय लेखक के व्यक्तित्व के प्रभाव-निरपेक्ष में नाट्य रूप में अवतरित होता है।' (138-139)। लेखक किसी भी शब्द का भिन्न अर्थ में प्रयोग कर सकता है, ऐसे में अनुवादक से अपेक्षा होती है कि वह उसका रूपान्तरण अनुवाद की भाषा की प्रकृति के मेल में करे। सुबुक (118) और लकब (258) ऐसे शब्द हैं जो अपने सहचारी शब्दों के मेल में ही अपना अर्थ खोलते हैं। जिन स्थितियों के लिये हिन्दी के अपने व्यंजक शब्द मौजूद हैं, उनके लिये दूसरे शब्दों का व्यवहार सुचिंतित होना चाहिये। साहित्य की श्रेष्ठता या हेयता के अर्थ में 'कनिष्ठता'(134) का प्रयोग उचित नहीं है क्योंकि यह केवल लघुता ही सूचित करता है जबकि हेयता में दर्जे का घटियापन भी निहित है। न्यूनता ग्रंथि (258) की तुलना में हीनता ग्रंथि ज़्यादा उपयुक्त है क्योंकि यह न्यूनता के साथ आत्म-ग्लानि भी व्यंजित करता है। हिन्दी में सपने अवतरित नहीं होते (201), साकार होते हैं। 'सृजन' शब्द के लिये अनुवादकों ने सर्वत्र 'निर्माण' का प्रयोग किया है। यह उचित नहीं है, निर्माण सचेष्टता दर्शाता है जबकि सृजन में स्वतः स्फूर्तता का भाव भी रहता है जो रचना के मर्म को सही ढंग से प्रेषित करता है। दो निषेधकारक शब्दों का एक ही वाक्य में रहना, अर्थ को उलट देता है (94, 156) इसी तरह, एक वाक्य में एक भाव के वाचक दो शब्दों का रहना भी उचित नहीं होता (206, 208)। पुस्तक में छापे की भूलें भी कई हैं लेकिन वर्तनी की अशुद्धियाँ भी अनेक हैं जिन्हें छपाई के मत्थे नहीं मढ़ा जा सकता; कुछ उदाहरण द्रष्टव्य हैं–उद्धहरणों (उद्धरणों), डँटकर (डटकर), खिंच (खींच), उपयोगतावादी (गि), परिलोक (परी), दिक्‌भ्रमित (ग्), आघाता (आघात), बिड़ा (बीड़ा), बितते, बितने (बीतते-बीतने), सृष्टी (सृष्टि), ढिले-ढाले (ढी), सद्‌गदित (गद्‌गद्), रूककर (रुककर) आदि।

अंत में, यह दोहराना आवश्यक है कि अनुवादकों ने क्योंकि गाडगील व रसाल के मंतव्यों को दूर तक आयत्त करके अनुवाद किया है इसलिये कहीं-कहीं मिलने वाले अशुद्ध प्रयोग भी लेखकों के मंतव्यों को पाने में विशेष बाधक नहीं होते। एक अत्यन्त निर्भीक व विचारोत्तेजक आलोचक की स्फूर्तिप्रद आलोचना हिन्दी जगत को भेंट करने के नाते अनुवादक धन्यवाद के पात्र हैं।

रचना का अधूरा सच

डॉ. नन्दकिशोर आचार्य : रचना का सच

'रचना का सच' डॉ. नन्दकिशोर आचार्य के साहित्यिक चिंतन का नवीनतम प्रकाशन है, इसके एक भाग में साहित्य का सैद्धान्तिक चिंतन है और दूसरे में समकालीन लेखकों की पुस्तकों की समीक्षाएँ। साहित्य के प्रश्नों पर आचार्यजी ने लीक से हटकर विचार किया है, इसलिए संभव है, उनके कुछ मंतव्यों को तात्कालिक स्वीकृति न मिले, लेकिन आग्रहमुक्त होकर उनकी स्थापनाओं पर विचार करने वालों को उनमें रचना का सच एक भिन्न कोण से उद्‌घाटित हुआ मिलेगा। यह कोण एक कवि-आलोचक का कोण है। उनकी व्यावहारिक समीक्षाएँ भी केवल समीक्ष्य पुस्तकों में ही पैठ नहीं देतीं, वे आलोच्य लेखकों के समग्र कृतित्व को पाने का सूत्र भी प्रदान करती हैं और समकालीन साहित्य की हमारी समझ भी समृद्ध करती हैं।

सैद्धान्तिक पक्ष में आचार्यजी ने सृजन-प्रक्रिया और साहित्य की भाषा पर विशेष विचार किया है। एक रचनाकार जब विचारक भी होता है, तब यह स्वाभाविक ही है कि सृजन-प्रक्रिया का विश्लेषण वह अपने अनुभवों के आलोक में करे। डॉ. आचार्य ने यही किया है यद्यपि इसका अर्थ यह नहीं है कि उनकी आलोचना की सृष्टि उनकी कविता की रक्षा के निमित्त से हुई है। डॉ. आचार्य ज्ञान-विज्ञान के जिज्ञासु अध्येता भी हैं। उनके विश्लेषण में हमें परिचित स्थितियों की अछूती परतें खोलने वाली ऐसी सूक्ष्मता मिलती है जो अभी हिन्दी आलोचना की परिचित नहीं जान पड़ती। प्रक्रिया का विश्लेषण करते हुए उन्होंने लिखा है कि–

"यथार्थ की पहचान की हमारी प्रक्रिया ही हमारा यथार्थ हो जाती है बल्कि तब वह यथार्थ की पहचान की नहीं, यथार्थ सृजन की प्रक्रिया हो जाती है और हम उसी का सम्प्रेषण कर रहे होते हैं।"

एक अन्य स्थल पर वे लिखते हैं कि–

> "प्रत्येक साहित्यिक रचना या कलाकृति मूलत और सर्वप्रथम एक सृजन है, रचना है। वह यदि सम्प्रेषण या अभिव्यक्ति भी है तो किसी विचार या अनुभव की नहीं बल्कि एक रचना या सृजन कर्म की अभिव्यक्ति और सम्प्रेषण है।"

दोनों उद्धरण एकाएक हमारा ध्यान आकर्षित करते हैं। ये बातें वही कवि-आलोचक कह सकता है जो रचना के सच को उसके वास्तव में पाने के लिए गहन आत्मसंघर्ष से

गुजरा हुआ हो और उसे पाने की प्रक्रिया का सही-सही विश्लेषण करने में समर्थ भी हो; साथ ही जो इस बात से भी परिचित हो कि विज्ञान भी यथार्थ की तद्वत पहचान को संभव नहीं मानता। यह भी आवश्यक है कि वह किसी पूर्व निश्चित यथार्थ को प्रेषित करने के प्रति संकल्पित न हो।

इस मंतव्य को स्वीकार करने वाले को यह स्वीकार करने में भी कम कठिनाई होगी कि रचना स्वयं से पृथक् किसी तत्त्व विशेष को सम्प्रेषित नहीं करती। जब रचनाकार यथार्थ को रचने के क्रम में ही पहचान पाता है, तब रचना को किसी भाव या विचार विशेष की अभिव्यक्ति का साधन मानने के आग्रह का क्या औचित्य? हमारे यहाँ सामान्यतः यह धारणा रही है कि रचना भाव या विचार या सिद्धान्त विशेष की अभिव्यक्ति का साधन होती है, लेकिन डॉ. आचार्य ने इसे स्वीकार नहीं किया है। उनके अनुसार रचना भाव, भाषा, लय, गति आदि का गठजोड़ नहीं होती, वह एक इकाई होती है जिसमें ये सब तत्त्व घुले-मिले रहते हैं (विज्ञान की शब्दावली में वे कम्पाउण्ड मिक्सचर नहीं, कैमिकल मिक्सचर बनाते हैं, इसीलिए) उनकी पृथक पहचान उसमें नहीं रहती और इसीलिए यह कहने का भी कोई अर्थ नहीं रहता कि वह किसी तत्त्व विशेष को सम्प्रेषित करने का साधन होती है, वह तो स्वयं और समूची सम्प्रेषित होती है। हिन्दी की पिष्टपेषित आलोचना को अभी इस प्रकार के विचारों को स्वीकारने में भी कठिनाई होगी, लेकिन यह कठिनाई इन विचारों के महत्त्व को कम नहीं करेगी, बढ़ायेगी ही।

सृजन-व्यापार का एक पहलू यह भी है कि तद्वत पहचान और तद्वत अभिव्यक्ति यथार्थ (यदि उसके लिए यह शब्द सही है) की भी संभव नहीं है, इसलिए पाश्चात्य साहित्य चिंतकों ने कविता और कविता की सामग्री में भी अंतर किया है। उनके अनुसार कवि की परिचित, सामग्री होती है, न कि कविता। कवि के अवचेतन में सामग्री पर जो दबाव निरन्तर पड़ता है, वह उसके ज्ञात रूप को बदलता रहता है, इसीलिए कविता में ढलते-ढलते उसके ज्ञात रूप में अचिंत्य परिवर्तन आ सकता है। कभी-कभी तो इतना अधिक कि 'मूल से मिलान करने पर वह पहचानी भी नहीं जाय!' 'लिखत सुधाकर लिखिगा राहू' की भी मनोवैज्ञानिक व्याख्या यही होगी। डॉ. आचार्य एक कवि हैं और इस रचना-रहस्य से वे अपरिचित कैसे हो सकते हैं। उन्होंने यथार्थ से पहचान के क्रम में ही सृजन का जो समावेश किया है अथवा अतर्क्य कौंध की जो बात की है अथवा यह जो कहा है कि 'प्रत्येक कृति अपूर्वानुमेय होती है', उसमें इस पहलू से उनका परिचय प्रमाणित होता है, लेकिन चिंत्य यह है कि उन्होंने इसके साथ-साथ 'अनुभव की शुद्धता' और प्रेषणीयता की निश्चितता का भी प्रबल आग्रह किया है। उनके 'अपूर्वानुमेय' से इस आग्रह की संगति कैसे बैठेगी, इसका विचार उन्होंने नहीं किया है इसलिए प्रक्रिया विषयक सोच की जिस नई दिशा में उन्होंने प्रयाण किया है, उसमें उनको और भी संचरण करना होगा।

निर्मल वर्मा ने एक जगह लिखा है कि 'प्रेषणीयता किसी भी कला की विश्वसनीय शर्त कभी नहीं रही, यह तथ्य आज भी अपनी जगह है कि कला में जो हमेशा सम्प्रेषित

होता है, वह वास्तव में वही है जो कभी प्रेषणीय नहीं होता।' (कला का जोखिम, पृ. 34)। कोई विचार वर्मा का होने से ही आचार्यजी को स्वीकार हो जायेगा, ऐसा नहीं है। लेकिन वर्मा का विचार होने से यह उनके लिए विचारणीय तो हो ही सकता है।

बहरहाल, प्रक्रिया के विश्लेषण से आचार्यजी ने अपनी इस मान्यता को पुष्ट किया है कि रचनाकार का प्रमुख सरोकार अपने अनुभव की शुद्धता की रक्षा करना है। इसमें उनका एक आशय यह भी है कि रचनाकार को अपनी रचना को किसी विचारधारा को प्रेषित करने का साधन नहीं बनने देना है। विजयदेवनारायण साही की कविता पर उन्होंने जो विचार किया है, उससे उनकी बात कुछ और स्पष्ट हुई है। उन्होंने लिखा है कि साही की कविता अपने समय पर विचार करती है पर विश्लेषण या बहस के रास्ते नहीं, बल्कि संवेदना और अनुभूति के रास्ते। चारों तरफ़ जब कविता में विचार ठूँसने या विचारों को संवेदना से छूकर काव्यात्मक बनाने के प्रयास हो रहे हों, साही की कविता सिर्फ यह जानने के लिए भी पढ़ी जा सकती है कि कविता भी विचार करती है और यह भी कि कविता के विचार करने और कविता में विचार करने में क्या फर्क है।(99) स्पष्ट है कि विचारों से आचार्यजी को कोई परहेज नहीं है लेकिन विचार कविता में कैसे रहें, इस विषय पर उनका मत उनका अपना है, और वह विचारवादियों से भिन्न है।

यही बात हम कविता में सामाजिकता के निवेश पर उनकी मान्यता के बारे में कह सकते हैं। उनका विचार है कि सामाजिकता को स्थूल संदर्भों के रूप में कविता में नहीं रहना चाहिये। साही की कविता उनको प्रिय है तो इसलिए (भी) कि समय की त्रासदी का अहसास वह स्थूल संदर्भों के बिना भी सम्प्रेषित करती है, अहसास की तरह ही, निष्कर्ष की तरह नहीं। नन्द चतुर्वेदी भी उन्हें वहाँ तक मान्य हैं जहाँ तक वे 'अपने समय की यन्त्रणा और अपने संघर्ष और आस्था को ऋतुओं की भाषा में व्यक्त करते हैं।' वक्तव्यवाजी या चमत्कारपूर्ण उक्तियाँ या आवेशपूर्ण मुद्रा, चाहे वह किसी बड़े कवि की कविता में ही क्यों न हो, उन्हें रुचिकर नहीं है। महत्त्वमंडित वे उस कविता को करते हैं जो सामाजिकता के स्थूल संदर्भों का परिहार करके हमारे अस्तित्व की गहराई तक उतरती है। केवल नैतिक बोध भी पर्याप्त नहीं है।

आचार्य की चिंता जितनी सृजन-प्रक्रिया को लेकर है, उतनी ही भाषा और रूप को लेकर भी है। उन्होंने विटगेंस्टाइन के इस विचार को स्वीकार किया है कि हमारी भाषा यथार्थ के प्रति हमारी दृष्टि या बोध को निर्धारित करती है, और उसके आधार पर यह प्रतिपादित किया है कि "साहित्य के विविध रूप भाषा में निहित अर्थ-रूपगर्भिता के आधार पर विकसित होते है।" (19-20)।

भाषा हमारी दृष्टि को सीमित तो कर सकती है लेकिन वह उसे निर्धारित भी करती है, यह विचारणीय है। इसी प्रकार, भाषा में अर्थ की तलाश तो ठीक है लेकिन भाषा के आधार पर रूप के विकास की बात स्पष्ट नहीं है।

नाट्यभाषा पर विचार करते हुए आचार्यजी ने लिखा है कि "नाटककार को सिर्फ एक ऐसी भाषा नहीं लिख देनी है जिसे कुछ मुद्राओं के साथ बोला जा सके। उसकी

सामर्थ्य इस बात में है कि वह अपने अनुभव की आंगिक पहचान को भाषा दे, यानी वह शब्द की दैहिक अभिव्यक्ति की दृष्टि अपने में विकसित करे। इसलिए सही नाट्यभाषा वह है जो दैहिक सक्रियता में से उपजी हुई हो।" (52)। इसका अभिप्राय यह है कि रचनाकार को रूप की संभावनाएँ तलाशने वाली भाषायी दृष्टि का विकास करना होगा। नाटक में यह दैहिक अभिव्यक्ति की दृष्टि होगी, कथा में यह आवश्यकतानुसार रूपकात्मक या मुक्त साहचर्यमूलक हो सकती है। यदि भाषा के आधार पर रूप के विकास का अर्थ यही है तो इसमें कुछ भी आपत्तिजनक नहीं है, लेकिन शायद ऐसा नहीं है। जब वे कहते हैं कि कथा भाषा का ही एक विशिष्ट रूपाकार है—जिसका पहला और अंतिम आधार भाषा का स्वभाव है, तब वे निश्चय ही एक भिन्न बात कहते हैं और उनके बिंदु भी बदले हुए होते हैं। उनका यह पक्ष उनका अतिवाद ही जान पड़ता है।

यह ठीक है कि रूप की सृष्टि भाषा से ही होती है लेकिन यदि भाषा ही रूप का पहला और अंतिम आधार हो तो कथा के वाचिक रूप के लिए आप क्या कहेंगे? और यदि पठित रूप के लिए ही भाषा को एकमात्र आधार मान लें, तो रूप को पा लेने पर लेखक की भाषा की समस्या सुलझ जानी चाहिए, लेकिन बहुधा होता यह है कि रचनाकार रूप तो पा लेता है लेकिन सही शब्दों की तलाश अंतिम क्षण तक चलती रहती है। कहा जा सकता है कि जब तक सर्वोत्तम उपयुक्त शब्द मिल नहीं जाता, रूप अधूरा ही माना जाएगा। लेकिन यह तर्क एक हद तक ही सही होगा क्योंकि यथार्थ का दबाव जो रूप को बदलता चलता है, वे उसका कोई आकलन नहीं करते। रूप विधानों को सामाजिक परिस्थितियों की उपज मानने वाला विचार यदि एक अतिवाद है तो उन्हें भाषा की सृष्टि मानने वाला विचार दूसरा अतिवाद। डेविड लॉज इसी के पक्षधर रहे और आचार्यजी का आग्रह उसी प्रभाव से प्रसूत जान पड़ता है लेकिन ज्ञातव्य है कि लॉज को भी अंततः स्वीकार करना पड़ा कि भाषा को अन्य तत्त्वों के संदर्भ में ही पाना होगा, अकेले नहीं केवल रूपात्मक संदर्भ में ही नहीं।

बहरहाल, आचार्य की इस चिंता-यात्रा की उपलब्धि उनका यह निरीक्षण है कि एक भाषा-प्रवृत्ति को उसकी सीमाओं तक ले जाकर हम उसकी संभावनाओं का शोषण कर सकते हैं। इसके बाद हमें चाहे लौटना पड़े लेकिन इस लौटने की प्रक्रिया में हम ठीक वही नहीं रहते जो उन सीमाओं को पहचानने से पहले थे—हमारी भाषा भी ठीक वैसी ही नहीं रहती। हमारी यह यात्रा 'एक नये भाषिक समन्वय के रास्तों की तलाश हो जाती है।' (24)

आचार्यजी ने प्रेमचन्द और रेणु के उदाहरणों से अपनी बात स्पष्ट की है। दोनों की भाषायी संरचना का जो विश्लेषण उन्होंने किया है, वह तीक्ष्ण है, लेकिन प्रेमचन्द में जो भाषा प्रवृत्ति मिलती है, उसकी संभावनाएँ भी उनमें निचुड़ आई हैं, ऐसा मान लेना कहाँ तक ठीक है, मैं नहीं जानता, यद्यपि रेणु के लिए यह बात उतनी गलत नहीं होगी। उन्होंने उस वृत्ति का यथाशक्य दोहन कर लिया था। हम उनमें नये भाषिक समन्वय की तलाश भी पा सकते हैं। यदि हम आचार्यजी के प्रस्ताव के आलोक में प्रसाद की कथाभाषा को

देखें तो उनमें रूपकात्मकता के एक क्षेत्र-विशेष का चरम दोहन मिल जाएगा, चरम इस अर्थ में कि उनके बाद कथाभाषा का वह क्षेत्र बंजर हो गया, कोई और कथाकार उसमें संचरण करके कुछ नहीं पा सका, न ही भाषा को और संपन्न बना सका। अज्ञेय को अपने लिए इस दायरे से हटकर दूसरे क्षेत्र की तलाश करनी पड़ी। प्रसाद की कथा-भाषा को हम एकभाषा प्रवृत्ति की सीमा तक जाना कह सकते हैं, और यह भी लक्ष्य कर सकते हैं कि उससे लौटने की प्रक्रिया में हिन्दी की कथाभाषा वही नहीं रही जो इस प्रयाण से पूर्व थी। अज्ञेय की कथाभाषा को हम एक नये भाषिक समन्वय की तलाश के रूप में देख सकते हैं।

आचार्यजी की विश्लेषण शक्ति असंदिग्ध है लेकिन उनकी चयन-दृष्टि भी उतनी ही निर्भ्रांत है, ऐसा नहीं कहा जा सकता। अव्वल तो वे अपने सैद्धांतिक चिंतन की व्यावहारिक चरितार्थता की ओर सजग दिखाई नहीं पड़ते; दूसरे, जहाँ वे सजग हैं भी, वहाँ उनके द्वारा चुने गए उदाहरण सर्वत्र सटीक नहीं है। प्रस्तुत संदर्भ में ही अज्ञेय से जो उदाहरण उन्होंने चुना है, वह भी उतना मौजूँ नहीं है। अवश्य ही, निर्मल वर्मा की भाषा का विश्लेषण करते हुए उन्होंने जो उदाहरण दिए हैं, विशेषत: उनकी पुस्तक की समीक्षा में, सटीक हैं यद्यपि इसका अर्थ यह नहीं है कि उस समीक्षा से मेरी सहमति है। उन्होंने निर्मलजी की कहानी को 'मुक्ति के लिए छटपटाहट' की कहानी कहा है, लेकिन मुझे नहीं लगता कि उनकी सभी तो क्या अधिकांश कहानियों में पात्र जिन स्थितियों में जीते या छटपटाते हैं उससे मुक्ति की कोई छटपटाहट भी उनमें मिलती है। वे तो अपनी छटपटाहट में ही मुक्ति का अनुभव करते हैं, वे उस छटपटाहट को ही जीना चाहते हैं, उससे मुक्ति पाना नहीं, चाहे वह 'परिंदे' की नायिका हो या 'धूप का एक टुकड़ा' की। 'कव्वे और काला पानी' संग्रह में और भी कहानियाँ ऐसी हैं। हाँ, मुक्ति के लिए छटपटाहट की कहानियाँ भी उनमें हैं लेकिन आचार्यजी ने इस बात को जिस प्रकार जर्नरलाइज किया है, उससे सहमत होना कठिन है। 'कव्वे और काला पानी' कहानी का उनका विश्लेषण भी कन्विंसिंग नहीं है। उसके लिए बहस का अवसर यहाँ नहीं है अत: उसे विवादास्पद कहा जा सकता है। लेकिन अधिकांश समीक्षाओं में, समीक्ष्य पुस्तकों में उनकी पैठ कन्विंसिंग है। वे लेखक की रचना जिस कोण से पकड़ते हैं और जिस प्रकार उसे उद्घाटित करते हैं, उससे उस रचना-विशेष को ही नहीं, बल्कि उसकी रचना वृत्ति को भी समझने का सूत्र मिलता है। वे लेखक की सफलता-असफलता के हेतुओं को भी संकेतित करते चलते हैं। शायद ही किसी और रचनाकार ने अपने इतने समकालीनों के बारे में मनोयोग से और अकुंठित भाव से लिखा हो। उनकी पैनी दृष्टि और अनवरत चिंतन की क्षमता को देखते हुए यह अपेक्षा होती है कि वे साही, प्रयाग शुक्ल या निर्मल वर्मा या किसी भी मनोनीत लेखक पर कुछ विस्तार से लिखते जैसे कि निर्मल वर्मा ने अज्ञेय या रेणु पर लिखा है। यदि पुस्तक का आकार बढ़ने की कोई आशंका थी तो इसे 'ग्रामीण पाठकों के लिए साहित्य' या 'साहित्य के प्रति उदासीनता क्यों' जैसे निबंधों को हटाया जा सकता था। उससे पुस्तक या लेखक की कोई क्षति नहीं होती।

यह देखकर हैरानी होती है कि 'यथार्थ की सृष्टि और कथाभाषा' निबंध में 'यथार्थ से साक्षात्कार का अर्थ' निबंध का अधिकांश भाग समाया हुआ है लेकिन फिर भी यह निबंध अलग से संग्रह में रहने दिया गया है।

कुल मिलाकर 'रचना का सच' में आचार्यजी ने साहित्य के कुछ प्रश्नों पर नई दृष्टि से विचार किया है। इस विचार में जहाँ-तहाँ वे अति पर चले गए हैं लेकिन वस्तुतः वह अति इसी दृष्टि का निदर्शन है कि किसी पथ पर दूर तक गए बिना हम यह नहीं जान सकते कि उस पर कितनी दूर तक जाया जा सकता है।

आग्रह शिथिल करते हुए

डॉ. नन्दकिशोर आचार्य : साहित्य का स्वभाव

यह पुस्तक नन्दकिशोर आचार्य के स्फुट आलोचनात्मक लेखों का चौथा संग्रह है। इससे पूर्व उनकी तीन पुस्तकें–'रचना का सच', 'सर्जक का मन' और 'अनुभव का भव' प्रकाशित हो चुकी हैं। पैटर्न इस पुस्तक का भी वही है जो पहली तीन का है कुछ सैद्धांतिक प्रश्न छेड़ने वाले आलेख, कुछ नाट्यालोचनात्मक आलेख और कुछ समीक्षात्मक आलेख उठाए गए प्रमुख मुद्दे भी न्यूनाधिक वे ही हैं जो वे पिछली पुस्तकों में भी उठाते रहे हैं यथा साहित्य की स्वायत्तता, रूपात्मकता, उसकी चरम मूल्यवत्ता, परम्परा, आधुनिकता आदि। कुछ उदाहरण भी जो अपनी बातों को समझाने के लिए वे देते रहे हैं, वे भी वे ही हैं जो पिछली पुस्तकों में थे, जैसे कवि-कर्म की व्याख्या में ऑडेन का मत, रूप की व्याख्या में पॉल वैलेरी का मत, शिल्प की व्याख्या में रघुवीर सहाय का मत, साहित्य के उद्देश्य की व्याख्या में इवान इलिच का शिक्षा-विषयक मत आदि-आदि। लेकिन ज्ञातव्य है कि आचार्य यहाँ इस अर्थ में भी अपने को दोहराते हैं कि उन्हें पाने के लिए हमें भी उन्हें दोहराना पड़ता है। वे विचार-गरिष्ठ लेखक हैं इसलिए, और कई बार उनकी बातें एकाएक स्पष्ट नहीं होती इसलिए भी, हमें उन्हें दोहराना पड़ता है।

आचार्य के आलोचनात्मक-लेखन में स्फुटता और आवृत्ति का जिक्र इसलिए किया गया है कि इनके सहारे उनकी विचार-प्रकृति को पाने और उसे सुग्रथित करने में कुछ सहायता मिलती है। वैसे तो, इस संग्रह सहित उनके सभी स्फुट आलेख पूर्ण स्वतंत्र और स्वतः पूर्ण हैं लेकिन उनमें कुछ मुद्दों की बार-बार आवृत्ति यह दर्शाती है कि ये मुद्दे उनके लिए कुछ खास अर्थ रखते हैं। साहित्य में रूप को सर्वोपरि महत्त्व देना एक ऐसा ही मुद्दा है। वे जानते हैं कि साहित्य-जगत में रूप विचार हुआ है लेकिन वे जताना भी चाहते हैं कि इस विषय पर वे भिन्न मत रखते हैं और वह भिन्नता वास्तविक महत्त्व की है। कदाचित इस बात को दर्ज़ कराने के लिए ही वे रूप की सर्वोपरिता पर अतिरेकी बल देते हैं और अंशतः इस हेतु से भी उस पर बार-बार लौटते हैं। जहाँ उनका यह लौटना उनका चिंतन-नैरंतर्य दर्शाता है, वहीं एतद्विषयक अन्य आलेखों का अनुशीलन उनका यह वैशिष्ट्य भी दर्शाएगा कि वे अपने को दोहराते हुए उसमें कुछ नया जोड़ते भी चलते हैं। इससे उनका चिंतन एक आकार पाने की दिशा में बढ़ता है।

अपने एक पिछले आलेख 'अवमानवीकरण का खतरा और कविता' ('रचना का सच' संग्रह) में उनका प्रतिपादन यह है कि कोई कवि यदि वस्तु और विचार के तल पर विद्रोही है, तो वह वास्तव में विद्रोही कवि नहीं है। विद्रोही होने के लिए उसे रूप के तल पर विद्रोह करना होगा। कविता के स्तर पर इस (अवमानवीकरण के) खतरे का मुकाबला इसी तल पर किया जा सकता है। आगे चलकर 'हिंसा और भाषा' ('सर्जक का मन' संग्रह) में यही मुद्‌दा फिर उठाते हुए वे कुछ बातें दोहराते हैं लेकिन एक नया पक्ष भी जोड़ते हैं। वे यहाँ कवि के सामाजिक दायित्व के निर्वाह की आवश्यकता रेखांकित करते हैं और कहते हैं कि इसका निर्वाह भी उसे रूप के धरातल पर ही करना होगा। यद्यपि इस बात का भी सम्यक् खुलासा वहाँ नहीं होता है लेकिन यह देख लेने में कोई कठिनाई भी नहीं होती कि रूप-चिंता का यहाँ एक और आयाम निदर्शित है।

प्रस्तुत संग्रह में यही मुद्‌दा फिर उभरा है और यहाँ उनकी रूप-चिंता ने करवट बदली है। अब तक आचार्य रूप का आग्रह करते हुए वस्तु और विचार का तिरस्कार करते आए थे। यहाँ उन्होंने अपना आग्रह शिथिल किया है। यदि कृति रूप के क्षेत्र में नई जमीन नहीं भी तोड़ती हैं, परन्तु उसमें वस्तुगत नया संदर्भ दिखाई पड़ता है तो वे उसे भी उल्लेखनीय मानने से परहेज नहीं करते। उनके विचारों में आया यह परिवर्तन महत्त्वपूर्ण है। वे लिखते हैं–ऐसा नहीं है कि प्रत्येक साहित्यिक कृति देखने का एक नया ढंग प्रस्ताव करती है। अधिकांश कृतियाँ देखने के नए ढंग को अपना कर...किसी नए संदर्भ या प्रसंग को प्रकाश में ले आती हैं। ऐसी कृतियाँ कुछ उल्लेखनीय हो जाती हैं क्योंकि उन्होंने प्रचलित ढंग से सही, लेकिन एक नए संदर्भ को उजागर किया है। इस तरह, हम देख सकते हैं कि आचार्य में मुद्‌दे की आवृत्तियाँ भी कैसे अर्थवान हैं। कैसे वे उनका चिंतन-सातत्य दर्शाती हैं और उसे आगे भी बढ़ाती हैं।

इस संग्रह में आचार्य ने नए मुद्‌दे भी उठाए हैं, इस दृष्टि से उनका वाक्-चिंतन विशेष उल्लेखनीय है। एक साहित्यिक कृति की तरह ही, सर्जनात्मक भाषा को भी वे एक स्वतंत्र हैसियत देते हैं। भाषा उनके तईं निरा माध्यम नहीं हैं, वह एक रचयिता चेतना भी हैं जो अपने को साहित्य में रूपायित करती है। इस अर्थ में साहित्य भाषा का आत्मानुभव हो जाता है। अपने हर अनुभव में भाषा अपने को पुनः-पुनः रचती है। जितने गहरे स्तर पर कवि भाषा को सुन पाता है, उतने ही गहरे स्तर की अनुभूति वह कर पाता है, इसलिए आचार्य कहते हैं कि "भाषा और आत्म दोनों सारतः एक हैं और भाषा के विभिन्न स्तर और रूप ही आत्म के भी स्तर और रूप हैं।" यानी रूप रचते हुए भी कवि आत्म को ही रच रहा होता है। इस प्रकार, आचार्य के वाक्-चिंतन में भी हम उनके रूप-चिंतन में परिवर्तन के रूप में आये विस्तार को देख सकते हैं।

'साहित्य और नैतिकता' निबंध में आचार्य जब कहते हैं कि 'भाषिक और सूक्ष्म रूपगत स्तरों पर साहित्य अपने होने की प्रक्रिया में ही एक नैतिक साधना या चाहें तो कह लें संघर्ष–हो जाता है', तब यह कहने की आवश्यकता नहीं रह जाती कि साहित्य की नैतिकता को भी वे उसके रूपात्मक विस्तार के रूप में ही देखते हैं।

वाक्-प्रसंग में ही आचार्य शश्वतता और तात्कालिकता की चर्चा भी करते हैं। वाक्-वधु के रूपक की चर्चा करते हुए वे कहते हैं कि जब कवि वाक्-वधु को तल्लीन होकर सुनता है, तब वह अपने को उसके सामने खोलती है लेकिन जैसे ही वह सजग होता है, वह अपना गोपन कर लेती है। इसका आशय यह है कि सच्चा रचना-कर्म यही है कि कवि शब्दों के तल तक जाकर उनकी थाह ले। उद्देश्य प्रेरित कवि शब्दों को सुनता-रचता नहीं है, वह उन्हें केवल बरतता है, इसीलिए उसके यहाँ भाषा और आत्म का एकत्व खंडित हो जाता है।

तात्कालिकता के लिए वे कहते हैं कि भाषा के हर नए रूप का ज्ञान एक नए देशकाल का ज्ञान भी होता है। देशकाल का बहिष्कार आत्म में भी नहीं रहता, चाहे वह होता सनातन है। जो सनातन है वह समय में भी होगा ही। इस तरह आचार्य अपने तर्क में साभ्रतता और तात्कालिकता की गलबाही संभव कर लेते हैं। भाषा में निस्संदेह दोनों रहते हैं लेकिन विचारणीय यह है कि कविता में दोनों कैसे रहते हैं? प्रश्न यह भी है कि जब देशकाल अपरिहार्यतः भाषा में रहता ही है तब फिर रूप के धरातल पर उसे उस तरह से साधने की आवश्यकता क्या है जिस तरह का निदर्शन आचार्य 'हिंसा और भाषा' में करते हैं? और यह भी कि क्या वैसा प्रयास आत्म में कवि का अविश्वास और भाषा में उसकी शंकालुता नहीं दर्शाएगा? कहने का आशय यह नहीं है कि रचना दोनों को नहीं साधती, श्रेष्ठ रचना की तो एक पहचान ही यह है कि वह कहाँ तक दोनों को साध पाई है, लेकिन रूप के अतिरेकी आग्रह और तात्कालिकता के ऑब्सेसन ने आचार्य को इसका रहस्य खोजने नहीं दिया है। अन्यत्र भी तात्कालिकता के ऑब्सेसन ने आचार्य का चिंतन-पथ छेंका ही है। उन्हें आग्रहमुक्त होकर इस पर विचार करना होगा।

साहित्य की व्याख्या सहितस्य भाव के रूप में होती आई है, आचार्य यह कहते हुए उसकी नई व्याख्या करते हैं कि "वाक् और आत्म का संयोग ही साहित्य है।" उनके अनुसार यह संयोग केवल लेखक के स्तर पर ही नहीं, पाठक, अभिनेता और दर्शक के स्तर पर भी घटित होता है। इन विभिन्न स्तरों पर इस संयोग की अनुस्यूति दिखाकर आचार्य अपने मत के औचित्य की प्रतीति भी करवाते हैं और उसे विस्तार भी देते हैं। उनका कहना है कि रचना रचते हुए लेखक का द्रष्टा स्व जिस तरह अपने भोक्ता का साक्षी होता है, उसी तरह का साक्षी-भाव कृति पढ़ते हुए पाठक में, अभिनय करते हुए अभिनेता में और अभिनय देख रहे प्रेक्षक में भी होता है। इस तरह, समस्त कला-व्यापार साक्षी-भाव की साधना हो जाता है। यह साधना ही सभी को उनके संकीर्ण स्व से मुक्त करती है। शास्त्रों में साहित्य को जो मोक्षार्थगर्भा कहा गया है, वह इसी अर्थ में।

अपनी आलोचनाओं में आचार्य कहीं शास्त्रीय पदावली का और कहीं अहिंसा की पदावली का जो प्रयोग करते हैं, वह भी हमारा ध्यान आकर्षित-विकर्षित करती चलती है।

संग्रह के नाट्यालोचन भाग में 'एक नाटक का जन्म' आलेख विशेष पठनीय है। यह लेखक के अपने ही नाटक 'देहांतर' के विचारमूल के अंकुरण से रूपायन तक की रोचक कहानी है। शर्मिष्ठा के पौराणिक चरित्र में जिस द्वंद्व की कल्पना लेखक ने की

है, उस पर भी पौराणिकता का रंग गाढ़ा है, यद्यपि नाटक में उसके रूपायन में लेखक की त्वरा अखरती है। एक अन्य आलेख में लेखक की यह टिप्पणी कि भारतीय रंगकर्म में शास्त्र और लोक के बीच कोई आत्यंतिक भेद नहीं है, लोकनाटक से गहरे परिचय पर आधारित नहीं जान पड़ती है।

समीक्षा-लेखों में पंत और विशेषतः निराला विषयक आलेख पठनीय हैं। अज्ञेय की समकालीनता आलेख सर्वेक्षणात्मक ही है। 'मायालोक' पर टिप्पणी भी सरसरी तौर पर ही की गई है। इसे 'अंतिम अरण्य' पर किए गए विचार के साथ रखकर नहीं भी देखा जाए तब भी महसूस किया जा सकता है। अशोक वाजपेयी, रामस्वरूप चतुर्वेदी, रमेशचंद्र शाह आदि की पुस्तकों की समीक्षाएँ भी पठनीय हैं। कुल मिलाकर आचार्य के यहाँ समीक्षित होते आ रहे लेखकों की पहचान को थोड़ा और पाने, और उनके मनोनीत विषयों के चिंतन में हुए इजाफे को लक्ष्य करने और वाक्-चिंतन के साझे के लिए संग्रह पढ़ा जाना चाहिए।

ज्ञानंयदतोऽन्यथा

डॉ. नन्दकिशोर आचार्य : साहित्य का अध्यात्म

नन्दकिशोर आचार्य ने कविता और नाटक की ही रचना नहीं की है, आलोचनात्मक लेखन भी मनोयोगपूर्वक किया है। 'रचना का सच', 'सर्जक का मन', 'अनुभव का भव' आदि उनके आलोचनात्मक निबंधों के संग्रह हैं। प्रकटतः ऐसा जान पड़ सकता है कि उन्होंने साहित्यिक प्रश्नों पर स्फुट विचार किया है एक अर्थ में स्फुट यह है भी, परन्तु विचार करने पर हम पाते हैं कि स्फुट लेखन भी उन्होंने गंभीरता से किया है और इस स्फुट का संग्रह उन्होंने एक अलिखित योजना के तहत किया है। सभी संग्रहों में कुछ निबंध सैद्धांतिक हैं, तो कुछ में नाटक की समस्याओं पर विचार किया गया है कुछ निबंध समकालीन साहित्य पर केंद्रित हैं तो कुछ में विचार के नये क्षेत्र भी खोले गये हैं। उनका आलोच्य-संग्रह साहित्य का अध्यात्म भी इसका अपवाद नहीं है।

इस संग्रह में कालचेतना और नयी आध्यात्मिकता जैसे (साहित्य क्षेत्र में अब तक अछूते रहे) विषयों पर विचार किया गया है। ये इस संग्रह के विशेष निबंध हैं। लेकिन जो निबंध पिष्टपेषित विषयों पर लिखे जाने की वजह से सामान्य-से जान पड़ते हैं, वे भी कम महत्त्वपूर्ण नहीं हैं बल्कि महत् लेखकों के पुनरान्वेषण की वजह से ज़्यादा महत्त्वपूर्ण हैं। मेरा आशय प्रेमचंद, जैनेंद्र और अज्ञेय विषयक निबंधों से है, इनमें से भी प्रेमचंद की तत्त्वामीमांसी व्याख्या से विशेष रूप से, जिसकी मैं कुछ चर्चा करना चाहूँगा। अज्ञेय की सामाजिकी की ओर भी लोगों का ध्यान अभी कम ही गया है। आचार्य ने उसे रेखांकित किया है, लेकिन मोटे तौर पर ही सही, यह बात त्रिशंकु-काल से ही लक्ष्य की जा सकती है कि अज्ञेय की प्रवृत्ति सामाजिक-चिंतन की भी रही है। इसी तरह, जैनेंद्र के अंतः प्रज्ञात्मक चिंतन की बौद्धिकता की ओर भी लेखक ने हमारा ध्यान आकर्षित किया है यद्यपि यह लक्ष्य किया जाता रहा है कि जैनेंद्र व्यष्टि की राह से समष्टि का चिंतन करते रहे हैं, यह बात उनकी कहानियाँ भी सूचित करती है, 'तत्सत्' जैसी कहानियाँ तो सतह पर ही। लेकिन प्रेमचन्द-विषयक आचार्य की स्थापना हिन्दी के प्राध्यापक-आलोचकों को ही नहीं, मार्क्सवादी आलोचकों को भी चौंकायेगी बल्कि उन्हें कुछ ज़्यादा ही चौंकायेगी।

किसी भी रचनाकार को समग्रतः आयत्त किये बिना उसके बारे में जो धारणाएँ स्थिर कर ली जाती हैं, वे कभी-कभी कितनी अधूरी और कितनी भ्रामक होती हैं, यह देखने के लिए भी, आचार्य द्वारा की गयी प्रेमचन्द की तत्त्वमीमांसा पढ़ी जानी चाहिए।

समतामूलक और शोषणविहीन समाज का सपना देखने वाले प्रेमचन्द को मार्क्सवादियों ने ही नहीं, अन्य कई आलोचकों ने भी मार्क्सवादी मान लिया था, लेकिन प्रेमचन्द का अध्ययन कर आचार्य ने दिखाया है कि मार्क्सीय विचारों का ग्रहण उनमें मूल्य स्तर पर ही मिलता है, तत्त्वामीमांसी स्तर पर नहीं। जिस अन्याय और शोषण के वे विरोधी थे, वह उनमें पूँजीवाद के दुर्गुणों की पहचान है लेकिन पूँजीवाद के दुर्गुणों की पहचान को मार्क्सवाद नहीं कहा जा सकता। यह पहचान तो टॉल्स्टॉय और गाँधी में भी मिलेगी लेकिन ये लोग मार्क्सवादी नहीं थे। अपने विचारों में प्रेमचन्द शोषण के विरोधी तो थे लेकिन वे उस विरोध पर ही नहीं थम गये थे। इसके साथ-साथ उन्होंने जीवन में धर्म, आत्मवाद और अध्यात्म की आवश्यकता भी दोहरायी थी। उनके इस पक्ष का आकलन किये बिना उनकी सम्यक् पहचान नहीं की जा सकती। और, इस आकलन के बाद तो उन्हें द्वंद्वात्मक भौतिकवाद की तो बात ही क्या, भौतिकवाद का समर्थक भी नहीं कहा जा सकता।

इस दृष्टि से हम आचार्य द्वारा विवेचित प्रेमचन्द के कुछ विचारों की बानगी देख सकते हैं। प्रेमचन्द का मत था कि "प्रत्येक जाति के जीवन में कोई कोई प्रधान गुण होता है...भारत का प्रधान गुण धर्मपरायणता है। पश्चिम की देखा-देखी हम धनोपार्जन ही को जीवन का लक्ष्य मानने लगे हैं (इससे) हमारे हृदय की उच्च वृत्तियाँ, सभी धन की इच्छा के नीचे दबती जाती हैं। सारांश यह है कि हम अपनी आत्मा को भूलते जाते हैं।" वैश्विक-संघर्ष पर टिप्पणी करते हुए वे अनात्मवाद को उसका कारण मानते हैं। वे कहते हैं कि इस संघर्ष का मूल आज का घोर अनात्मवाद है। ईश्वर का संसार से बहिष्कार कर दिया गया है...अनीश्वरता की वृद्धि ने संसार को इस दशा (दुर्दशा) में पहुँचाया है और जब तक उसका प्रभुत्व रहेगा, राजशास्त्र के नियमों के बदलने से विशेष कल्याण की आशा नहीं। निस्संदेह, बोल्शेविक क्रांति से प्रेमचन्द प्रभावित थे परन्तु उसके बावजूद वे अनात्मवादी दर्शन को समर्थन देते दिखायी नहीं देते। उसे तो संघर्ष का मूल कारण मानते हुए वे उम्मीद करते हैं कि सभी राष्ट्रों में न्याय और धर्म की आवाज़ उठेगी। "न्याय और धर्म की आवाज़ आत्मवाद के जागने के लक्षण हैं और दुखी भारत की आशा आत्मवाद के विस्तार में ही है।"

देश की उन्नति के लिए प्रेमचन्द अध्यात्मवाद भी आवश्यक ठहराते हैं। वे लिखते हैं कि "आधिभौतिकवाद के धर्महीन तत्त्वों से संसार का उद्धार न होगा। उसमें अध्यात्मवाद की स्फूर्ति डालनी पड़ेगी।" ईश्वरहीन सभ्यता की स्थापना करने वाले रूस की ओर संकेत करते हुए वे कहते हैं कि "उनके समाज का आदर्श इसके आगे और जा ही नहीं सकता था। किंतु अध्यात्मवादी भारत इससे संतुष्ट होने वाला नहीं। वह अपने परलोक को ऐहिक स्वार्थ पर बलिदान नहीं कर सकता। यह अध्यात्मवाद से भटक कर दूर जा पड़ा था जिसके फलस्वरूप उसे एक हजार वर्ष तक गुलामी करनी पड़ी। अब की वह चेतेगा तो संसार को भी अपने साथ जगा देगा। भगवान कृष्ण कर्मयोग के जन्मदाता के रूप में संसार के उद्धारकर्ता होंगे।"

इस तरह, धर्म, आत्मवाद, अध्यात्मवाद, परलोक आदि में विश्वास करने वाले और धन से दुश्मनी को अपने समूचे लेखन का लक्ष्य घोषित करने वाले प्रेमचन्द भौतिकवादी कैसे कहे जायेंगे? और, जो भौतिकवादी ही नहीं, उसका मार्क्सवादी होना तो असंभव ही है। इस तरह, प्रेमचन्द के पत्रों और निबंधों में अवगाहन कर आचार्य ने प्रेमचन्द की जो नयी छवि उकेरी है, वह उन लोगों के लिए विचारणीय है जो उनको मार्क्सवादी ही मानते और मनवाते रहे हैं। प्रेमचन्द का रचनात्मक लेखन भी इस विवेचन में संदर्भित रहता तो आचार्य की स्थापना और भी पुष्ट होती लेकिन स्मरणीय है कि आचार्य ने यहाँ लिखा निबंध ही है, प्रबंध नहीं।

आचार्य की साहित्यालोचना की एक विशेषता यह भी है कि उन्होंने अपने समकालीनों और समवयस्कों और बाद की पीढ़ी के लेखकों पर भी अकुंठित भाव से लिखा है। इस दृष्टि से यदि एक ओर निर्मल वर्मा, नेमिचन्द्र जैन, रमेशचंद्र शाह आदि पर उनके आलेख, तो दूसरी ओर, रघुवीर सहाय और मणि मधुकर पर उनकी टिप्पणियाँ भी द्रष्टव्य हैं। इन टिप्पणियों में उन्होंने इन लेखकों के उपेक्षित रहे कहानीकार-पक्ष की ओर हमारा ध्यान आकर्षित किया है और इनके निजत्व को अपनी दृष्टि से रेखांकित किया है, खासतौर से रघुवीर सहाय कहानी में किस तरह कौतूहल के स्थान पर पात्र के द्वंद्व की प्रतिष्ठा करके पाठक को भी उसका साझीदार बनाते हैं, इसे उन्होंने समझाने की चेष्टा की है। मणि मधुकर के विवेचन में लगता है, आचार्य ने उनकी कहानियों में कुछ ज़्यादा ही पढ़ लिया है।

गोपीचंद नारंग की पुस्तक 'संरचनावाद, उत्तर-संरचनावाद और प्राच्य काव्यशास्त्र' के हिन्दी अनुवाद की समीक्षा में आचार्य की पैनी सूझ ने इस पक्ष को भलीभाँति उजागर किया है कि जब उत्तर-संरचनावाद प्रत्येक रचना में विचारधारा का अस्तित्व अंतर्निहित मानता है, तब एक वैचारिक सिद्धांत के रूप में स्वयं विचारधारात्मक आशयों से मुक्त कैसे हो सकता है?

आचार्य ने अपने नाट्य-चिंतन में भी एक अछूता पक्ष उद्घाटित किया है। उन्होंने प्रश्न यह उठाया है कि क्या कारण है कि सारे काव्यात्मक गुणों के होते हुए और पढ़े व पढ़ाये जाते हुए भी, नाटक को मूलतः दृश्य काव्य ही कहा और माना जाता रहा है? इसके उत्तर के लिए वे दृश्यकाव्य की रचना प्रक्रिया तलाशते हैं और पाते हैं कि "भाषा के अभिनेता (या अभिनेय?) रूप की तलाश ही नाटक की तलाश है अर्थात् श्रव्य गुण को समाविष्ट करते हुए भी नाटक भाषा के अभिनय गुण का रूप ग्रहण है।"

"नाटक किसी नाटकीय स्थिति के रूप ग्रहण करने से पहले एक भाषिक नाट्यानुभूति होता है इसलिए वह दृश्य काव्य है क्योंकि वह भाव-विभाव के संयोग का नाट्यात्मक भाषा का मूर्त होना है।"

भाषा की नाटकीयता पर आचार्य का यह बल नाट्य-चिंतन में भाषा के महत्त्व का रेखांकन है। अब तक की नाट्यालोचना परिस्थितियों की नाटकीयता पर बल देती रही है, आचार्य उससे हटकर भाषा की नाट्यानुभूति पर बल देते हैं। नाट्य-रचना में भाषा के

अभिनेय गुण को उभारने के नाते इस विवेचन का विशेष महत्त्व है। अभिनय निस्संदेह नाटकीयता का मर्म है लेकिन विचारणीय यह भी है कि जिसे भाषा की अभिनेयता कहा जाता है, वह अपना बल या कि आधार पाती कहाँ से है? पूर्ण उपयुक्त शब्द मिल जाने की कसौटी भी आख़िर क्या होती है, यदि वह नाटकीय परिस्थिति नहीं होती है तो? और, अभिनय भी आख़िर होता किसका है, यदि वह परिस्थिति का नहीं होता तो?

यदि परिस्थितियों में ही नाटकीयता नहीं हुई तो भाषा को अभिनेय बनाने की चेष्टा क्या नाटक को निरी आडंबरपूर्ण लफ्फाजी नहीं बना देगी? लेकिन आचार्य इस पहलू का आकलन नहीं करते, वे परिस्थितियों की नाटकीयता पर भाषा की नाटकीयता को तरजीह देते हैं। भाषा की नाटकीयता के महत्त्व से इनकार नहीं किया जा सकता परन्तु भाषा की एक सीमा होती है। पात्र जब अपने हाव-भाव और मुद्राओं से इस सीमा को विस्तार देता है, तब वह भाषा की असमर्थता जताता हुआ नाट्यात्मक परिस्थिति का संप्रेषण कर रहा होता है। जिस भाषा को हम नहीं या कम जान रहे होते हैं, उसमें रचित नाटक का जब आनंद ले रहे होते हैं, तब उस आनंद का उत्स कहाँ होता है? भाषा में या नाटकीय स्थितियों में? स्पष्ट है कि यदि घटना-विधान में नाटकीयता नहीं है, तो भाषा की अभिनेयता उसकी आंशिक क्षतिपूर्ति ही कर पायेगी। यहाँ ध्यान देने योग्य एक बात और है :

"यदि रंगमंच अपने में एक भाषा या संप्रेषण है तो उसमें इस बात की संभावना भी होनी चाहिए कि शब्दों के सहारे के बिना भी केवल अभिनय या मंच सज्जा आदि के माध्यम से भी संप्रेषित हो सके। कई बार हम भाषा न जानते हुए भी केवल अभिनय आदि के माध्यम से भी नाटक को ग्रहण कर लेते हैं। अन्य भाषाओं में प्रस्तुत किये जाने वाले नाटकों को देखते हुए अकसर यह अनुभव होता रहा है। लेकिन जब संवादों को समझे बिना नाटक संप्रेषित होता है तो भी कोई न कोई आलेख उसके पीछे अवश्य सक्रिय होता है। यह आलेख ही तो नाटक है। जहाँ रंगमंच है, वहाँ नाटक या आलेख की केंद्रीयता से इनकार नहीं किया जा सकता।"

मैं इस कथन पर कोई टिप्पणी नहीं करके केवल यही कहना चाहता हूँ कि यह कथन मेरा नहीं है, स्वयं आचार्य का ही है। आलेख की केंद्रीयता का स्वीकार परिस्थितियों की नाटकीयता का स्वीकार नहीं है तो क्या है?

इस संग्रह के एकाधिक निबंधों में लेखक ने साहित्य और अध्यात्म के रिश्ते पर किसी न किसी रूप में विचार किया है। साधना मार्ग में अध्यात्म को धर्म का उच्चतर सोपान माना गया है जहाँ साधक कर्मकांड से ऊपर उठकर परम तत्त्व की, और उसकी व्यापकता की, अनुभूति करता है। इस सोपान पर पहुँचे हुए साधक के लिए स्व और पर और सगुण निर्गुण में कोई भेद नहीं रह जाता। यहाँ 'ज्ञानंयदतोऽन्यथा' हो जाता है। यह आत्मनिग्रह की उच्चतर भूमि होती है। जो साधक किसी धर्म में आस्था नहीं रखते, वे भी अपने विचारों और आचरण में स्व और पर के भेद से ऊपर उठकर साधना का यह सोपान पा लेते हैं। कवि की अनुभूति में भी क्योंकि विषय और विषयी में अभेद

रहता है इसलिए लेखक ने रचना प्रक्रिया को भी आध्यात्मिक-प्रक्रिया माना है। कविता पर विचार करने की यह नयी दृष्टि है। भारतीय काव्यशास्त्र के हवाले से लेखक ने अपने मत का पोषण भी किया है। अध्यात्म में मेरी गति नहीं है, इसलिए मैं इस पर आधिकारिक तौर पर कुछ भी कहने की स्थिति में नहीं हूँ लेकिन तब भी कुछ बातें मुझे विचारणीय जान पड़ती हैं।

आचार्य ने अनुभूति मात्र को विषय-विषयी के अभेद के हेतु से आध्यात्मिक प्रक्रिया कहा है। आध्यात्मिक कहकर उन्होंने इस अभेद को स्व और पर के अभेद के तौल पर भी रख दिया है। प्रकटतः तो विषय और विषयी का अभेद तथा स्व और पर का अभेद एक ही बात जान पड़ती है लेकिन वास्तव में ऐसा नहीं है। क्या इसमें सदा-सर्वदा अभेद रहता भी है? विषय और विषयी में अभेद तो व्यक्ति द्वारा तल्लीनतापूर्वक किये जाने वाले सभी कार्यों में मिलेगा, स्वार्थपरक और निजी आनंद्रप्रद कार्यों में भी। क्या इस अभेद की वजह से इन्हें भी आध्यात्मिक कहना होगा, चाहे तब स्व और पर के भेद की चेतना भी वहाँ नहीं रहती हो?

कविता की रचना प्रक्रिया में प्रायः विषय-विषयी में अभेद की स्थिति रहती है लेकिन विचार करने पर हम पाते हैं कि वहाँ भी अभेद एक-सा नहीं होता। कुछ कविताओं में मानव आत्मा को अतल तक संवेदित करने वाला भाव-संयोजन रहता है जबकि कुछ कविताओं में कवि को शब्दक्रीड़ा ही अधिक लुभाती है, शब्दों का मुग्धकारी संयोजन ही उसकी साधना हो जाता है। विषय-विषयी के अभेद से तो दोनों प्रकार की रचनाओं को एक ही कोटि में रखना होगा लेकिन क्या इसी आधार पर शब्दक्रीड़ा को भी आध्यात्मिक मानना उचित होगा?

समकालीन कविता पर विचार करते हुए आचार्य ने लक्ष्य किया है कि उसमें आध्यात्मिक बोध नये रूप से प्रतिफलित हुआ है। उसमें मानव का स्थान केंद्रीय है। उसमें परमसत्ता के साथ कवि के रिश्ते में मानवीय अस्तित्व का लोप नहीं होता बल्कि उसकी स्वीकृति बनी रहती है। आचार्य का कहना है कि यह स्वीकृति समता और स्वतंत्रता जैसे सामाजिक मूल्यों का आध्यात्मिक-धार्मिक आयाम है। यह अपने समय के एहसास का अध्यात्म बोध में सर्जनात्मक रूपांतरण है। समकालीन कवियों से उदाहरण देकर उन्होंने अपनी बात स्पष्ट की है। लेकिन जब वे यथार्थवादी कविता के नैतिक बोध को भी अध्यात्म के दायरे में समाविष्ट करते हैं, तब मुझे लगता है कि स्थिति वहाँ भी विचारणीय हो जाती है। यह सही है कि अध्यात्म में नैतिक बोध अंतर्भुक्त रहता है लेकिन इसी तर्क में इसका विलोम भी सही हो जाये, यह आवश्यक नहीं है। आचार्य ने अन्याय व शोषण के विरूद्ध रचित कविता को जिस तरह आध्यात्मिक कहना चाहा है, वह मुझे अध्यात्म का अति-सरलीकृत रूप जान पड़ता है। उन्होंने लिखा है कि "इस तरह का साहित्य अपने भौतिकवादी आग्रहों के बावजूद यदि आत्म के घेरे का अतिक्रमण कर व्यापक आत्म से जुड़ने की संवेदना पैदा कर पाता है तो वह अपनी प्रक्रिया और संवेदनात्मक प्रभाव में आध्यात्मिक हो जाता है।" आत्म के सीमित घेरे का अतिक्रमण

तो ऐसी कविताओं में हो सकता है लेकिन क्या स्व और पर के भेद का लोप भी इनमें होता है? जहाँ शोषक-शोषित के भेद की चेतना रहती हो, वहाँ अभेद कैसे होगा? सच तो यह है कि ऐसी कविताओं में यह भेद अपने तीखेपन में उभरता है। ऐसे कवि की दृष्टि एक अर्थ में नैतिक तो फिर भी कही जा सकती है लेकिन इसी सबब से उसे आध्यात्मिक कहना भी उचित होगा, इसमें मुझे गहरा संशय है।

मेरे कहने का तात्पर्य यह है कि विषय और विषयी का अभेद सदा-सर्वदा स्व और पर के अभेद की कोटि तक पहुँच ही जाय, यह आवश्यक नहीं है और इसीलिए प्रक्रिया और प्रभाव में हर कविता के आध्यात्मिक होने का आचार्य का आग्रह मुझे ग्राह्य नहीं जान पड़ता। आचार्य अपने आग्रहों में अतिवादी रहे हैं, यहाँ भी उनका आग्रह अतिवादी है। यह अध्यात्म का अतिसरलीकरण करना भी होगा।

रचना के संप्रेषण के विषय में भी विचारणीय यह है कि हर कविता पाठकों को एक-सी संप्रेषित नहीं होती है। बहुधा पाठक कविता को अपने अपने ढंग से पाते हैं। जहाँ साधारणीकरण हो जाता है, वहाँ तो समान रूप से संप्रेषण होता है लेकिन सभी कविताओं का साधारणीकरण नहीं हो पाता है।

तार-सप्तक और उसके बाद की हिन्दी-कविता ने रस-सिद्धांत और साधारणीकरण के विरुद्ध जो विद्रोह किया, वह क्या दर्शाता है? अपने विवेचन में आचार्य रस-सिद्धांत और साधारणीकरण का जो सहारा लेते हैं, वह आज की कविता के संदर्भ में दूर तक उनका साथ देता नहीं जान पड़ता। आचार्य को इस विषय पर कुछ और भी विचार करना होगा ।

इस संग्रह का दूसरा विशिष्ट निबंध है, 'काल चेतना और साहित्य सृष्टि।' सामान्य धारणा यह है कि काल की सत्ता सर्वोपरि है। वही सृष्टि का आदि है और अंत भी। लेकिन आचार्य का कहना है कि सृष्टि में किसी भी सत्ता का अस्तित्व मनुष्य द्वारा उसके अनुभव किये जाने पर ही निर्भर करता है, काल भी इसका अपवाद नहीं है। यानी काल की सत्ता भी मनुष्य की चेतना पर निर्भर करती है। इस चेतना में काल की सत्ता को नकारने का सामर्थ्य है। साहित्य में यह चेतना कालातीत आयाम प्राप्त कर लेती है। काल में जो घटित होता है, वह साहित्य में व्यक्त होकर कालमुक्त हो जाता है, इस अर्थ में कि कोई कभी भी उसे उसी रूप में देख या अनुभव कर सकता है। हमारी चेतना में कई कालों का सहवर्तित्व रहता है, साहित्य अपनी शैलियों द्वारा इस सहवर्तित्व को रूपायित करते हुए काल का संकोच, विस्तार या अभाव करके काल के बंधन को नकारता है और इस तरह मनुष्य को उसकी स्वतंत्रता की प्रतीति करवाता है।

साहित्य के कालबोध के वैशिष्ट्य के इस विवेचन के संदर्भ में विचारणीय यह है कि जब साहित्य सृष्टि काल की सत्ता की चुनौती है, तब सभी साहित्यिक कृतियाँ समान रूप से कालजयी क्यों नहीं होतीं?

एक प्रश्न और भी उठता है, उस पर भी यहाँ विचार करना प्रासंगिक होगा। आचार्य का कहना है कि साहित्य का कालबोध काल के बंधन का अतिक्रमण करके मनुष्य की स्वतंत्रता को प्रतिष्ठित करता है। विचारणीय यह है कि जब काल का सहवर्तित्व पुराणों

में और लोककथाओं में भी मौजूद है, तब कालबंधन से मुक्ति का उपक्रम साहित्य में ही निर्दिष्ट करने का आग्रह क्यों होना चाहिए?

वस्तुतः आचार्य में साहित्य की स्वायत्तता के लिए एक अतिरिक्त आग्रह है। उन्हें लगता है कि साहित्य यदि ज्ञान की किसी भी अन्य शाखा से कोई सामग्री या धारणा ग्रहण करता है तो उससे उसकी स्थिति दोयम दर्ज़े की हो जायेगी। अब यह विद्या चाहे दर्शन हो या विज्ञान, धर्म हो या संस्कृति, समाजशास्त्र हो या इतिहास, इससे कोई अंतर नहीं पड़ेगा, साहित्य उस विद्या का 'गरीब बिरादर' बनकर रह जायेगा। ऐसी आशंका आचार्य को उनकी आलोचना के प्रारंभिक काल से ही आक्रांत किये रही है। साहित्य की स्वायत्तता के उनके आग्रह से मेरी पूर्ण सहमति है। लेकिन साहित्य की रचना प्रक्रिया को समझने-बूझने वाले जानते हैं और आचार्य इसे नहीं जानेंगे तो और कौन जानेगा कि गृहीत सामग्री-प्रक्रिया व्यापार से गुजरते हुए अपना अस्तित्व रचना रसायन में विलयित कर देती है। फिर उसकी कोई पृथक सत्ता नहीं रह जाती। अतः किसी भी विद्या से कुछ ग्रहण करने भर से साहित्य की हेठी हो जायेगी, ऐसी आशंका निर्मूल ही है। आशंका उचित तब कही जायेगी, जब किसी सामग्री, विचार या धारणा का ग्रहण इस तरह किया जाय कि उससे साहित्य की अपनी प्रक्रिया बाधित हो। धर्म, दर्शन, इतिहास, पुराण आदि से साहित्य अपनी सामग्री ग्रहण करता ही आया है, ऐसे में यदि वह कालबोध भी ग्रहण करता है तो उसमें साहित्य की हेठी क्यों लगनी चाहिए? यदि हमारी दृष्टि सर्वथा शुद्धतावादी ही हो तो फिर ज्ञान की शाखाओं के परस्पर अवलंबन की माँग का अर्थ क्या होगा? (यह भी विचारणीय है कि साहित्य में कालबोध दर्शन या धर्म से ग्रहण किये जाने पर आचार्य को आपत्ति है, विज्ञान से धारणाएँ ग्रहण किये जाने पर नहीं है; द्रष्टव्य, पृ. 31)।

चिंत्य तो मुझे यह भी जान पड़ता है कि रचना की स्वायत्तता के आग्रही आचार्य को अंततः लुभाया आर्नाल्ड का आदर्श ही है जिसने कविता को धर्म का स्थानापन्न बना देना चाहा था। लेकिन प्रश्न यह है कि कविता से धर्म की भूमिका निभाने की अपेक्षा की जायेगी तो उसकी स्वायत्तता का क्या होगा? कविता से धर्म की भूमिका के निर्वाह की अथवा मानवीय सरोकारों के निर्वाह की अपेक्षा करने में कोई आपत्ति नहीं हो सकती लेकिन रचित कविता का किन्हीं सरोकारों को निभाना एक बात होगी और उन सरोकारों की चरितार्थता के लिए कविता की रचना करना बिलकुल दूसरी। मुझे हैरानी यह विचार करके होती है कि जिस लेखक का आग्रह कभी यह था कि कवि को मानवीय अवमूल्यन का रचनात्मक प्रत्युत्तर, रूप के धरातल पर रचना होगा, वही लेखक आज रचना में मानवीय सरोकारों की सीधी अभिव्यक्ति के लिये चिंतित है! क्या रचना का रचना भर होना पर्याप्त नहीं है? जो साहित्य मानवीय सरोकारों की ओर से बेखबर रहकर रचा जाता है, क्या उसकी मानवीय अर्थवता और मूल्यवत्ता संदिग्ध रहेगी?

आचार्य के संदर्भ में यह प्रश्न उठाना मुझे कष्टकर लगता है लेकिन इस समय आचार्य के लेखन से गुजरते हुए यह प्रश्न आवश्यक-सा हो जाता है। आचार्य ने सौंदर्य और नैतिकता का समाहार तो कर दिया है लेकिन वास्तव में यह द्वैत उनमें बना ही रहा

है; एक ओर वे रचना की स्वायत्तता के आग्रही हैं, तो दूसरी ओर साहित्य के लिए धर्म की भूमिका को लेकर भी कम चिंतित नहीं हैं। अवश्य ही, धर्म उनके लिए रूढ़ अर्थ में नहीं है (न यह आर्नाल्ड के लिए ही रूढ़ था) लेकिन एक इतर चिंता के रूप में इसकी उपस्थिति उन पर हावी है। साहित्य का अध्यात्म उनके साहित्य-चिंतन के उस द्वैत को दर्शाता है।

बहरहाल, आचार्य की यह पुस्तक बहुचर्चित लेखकों के अचर्चित पक्षों को प्रकाशित करने के नाते, साहित्यिक विचार के नये क्षेत्रों का निदर्शन करने के नाते और रंगकर्म पर नयी दृष्टि से विचार करने के नाते भी विचारोत्तेजक जान पड़ेगी।

अपनी लीक से हटते हुए
डॉ. रणजीत : रोटी और कमल

डॉ. रणजीत हिन्दी के उन लेखकों में से है, जिन्होनें सामाजिक-राजनैतिक प्रश्नों पर समय-समय पर लेखनी उठाई हैं। वैसे तो अपनी कविताओं में भी उन्होंने ऐसे प्रश्न उठाए हैं, लेकिन लेखों में उनका क्षेत्र व्यापक हो गया है। 'रोटी और कमल' उनके ऐसे ही लेखों और टिप्पणियों का संग्रह है। यह शीर्षक बेनीपुरीजी के 'गेहूँ और गुलाब' का स्मरण करा देता है। संभवतः रणजीत के अवचेतन पर भी इसी शीर्षक की छाप रही हो। दोनों में कुछ समानता भी है, लेकिन कई कारणों से रणजीत की पुस्तक उससे भिन्न है। एक कारण यह भी है कि इसके एक खण्ड में एक ओर यूरोप में साम्यवादी आन्दोलन के स्वरूप का परिचय दिया गया है, तो दूसरी ओर भारत के साम्यवाद दलों के वास्तव से हमारा साक्षात्कार दलों के वास्तव से हमारा साक्षात्कार कराया गया है।

विश्व में साम्यवादी गढ़ ढहने शुरू हुए, उससे पहले ही अपनी कविताओं और अपने लेखों में रणजीत साम्यवादी तानाशाही के प्रति संशय व्यक्त करते आ रहे हैं। साम्यवादी हलकों में उनके इस तेवर का विरोध भी हुआ लेकिन समय ने रणजीत के पक्ष में गवाही दी और सिद्ध किया कि वे न केवल साहसिक थे बल्कि सही भी थे। पूर्वी यूरोप में साम्यवादी शासन का जो पतन हुआ वह कोई आकस्मिक घटना नहीं थी। यह लावा वर्षो से भीतर-ही-भीतर उबलता आ रहा था। चीन में छात्र-विस्फोट हुआ था, उसे दबा दिया गया लेकिन यूरोप में हुआ विस्फोट इतना प्रबल था कि उसे दबा देना सम्भव नहीं हुआ बल्कि उसी ने पार्टी और शासन दोनों को धवस्त कर दिया। रणजीत के लेखों में यद्यपि पूर्वी यूरोप में साम्यवादी शासन की चर्चा कम है, पश्चिमी यूरोप के यूरो-कम्यूनिज़्म की चर्चा ही विस्तार से की गई है लेकिन पौलेण्ड संघ और उस शिविर के देशों द्वारा यूरो-कम्यूनिज़्म के विरूद्ध किये गये धुआँधार प्रचार के बावजूद उसके 'खतरनाक जनतन्त्र प्रेम का दुष्प्रभाव' उनके अपने देशों पर पड़ा। अन्ततः पोलैण्ड के मजदूर-संघर्ष को दबाया नहीं जा सका बल्कि रूस को भी उसके प्रति नरमी बरतनी पड़ी। उसी को संदर्भभूत रखते हुए रणजीत ने 1981 में जो लिखा कि–

"जो बात उसने (यानि मास्को ने) आज पौलेंण्ड में स्वीकार कर ली है, वह कल उसे हंगेरी और चेकोस्लोवाकिया में भी माननी पड़ेगी और देर-सवेर सोवियत संघ में भी। यह स्वयं सोवियत संघ के स्वास्थ्य के लिए भी शुभ होगा।" इतिहास ने रणजीत के विश्लेषण को सही प्रमाणित किया।

वास्तव में, वर्तमान विप्लव का बीज तभी पड़ गया, जब रूस का साम्यवादी शासन सर्वहारा के बजाय सर्वहारा के 'एलीट' वर्ग से अपना समर्थन-पोषण पाकर संतुष्ट होने लगा, और अपने शिविर देशों का इस्तेमाल अमेरिकी साम्राज्यवाद का विरोध और अपनी विदेश नीति के अंध-समर्थन के लिये करने लगा। रणजीत की यह टिप्पणी भी सटीक है कि-

"साम्राज्यवादी व्यवस्था साठ साल की होने के बाद भी इतनी परिपक्व नहीं हुई है कि अपने देश के भीतर दस-बीस आलोचकों को भी सह ले।" वर्तमान विप्लव इन्ही कारणों का पूंजीभूत प्रतिफलन है।

'तीसरे विकल्प की चुनौतियाँ' आलेख में डॉ. रणजीत ने भारत की वामपंथी पार्टियों की दुर्बलता पर उँगली रखी है। यह विडम्बना ही है कि नम्बूदरीपाद जैसे नेता आज भी वामपंथी विफलता या शिथिलता का दोष बाहरी परिस्थितियों में ही देखते है, अपनी नीतियों या ढाँचेगत जर्जरता में नहीं। रणजीत ने लिखा है कि-

"मेरे विचार से भारत में कम्यूनिष्ट आन्दोलन की वर्तमान शोचनीय स्थिति के अनेक कारणों में से एक है उसकी मास्कों या पेकिंग पंथित और दूसरा है, उसका गैर जनवादी सांगठनिक ढाँचा।"

इसी तरह की कई एक बातों की ओर उन्होंने हमारा ध्यान आकर्षित किया है। इस दृष्टि से उनके ये लेख वामपंथी विचार वाले लोगों के लिये आत्मविश्लेषण की एक अच्छी सामग्री प्रदान करते हैं। जिनकी विचारधारा भिन्न है, साम्यवादी शासन के वास्तव को जानने की दृष्टि से ये लेख उनके लिये भी पठनीय है।

प्रस्तुत संग्रह के पहले खण्ड में रणजीत ने भारतीय समाज के बद्धमूल संस्कारों और उसकी अंधवृत्तियों की तीखा विरोध किया है; जातिवाद, साम्प्रदायवाद, राष्ट्रवाद आदि पर उन्होंने विशेष प्रहार किया है। उनकी तीखी ओलाचना के मूल मे उनकी कामना स्वस्थ मानववादी, समतावादी और स्वतंत्र समाज का निर्माण देखने की रही है, इसलिये सबसे पहले उनकी सदिच्छा और सदाशयता को स्वीकार किया जाना चाहिये और उनके मत की समीक्षा भी इसे संदर्भ में रखकर की जानी चाहिये।

हमारे समाज की प्रमुख बुराई जातिवाद का जहर है। रणजीत का सुझाव है कि लोगों को अपने नाम के आगे जाति लगाना बंद कर देना चाहिये। ऐसा सुझाव अपनी आत्मकथा में बच्चन ने भी दिया है, लेकिन स्वयं रणजीत ने इस बात को अपना भी लिया है। साम्प्रदायिक संकीर्णता की वजह से हमारे यहाँ आये दिन दंगे होते है और उनमें हिंसा का तांडव होता है। इसे रोकने के लिये रणजीत का सुझाव है कि साम्प्रदायिक दलों को प्रतिबंधित कर दिया जाना चाहिये। गत जनगणना के अवसर पर उन्होंने प्रबुद्ध लोगों से अपनी की थी वे धर्म के कॉसल में अपने हिन्दू या जैन नहीं, मानववादी लिखवायें। स्वयं उन्होंने इसका पालन भी किया।

ये सब बातें अपनी जगह ठीक हैं लेकि प्रश्न यह है कि क्या ये सुझाव हमें समस्याओं के मूल तत्त्व ले जाते है? क्या इन्हें अपनाने से समस्याएँ सुलझ जायेगी?

समग्रतः देखने पर उनका सुझाव मूलतः यही है कि जाति, धर्म, सम्प्रदाय आदि संस्थाओं को ही समाप्त कर दिया जाय। न रहेगा बाँस, न बजेगी बाँसुरी! लेकिन क्या यह संभव है? यदि ये सुझाव सामयिक उपचार हैं तो इनके साथ ही, भारतीय संदर्भ में इन समस्याओं पर मूलगामी चिंतन भी अपेक्षित है। प्रस्तुत संग्रह में मूल तक जाने की वृत्ति कम ही फलित हुई है।

लेखक का राष्ट्रवाद विषयक विचार भी मूल तक नहीं जाता बल्कि यह विवेचन तो विरोधाभासी भी हो गया है। उसका मत है कि 'राष्ट्र भी अन्ततः उतना ही या उससे कुछ ही कम संकीर्ण सिद्धान्त है जितना सम्प्रदायवाद।' स्वाभाविक है कि वे राष्ट्रवाद को भी अस्वीकार्य समझें। किसी भी अन्याय की स्थिति में व्यक्ति का साम्प्रदायिक हो उठना उन्हें स्वीकार्य नहीं है, लेकिन गौरतलब यह है कि भारत की केन्द्रीय सरकार की किन्हीं बेवकूफियों पर महाराष्ट्र या पंजाब के लोगों का लड़कर अपनी 'कौमियत' माँगना उन्हें गवारा है? वे उसकी अनुमति देते हैं। पश्चिमी बंगाल के बारे में वे लिखते हैं–

बंगलादेश के उदय ने भारत और पाकिस्तान इन रो राष्ट्रों के विलग अस्तित्व को नहीं झुठलाया है, एक तीसरी राष्ट्रीयता–बंगाली राष्ट्रीयता–के अस्तित्व को प्रमाणित किया है और संभव है देर–सवेर हमारा बंगाल भी उसमें शामिल हो जाना चाहे। यह एक ऐसी स्थिति है, जिसकी कल्पना भी बंगला देश के समर्थक सारे भारतीय राष्ट्रवादियों के मुँह का स्वाद बिगाड़ देती है। लेकिन यह बिलकुल हवाई बात नहीं है जिस बंगाली राष्ट्रीयता ने साढ़े सात करोड़ लोगों को इस बुरी तरह से आन्दोलित कर दिया है, वह पश्चिमी बंगाल में बिलकुल सोय रहेगी, ऐसा नहीं कहा जा सकता।

यहाँ रणजीत ने समस्या पर केवल कौम के कोण से ही सोचा है। यदि कौमियत ही संघटक तत्त्व हो तो भारत राष्ट्र का अस्तित्व हो कैसे संभव होगा? बंगला–देश के निर्माण में (जहाँ तक मैं सोचता हूँ) बंगाली–राष्ट्रीयता की भावना के उदयभूत तत्त्व (पृथक अस्मिता का आग्रह जुड़ा होना) शेष राष्ट्र से बंगाल की भौगोलिक पृथकता, उसका आर्थिक शोषण और राजनीतिज्ञों का पक्षपात, और इधर के राजनीतिज्ञों की महत्त्वाकांक्षा आदि ने मिलकर उसे संभव बनाया। इन बातों को विस्मृत करने से सारा परिप्रेक्ष्य बदलता है और नतीजन बलबिन्दु भी बदलते हैं। अवश्य ही, डॉ. रणजीत ने यह भी लिखा है कि–

"यह न समझा जाय कि मैं उस घड़ी को लाना चाहता हूँ। अन्ततः यह पश्चिम बंगाल की आम जनता इच्छा पर ही निर्भर है वह भारत के साथ ही बनी रहना चाहेगी या बंगलादेश के साथ जाने की बात सोचेगी, पर सवाल हम उसके प्रति वैसा ही रूख अपनायेंगे जैसा याहियाखान ने अपनाया था या वास्तविक जनवादी दृष्टि का परिचय देंगे?"

सवाल यह है कि जनवादिता का निर्णय आप कैसे करेंगे? गोर्वाच्योव ने जो कदम अजर–बेजान–विप्लव के प्रति उठाया उसे आप क्या कहेंगे? फिर भारत में नागा और मिजो को हमने साथ जोड़ने का जो प्रयत्न किया, उसके लिये आप क्या कहेंगे? कश्मीर और पंजाब के बारे में निर्णय कैसे किया जायेगा? तामिलनाडु को कितनी छूट

होगी? मुझे लगता है कि राष्ट्रीयता के निर्णय में केवल धर्म या भाषा को विघटनकारी या संघटन-कारी तत्त्व मानकर फैसला नहीं किया जा सकता। उसमें भूगोल, इतिहास, संस्कृति, राजनीति और कभी-कभी व्यक्तित्व और उसका नेतृत्व, और इसी तरह अन्य तत्त्व भी अपनी भूमिका निभाते हैं। रणजीत का आकलन इस मामले में अधूरा रहा है, इसलिये उनका विवेचन भ्रामक तथा निष्कर्ष अविश्वसनीय हो गये है। राष्ट्रीयता को साम्प्रदायिकता की तरह ही संकीर्ण मानते हुए भी उसकी जिस तरह वकालात उन्होंने की है, उसका विरोध तो स्पष्ट ही है।

रणजीत का यह बांगलादेश विषयक लेख ही नहीं, अधिकांश लेख उनकी तात्कालिक प्रतिक्रिया ही ज़्यादा व्यक्त करते हैं, जिन समस्याओं को उन्होंने उठाया है, उनका गहन चिंतन-मनन अभी अपेक्षित है।

नर-नारी सम्बन्धों के विषय में भी उनकी दृष्टि जनवादी तात्कालिकता में अटक कर ही रह गई है। अरेंज्ड (संयोजित) विवाह के विरूद्ध उन्होंने लड़के-लड़की को छूट देने का प्रस्ताव किया है। यह छूट वे गर्भाधन से पूर्व तक, लड़की-लड़के को साथ रहकर एक दूसरे को परखने की सीमा तक देते हैं। लेकिन विचारणीय यह है कि जब तक यौन-शुचिता के आग्रह का निर्मूलन सुनिश्चित नहीं किया जाता, तब तक इस खुली छूट दुष्परिणामों का उपचार कैसे किया जायेगा? दूसरों के संग रहकर विरस्कृत हो चुकी लड़की के दुर्भाग्य का क्या उपचार होगा? वस्तुतः नर-नारी के सम्बन्धों की जटिलता गर्भाधान तक नहीं, गर्भाधान के बाद ही, बल्कि बच्चे के जन्म के बाद, गृहस्थी बसने पर ही सामने आती है। उसे दृष्टिपथ में रखे बिना गर्भाधान से पूर्व तक लड़के को लड़की के साथ रहने की छूट देना, उसे एक प्रकार से खिलवाड़ की अराजक छूट देना है। रणजीत का या प्रस्ताव सुचिंतित नहीं है।

लेकिन समस्याओं का सुचिंतित समाधान हाथ नहीं आने पर भी रणजीत का यह विचार-विवेचन स्वंय में एक सार्थक प्रयत्न है। बात यह है कि जो समस्याएँ रणजीत ने उठाई है उनका कोई बंधा-बंधाया समाधान है नहीं। युग को उन्हें अपने ढंग से ही सुलझाना होगा। वैसे शिक्षा, खेल, सांस्कृतिक कार्यक्रम, एन. सी. सौ, फौज, औद्योगिक बस्तियाँ, रेल, अस्पताल आदि क्षेत्र जाति-बंधन को स्वयमेव ढीला करते जा रहे हैं। कल तक जिसे हरिजन कह कर आप अपना पल्ला बचाते थे, आज उससे पल्ला बचाकर बल्कि वैसे परहेजी व्यवहार का आभास देकर भी अपने मरीज को अस्पताल में एक दिन भी नहीं रख सकते; न उस मनोभाव से बस या रेल में सफ़र कर सकते हैं। प्रारम्भ में साथ-साथ रहना चाहे वह कितने ही समय के लिये, नाक भौं सिकोड़ कर ही हुआ हो, अब धीरे-धीरे वह सह्य हो चला है। नई पीढ़ी के छात्रों का मैत्री-जगत जाति-धर्म की दीवारें तोड़ता आ रहा है। सच तो यह है कि यह प्रक्रिया तीन-चार दशकों से प्रारम्भ हो चुकी है। यह पारस्परिकता कैसे घनिष्ठ हो, वह कैसे संस्कार बने, इस दिशा में भी सोचा जाना चाहिये। रणजीत के कुछ सुझाव इस प्रक्रिया में और भी तेज लायेंगे। कोई भी विचारक, इतना ही कर सकता है कि अपने विचार-मंथन से इस प्रक्रिया को कुछ और

तेज कर दे; अपने दृष्टिकोण से लोगों को कुछ और सजग कर दे। रणजीत की पुस्तक यह भूमिका निभाती है, इसलिये वह स्वागत योग्य है।

यदि ज्ञान-विज्ञान के विभिन्न क्षेत्रों के बुद्धिजीवी, समाजशास्त्री-अर्थशास्त्री, राजनीतिशास्त्री, वैज्ञानिक आदि-आदि समय-समय पर मिल बैठकर राष्ट्र के ज्वलन्त प्रश्नों पर विचार करें तो कोई कारण नहीं कि समस्या के विभिन्न पहलू सामने आयें और समाधान के नये मार्ग भी खुलें। हमारे कवि-लेखक इस दिशा में सोचते आ रहे हैं। 'रणजीत' की यह पुस्तक इस यज्ञ में उनकी आहुति है। उनकी जागरूकता प्रशंसनीय है।

समकालीन कविता पर विहंगम कविता

अजित कुमार : इधर की हिन्दी कविता

अजित कुमार की सद्य: प्रकाशित पुस्तक का शीर्षक 'इधर की हिन्दी कविता' पाठक में यह भ्रम उत्पन्न करता है कि यह नवें दशक या बाद की कविता का विवेचन है जबकि वास्तव में यह अधिकांशत: सत्तर के दशक में कविता पर की गई टिप्पणियों का संग्रह है। इन टिप्पणियों की विशेषता यह है कि ये कविता के प्रति लेखक की सदाशयता से प्रेरित हैं। उसकी एक प्रमुख चिन्ता यह है कि लोग कविता से विमुख क्यों हो रहे हैं। वे अपनी ज़रूरत की चीज़ों के बारे में सूचनाएँ या विज्ञापन पढ़ना तो पसन्द करते हैं लेकिन इनके बारे में 'कविता हो, तो वे बर्दाश्त नहीं कर पाते, तुरन्त पन्ना पलट देते हैं।' निश्चय ही, यह एक जैनुइन चिन्ता है। लेखक का अगला सवाल यह है कि कविता के प्रति लोगों में रुचि जाग्रत की कैसे जाय? भक्ति-आन्दोलन पर विचार करके वह पाता है कि उस आन्दोलन ने कविता को लोगों की ज़रूरी और बुनियादी चीज़ बना दिया था। वह सोचता है कि 'जब तक समूचे देश में एक महान सांस्कृतिक आन्दोलन न उठ खड़ा होगा, तब तक कला और कविता के प्रति साधारण व्यक्ति के मन में आकर्षण या अनुराग उत्पन्न न होगा।' लेकिन तत्काल ही उसे लगता है, जिस देश में अधिकांश लोग आज भी 'नंगे, भूखे, कुचले और बेसहारा हैं', वहाँ कविता का कोई भी आन्दोलन क्या कर पायेगा? पाठकों की उदासीनता के लिये अजित कुमार समकालीन कविता को भी दोषी पाते हैं। पहले की कविता में बेशक कुछ ऐसी चीज़ें थीं जो उसे बहुत आसानी से जन-मानस तक पहुँचा देती थीं। 'मिलइ न जगत सहोदर भ्राता', 'नैन नचाय कही मुस्काय, लला फिर अइयो खेलन होरी', 'मैया मोरी मैं नहीं माखन खायो', जैसी कविता को आश्चर्य से लेकर अचार वाले तक 'पहचान' सकते थे। हम उसे छंद कहें या केवल संयोग, कुछ तो था लय, तुक या जीवन की सीधी समझ, कवि की दक्षता या अंतर्दृष्टि या केवल संयोग कुछ तो था पहले की बहुतेरी कविता में, जो किसी टीका-टिप्पणी या आलोचना-समीक्षा की ज़रूरत पड़े बिना, मामूली लोगों तक पहुँच जाता था।' लेकिन 'हमारी आज की कविता बहुत कुछ शब्दजाल में उलझ कर रह गई है।' इसलिये वह कुछ विशिष्ट लोगों के आस्वादन की चीज़ होकर रह गई है। इसके लिये लेखक आलोचकों को भी दोषी पाता है। उसके मत से 'कविता के समीक्षक पर इसकी ज़िम्मेवारी है कि वह आज की कविता की विशेषता का विवेचन ऐसी भाषा में और इस ढंग से करे कि

इस कविता का सौंदर्य अधिक से अधिक लोगों के लिये उजागर हो सके।' लेकिन शीघ्र ही वह यह सोच करके हताश भी हो जाता है कि कोई आन्दोलन या आलोचक करेगा क्या। 'जो काम कोई कविता खुद न कर सके, उसे आलोचना किस हद तक पूरा करेगी।'

अजित कुमार की सदाशयता का सम्मान करते हुए भी आज भक्ति और रीतिकालीन कविता को लौटा लेने की उनकी कामना से सहमत होना कठिन है। यह भी उनका भ्रम ही है कि वह तमाम काव्य सहज बोधगम्य है या इकहरा है। लेकिन जो भी हो, उसकी अधि कांश माँगें आज की कविता को इकहरेपन की दिशा में धकेलती जान पड़ती है। यह उनकी वैचारिक विडम्बना ही है कि जो कविता सहज है, मसलन दिनकर की कविता, वहाँ तो वे शिकायत करते हैं कि 'जीवन की जटिलता की कोई समझ इस कविता में नहीं दिखाई देती, न भाषा की सृजनात्मकता या रचनात्मक प्रक्रिया की सूक्ष्मता के ही दर्शन होते हैं', लेकिन दूसरी ओर किंचित् भी जटिलता दिखाई पड़ने पर वे मामूली आदमी (अचारवाले) का स्मरण करने लगते हैं और लोकधर्मी व सहज-सरल परम्परा की दुहाई देते हुए उस कविता पर बीहड़ शब्दों और जटिल विचारों के खोल में बंद होने का आरोप लगाने लग जाते हैं।

'आवेग' पत्रिका (रतलाम) के नौवें अंक में समकालीन कविता की पहचान की जो चेष्टा थी (कविता, कवि का वक्तव्य और उस कविता पर दो आलोचकों की व्याख्याएँ), वह कविता की वास्तविक समझ विकसित करने की दिशा में किया गया एक गम्भीर व सूझबूझपूर्ण प्रयास था लेकिन उसे प्रोत्साहित करने और उसकी रचनात्मक आलोचना करने के बजाय अजित कुमार ने उस पर अभिजातीय आकांक्षा का आरोप लगाकर उसका अवमूल्यन ही किया। इसी तरह के अन्य प्रयासों यथा, निषेध, पहचान, विचार-कविता जैसे संकलनों के प्रति भी उनकी कमोबेश यही दृष्टि रही है। ऐसा जान पड़ता है कि सप्तकों के प्रति उनमें एक कुंठा रही है जो 'पहचान' पर उनकी प्रशंसात्मक टिप्पणी की राह से व्यक्त हुई है—उसमें वह दोष भी नहीं है जो 'सप्तकों की योजना में था कि तमाम कवियों में से केवल सात-सात को चुनकर देव-प्रतिमाएँ प्रतिष्ठित कर दी जाएँ, शेष कवि ठीकरों की तरह पड़े रहें।'.... 'अशोक ने कोई छोटी-बड़ी टिप्पणियाँ नहीं लिखीं और इस तरह योजना को एक आन्दोलन तथा अपने आपको एक मठ बनाने से बचा लिया।' संकलनों के लिये आदर्श उपस्थित करने के लिए उन्होंने अपनी ओर से भी कई संकलन सम्पादित किये लगते हैं।

वस्तुतः अजित कुमार की ये टिप्पणियाँ स्वयं उन्हीं के शब्दों में आलोच्य कविताओं के बारे में जल्दी में बनाई गई राय के रूप में ही सामने आई हैं। मुझे हैरानी है कि इन्हें उन्होंने बीस-तीस साल के अंतराल के बाद भी संग्रह योग्य पाया है। भारतीजी ने उन्हें तब भी सही 'धिक्कारा' था (यह शब्द अजित कुमार का ही है) कि 'धर्मयुग' में 'तुम यह क्या बकवास कर रहे हो।' अवश्य ही, बच्चन, रघुवीर सहाय और सर्वेश्वरदयाल सक्सेना पर किया गया विचार पठनीय है। 'समकालीन कविता और छंद' भी पठनीय आलेख है। मुझे स्मरण आता है, वर्षों पहले दिनकर ने कविता और छंद पर एक आलेख लिखा था जो 'मिट्टी की ओर' में संग्रहीत है, उससे तुलना करके हम दो कवियों-आलोचकों के वैचारिक धरातल में अंतर को लक्ष्य कर सकते हैं।

आलोचना–2

क्या हो छन्द की माप-प्रणाली

सच्चिदानन्द वात्स्यायन (सं.) : समकालीन कविता में छन्द

समकालीन हिन्दी-कविता में छन्द-विधान और छन्द-चर्चा में जो अराजकता छाई हुई है, उसका अनुभव कवियों ने तो किया ही है, कुछ आलोचकों ने भी किया है, लेकिन कवि-आलोचक अज्ञेय ने उसके निदान का उपक्रम भी किया है। उन्होंने स्वयं तो इस प्रश्न पर चिन्तन-मनन किया ही है, औरों को भी इस पर सोचने के लिये प्रेरित किया है उसी का परिणाम है, आलोच्य-संकलन–'समकालीन कविता में छन्द'।

इस संकलन में ग्यारह लेखकों के कोई तेरह आलेख संकलित हैं। अन्तिम दो आलेख जो मूलतः भाषण-रूप हैं, अज्ञेय के हैं। जिस मूल प्रश्न पर पुस्तक केन्द्रित है, इनमें उसका सीधा सामना किया गया है। यह तो लगभग सभी ने स्वीकार किया है कि पारम्परिक छन्द हमारी बदली हुई संवेदना के लिये काम नहीं दे सकते, और यह भी कि लय को भी नहीं छोड़ा जा सकता परन्तु नये छन्द से अभिप्राय क्या है और नई लय का आधार क्या होगा, इन प्रश्नों की बेबाक चर्चा से लगभग सभी ने अपनों को बचाया है। केवल अज्ञेय ने सीधे इन्हीं पर विचार किया है। इस दृष्टि से यदि ये वक्तव्य प्रारंभ में रहते तो कई भ्रान्त धारणाओं का प्रारम्भ में ही निराकरण हो जाता और प्रश्न का रूप खुलकर पाठक के सामने आ जाता यद्यपि तब उस विचारोत्तेजन को झेलने की सामर्थ्य दो-एक आलेखों में ही मिलती।

अज्ञेय ने समस्या के मर्म को पहचानते हुए प्रस्ताव किया है कि 'छन्द की परिभाषा में कुछ संशोधन होगा, छन्द का विचार दूसरे ढंग से होगा।' 'लय को हम नहीं छोड़ सकते–भले ही उसकी परिभाषा में कुछ संशोधन हमें करना पड़े।' इसी के अनुरूप उन्होंने छन्द की नई अवधारणा हमारे सामने रखी है। उनके अनुसार छन्द अपने व्यापक अर्थ में किसी भी रूपाकार तक पहुँचने और उसे पहचानने का साधन है। इस व्यापक अर्थ का प्रतिपादन उन्होंने सर्वथा ऐसे व्यावहारिक धरातल पर उतर कर किया है कि ज्ञान-विज्ञान की विभिन्न शाखाओं और विभिन्न कलाओं में ही नहीं, सृष्टि के तमाम व्यापारों और फूल के खिलने में भी छन्द होने की बात का अर्थ साधारण पाठक के तईं भी खुल जाता है। एक प्रकार से अव्यवस्था में व्यवस्था, क्रम-छिन्नता में क्रम और बेतरतीबी में सामंजस्य का नाम ही छन्द है। इसी अर्थ में गद्य की भी अपनी लय होने और उपन्यास या कहानी में भी छन्द होने की बात स्पष्ट हो जाती है। लेकिन यह सब व्यापक अर्थ

में ही है, सूक्ष्म अर्थ में, कविता में, विशेष रूप से नई कविता में, छन्द के नये आधारों का निदर्शन भी उन्होंने किया है।

दिनकर ने छन्द पर विचार करते हुए लिखा है कि कविता कला है, किन्तु छन्दःशास्त्र को विज्ञान कहना चाहिये। यदि ऐसा है तो उसकी वस्तुनिष्ठ पहचान को विकसित किया जाना आवश्यक है। स्वयं दिनकर ने भी समग्र सृष्टि में और मानव शिरा तक में छन्द स्पन्दन देखा है; उन्होंने यह भी देखा है कि केवल स्वर वाली कलाएँ ही नहीं, प्रत्युत् चित्र, मूर्ति और स्थापत्य कलाएँ भी काट-छाँट, रूप और रंग के संतुलित प्रयोग से इसी सामंजस्य का अनुकरण करती हैं; लेकिन उनके अपने काल की कविता में जिसे उन्होंने छायावादोत्तर कविता कहा है, छन्द की पहचान किन नये आधारों पर करनी होगी, इस बारे में वे कुछ नहीं कहते। जो भी जाँच पड़ताल निराला या बच्चन की उन्होंने की है, हिन्दी या उर्दू की परम्परा में ही की है। यदि परम्परा में मिला छन्द विधान बोझ लगता है तो उसे अलग करने की अनुमति भी उन्होंने नये कवियों को दी है; लेकिन नया पथ उन्होंने प्रशस्त नहीं किया है। यह कार्य अज्ञेय ने किया है।

अपनी समकालीन कविता पर आने से पहले उन्होंने पन्त और निराला के छन्द-वैशिष्ट्य की चर्चा की है। "निराला छन्द की आधार-भित्ति हमेशा संगीत के सुर को ही मानते रहे और पन्त ने भाषा के सुर (स्वर) को प्रधानता दी। दोनों कवि इस बात को पहचानते भी थे और उस पहचान की निर्भ्रान्तता ने ही दोनों की कविता को उसका विशेष रसास्वाद दिया है।" (पृष्ठ 150)। यह निरूपण इन कवियों के वैशिष्ट्य को तो सूचित करता ही है, छायावादोत्तर काल के वैशिष्ट्य को समझने का सूत्र भी देता है। (अपना समावेश अज्ञेय ने इसी काल में किया है, यद्यपि इसमें किंचित् अनौचित्य है)। उस काल में क्योंकि काव्य-भाषा बदल रही थी, वह साहित्यिकता के अतिरिक्त आग्रह की केंचुल उतार कर बोल-चाल के निकट आ रही थी, इसलिये उसमें छन्दगत बदलाव आना स्वाभाविक था। अज्ञेय ने स्वयं लिखा है, "साहित्यिक भाषा और बोलचाल की भाषा के भेद को हम मिटा देना चाहते थे।" (150)। इस विशेष संदर्भ को दृष्टिपथ में रखकर ही हम इस काल की कविता में आये छन्द परिवर्तन को ठीक तरह से समझ सकते हैं। अज्ञेय ने इस परिवर्तन पर प्रकाश डालते हुए लिखा है, "बोलचाल की भाषा का आधार लेते हुए हम लोगों ने स्वभावतः बलाघात या स्वराघात का महत्त्व पहचाना जो कि लय का एक आधारभूत तत्त्व है। इससे पहले स्वर अथवा बलाघात की ऐसी चेतना नहीं थी, न शास्त्र में उसका विचार हुआ था।" (150)। लेकिन आलोचक इस बदलाव को लक्ष्य नहीं कर पाये। प्रस्तुत संकलन में भी श्री माचवे ने अपने आलेख में अज्ञेय की कविता की जाँच मात्र-गणना से करने को ही उचित माना है। (125)। (क्या माचवेजी का आलेख इस तथ्य को दर्शाने के लिये ही संकलित किया गया है?)। बहरहाल, अज्ञेय ने इस वृत्ति की शिकायत करते हुए लिखा है, "पारम्परिक छन्दःशास्त्र का आग्रह करने वाले नये काव्य के छन्द का विश्लेषण भी नगण-मगण और मात्राएँ गिनकर ही करना चाहते थे यद्यपि यह बिलकुल

स्पष्ट था कि नये काव्य के माप के आधारों में स्वराघात की गिनती का, चलयति का और गतिमान तुकों का बहुत अधिक महत्त्व हो गया है और गणों की कोई गिनती उस माप का आधार अब नहीं बन सकती, न ही मात्राओं की गिनती भर से काम चल सकता है(क्योंकि मात्र का विचार स्वराघात का विचार नहीं करता।" (152)।

इस प्रकार, स्वराघात, बलाघात, गतिमान तुक, यति आदि को अज्ञेय ने लय की पहचान के आधारभूत तत्त्वों के रूप में प्रस्तावित किया है। बलाघात के स्थानान्तरण से लय कैसे बदल जाती है, यह उन्होंने 'मटकना' शब्द का उदाहरण देकर स्पष्ट करना चाहा है (लेकिन उससे बात पूर्णतः स्पष्ट नहीं हो पाई है। अन्यत्र अज्ञेय ने अर्थ की बहुस्तरीयता की चर्चा लवलाइन्स–लवलीनेस–शब्द का उदाहरण देकर की है। बात वहाँ भी अधूरी रही है। प्रस्तुत उदाहरण भी इसी तरह अधूरा रहा है)।

इन आधारों में से बलाघात के बाद, विशेष महत्त्व यति को दिया गया है। इसे उन्होंने लय का सूक्ष्मतर अनुशासन कहा है। बोलचाल की भाषा इकहरी होती है जबकि काव्य की भाषा में बहुस्तरीयता होती है। यह वस्तुतः उसमें निवेशित यति का अनुशासन ही है जो बहुस्तरीयता को संभव बनाता है, और इसी के सहारे उसमें 'वह' कहा जा सकता है जो बोलचाल में संभव नहीं है। यति के अनुशासन से ही उसमें वह विषमता भी सधती है जो सममिति का मूल है।

डॉ. विद्यानिवास मिश्र ने भी यति को केवल विराम के रूप में नहीं, गति पर ब्रेक लगाने के साधन के रूप में भी देखा है और प्रबलतर मौन के विनियोग के रूप में भी इसका विनियोग स्वीकार किया है। मिश्रजी ने बलाघात का महत्त्व भी स्वीकार किया है। प्रस्तुत संकलन के आधार पर यह कहना निरापद है कि नये छन्दःशास्त्र का मार्ग प्रशस्त करने वाले संकेत मिश्रजी के विवेचन में भी मिलते हैं। बहरहाल, अज्ञेय के निरूपण की पुष्टि तो उनसे होती ही है। चन्द्रप्रभा सारस्वत ने लय संरचना के तत्त्वों पर सोदाहरण प्रकाश डाला है; ये तत्त्व हैं, बलाघात, गति, आन्तरिक तुक, पुनरुक्ति और लोक-लय। ये सूत्र अज्ञेय के आलोचनात्मक लेखन में अनुस्यूत हुए हैं। लेखिका ने अन्य कवियों में भी इनकी चरितार्थता दिखाकर अपनी बात कही है।

लेकिन विष्णुकान्त शास्त्री ने अज्ञेय के इस प्रस्ताव को स्वीकार नहीं किया है कि मात्रा या वर्णों के स्थान पर बलाघात को लय की इकाई मानकर उसकी गिनती की जाए। उन्हें संदेह है कि बलाघात को हिन्दी कविता में लय का आधार बनाया जा सकता है। विद्यानिवासजी में इस बात का किंचित् स्पष्टीकरण तो मिल जाता है लेकिन विष्णुकान्तजी की आपत्ति कुछ भिन्न है उसका आधार यह है कि हिन्दी में बलाघात और स्वराघात-युक्त शब्द बहुत कम हैं। (19)। निस्संदेह, हिन्दी बलाघातयुक्त भाषा नहीं है लेकिन भाषा का आघात प्रधान होना एक बात है और कविता में शब्दों पर बलाघात लाना, बिलकुल दूसरी। आघात तो तब भी लाया जा सकता है और लाया जाता है जबकि भाषा आघात-प्रधान न हो। हाँ! यह अवश्य है कि बलाघात के आधार पर लय की किसी संगत माप-प्रणाली को खोजने का काम अभी बाकी है। यह कार्य आलोचना को करना

होगा। लेकिन यह कार्य सहज नहीं है। अभी तो छन्द की नई अवधारणा की बात को ही पूरी तौर पर हृदयंगम नहीं किया जा सका है।

विष्णुकान्त शास्त्री, डॉ. जगदीश गुप्त, डॉ. प्रभाकर माचवे, अजित कुमार प्रभृति ने यह तो स्वीकार किया है कि मुक्त छन्द, जो आधुनिक कविता में व्यापक रूप से व्यवहृत हुआ है, कोई निर्दिष्ट छन्द-विधान नहीं है, इस पर गण चरण आदि का कोई पूर्व-स्वीकृत गणित लागू नहीं होता; यह एक प्रकार से अनिश्चित साँचों की अपार विविधता को एक ही लाठी से हाँक कर उन पर एक ही नाम मुक्त-छन्द की मुहर लगा देना है, लेकिन यह अनुभव करते हुए भी इसके अंगभूत पलने वाली विविधाताओं को पहचानने का काम शुरू होना चाहिये, लोग इसकी पहचान करने में प्रवृत्त होते ही ठिठक या भटक जाते हैं। ठीक पहचानने के बिन्दु पर आकर शास्त्रीजी ने अपना आलेख समाप्त कर दिया है। जो रूपरेखा उन्होंने दी है, वह निहायत पारम्परिक और पिष्टपेषित है। लयाश्रित मुक्त-छन्द के उन्होंने चार वर्ग बनाये हैं–'मात्राश्रित, वर्णाश्रित, गीताश्रित और मिश्रित।' कहने की आवश्यकता नहीं कि यह वर्गीकरण उसी कविता की पहचान कर पायेगा जो मात्रा और वर्ण-गणना में अँटती है। शेष को उन्होंने मिश्रित खाते में डाल दिया है जबकि पहचान यहीं सबसे अधिक अपेक्षित थी।

आवश्यक नहीं है कि आप अज्ञेय द्वारा निर्दिष्ट पथ स्वीकार करें लेकिन तब आपको उस पद्धति का आविष्कार करना होगा जिसमें अज्ञेय और उन जैसे अन्य कवियों की कविता का आकलन किया जा सके।

प्रभाकर माचवे ने भी यह तो लिखा है कि पुराने छन्द-प्रकार अब चमत्कार-शून्य हो गये हैं, लेकिन नये प्रयोगों का 'हिन्दी की देशी छन्द पद्धति से कटकर चलना उन्हें गवारा नहीं है।' (125)। देशी पद्धति वर्ण और मात्रा गणना की है और कविताओं की जाँच के लिये उन्होंने वही पद्धति अपनाई है। नये कवियों ने जो बदली हुई छान्दिकता दी है, श्यामसुन्दर दूबे ने भी उसका उल्लेख तो किया है लेकिन आग्रह उनका इसी बात पर रहा है, "हम उन लयाधारों के बिना रह ही नहीं सकते जिनका अस्तित्व हमारे मस्तिष्क कोषों में शताब्दियों से विद्यमान है।" (81)। अजित कुमार की स्थिति भी भिन्न नहीं है। ये कवियों में जो वरिष्ठ पीढ़ी के हैं, उनमें उन्होंने छन्द की वापसी लक्ष्य की है। यद्यपि उन्हें विश्वास है कि 'कविता का चक्र घूमकर पीछे की ओर पहुँचने वाला नहीं है', लेकिन छन्द विषयक उनकी धारणा यही है, "छन्द जिन अर्थों में छन्द है, वह वर्णिक अथवा मात्रिक विधानों की कोटियों में ही बंधकर चल सकता है।" (88)। वैसे, अजित कुमार पारम्परिक छन्द त्याग करने वाली कविता की सामर्थ्य के भी कायल हैं, लेकिन ऐसी कविताओं में 'अटपटापन' देखना और उसके मूल में 'लय की टूटन, व्यतिक्रम या छन्द की भ्रष्टता' (82) पाना, यह सूचित करता है कि छन्द की उनकी धारणा मूलतः पारम्परिक ही है। वस्तुतः इस विषयक उनका चिंतन अभी कुछ स्पष्टता की माँग करता है।

अजित कुमार ने अपने आलेख में कविता को परफॉर्मिंग आर्ट्स से जोड़ने का विचार भी रखा है। वे चाहते हैं कि मंचन, प्रदर्शन, गायन-नर्तन जैसी कलाओं और संचार माध्यमों

का प्रयोग कविता के लिये हो। इस प्रस्ताव में अनुचित कुछ भी नहीं है लेकिन इसके लिये छन्द की अनिवार्यता का प्रतिपादन उनसे नहीं बन पड़ा है और उसके अभाव में यह प्रसंग एक अवान्तर-प्रसंग ही रहा है। चिंत्य यह भी है कि यह सारा विचार सर्वथा सतही धरातल पर ही रहा है। जहाँ तक इन कलाओं के सहारे कविता को जनता से जोड़ने का सवाल हैं, प्रभाकर श्रोत्रिय की एक भिन्न संदर्भ में कही गई बात मुझे यहाँ सटीक जान पड़ती है, "जनता से कविता का फासला बढ़ाने के लिये अकेली छन्द-मुक्तता या गद्यात्मकता उत्तरदायी नहीं है। अनुभूति और सर्जना की जटिलता आदि कई तत्त्व इसके लिये ज़िम्मेदार हैं।" (88)। यह भी ध्यान देने की बात है कि विभिन्न कलाओं या संचार माध्यमों को कविता की सेवा में नियोजित करना एक बात है और इन्हें ध्यान में रखकर कविता रचा जाना, बिलकुल दूसरी। इस दूसरे प्रयत्न में कविता जनता के कितनी निकट आयेगी, यह कहना कठिन है, वह कविता से तो दूर हो ही जायेगी। बहरहाल, हम देखते हैं कि मूल समस्या से सीधा सामना लेखकों ने नहीं किया है या कम ही किया है, वे प्राय: सर्वेक्षण में या अवान्तर प्रसंगों में उलझ कर रह गये हैं।

डॉ. प्रभाकर श्रोत्रिय ने अवश्य ही नई कविता में छन्द की वास्तविक भूमि की तलाश 'स्वाधीन लय' में की है। अज्ञेय आदि से उदाहरण देकर इस लय की संरचना का जो विश्लेषण उन्होंने किया है, वह निस्संदेह उनकी श्रुति-चेतना सूचित करता है लेकिन इसके सामान्यीकरण के लिये उन्हें इसकी वस्तुनिष्ठ पहचान भी निरूपित करनी होगी। हाँ! कविता में गद्य के अविचारित प्रयोग को छन्दहीनता के लिये दूर तक उत्तरदायी ठहराते हुए उन्होंने इस समस्या का जो विश्लेषण किया है, वह निस्संदेह पठनीय और मननीय है। उन्होंने प्रसंग की गद्यात्मकता और विन्यास की गद्यात्मकता में जो अंतर किया है, वह यथार्थ की आड़ में कविता को गद्यात्मक बनाने वालों के लिये ध्यान देने योग्य है। कविता की लय बातचीत की लय हो सकती है, इसे स्वीकार करते हुए भी उन्होंने स्पष्ट किया है कि कविता स्वयं बातचीत नहीं हो सकती, न बोलचाल के शब्दों के प्रयोग से या घीसूराम, मंगनीराम जैसे नामों के समावेश से ही यथार्थ की अभिव्यक्ति हो जाती है। इसी प्रकार उनका मत है कि कविता में रचना के लिये अपेक्षित निर्माणात्मकता आ जाने से भी उसकी बातचीत की स्वाभाविकता छिन नहीं जाती है बल्कि वह उसकी स्वाभाविकता की रक्षा में सहायक होती है। सर्वेश्वर की कविता के गद्यात्मक विन्यास का जो विश्लेषण उन्होंने किया है, उससे यह भी स्पष्ट हो जाता है कि वे कविता से गद्य-मात्र का बहिष्कार नहीं चाहते, केवल काव्यात्मक दबाव से उसके सन्निवेश की अनुमति देते हैं। लेकिन इस सबके बाद भी यह कहना आवश्यक है कि गद्य के प्रश्न पर उन्हें स्वयं को बराबर खुला रखना होगा; क्योंकि आज की कविता में गद्य का दबाव बराबर बढ़ता जा रहा है और कहना कठिन है कि वह सर्वत्र निष्प्रयोजन है। धूमिल पर जो विचार उन्होंने किया है, उस संदर्भ में मैं कहना चाहता हूँ कि अंश पर टिप्पणी करते हुए हमें रचना-समूची को और कवि की काव्य-प्रकृति को भी दृष्टिपथ में रखना चाहिये। मेरा तात्पर्य यह है कि किंचित् अनगढ़ता धूमिल ने साभिप्राय स्वीकार की है इसलिये यह

प्रश्न केवल अंश विशेष में अनवधानता का नहीं, रचना-पैटर्न का है। यह ठीक है कि उसी से अनुचित प्रयोग उचित नहीं हो जायेंगे, लेकिन हमारे विचार को सही परिप्रेक्ष्य तो मिल सकेगा। जो भी हो, प्रस्तुत विषय के प्रमुख पहलू पर जो विचार उन्होंने किया है, वह सुचिंतित है, इसमें संदेह नहीं।

विष्णुकान्त शास्त्री और रामदेव शुक्ल ने वाचिक-सम्प्रेषण पर विचार किया है। यह प्रकरण भी प्रस्तुत चिन्ता से गहरे सम्पृक्त नहीं किया जा सका है यद्यपि शास्त्रीजी ने इसका जो विवेचन किया है वह काफी विस्तृत है। पाठकर्त्ता के लिये उच्चारण-शुद्धता, स्वर-साधन, श्वास-नियन्त्रण, हाव-भाव, मुद्राएँ जैसी छोटी-छोटी अनेकानेक शास्त्रानुमोदित एवं व्यावहारिक बातें उठाकर उन्होंने वाचिक-सम्प्रेषण का एक प्रकार से शास्त्र-सा रच दिया है, लेकिन उनकी यह अतिरिक्त सजगता ही कुछ ऐसा प्रभाव अंकित करती है मानो वे "कविता की सारी ज़िम्मेदारी 'आर्ट ऑफ़ रीडिंग' के हवाले कर देना चाहते हैं! और मनन के विरोध में श्रवण को स्थापित करने के लिये चेष्टारत हों! यही ध्वनि रामदेव शुक्ल के आलेख से आती है। वाचिक-सम्प्रेषण से कविता में पैठ मिलती है, इसे स्वीकार करते हुए भी यह कहना आवश्यक है कि आज की कविता को पाने के लिये श्रवण पर्याप्त नहीं है, चाहे शास्त्रीजी या शुक्लजी उसे श्रुति की ओर कितना ही लौटा लेना क्यों न चाहते हों!"

प्रस्तुत संकलन में शीन काफ निजाम का आलेख समकालीन उर्दू कविता में छन्द की स्थिति पर प्रकाश डालता है। उर्दू छन्द-शास्त्र आज भी किस कदर रूढ़िग्रस्त है और कवियों में भी साहसिकता का कितना अभाव है, ये दोनों बातें इससे उजागर होती हैं। निजाम ने लिखा है, "उर्दू आलोचना भी शाइरों से 'क्या नहीं हुआ' की दस्तावेज़ है, 'क्या हुआ' का उल्लेख नाममात्र का है।" (137)। लेकिन यह देखकर हैरानी होती है कि इस शिकायत के बावजूद स्वयं उन्होंने 'आज़ाद ग़ज़ल' या 'नस्त्री नज़्म' रचने वाले शायरों के उल्लेख तक से भी स्वयं को लगभग बचाया है। अच्छा होता, यदि वे समकालीन परिदृश्य से उदाहरण चुनकर उनमें विन्यस्त छान्दिकता का विश्लेषण करते हुए अपनी बातें कहते।

कुल मिलाकर, यह संकलन समकालीन कविता में छान्दिकता की पड़ताल की आवश्यकता बहुत तीक्ष्ण रूप में अनुभव करवाता है। किसी आलोचनात्मक संकलन का महत्त्व इसी बात पर निर्भर नहीं करता कि उसने जिस समस्या को उठाया है, उसे हल भी किया है किंवा नहीं, क्योंकि साहित्यिक जगत में अंतिम हल जैसी कोई चीज़ नहीं होती, उसका महत्त्व तो प्रश्नों को अधिकाधिक स्पष्ट रूप से हमारे सामने रखने में होता है। अज्ञेय ने छन्द की नई अवधारणा की आवश्यकता पर बल देकर यही कार्य किया है। यह आक्षेप गलत नहीं होगा कि इस संकलन के कुछ आलेख इस चिन्ता को आगे बढ़ाने की दृष्टि से लगभग सत्वहीन रहे हैं, लेकिन कुछ अन्य ने कुछ प्रश्नों को उभारा है, यही इसकी सफलता है।

धर्मवीर भारती का रचना-कर्म

पुष्पा भारती (सं.) : धर्मवीर भारती की साहित्य-साधना

डॉ. धर्मवीर भारती के रचना-संसार पर आलोचना-जगत में जो कुछ लिखा गया है, उस में से चयन करके और पहलू छूट गए हैं, उन पर लिखवा कर श्रीमती पुष्पा भारती ने धर्मवीर भारती की साहित्य साधना का जो कुशल सम्पादन किया है, वह भारती के बहुमुखी कृतित्व को समझने के लिए मार्ग प्रशस्त करने वाला एक महत्त्वपूर्ण ग्रंथ है। यह निस्संदेह एक स्तुत्य प्रयास है। इसमें भारती की लगभग सभी कृतियों पर स्वतंत्र आलेख हैं और हर विधा में उनके लेखन को समेकित रूप से समझने का प्रयत्न भी है। उनके साहित्यिक व्यक्तित्व को समग्रत: समझने और उसे मूल्याँकित करने के प्रयत्न भी इस में हैं। वे अपने समय के श्रेष्ठ पत्रकारों में थे और शीर्ष साहित्यिक पत्रकार भी। इस पक्ष का आकलन भी इसमें है। उनकी तेजोद्दीप्त लेखनी की बानगी के रूप में कुछ चुने हुए आलेख भी इसमें हैं जो उनके चिन्तन की मौलिकता और मौलिकता और निर्भीकता का पता देते हैं। इस दृष्टि से उनके ''हिन्दी नाट्य-लेखन'', ''अश्वत्थामा'' और ''समकालीन पत्रकारिता'' आलेख नेत्रोंन्मीलक कहे जा सकते हैं। दो-एक आलेख उनकी सृजन-प्रक्रिया में कुछ पैठ देने वाले भी हैं। इनके प्रकाश में भी भारती को पाने-समझने में कुछ सहायता मिल सकती है। ''निवेदन'' शीर्षक भूमिका में लिखा गया है कि भारती की कटु आलोचना करने वाले कुछ लेख भी इस में संकलित किए गए हैं। इस दृष्टि से डॉ. देवराज और डॉ. नामवर सिंह प्रभृति आलोचकों की प्रतिक्रियाएँ भी इस में रहतीं तो और भी अच्छा होता। यद्यपि अन्य लेखकों द्वारा जहाँ-तहाँ दिए गए संदर्भों की राह से इन आलोचकों की कुछ टिप्पणियाँ इस ग्रंथ में आ गई है, लेकिन वह एक भिन्न बात है।

अंधायुग और कनुप्रिया भारती के उत्कृष्ट और स्थायी स्मारक हैं। कई आलेखों में इनके विभिन्न पहलुओं का अच्छा विवेचन मिलता है। अंधायुग को रामस्वरूप चतुर्वेदी ने अंधेरे की शक्तियों से जूझने और उसमें आस्था खोजने के उपक्रम के रूप में देखा है। इस विषयक अन्य आलेखों में भी न्यूनाधिक इसी पक्ष का प्रतिपादन है। लेकिन डॉ. प्रभाकर श्रोत्रिय ने इसे प्रतिरोधी युग-चेतना के रूप में देखा है, और क्योंकि भारती ने गाँधारी और अश्वत्थामा के चरित्रों का सर्जन प्रतिरोधी तत्त्वों के रूप में ही किया है, इसलिए इस कोण से नाटक के सौष्ठव और उसकी दुर्बलताओं का जो सशक्त उद्घाटन उन्होंने किया है, उसका महत्त्व और भी बढ़ जाता है। श्रोत्रिय ने प्रसंग-प्राप्त विचार कनुप्रिया पर भी

किया है। प्रकटतः अवांतर जान पड़ने पर भी यह विचार पृष्ठपोषक है। वे इसे न केवल कच्चे प्रेम की किशोर कथा के रूप में नहीं देखते बल्कि इसे चिन्तन, राग-विस्तार और राग-गांभीर्य की कविता कहते हैं और इसे ही भारती की शीर्षस्थ कृति और आधुनिक प्रेमकाव्यों मे अद्वितीय ठहराते हैं। कई आलेख स्वतंत्र रूप से भी कनुप्रिया पर केन्द्रित है; इनमें अज्ञेय, रघुवंश, कुमार विमल और राममूर्ति त्रिपाठी के आलेख पठनीय हैं। त्रिपाठी ने कनुप्रिया पर लगाए गए आक्षेपों पर जो विचार किया है, उनमें अज्ञेय के भाषा-विषयक आक्षेप भी शामिल हैं। भारती के विभिन्न काव्य-संग्रहों पर भी स्वतंत्र आलेख हैं। उनकी काव्य-यात्रा पर जो समग्रतः विचार हुआ है, उसमें चंद्रकांत बांदिवडेकर और कुछ अन्य लेखकों के आलेख पठनीय हैं।

मंचीय-संदर्भ में भारती के रंग-विवेक का विशेषतः दृश्य के बरक्स शब्द की मंत्र-शक्ति पर उनके बल का विवेचन जयदेव तनेजा ने किया है। दूसरी ओर, अंधायुग की वस्तु-योजना और उसके रंग-विधान की असंगतियों का सम्यक् निदर्शन सुरेश अवस्थी ने किया है। इन आलेखों को पढ़कर अंधायुग की प्रस्तुति देखने वाला प्रेक्षक निर्देशक-कौशल को बखूबी पहचान सकेगा। अरविन्द कुमार ने अंधायुग की तीन प्रस्तुतियों की चर्चा की है लेकिन वे मंचीय-विधान के विवरण से आगे जाकर अभिनय पक्ष पर कुछ भी नहीं कहते।

'गुनाहों का देवता' पर रामस्वरूप चतुर्वेदी, विवेकीराय और राजेन्द्र यादव ने विचार किया है। सभी लेखक इस उपन्यास के सौन्दर्य-चित्रण और इसकी काव्यात्मकता पर मुग्ध है। चतुर्वेदी जी ने इसके स्वस्थ रोमांस को रेखांकित किया है। राजेन्द्र यादव ने इस दायरे से निकलकर यह भी दिखाया है कि कैसे उपन्यास के पात्र अपनी मानसिक कमजोरियों से ही लड़ रहे हैं, समाज के किसी फौलादी शिकंजे से नहीं। इस दृष्टि से 'सूरज का सातवाँ घोड़ा' उपन्यास पर गिरिजा कुमार माथुर का आलेख भी पठनीय है। माथुर ने भारती के नाटकों पर भी लिखा है। उनके दोनों आलेख संतुलित हैं। जब हम भारती के नाटकों, कहानियों, निबंधों और यात्रा-संस्मरणों का समग्रतः विवेचन करने वाले आलेखों को देखते हैं तो विस्मय होता है कि कैसे समग्रता के नाम पर कुछ बड़े लेखकों द्वारा किया गया विवेचन भी हर पुस्तक की एक-एक रचना का परिचय देने में निश्शेष हुआ है! हो सकता है, तथाकथित शोधछात्रों को दृष्टिगत रखते हुए (भूमिका में इसका संकेत है) ऐसा परिचय संकलित करवाया गया है, अन्यथा ऐसे ग्रंथ में इस तरह के विवेचन की कोई विशेष उपादेयता नहीं है। कहानियों के परिचयात्मक आलेख की तुलना में केवल एक कहानी गुलकी बन्नो पर केन्द्रित लक्ष्मीकांत वर्मा का आलेख ज़्यादा प्रभावी है, विवेकीराय की प्रमुख स्थापना का प्रत्याख्यान तो वह है ही। यह किंचित् विस्मयकारी है कि भारती के आलोचक का सम्यक् विवेचन इस ग्रंथ में नहीं है। उनके मानवमूल्यों की चर्चा तो हुई है लेकिन प्रगतिवाद की भारती द्वारा की गई आलोचना ज़्यादा तीखी और ज़्यादा विचारोत्तेजक है। समस्त हिन्दी आलोचना में वह प्राणवान है। उपन्यास, कहानी और कविता पर ही नहीं, नाटक पर लिखी गई उनकी आलोचनाएँ भी,

चाहे हैं वे अल्प ही, हैं अत्यंत तीक्ष्ण, तेजस्वी, मौलिक और विचारोत्तेजक। इनका सम्यक् आकलन ग्रंथ में नहीं है।

यह ग्रंथ श्रीमती पुष्पा भारती द्वारा सम्पादित है इसलिए विशेष रूप से अपेक्षा होती है कि भारती के निजी जीवन और सार्वजनिक जीवन की प्रमुख और मार्मिक घटनाओं की राह से भी उनके व्यक्तित्व को प्रकाशित करने का प्रयत्न किया जाता। केवल संक्षिप्त जीवन-परिचय की खानापूर्ति ही नहीं की जाती तो वह ग्रंथ के साथ ज़्यादा न्याय होता और इसकी मूल्यवत्ता और भी बढ़ती। साथ ही, उनकी विभिन्न कहानियों, कविताओं, एकांकियों आदि के सृजन की प्रेरणा देने वाले प्रसंग भी प्रकाश में आते तो हमें उनके व्यक्तिगत जीवन को कुछ निकट से देखने का अवसर मिलता और जीवन की राह से उनके साहित्य पर विचार करने का एक नया गवाक्ष भी खुलता, लेकिन यह पहलू इसमें बिलकुल छूट गया है।

संकलित आलेखों के मूल लेखन-काल और प्रकाशन-संदर्भ आदि का संकेत भी ग्रंथ में अपेक्षित था और लेखकों का परिचय भी। यद्यपि ये हैं कुछ छोटी-छोटी बातें ही, लेकिन संकलित सामग्री के आगे उपयोग की दृष्टि से इनका भी महत्त्व बनता है। बहरहाल, भारती के लेखन के सभी पक्षों का आकलन करने वाला यह प्रयास उनको समझने के लिए एक मूल्यांकन संदर्भ है।

विपुल जानकारी का अपाचित संकलन विपुल/विशृंखलित

कल्याणमल लोढ़ा ने श्री विद्या की उपासना के प्रभाव में वाक्-तत्त्व को आधार बनाकर दो प्रकार की पुस्तकें लिखी हैं–एक तो वे, जो उपासना के साधना-पक्ष पर प्रकाश डालती हैं; दूसरी वे, जिनमें वाग्देवी के कुछ उपासकों की साहित्य-साधना का विवेचन है। तार्किक आधार पर दोनों प्रकार की पुस्तकों को वाक्- शृंखला के अंतर्गत रखने का औचित्य सिद्ध किया जा सकता है लेकिन वास्तव में वाग्विभव, वाग्दोह, वाग्द्वार, वाक्सिद्धि जैसे शीर्षक एक-से ही जान पड़ते हैं; इन शीर्षकों से उपर्युक्त भेद सूचित नहीं होता। आलोच्य-पुस्तक वाक्सिद्धि की वाङ्.मुख शीर्षक भूमिका भी दूर तक इसके साधना-मार्ग की पुस्तक होने का भ्रम कराती है जबकि यह साहित्यिक पुस्तक ही है।

भूमिका में लेखक की शिकायत यह है कि साहित्य के इतिहासकारों ने उत्तर-भारतेन्दु युग की प्रायः उपेक्षा की है। इसे संदर्भभूत रखें तो प्रथम दो लेखों भारतीय नवजागरण और हिन्दी की सार्वभौमिकता को इसके प्रतिकार की भूमिका के रूप में देखा जा सकता है और हिन्दी-गद्य को सौष्ठवपूर्ण बनाने वाले शलाका पुरुष बालमुकुंद गुप्त के अवदान के विवेचन को ऋण-मुक्ति के किंचित् प्रयत्न के रूप में। यदि शेष निबंध भी इसी विषय पर केन्द्रित रहते तो उपेक्षा का कुछ प्रतिकार तो होता ही, पुस्तक को भी सुसंगति मिल जाती, लेकिन इसके बजाय लेखक ने एक निबंध में सुभद्राकुमारी चौहान के कवित्व का विवेचन किया है और दो निबंधों में राधा और कर्ण को उपजीव्य बनाकर लिखे गए काव्यों पर परिचय दिया है। लेखक की उपर्युक्त शिकायत से इन निबंधों की कोई वस्तु-संगति नहीं बैठती। हर रचनाकार वाणी का उपासक होता है, साधना और सिद्धि

की कोटियाँ चाहे एक-सी न भी हों। इस मोटे अर्थ में ही पुस्तक का शीर्षक वाक्सिद्धि उचित कहा जा सकता है।

बालमुकुंद गुप्त के विवेचन के साथ जोड़े गए परिशिष्ट में उनके गद्य की बानगी ने इस बात को प्रभावी ढंग से उजागर किया है कि वे किस दृढ़ता और निर्भीकता से अपना कलम-कुल्हाड़ा चलाते थे। उनकी विद्वत्ता, वैचारिक तेजस्विता और व्यंग्य-विनोद की उन्मुक्त वृत्ति भी इससे खूब उभरी है। इसी तरह सुभद्राकुमारी चौहान की कविता के स्मरण का महत्त्व तो है ही, उनके संदर्भ में बैलेड (गाथागीत) का जो विवेचन है और 'झांसी की रानी' कविता को उस रूप में देखने का जो प्रयत्न है, वह भी हमारा ध्यान आकर्षित करता है। लोढ़ाजी की तुलना में मेरी जानकारी बहुत सीमित है, लेकिन गाथागीत जैसे प्राचीन-रूप के निर्वाह के लिए कविता में केवल गेय-तत्त्व ही नहीं, बाकायदा सांगीतिकता, नृत्य और नाटकीयता भी अपेक्षित होती है। आधुनिक कविता में ये तत्त्व खींचतान करके ही दिखाए जा सकते हैं।

लोढ़ाजी के विवेचन में एक विशेषता मिलती है—सामग्री संकलित करते हुए स्त्रोतों की व्यापक छानबीन करना, इतिहास में झाँकना, क्षीण संकेत-सूत्रों का भी संग्रह करना, समधर्मी विदेशी हवालों को भी सूचीबद्ध करना, शब्दकोशों और विश्वकोशों से नोट्स लेना और इस प्रकार अथक परिश्रम से आलेख करना। भारतीय नवजागरण की सामग्री वे देशी-विदेशी स्त्रोतों से जुटाते हैं तो हिन्दी की सार्वभौमिकता का प्रतिपादन वे दक्षिण और पूर्वी राज्यों तक में हिन्दी शब्द के भूले-भटके मिल जाने वाले उल्लेखों तक का संग्रह करके करते हैं। हिन्दी की सार्वभौमिकता दिखाने के लिए इस तरह के संग्रह का औचित्य हो सकता है, लेकिन यही प्रवृत्ति जब साहित्यिक विवेचन में मिलती है और वे कर्ण और राधा शब्द का उल्लेख मात्र करने वाली कविताओं को भी कर्ण या राधा-काव्य मानने लगते हैं, तब अपेक्षा होती है कि वे साहित्यिक संदर्भों को आत्मसात करके विवेचन करते ताकि उसका कोई आलोचनात्मक महत्त्व होता। जिन छायावादी कविताओं में राधा का कोई उल्लेख भी नहीं है, वहाँ रास, गोपियाँ, मुरली आदि के निदर्शन भर से उनमें राधा को निहित मान लेने को क्या कहेंगे? यह सब जानकारी की विपुलता के प्रदर्शन के लोभ के अलावा क्या है। ऐसी जानकारी को आलेखों में ठूँसने से विवेचन का बोझिल हो जाना स्वाभाविक ही है। लोढ़ाजी के यहाँ यह विशृंखलित भी है। भारतीय नवजागरण निबंध के साथ जोड़ा गया वन्देमातरम् परिशिष्ट भी गीत पर केन्द्रित नहीं रह पाया है। यह विशृंखलता कहीं-कहीं तो यहाँ तक फैल गई है कि वाक्यों का परस्पर सम्बन्ध भी है या नहीं, इसका ध्यान भी लेखक को नहीं रहा है। हल्के से सम्पादन से इस अव्यवस्था को दूर किया जा सकता था।

धर्मवीर भारती की साहित्य और इतर चिन्ताएँ

पुष्पा भारती (सं.) : साहित्य विचार और स्मृति

एक रचनाकार जब पत्रकार भी होता है और पत्रिका साहित्यधर्मी होने के बजाय विविधलक्षी होती है, तब यह आशंका रहती है कि पत्रकारिता उसकी रचनाशीलता को चर जाय, लेकिन धर्मवीर भारती के साथ यह दुर्घटना घटित नहीं हुई ज़्यादातर उनकी साहित्यिकता, सौन्दर्य-बोध और सुरुचि ने ही उनकी पत्रकारिता को संस्कारित किया। पत्रकारी लेखन भी उन्होंने किया है लेकिन वह भी सतही नहीं है। यह सही है कि एक प्रखर चिंतक से हमारा सामना नहीं होता या कहीं-कहीं ही होता है लेकिन विचार की सामग्री हमें उनमें सर्वत्र मिलती है, इसमें संदेह नहीं। हिन्दी-भाषा, हिन्दी-पत्रकारिता, हिन्दी-लेखक, देश में बढ़ती हिंसा वृत्ति, साम्यवादी तंत्र में उथल-पुथल, उर्दू का सवाल आदि विषयों पर उनके आलेख इस दृष्टि से उल्लेखनीय हैं। उनकी भावप्रवण स्मृतियाँ, लोकगीतों पर उनकी रीझ, रचना-व्यापार पर किया गया विचार आदि भी निश्चित रूप से पठनीय है। उनके इस लेखन में से और प्रारम्भिक साहित्यिक-विवेचन में से चुने हुए आलेखों को एकत्र कर पुष्पा भारती ने 'साहित्य विचार और स्मृति' का सम्पादन किया है।

पुस्तक के पहले खण्ड में 'दशक मंथन' आलेख में लेखक नें साम्यवादी तानाशाही के पतन पर कुछ स्फुट विचार किया है। इसमें प्रसंगवश चर्चित आइगोर गुंजेंकी के उपन्यास 'फाल आफ़ॅ ए टाइटन' का संदर्भ हठात् हमारा ध्यान आकर्षित करता है। लेखक ने इसमें गोर्की का पतन दर्शाया है। साम्यवादी तानाशाही नीतियों का विरोध करके गोर्की क्रान्ति का प्रतीक-पुरुष बन गया था, यह दुनिया जानती है लेकिन प्रतिदान में सत्ता से पाये हुए सम्मान ने कैसे उसमें समझौतापरस्ती के बीज बोकर उसके व्यक्तित्व में घुन लगा दिया, इसे यह उपन्यास दिखाता है। एक दिन अचरज से लोगों ने देखा कि लेखकों का पक्ष लेकर सत्ता से लड़ने वाला गोर्की, स्टालिन का पक्ष लेकर लेखकों को समझाने लग गया! इसके बाद तो सत्ता ने गोर्की को और भी सिर पर बैठा लिया। कैसे उसका दबंग साहस दुविधा में बदलता गया, यह वह स्वयं भी नहीं जान पाया। होते-होते एक महाबली का पतन हो गया। भारती ने संस्तुति की है कि 'कभी कहीं मिले तो इस उपन्यास को आप अवश्य पढ़िए।'

उपन्यास-चर्चा तो प्रसंग-प्राप्त है, मूल प्रतिपाद्य यह है कि कम्युनिस्ट तानाशाही का ढाँचा सारी चतुराई और सशक्त तन्त्र के बावजूद सहसा भरभरा कर कैसे गिर पड़ा?

इस विषय पर भारती किशन पटनायक के इस निष्कर्ष से सहमति व्यक्त करते हैं कि कम्युनिज़्म ने संगठन दिया, नारे दिये लेकिन सचमुच देने के लिए उसके पास कोई संस्कृति नहीं थी। बिना संस्कृति के यह ढाँचा इतने दिन चल गया, यही चमत्कार है। येल्तसिन ने जो भंडाफोड़ किया, उससे बखूबी इसकी पुष्टि होती है कि रूस में न तो संस्कृति थी और न समाजवाद था उसकी आड़ में एक छोटे-से अभिजात वर्ग का शासन। जिस शासन में एक वर्ग-विशेष के उपभोग के लिये सारी सुविधाएँ हो, 'बाकी लोग चाहे एक डबलरोटी पाने के लिये घंटों कतार में खड़े रहें', उस सत्ता का हश्र और क्या होगा?

इसी खण्ड में 'इस बार भी हम हारेंगे नहीं' आलेख भारती का खासा विचारोत्तेजक निबंध है। इसमें लेखक ने देश के अहिंसावादी बिम्ब पर विचार किया है। उसने दो टूक कहा है कि 'अहिंसा भारतीय संस्कृति का मूत्र मंत्र नहीं है।' यह तो क्योंकि स्वातन्त्र्य संग्राम का नेतृत्व गाँधी कर रहे थे और आततायी के विरुद्ध किसी भी प्रकार के आक्रामक बल-प्रयोग को हिंसा मानते हुए उन्होंने उसका एकान्तिक निषेध किया था इसलिए, और क्योंकि बाद में बच्चों को भी स्कूलों में यही पाठ पढ़ाया गया और नेताओं के भाषणों में भी इसे असंख्य बार दोहराया गया इसलिए भी, यह धारणा फैली कि हमारा देश अहिंसावादी है; लेकिन मूलतः यह एक भ्रमात्मक धारणा है। हिंसा या अहिंसा की 'यह' कसौटी हमारे यहाँ कभी व्यापक रूप से मान्य नहीं रही। हमारा मुख्य सरोकार सामाजिक मूल्यों और मर्यादाओं की रक्षा का (और देश की सुरक्षा का) रहा। इन कार्यों के लिए बल-प्रयोग को यहाँ कभी हिंसा नहीं माना गया; न लोकमानस द्वारा, न शास्त्रों द्वारा ही। गीता ने युद्ध में अनासक्ति और निष्काम भावना को जोड़कर इस धारणा को एक और गहरा अर्थ दिया, युद्ध को नकारा नहीं। भारतीय जन-मन ने सुभाष को या भगतसिंह और आज़ाद जैसे क्रान्तिकारियों को जो सिर आँखों पर बैठाया, उससे भी इस बात की पुष्टि होती है कि लोक ने कभी गाँधीवादी अर्थ में अहिंसा को स्वीकार नहीं किया। ये क्रान्तिकारी नेता जीवित रहते तो भारतीय मानस इन अन्तर्विरोधों का समाहार कर लेता लेकिन इतिहास ने आकस्मिक मोड़ लिया और अंग्रेज़ों ने विभाजन की शर्त के साथ आज़ादी की घोषणा कर दी। यह 'तथाकथित आज़ादी' जिस विभाजन और तज्जनित हिंसात्मक विस्फोट के साथ आई, उसने गाँधीजी के जीवन की समस्त उपलब्धियों का अवमूल्यन कर दिया।

"कैसी अजीब आज़ादी थी यह! हमें खण्डित-विभाजित भौगोलिक क्षेत्र दे दिये गये थे और बदले में हमारी सारी आस्थाएँ, सारे सपने छीन लिये गये थे और हमारी सबसे बड़ी ट्रेजेडी यह थी कि जिस बापू को लोकमानस ने अवतारी पुरुष जैसा मानकर मर्यादाएँ निर्धारित करनी चाही थी, वे बापू आज़ादी के उस तथाकथित स्वर्ण विहान में अपनी अहिंसा और अपना चर्खा और अपना ईश्वर अल्ला तेरो नाम का प्रेम सन्देश लिये एक बूढ़े, निराश, असंगत व्यक्ति बन कर रह गये थे क्योंकि रंगमंच पर इस समय फोकस था जिन्ना-माउंटबेटन पर, पं. नेहरू पर, लेडी माउंटबेटन पर और नेपथ्य में पार्श्वध्वनियों के रूप में थीं उन हजारों बिन्दु, मुसलमानों और सिखों की दर्दनाक चीखें जो विस्थापन, आगजनी और क़त्लेआम के दौर से गुजर रहे थे।"

गाँधीजी की अहिंसा पर विचार करते हुए हमें इस (उपर्युक्त) पहलू का भी आकलन किये रहना चाहिये और साथ ही इसका भी कि गाँधीजी की अहिंसा को भारती ने सर्वतोभावेन नकारा नहीं है। अपने अहिंसा-चिंतन में गाँधीजी ने समाज को एक नई मर्यादा देने की कोशिश की थी; उन्होंने जीवन के सभी रिश्तों में, मालिक-मजदूर से लगाकर पति-पत्नी तक के रिश्तों में, सौहार्द की प्रतिष्ठा चाही थी, वह इसी सबब से कि सामाजिक-पारिवारिक जीवन में भी हिंसा न पनपे; भारती ने इस धरातल पर अहिंसा की प्रासंगिकता स्वीकार की है बल्कि उसका महत्त्व भी रेखांकित किया है।

लेकिन विभाजन के बाद भड़की हिंसा ने जैसे गाँधी की अहिंसा को मुँह चिढ़ाया, वैसे ही आज़ादी के बाद सत्ता-लोभ के तांडव ने सभी सामाजिक मर्यादाओं और सत्य, न्याय, ध र्म जैसे मूल्यों को धवस्त कर दिया। देश में हिंसक विस्फोट भी बढ़ गये। भारती ने इसके कारणों की भी पड़ताल की है। इसका उत्स उन्होंने अंग्रेज़ी शासन में देखा है। उनका कहना है कि दूसरे विश्वयुद्ध के समय अपनी सेनाओं के लिए अनाज-कपड़े आदि की पूर्ति सुनिश्चित करने के लिए अंग्रेज़ों ने जो राशन, कंट्रोल आदि लगाये, उसी वजह से देश में एक ओर भ्रष्ट घूसखोर नौकरशाही, तो दूसरी ओर ठेकेदार, दलाल, तस्कर आदि का एक नव-धानाढ्य वर्ग पनपा। इस वर्ग का सत्तापरस्त नेताओं और नौकरशाही से जो गठजोड़ हुआ, आज़ादी के बाद के सभी हिंसक विस्फोटों में उसका हाथ देखा जा सकता है। भ्रष्टाचार का व्यापक मायाजाल तो इनकी रचना है ही। भारती जो कहते हैं कि 'दलाल मानसिकता का यह शानदार कॉमनवैल्थ हमारे नये जनतन्त्र पर गिद्धों की तरह छा गया है', उससे उनका आशय इसी भ्रष्ट घूसखोर, नौकरशाह, ठेकेदार, दलाल और नव-धनाढ्य वर्ग से ही है।

भारती ने हिन्दी-भाषा और पत्रकारिता पर भी विचार किया है। अवरोधक यहाँ भी उन्होंने अंग्रेज़ कारक को ही पाया है। सार्त्र का कहना है कि "यूरोपीय शासकों ने अपनी सुविधा के लिये जिस देशी (नेटिव) अभिजात-वर्ग को गढ़ा था, दीक्षा उसे देशी भाषा, संस्कृति और देशी जन के तिरस्कार की दी गई।" उसी सीख का वाइरस इस नेटिव (नौकरशाही) की पीढ़ियों में आज तक भी मौजूद है। इन्हीं लोगों ने शासन को जनता से और जनता की भाषा को सत्ता से दूर रखा। समूचा देश आज भी इनकी स्नॉबरी से त्रस्त है। हिन्दी के विरुद्ध षड़यन्त्र रचने में भी इस वर्ग की भूमिका कम सक्रिय नहीं रही; राजभाषा संशोधन विधेयक उसी की परिणति है। शासन क्षेत्र में इसी विधेयक की वजह से हिन्दी की उपेक्षा हुई है और अंग्रेज़ी की स्थिति सुदृढ़। लेकिन हिन्दी के लिये शासन-विरोधी रुख से भी बड़ा संकट भारती हिन्दी-भाषी लोगों के चरित्र में देखते हैं। शासक-वर्ग वोट हिन्दी में माँगता है लेकिन शासन अंग्रेज़ी में चलाता है। व्यवसायी-वर्ग पूजा-पाठ, हवन-जागरण देशी भाषा में करवाता है लेकिन दिल्ली-दरबार में अंग्रेज़ी में ही बतियायेगा। यही हाल फिल्म वालों का है। घोर चिंत्य तो यह है कि हिन्दी-क्षेत्र के अफसर लोग भी गर्व से कहते हैं कि उन्हें हिन्दी नहीं आती! ऐसे में हिन्दी बेचारी नहीं होगी तो क्या होगी? भारती ने बड़े दर्द से लिखा है कि अंग्रेज़ी शासन के चरम दबाव में भी शायद चरित्र का ऐसा संकट नहीं आया था जिसमें से हम आज गुजर रहे हैं।

यही स्थिति हिन्दी-पत्रकारिता की है। जो प्रतिष्ठा तेजस्वी पत्रकार के रूप में गणेशशंकर विद्यार्थी की पीढ़ी ने पाई थी, आज उसका लोप हो गया है। तब जो सम्पादक होता था, प्राय: वही पत्र का संचालक और मालिक भी होता था, आज के सम्पादक की हैसियत एक प्रतिष्ठान के अधीन नौकर की रह गई है। प्रतिष्ठान देशी होने के बावजूद उनका पैटर्न अंग्रेज़ी है। सम्पादकों में भी न देशभक्ति का जज्बा है, न वह निर्भीकता। जो संस्थान अंग्रेज़ी के साथ-साथ हिन्दी अखबार भी निकालते हैं, उनके लिए भी हिन्दी-पत्रकार दोयम दर्ज़े का नागरिक है। वेतन भी उसे कम मिलता है और प्रतिष्ठा तो मिलती भी नहीं। व्यवस्था-तंत्र भी अंग्रेज़ी से ही नियन्त्रित होता है; उसका काम तो अंग्रेज़ी में प्राप्त समाचारों का अनुवाद करना भर होता है। हिन्दी की अपनी प्रकृति, उसका अपना मुहावरा अनुवाद में नहीं आ सकता। चीनी आक्रमण से लगाकर जनता सरकार के काल तक हिन्दी पत्रकारिता ने जनजीवन से जुड़कर नई ऊँचाई पाई थी लेकिन वह बड़प्पन भी उससे सहेजा नहीं गया। लोग उसे भुनाने दौड़ पड़े। भारती ने बड़े कसैलेपन से लिखा है कि–

"नया हासिल किया हुआ बड़प्पन तो तभी चरितार्थ होगा न जब वह बड़े मंत्रियों के दरबार, बड़े अफसरों के सत्संग, बड़े नेताओं की छत्रछाया और बड़े देशों के बड़े दूतावासों के बड़े आमन्त्रणों से समर्थित हो।"

यह व्यंग्य नहीं है, वस्तुस्थिति है। जनता के प्रति अपना दायित्व पत्रकार ने भुला दिया है। आज पत्रकारिता वी.आई.पी. बंगलों के चक्कर लगाने में सिमट आई है। भारती इसका उत्स भी अंग्रेज़ी पत्रकारिता में ही देखते हैं जो स्कूप पाने के लिये बड़े साहबों के बावर्ची, खानसामा और आयाओं से सूत्र पाने की टोह में रहते थे लेकिन आज का पत्रकार तो और भी नीचे गिरा हुआ है; वह तो (जैसा कि मृणाल पाण्डे कहती है) सच को छपाकर भी भुना रहा है और छिपाकर भी। आकाशवाणी की स्थिति और भी बदतर है। अपनी स्थापना के बाद से ही, बीच में अल्पकालिक साहित्यिक-हस्तक्षेप के बावजूद, वह नौकरशाही चंगुल से मुक्त नहीं हो पाई है। शायद ही कोई (आज भी) भारती के इस पर्यवेक्षण से असहमत होगा। लेकिन छोटी-बड़ी पत्रिकाओं के चरित्र पर विचार करते हुए जब भारती धन-प्राप्ति के धरातल पर दोनों को समान रूप से पराश्रित कहते हैं, तब उनसे सहमत होना कठिन होता है। वे लिखते हैं कि–

"पत्रिकाओं के प्रकाशन का खर्चा सँभालने लायक धन किसी सम्पादक के पास नहीं होता। अन्ततोगत्वा वे प्रकाशित उसी धन से होती है जिसके पास प्रकाशन में लगाने को धन होता है। वह पूँजी चाहे व्यावसायिक लाभ के लिये कम्पनियों के शेयर के रूप में लगी हो, चाहे प्रत्यक्ष अनुदान के रूप में...चाहे विज्ञापनों और अप्रत्यक्ष अनुदान के रूप में मिली हो।"

बात में आंशिक सच्चाई है लेकिन यह भी हम कैसे भुला देंगे कि हिन्दी पत्रकारिता की एक सच्चाई घर फूँक तमाशा देखने की भी तो रही है। द्विवेदी-युग के कई सम्पादक-संचालकों का पत्रों के संचालन में जो धन लगता था, वह बिना किसी लाभ

की आशा के उनकी अपनी जमा पूँजी होती थी। इन लघु पत्र-पत्रिकाओं ने जो भावना जगाई थी, वह उनकी क्षमता को देखते हुए बहुत बड़ी थी।

यह कथन भी भारती का ही है जिसे उन्होंने भुला दिया है। हिन्दी में संघर्ष का वह बीज जल नहीं गया है। जिस 'लहर' का जिक्र भारती ने किया है, क्या उसके संचालक-सम्पादक प्रकाश जैन ने घर फूँक तमाशा नहीं देखा था? स्पष्टतः यहाँ भारती ने प्रतिष्ठान का बचाव किया है और छोटी-पत्रिकाओं के संघर्ष के साथ अन्याय। लेकिन इससे भिन्न रचनात्मक धरातल पर इनकी भूमिकाओं का जो विवेचन उन्होंने किया है, वह निश्चित रूप से मूल्यवान है।

उर्दू के प्रश्न पर भारती के मन में द्वंद्व नहीं था। वे उर्दू साहित्य के प्रेमी थे लेकिन उर्दू को दूसरी सरकारी भाषा का दर्ज़ा दिये जाने के विरोधी थे। जो उर्दू साहित्यकार तब सियासी साजिश के साधनभूत उर्दू का इस्तेमाल करते हुए संकीर्ण साम्प्रदायिकता की तुष्टि में लगे हुए थे, उन्होंने उर्दू कन्वेंशन में प्रधानमंत्री को घेरकर उनसे इसे दूसरी भाषा घोषित करवाने की रणनीति अपनाई थी, भारती ने उन्हें बेनकाब किया है। उनकी पोल उन्होंने प्रधानमंत्री के साथ हुए कमलेश्वर के पत्र व्यवहार को उद्धृत करके खोली है। इसी तरह, इसी प्रसंग पर साहिर और कृष्णचंदर ने पन्त, यशपाल, अमृतलाल नागर, अमृतराय आदि की सहमति प्राप्त कर लेने का प्रचार करके जो भ्रम फैलाया था, भारती ने इन सबके पत्र-व्यवहार को उद्धृत करके उनके इस छल-फरेब को भी उजागर किया है।

यह एक दुखद संयोग ही है कि हिन्दुस्तान-पाकिस्तान के बीच सेतु बनने का जो ऐतिहासिक दायित्व पाकिस्तान के उर्दू लेखक निभा सकते थे, उन्होंने भी वह नहीं निभाया। 'अफसोस कि इस दिशा में सबसे ज़्यादा घपला अगर किसी ने किया तो उर्दू लेखकों ने। विभाजन के समय उन्होंने चन्द आँसू बेचे, स्यापे छपवाये, वजीफे लिये और उसके बाद उनमें से अधिकतर जोड़-तोड़ में लग गये कि उर्दू लेखक का ज़्यादा आर्थिक फायदा इधर है या उधर।' लेकिन इसके बावजूद 'साहित्य का, भाषा का, संस्कृति का बंधन अभी टूटा नहीं है। झटके लगे हैं, जख्म हो गये हैं, पर गहरे में कहीं उनसे अभी भी प्यार रिसता है।' भारती को आशा है कि संस्कृति का यह सेतु हिन्दी, बांग्ला, सिंधी, पंजाबी के साहित्यकारों, चिन्तकों, इतिहासज्ञों आदि से संबंध बढ़ाने से सुदृढ़ होगा।

भारती ने हिन्दीतर लेखकों की इस गलतफहमी का निराकरण भी किया है कि हिन्दी के राजभाषा होने से हिन्दी-लेखक को कुछ विशेष सुविधाएँ मिल गई हैं। उनका कहना है कि रचनाकार के मार्ग में तो इससे अवरोध ही पैदा हुए हैं। राष्ट्रीय एकता का साधन मानकर हिन्दी के प्रचार का जो उपक्रम किया गया है, रचनाकार को उससे कोई लाभ नहीं मिला है, उल्टे प्रचारक अपने को लेखक से बड़ा समझने लगे हैं। प्रचार की संस्था हिन्दी साहित्य सम्मेलन का समकालीन साहित्य से कोई सरोकार कम ही रहा है। उसका काम हिन्दी-शिक्षण करना, परीक्षाएँ लेना और उपाधि वितरण का है। उसे अंजाम देने वाले अध्यापक भी समकालीन साहित्य से कटे हुए ही रहे हैं। सरकार ने जो संरक्षण दिया है, आकाशवाणी या पत्रिकाओं के जरिये या राज्यसभा या अकादेमी आदि की सदस्यता

के जरिये, उसका लाभ भी चंद चहेतों ने ही उठाया है। जोड़-तोड़ करने वाले लेखकों को ही संरक्षण मिला है, रचनात्मक लेखन उपेक्षित ही रहा है। 'हिन्दी प्रचार हो, हिन्दी का अध्यापन हो या सरकारी संरक्षण हो—इनमें से कोई उसके रचनात्मक अभियान में अतिरिक्त सुविधा बनकर नहीं आई—बाधा ही बनती रही।....अपने रचनात्मक अभियान में हिन्दी के रचनाकार को उतना ही एकाकी और आत्मनिर्भर रहना पड़ा है जितना किसी भी समय किसी भी भाषा के ईमानदार रचनाकार को रहना पड़ता है।' भाषा की राजकीय मान्यता का सवाल बतौर रचनाकार उसके लिये बेमानी है क्योंकि भाषा से उसके सरोकार का स्तर बिलकुल ही अलग है।

"अगर हिन्दी तमाम देश ही नहीं, तमाम सौरमंडल की भाषा भी हो जाय तो भी उससे हिन्दी कविता की एक भी झूठे भावों वाली पंक्ति खरी नहीं बन सकती और अगर हिन्दी कल सिर्फ एक जिले की ही भाषा रह जाय तो उससे हिन्दी में लिखा हुआ खरा काव्य साहित्यिक मूल्य में कम नहीं हो सकता।"

हम देख सकते हैं कि भारती के रचनाकार ने अपने को पत्रकार के साथ गड़मड़ नहीं होने दिया है। 'धर्मयुग' में 27 वर्षीय अपनी पत्रकारी सफलता के नाते उनके रचनाकार ने अपने लिये कोई दावा कहीं भी दर्ज़ नहीं कराया। इसीलिए उनके व्यक्तित्व को उसकी समग्रता में पाने-समझने के लिए यह भी एक ज़रूरी किताब है।

पुष्पा भारती इससे पहले 'धर्मवीर भारती की साहित्य-साधना' का सम्पादन कर चुकी हैं। लेकिन इन दोनों ही पुस्तकों में भारती के जीवन का कोई परिचय नहीं है, अंतरंगता की तो बात ही क्या! 'मेरा छोटा-सा निजी पुस्तकालय' में उनके जीवन के कुछ संकेत हैं और गुलजार के स्मरण में अंतरंगता की एक हल्की-सी झलक। क्या हम आशा करें कि पुष्पाजी उनके जीवन की अंतरंग झाँकियाँ भी हमें देंगी?

डॉ. देवीशंकर अवस्थी की आलोचना-दृष्टि

राजेन्द्र कुमार (सं.) : आलोचना का विवेक

संस्कृत-आलोचना में जीवित लेखकों की विवेचना किए जाने की परिपाटी नहीं थी इसलिए यह कथन प्रचलित हुआ–'जीवित कवेराश्यो ने वक्तव्यः।' शुक्ल जी इसी परम्परा के उत्तराधिकारी थे इसलिए वे अकुंठित भाव से समकालीनों पर नहीं लिख सके, यद्यपि इसका चलन उनसे पहले ही प्रारम्भ हो चुका था। स्वयं शुक्लजी जी के समकालीनों में शिलीमुख जी ने प्रसाद और प्रेमचंद पर जो समीक्षाएँ लिखीं वे उनकी तीक्ष्ण अंतर्दृष्टि का पता देती है। सुधीश पचौरी चौंकें नहीं, उनकी यह आशंका निराधार है कि 'किन्हीं शिलीमुख' से प्रारम्भ करेंगे तो कथा-समीक्षा का उत्स जाकर वेदों में गिरेगा। नहीं। वह शिलीमुख से ही प्रारम्भ होगा। पाश्चात्य कथालोचना से प्राप्त तत्त्वों की सटीक मीमांसा भी हमें सबसे पहले शिलीमुख से ही मिलती है। शॉर्ट स्टोरी को छोटी-कहानी से कहानी पद प्रदान करने वाले आलोचक भी वे थे। यह सही है कि कथालोचना की वह धारा अवरुद्ध हो गई। नई कहानी के साथ ही वह धारा नामवर सिंह ने पुनः प्रवाहित की। देवीशंकर अवस्थी ने उसे आगे बढ़ाया।

कमलेश्वर, सुधीश पचौरी, उदय प्रकाश प्रभृति लेखकों का मत है कि नामवर सिंह ने नई कहानी की समीक्षा तो की, लेकिन साथ ही उसे पार्टीबद्ध राजनीतिक प्रगतिवाद की जंजीरों से जकड़ने का प्रयत्न भी किया। देवीशंकर अवस्थी ने उसे बंधान-मुक्त किया। कथालोचना ही नहीं, समग्रतः हिन्दी-आलोचना को भी अवस्थी जी का अवदान क्या है इसे उजागर करने के लिए डॉ. राजेन्द्र कुमार ने आलोचना का विवेक पुस्तक का सम्पादन किया है। संकलित सामग्री में अवस्थी जी पर आलोचनात्मक लेख उनकी पुस्तकों पर लेख, टिप्पणियां, संस्मरणों के अलग-अलग खंड हैं। परिशिष्टों में कुछ जानकारियां हैं, लेकिन लेखकों का परिचय, सामग्री-स्त्रोत, रचना-काल आदि की जानकारी वहाँ नहीं है।

अवस्थी जी की आलोचना प्रभूत नहीं थी, लेकिन अनेकमुखता के निदर्शन उसमें थे। कहानी-आलोचना उनका मनोनीत क्षेत्र था, लेकिन कविता में बल्कि नवलेखन-मात्र में उनकी रुचि और गति थी। 'विवेक के रंग' और 'साहित्य विधाओं की प्रकृति' पुस्तकों का सम्पादन और इनकी भूमिकाएं दिखाती हैं कि हिन्दी-आलोचना के कई अभावों को वे भर जाना चाहते थे। विभिन्न विधाओं का पृथक-पृथक प्रतिमान-निरुपण भी वे करना चाहते थे, लेकिन यह बात भी उनके तईं निर्भ्रांत थी कि युग-चेतना साहित्य को सभी

विधाओं में समान रूप से स्पंदित होती है। उन्होंने लिखा भी है कि 'एक ही पीढ़ी या समय की प्रमुख चेतना-संवेदना एक और अखंडित होती है, चाहे वह कविता में हो, कहानी में या आलोचना में?' उन्होंने हिन्दी आलोचना से उदाहरण देकर इसका प्रतिपादन भी किया है। शुक्लजी के विषय में प्रचलित धारणा यह है कि वे छायावाद-विरोधी आलोचक थे, लेकिन अवस्थी जी ने दिखाया है कि कैसे युगचेतना शुक्ल जी में भी स्पंदित हो रही थी। उनके काव्य-सिद्धांत दूर तक स्वच्छंदतावादी प्रवृत्तियों से परिचालित थे।

मुझे एलियट की पुस्तक 'द यूज ऑव पोएट्री एंड द न्यूज ऑव क्रिटिसिज़्म' का स्मरण आता है, इसका मूल स्वर यही है कि युग बदलने के साथ रचना बदलती है और उस सबब से मूल्यांकन के प्रतिमान भी बदलते हैं। लेकिन इस पक्ष के साथ-साथ अवस्थी जी विधागत-प्रतिमानों के वैशिष्ट्य की बात भी करते हैं। वे साहित्य पर व्यावसायिकता के प्रभाव का निदर्शन भी कर रहे थे, यद्यपि उनके विवेचकों ने अभी इन पहलुओं का सम्यक आकलन नहीं किया है।

अवस्थी का बल रचना ही स्वायत्तता पर था। उन्होंने निर्द्वंद्व कहा है कि 'प्रत्येक रचना स्वनिर्भर, एकतान और जटिल संकुल स्तरों वाली होती है और युग तथा रचयिता से अलग होकर उसका अपना एक स्वतंत्र अस्तित्व होता है।' रचनाकार विभिन्न प्रभाव ग्रहण करता है, लेकिन सार्थकता उनकी रचना में विलयित होने से होती है। अवस्थी जी जिसे बाहरी सांचे को भीतरी संगठन या संरचना में धुलाने की बात कहते हैं, अर्थ उसका वही है। इसी के अनुरूप वे आलोचक से अपेक्षा करते हैं कि वह रचना का 'समीपी अध्ययन' करे और उसके भीतरी सांचे–संगठन का सूक्ष्म विश्लेषण करे क्योंकि इसके माध्यम से ही रचनाकार अपने अनुभव रचना में व्यक्त करता है। संवेदन-पक्ष रचनायित होते हुए भाषिक-पक्ष का संघटन करता है इसलिए आलोचना करते हुए आलोचक को संघटक तत्त्वों का बारीक विश्लेषण करना होगा। बली सिंह ने अपने आलेख में अवस्थी जी की आलोचना के इस पक्ष पर अच्छा प्रकाश डाला है। यह एक पठनीय लेख है।

रचना के भाषिक पक्ष पर अवस्थी जी के बल का अर्थ मधुरेश ने यह लगाया है कि वे रूपबंध को प्रमुखता देते हैं और समाजशास्त्रीय पक्ष की उपेक्षा करते हैं। साहित्यिकता के पक्षधर तो वे थे, आलोचना के मूल में कृति की प्रतिष्ठा वे चाहते थे, लेकिन सामाजिकता की उपेक्षा वे नहीं करते थे। युगचेतना और समकालीनता पर उनके आग्रह से क्या मधुरेश के मत का प्रत्याख्यान नहीं होता? लेकिन मधुरेश ने उन पर समाजशास्त्रीय संदर्भों की उपेक्षा का आरोप लगाया है। इतना ही नहीं, उन्होंने उनकी आलोचना को मार्क्सवाद-विरोधी करार दिया है (जबकि राजकमल चौधरी, परामानंद श्रीवास्तव, चंचल चौहान उन्हें मार्क्सवाद-विरोधी के रूप में नहीं देखते; ये उनकी तटस्थता के प्रशंसक हैं), पर मधुरेश ने युवा-मार्क्सवादियों का तो आह्वान तक किया है कि वे अवस्थी की पक्षधरता छोड़ें–'रचना के रूपबंध की मीमांसा पर बल देकर किस तरह वे आलोचना में समाजशास्त्रीय संदर्भों की उपेक्षा करते हैं और प्रकारांतर से रूपवादी आलोचना का ही

मार्ग प्रशस्त करते हैं। उस ओर उन युवा मार्क्सवादियों का ध्यान अवश्य जाना चाहिए जो आज अनेक अवांतर कारणों से देवीशंकर अवस्थी के पक्ष में मोर्चा बाँधे हैं। कहने की आवश्यकता नहीं कि ऐसी टिप्पणी अवस्थी जी के आलोचना को अधूरा देखकर ही की जा सकती है। लेकिन वहाँ ज़्यादा चिंत्य तो यह है कि अवांतर कारणों की गणना में उन्होंने उनके निजी, पारिवारिक जीवन तक को घसीट लिया है जो उन जैसे संजीदा लेखक से अपेक्षित नहीं था।'

मधुरेश का यह आह्वान आलोचना को पुनः उसी दलदल में धकेलता है जिससे अवस्थी जी ने उसे उबारना चाहा था। बहरहाल, अवस्थीजी की आलोचना में मार्क्सवाद के विरोध और रूपवाद की पक्षधरता का कितना खंडन-मंडन स्वयं मधुरेश के आलेख से होता है यह भी देखना चाहिए। इसके लिए उनके लेख से निम्नांकित उद्धरण देखे जा सकते हैं:

आलोचक के रूप में नामवरसिंह और सम्पादक के रूप में भैरवप्रसाद गुप्त की, इस कहानी-समीक्षा के निर्माण और विकास में ऐतिहासिक भूमिका वे (अवस्थी जी) स्वीकार करते हैं।

फिलिप रॉय के अनुसार काव्य-समीक्षा के प्रतिमानों को कहानी पर लागू करने वाले तीन चीज़ों पर बहुत बल देते हैं–प्रतीक, मिथ, रूपक, अन्योक्ति आदि की खोज पर, भाषा पर और टैक्नीक को ही सब कुछ मानने पर। देवीशंकर अवस्थी इस तथ्य पर बल देते हैं कि कहानी ने इन चीज़ों को ढूँढ़ने और लागू करने पर कृति के कथात्मक विकास की उपेक्षा होती है और किसी एक स्थिति या भाषा-प्रयोग का विश्लेषण ही कसौटी बन जाता है, जबकि कथाकृति में महत्त्वपूर्ण तत्त्व कथानक होता है–घटनाओं और विवरण के अर्थ में नहीं, कार्य-व्यापार की आत्मा के अर्थ में।

वे (अवस्थी) लिखते हैं प्रतीक, मिथक, अन्योक्ति आदि की चर्चा वास्तविकता का अवमूल्यन करती है। अनुभव की जो प्रत्यक्षता है उसके प्रति एक अवमानना का भाव प्रतीक चर्चा में निहित रहता है। गोया जो प्रत्यक्ष है, वास्तविक है, तात्कालिक है, प्रयोगसिद्ध है, उस अनुभव का प्रत्यक्षीकरण महत्त्वहीन या दिखावा मात्र है और असली अर्थ कहीं भीतर छिपा बैठा है जिसे प्रतीकों के उत्खनन के जरिए बाहर लाना होगा। कहना न होगा कि कथारूपों की मूल सम्पदा का यह प्रत्यक्ष अनुभव ही होता है, भले ही वह ऊबड़-खाबड़ या अपरिष्कृत हो।

दूर की कौड़ी लाने के दुष्परिणाम के रूप में वे (यानी अवस्थी जी) अंततः यथार्थ के निषेध के खतरों की ओर सावधान करते हुए इससे रूपवाद और भाववाद को बढ़ावा मिलने की बात भी कहते हैं।

देवीशंकर अवस्थी मानते हैं कि कथाकृति को पूरी समझ या व्याख्या के लिए उस जीवन की गहराई की माप आवश्यक है जहाँ से लेखक अपनी कलादृष्टि, जो अंततः एक नैतिक दृष्टि भी होती है, निर्मित करता है।

वे (अवस्थी) लिखते हैं...'कहानी का उपन्यास का सम्बन्ध भाषिक प्रयोगों पर आधारित न होकर उस बाह्य यथार्थ से चुनी गई छवियों और उन छवियों को चुनने वाली

दृष्टिशक्ति पर निर्भर करता है। इस यथार्थ से लिए दृश्यों, व्यापारों, वस्तुओं और व्यक्तियों से ही कथा-समीक्षक का मुख्य सरोकार होता है—न कि लय, प्रतीक, बिंब या शैली के जंगल से। ऐसी किसी टिप्पणी द्वारा देवीशंकर अवस्थी की मंशा कथाकृति के भाविक पक्ष की उपेक्षा न होकर कहानी में यथार्थ की खोज पर ही अपेक्षित बल देना है।'

इन उदाहरणों के बाद भी मेरा कहना यह है कि अवस्थी जी को रूपवादी सिद्ध करना कठिन नहीं है, लेकिन क्या उतने रूपवाद के बिना आज मार्क्सवादी-आलोचना भी सम्भव होगी? दूसरे, उपर्युक्त उदाहरणों में अवस्थी जी की ओर से रूपवाद विरोधी जो की बातें कही गई हैं, उनका निष्कर्ष यह कैसे होगा कि अवस्थी जी रूपवादी आलोचना का ही मार्ग प्रशस्त करते हैं। स्वयं मधुरेश विचार करें। यदि दूसरों पर कीचड़ उछालने की बजाय वे केवल अवस्थी जी कहानी-आलोचना तक ही रहते तो यह एक अच्छा आलेख था।

अजय तिवारी ने अपने आलेख में एक ओर तो यह दिखाने के लिए ही द्राविड़ी प्राणायाम किया है कि अवस्थी जी की दृष्टि मध्यवर्ग पर केन्द्रित थी, लेकिन दूसरी ओर उन्हें यह देखकर धक्का भी लगा है कि इस मूल्यहीनता के युग में अवस्थी जी श्रमिक वर्ग की संस्कृति को वैकल्पिक आधार के रूप में नहीं देखते। इसी तरह, उन्होंने एक ओर यह स्वीकार किया है कि अवस्थी जी मार्क्सवादी नहीं थे, लेकिन दूसरी ओर उन्होंने बड़ी तसल्ली इस बात से पाई है कि वे मार्क्सवाद-विरोधी नहीं थे। इसे पुख्ता उन्होंने यह कहकर किया है कि उनकी दृष्टि पूंजीवादी समाज की बुराइयों को देखने में हर्गिज नहीं चूकती, और इससे भी कि वे 'पूंजीवादी बीमारी—व्यक्तिवाद' से मुक्त थे। यह कहते हुए तिवारी इस बात का विचार नहीं करते कि अवस्थी जी में नई कविता के व्यक्तिवादियों की जो प्रशंसा मिलती है, उसकी व्याख्या वे किस तरह करेंगे? खैर! जो हो, यह कहना भी आवश्यक है कि तिवारी अवस्थी जी की खुली दृष्टि के प्रशंसक है। उन्होंने परिश्रमपूर्वक उनका अध्ययन किया है। आवश्यकता उनके मनन की भी है। आलोचना में मार्क्सवाद के समर्थन का विरोध से ज़्यादा यह चिंता आवश्यक है कि समीक्षक द्वारा आलोच्य-लेखक का लेखन अपनी समग्रता में आयत्त किया जा सका है और उसकी व्याख्या सही संदर्भ में और सुचिंतित बन पड़ी है या नहीं।

प्रस्तुत पुस्तक में पचास से अधिक लेखों में से कई में पठनीय सामग्री है। विश्वनाथ त्रिपाठी का संस्मरण भी अच्छा बन पड़ा है। लेकिन सम्पादन-क्षेत्र में जैसी तीक्ष्ण-दृष्टि स्वयं अवस्थी जी की थी, उस दृष्टि को तो इस संकलन में कई लेख, टिप्पणियों, संस्मरण में समझने की कोशिश दिखाई पड़ती है। बहरहाल, इस पुस्तक की उपादेयता यह भी है ही कि इसमें हम अवस्थी जी पर उपलब्ध सामग्री को एकत्र पा लेते हैं।

डॉ. रमेशचन्द्र शाह की आलोचना दृष्टि : सबद निरन्तर या अबद निरन्तर

डॉ. रमेशचन्द्र शाह : सबद निरन्तर

'सबद निरन्तर' डॉ. रमेशचन्द्र शाह के आलोचनात्मक निबन्धों की एक विचारोत्तेजक पुस्तक है। डॉ. शाह साहित्य के गंभीर विचारक हैं। देशी-विदेशी भाषाओं के साहित्य के अतिरिक्त उन्होंने दार्शनिक, वैज्ञानिक और राजनीतिक-चिंतन के क्षेत्र में भी थोड़ा-बहुत संचरण किया है। वे मूलतः साहित्य की स्वायत्तता के पक्षधर हैं लेकिन इस संचरण ने उनको वर्तमान मूल्य-संकट के प्रति उद्वेलित किया है और यह उसी का परिणाम है कि उन्होंने साहित्य से अपनी समष्टिगत सार्थकता प्रमाणित करने का आग्रह किया है। यह संदर्भ सतत रूप से उनके सामने रहा है और इसीलिये वे साहित्य और समाज के सम्बन्ध के प्रश्न पर बार-बार लौटे हैं, और यही वह सूत्र है जो उनके संकलित आलेखों को एक संगति प्रदान करता है—समूह के लिये साहित्य की सार्थकता फिर से लौटाने का प्रश्न। वैसे, इस कथन से डॉ. शाह का ठीक-ठीक आशय क्या है, कहना कठिन है क्योंकि सार्थकता के अलग-अलग रूप होते हैं, लेकिन भूमिका में उनका यह कथन एक हद तक उनका मंतव्य स्पष्ट कर देता है, "किसी भी समाज और सभ्यता के संकट (या कह लीजिए, रोग) के लक्षण सबसे संवेदनशील और अग्रगामी सदस्यों में प्रकट होते हैं। साथ ही, इस संकट अथवा रोग के लक्षण ही नहीं, निदान और प्रतिकार के संकेत भी समाज के इन्हीं सृजनधर्मी आत्म केन्द्रों के जरिए प्रगट होंगे।"(16)। इस आधार पर 'साहित्य की सामुदायिक सार्थकता' समाज के रोग, लक्षण, निदान और उपचार की सम्मिलित संज्ञा कही जा सकती है। भूमिका में ही एक अन्य स्थल पर उन्होंने लिखा है, "क्या आधुनिकता के दौर के बाद (और उसके बीचों-बीच भी) समूची दुनिया में ऐसा दृश्य नहीं दिखाई देता जहाँ कला स्वयं कला होने से किसी कदर तंग आकर तथ्य और सत्य के दूसरे दावेदारों के साथ कभी सीधे, कभी आड़े-तिरछे रिश्ते बनाने का उपक्रम करती हुई अपने स्वभाव का अतिक्रमण कर रही है और ऐसा करते हुए जान-बूझकर अपनी स्वायत्तता को जोखिम में डाल रही है।"(10)। यह देख लेना कठिन नहीं है कि डॉ. शाह की मंशा यही है कि आधुनिक साहित्य और कला अपनी स्वायत्तता को जोखिम में डालकर भी मूल्य-संकट से जूझे और मनुष्य जाति को उससे उबार कर अपनी सार्थकता

प्रमाणित करे। उन्होंने जो चाहा है कि लेखक, रचनाकार होने के नाते बुद्धिजीवी की भूमिका निभाये, उसका एक प्रबल हेतु यही जान पड़ता है। लेकिन इस भूमिका का रूप क्या होगा और इसकी सीमाएँ क्या होंगी, इसकी चर्चा शायद ही उन्होंने कहीं खुलकर की है। उनके विचारों की सदाशयता से इनकार करना कठिन है लेकिन अपने आग्रहों को वे रचनाधर्मिता की अपेक्षाओं के संदर्भ में भी जाँचते-परखते चलते तो उन्हें स्वीकार करने में बहुतों की कठिनाई कम हो जाती। लेकिन बातें स्पष्ट करने के बजाय उन्होंने बातों को गड्ड-मड्ड कर दिया है।

बहरहाल, अपने एक निबंध में डॉ. शाह ने साहित्य और सामाजिक परिवर्तन के पारस्परिक सम्बन्धों पर विचार करते हुए डिकेंस, दास्ताएवस्की और जॉइस के कृतित्व की चर्चा की है। इसे हम समष्टिगत सार्थकता के भी तीन रूपों के बतौर देख सकते हैं। ऊपर चर्चित रोग, लक्षण, निदान और प्रतिकार के संदर्भ को ध्यान में रखें तो उसका अभीप्सित निर्वाह हमें डिकेंस में ही विशेष रूप से मिलेगा। लेखक ने डिकेंस का जो विस्तृत विवेचन किया है, उससे भी इसकी पुष्टि होती है। लेकिन क्या डिकेन्स ही इनमें सर्वश्रेष्ठ लेखक माना जाए? डॉ. शाह ने डिकेंस और दास्ताएवस्की की चर्चा करते हुए दोनों को एकाधिक स्थलों पर एक धरातल पर रखा है। एक जगह उन्होंने लिखा है, "मध्यवर्गीय मूल्यों से प्रेरित संस्कृति के वृत्त में साहित्य और सामाजिक परिवर्तन के बीच का सम्बन्ध देखने-दिखाने के लिये डिकेंस से अधिक उपयुक्त लेखक जिस तरह दूसरा नहीं मिलेगा, उसी तरह रूस की मूलतः किसानी संस्कृति के वृत्त में साहित्य और सामाजिक परिवर्तन के सम्बन्धों की जानकारी के लिये दास्ताएवस्की से ज़्यादा उपयुक्त लेखक भी दूसरा नहीं दिखाई देता।"(43)। एक मध्यवर्ग का, दूसरा किसान वर्ग का प्रतिनिधि। यदि वर्ग के अन्तर की बात छोड़ दी जाय तो दोनों अपने-अपने समाज का चित्रण करने वाले हैं। लेकिन सब कुछ स्वीकार करने के बाद भी कहना कठिन है कि यह बात जितनी डिकेंस के बारे में सही है, दास्ताएवस्की पर भी उसी ढंग से लागू होती है। लेकिन शाह ने इस ओर ध्यान नहीं दिया है। इसी निबंध में उन्होंने आगे लिखा है, "क्या आज साहित्य वास्तव में इस स्थिति में है कि वह जनमानस को वांछित परिवर्तन की दिशा में प्रेरित-प्रभावित कर सके? या उसे वैसी (मसलन दास्ताएवस्की या डिकेंस जैसी) अन्तरात्मिक चेतावनी या दिशा-ज्ञान सुलभ करा सके।" यहाँ भी दोनों एक ही धरातल पर रखे गये हैं और यहाँ भी प्रेरणा-प्रभाव अथवा चेतावनी व दिशा-ज्ञान ही साहित्य की सार्थकता की आवश्यक शर्तें ठहराई गई हैं। परन्तु प्रश्न यह है कि क्या, इस सबके बावजूद भी डिकेंस दास्ताएवस्की के धरातल का लेखक कहा जा सकता है? निश्चय ही, नहीं। यह बात डॉ. शाह भी जानते हैं। उन्होंने लिखा भी है, "दास्ताएवस्की डिकेंस से प्रभावित ज़रूर था पर सामाजिक समस्याओं के प्रति उसका लगाव विश्लेषणात्मक है। सुधारक नहीं है वह उसके सरोकार ज़्यादा दूरद्रष्टा और मूलगामी हैं।"(36)। कठिनाई यह है कि डॉ. शाह का विवेचन मूलगामिता और सतहचारिता के इस अन्तर को सम्यक् रूप से उभार नहीं पाया है इसलिये प्रसंग कई

स्थलों पर विस्मयजनक रूप से सरलीकृत हो गया है। अवश्य ही, साहित्य में सामाजिक जीवन की अन्तरात्मिक अभिव्यक्ति की माँग मूलगामिता के निकट ले जाती है लेकिन यहाँ भी चिंत्य यह है कि परिवर्तन के अन्तरात्मिक परिणाम या अन्तरात्मिक चिन्ता और चेतावनी, उन्होंने डिकेंस, दास्ताएवस्की और सॉल बैलों में समान रूप से देखी है, इनके अन्तर के रचनात्मक प्रतिफलन का वे आलोचनात्मक विश्लेषण नहीं कर पाये हैं। अन्तर को उन्होंने संकेतित किया है लेकिन कुछ तो अपने आग्रहों के चलते और कुछ सभी का एक साथ हाँकते चलने वाली शैली के चलते भी वे उसका तीक्ष्ण विवेचन नहीं कर पाये हैं। बातें यहाँ भी उलझ गई है।

एक जगह उन्होंने लिखा है, "कविता भी सिर्फ 'क्रिटिसिज़्म ऑव् लाइफ' ही नहीं है; 'रेवेलेशन ऑव् हिडन लाइफ' भी है।" (55)। लेकिन मूल्य-संकट से जूझने के लिये रचनाकार का आह्वान करते हुए वे जो बार-बार क्रिटिसिज़्म ऑव् लाइफ की ओर लौटे हैं, उसे देखते हुए यह कहना निरापद है कि उनकी दृष्टि साहित्य से जीवन की आलोचना ही अधिक माँगती रही है। पता नहीं, आर्नाल्ड की इस परिभाषा पर एलियट ने जो तिक्त टिप्पणी की है, शाह को उसका स्मरण है या नहीं। जो भी हो, हिडन लाइफ के प्रति शाह उदासीन ही रहे हैं; और यह तो सचमुच चिंत्य है कि दास्ताएवस्की में उद्घाटित हिडन लाइफ के बारे में वे कुछ भी नहीं कहते! इसी प्रकार, जेम्स जॉइस की सांकेतिकता के बारे में भी वे कुछ नहीं कहते। अवश्य ही, उन्होंने लिखा है, 'जेम्स जॉइस की प्रौढ़ कला में सामाजिक और सामुदायिक दृष्टि से अत्यन्त समृद्ध सांकेतिकता है और यह संकेतगर्भी कला मात्र रूपान्त्रिक उपलब्धि या असली समस्या से पलायन की चेष्टा हरगिज नहीं है बल्कि कला की समष्टिगत सार्थकता को उसे फिर से लौटाने की साधना है और वह साधना भी कला की अपनी शर्तों पर ही।'(36)। सांकेतिकता में सामुदायिक दृष्टि के प्रतिफलन का स्वरूप स्पष्ट किये बिना इस कथन का रहस्य समझना कठिन है। लेकिन शाह ने कुछ भी स्पष्ट नहीं किया है; बल्कि इससे आगे बढ़कर अपनी बात स्पष्ट करने के नाम पर जब वे बात को तुलनात्मक बनाने लगते हैं, तब तो वह और भी ज़्यादा उलझ जाती है। उन्होंने लिखा है, "मुझे कम से कम ऐसा लगता है कि 'यूलिसीज' इस दृष्टि से 'वेस्ट लैण्ड' से अधिक महत्त्वपूर्ण रचना है। इसी तरह, मुझे यह भी लगता है कि रॉबर्ट लॉवेल की काव्य-कला की अपेक्षा सॉल बैलों की उपन्यास-रचना सामाजिक परिवर्तन के अन्तरात्मिक परिणामों को न केवल ज़्यादा गहरे संप्रेषित करती है बल्कि..."(36)। कहना कठिन है कि जो व्यक्ति इन कृतियों से परिचित है, वह भी इनसे (याने उपर्युक्त तुलनाओं से) कुछ पा सकेगा। शिकायत संदर्भों के विदेशी होने पर भी की जा सकती है, लेकिन मेरी शिकायत इनके अधूरेपन पर है। यदि कोई बात किसी संदर्भ विशेष से ही स्पष्ट हो सकती है तो वह संदर्भ चाहे दूरस्थ विदेशी हो या देशी, वहाँ रहेगा ही, लेकिन इतना तो आवश्यक है ही कि उसे बात को स्पष्ट करने का हेतु होना होगा, ज्ञान-प्रदर्शन का साधन नहीं। हैरानी तो यह देखकर होती है कि डिकेंस जैसे सामाजिक लेखक की पिष्टपेषित सामाजिक-सार्थकता दिखाने

के लिये तो उन्होंने छह-सात पृष्ठों का विस्तार किया है और जॉइस या सॉल बैलों के लिये उन्होंने छह-सात पंक्तियाँ भी आवश्यक नहीं समझी हैं! यह विवेचन के असंतुलन की पराकाष्ठा नहीं तो क्या है? केवल स्त्राउस के मत के प्रत्याख्यान के लिये इन नामों (जॉइस और सॉल बैलो) का उल्लेख भर किया गया है! वह भी लेखक का आत्मसात किया हुआ नहीं है। डिकेंस की सामाजिकता तो स्वयंसिद्ध है, आवश्यकता इन्हीं की सामाजिकता को विश्लेषित करने की थी। शाह ने केवल मुद्दा उठाकर छोड़ दिया है।

फिर, डिकेंस का विवेचन करते हुए उन्होंने रचना-प्रकृति की अपूर्वानुमेयता के संकेत दिये हैं, (सॉल बैलो या जॉइस में तो उसकी संभावनाएँ और भी अधिक हैं) लेकिन यह पक्ष भी अछूता ही रहा है। वर्तमान संकट के दौर में किन्हीं मूल्यों के रूपायन के आग्रह पर वे जटिल होती जा रही सृजन प्रकृति के संदर्भ में विचार करते तो लेखक से ओझा, पुरोहित, बलि-पुरुष या आरोग्य विधाता की भूमिका निभाने की उनकी अपेक्षा का रूप अधिक प्रखरता के साथ सामने आता, अन्यथा कई स्थलों पर तो बातें इतनी सरलीकृत हो गई हैं कि उन्हें शाह के नाम से जोड़ने में भी संकोच होता है। उनका निम्नांकित कथन भी उनके सरलीकरण का ही पोषण करता है। "साहित्य अगर दर्पण है तो उसे हर सामाजिक परिवर्तन को प्रतिबिम्बित करना चाहिये और अगर वह 'जीवन की छुपी हुई सम्भावना का उद्घाटन' या एक बेहतर सूक्ष्मतर जीवन का सूचन है तो भी शायद एक विधायक प्रेरणा के रूप में उसे सामाजिक परिवर्तन का दिशा-निर्देशक बन सकना चाहिये।"(16-20)। अगर यह उनका अपना मत नहीं, प्रचलित मतों का विवेचन-भर है तो भी इसी क्रम में वे अपना समर्थन साहित्य को 'जीवन की आलोचना' कहने वाली जिस परिभाषा को देते हैं, वह उन्हें ज़्यादा दूर नहीं ले जाती। स्मरणीय है कि उनका आलोचक 'चालू छन्दों में सामयिक, राजनीतिक, सामाजिक परिस्थितियों को गा' लेने को 'कवि-कर्म नहीं' मानता, लेकिन उस विधाय और इस निषेध में जो अंतर है, उसे भी उन्होंने सम्यक् रूप से विश्लेषित नहीं किया है, उससे प्रसंग कहीं विरोधाभासी और कहीं गड्ड-मड्ड हो गये हैं। इस घपले ने न केवल प्रश्नों की धार को भोथरा किया है, विवेचन की प्रखरता को भी क्षति पहुँचायी है। यह विचारणीय विषय है कि इस क्षति के लिये उनकी शैली कहाँ तक उत्तरदायी है। कहीं ऐसा तो नहीं है कि वे दो नावों पर सवारी चाहते हैं; उन्होंने निबन्ध के औजारों से आलोचना की सामग्री तराशनी चाही है। उनके कुछ समकालीनों में भी यह वृत्ति दिखाई पड़ती है। यद्यपि इसकी अपनी विशेषता है लेकिन आलोचक को यह भड़का अधिक सकती है। इसकी पड़ताल आवश्यक है।

जो भी हो, डॉ. शाह ने जो मुद्दे उठाये हैं, वे विचारणीय है। लेवी स्त्राउस और कुमार स्वामी की इस चिंता को उन्होंने हमारे सामने रखा है कि साहित्य को अपनी समष्टिगत सार्थकता प्रमाणित करनी होगी। यह कैसे संभव है, इस पर हम डॉ. शाह का मत स्वीकार न भी करें, अलग से अपने ढंग से विचार करें, तब भी वह इस पुस्तक की सार्थकता होगी कि वह हमें सोच की इस दिशा में ले जाती है।

पुस्तक के बारे में कुछ और बातों की चर्चा भी आवश्यक है, जैसे जैनेन्द्र प्रसंग। आलोचना में जैनेन्द्र चर्चा जिस तरह रूढ़ होकर थम गई है, यह आलेख उस गत्यावरोध को तोड़ता है और जैनेन्द्र पर विचार के लिये नया सूत्र प्रदान करता है। ऐसे कई एक और सूत्र भी पुस्तक में बिखरे हुए हैं और वे मूल्यवान हैं। ये उनके विचारक या बुद्धिजीवी नहीं, उनके आलोचक-रूप की देन है। लेकिन उनके विचारक ने जो प्रश्न उठाये हैं, वे कम विचारोत्तेजक नहीं हैं।

व्याख्या में स्वेच्छाचारिता

डॉ. रमेशचन्द्र शाह द्वारा की गई एलियट की स्वेच्छाचारी व्याख्या

'सबद निरन्तर' डॉ. रमेशचन्द्र शाह की एक विचारोत्तेजक पुस्तक है। इसमें उन्होंने लेखक से एक रचनाकर्मी के रूप में बुद्धिजीवी की भूमिका निभाने का आग्रह किया है। डॉ. शाह का आदर्श आर्नाल्ड है जिसने पश्चिम में यह भूमिका निभाई थी। डॉ. शाह ने लिखा है–

"यह अकारण नहीं है कि पिछले बरसों में पश्चिम की आलोचक-बुद्धि एलियट और लीविस से असंतुष्ट होकर मैथ्यू आर्नाल्ड की तरफ़ मुड़ी–न केवल मैथ्यू आर्नाल्ड की साहित्यिक आलोचना के प्रति बल्कि उसके संस्कृति चिंतन के प्रति भी।"

आधुनिक हिन्दी आलोचना की नई पीढ़ी के प्रतिनिधि के रूप में डॉ. शाह भी इसी पथ पर अग्रसर हैं। साहित्यलोचकों ने एलियट को आर्नाल्ड के विरोधी के रूप में देखा है। यह अकारण नहीं है। अपने साहित्यिक जीवन का प्रारंभ एलियट ने आर्नाल्ड की कटु आलोचना से किया था। 'सैक्रेड वुड' की भूमिका में आर्नाल्ड के प्रति कुछ नरम होने की बात करते हुए भी उसने उस पर तीखी टिप्पणी की। उसने यह कह कर साहित्य-जगत् को लगभग चौंका दिया था कि–

...Arnold might have become a critic (xiii)

आर्नाल्ड आलोचक हो गया होता! याने आर्नाल्ड आलोचक हो नहीं पाया था! ऐसी स्थिति में यह स्वाभाविक ही है कि आर्नाल्ड के प्रति श्रद्धानत होने वाली पीढ़ी एलियट के विरुद्ध खड्गहस्त हो। पश्चिमी आलोचक ही नहीं, डॉ. शाह भी एलियट से असंतुष्ट हैं। उन्होंने भी एलियट की आलोचना की है और यहाँ तक की है कि उसके कथनों को तोड़-मरोड़कर भी उसका अनर्थ करने से भी वे नहीं चूके हैं। एलियट का यह अवमूल्यन और विरूपण–(डिस्टार्शन)–शाह द्वारा आर्नाल्ड की ओर से, एलियट से लिया गया प्रतिशोध कहा जा सकता है। डॉ. शाह ने लिखा है कि–

"ईसाई परम्परा का कवि टी.एस.एलियट विज्ञान की चुनौती का सामना स्वयं धर्मशास्त्र और दर्शन को ज़्यादा बड़ी बौद्धिकता का क्षेत्र मानकर कवि-कर्म और चिंतन दोनों धरातलों पर कर सकता था और वैज्ञानिक-मेधा को काव्य-मेधा की तुलना में निकृष्ट ठहरा सकता था। कवि कर्म को अत्यन्त गंभीरतापूर्वक निबाहते हुए भी वह मनुष्य के धार्मिक सम्वेदन को उसके काव्य-सम्वेदन की अपेक्षा बहुत अधिक महत्त्वपूर्ण

मानता था–इतना महत्त्वपूर्ण कि एक जगह वह कविता को 'मनोरंजन की श्रेष्ठतर विधा भर' कह देता है।"

यह सचमुच चौंकाने वाला वक्तव्य है। इसमें एक-दो नहीं, चार-चार मिथ्या कथन हैं! इनकी पुष्टि उनके अन्यत्र दिये गये वक्तव्यों से भी होती हैं। निरंकुश वक्तव्य की डॉ. शाह की वृत्ति, जिससे उनका प्रायः तमाम लेखन आक्रांत रहा है, का यह घोर चिंत्य उदाहरण है।

यह तथ्य है कि ये शब्द–कविता एक श्रेष्ठ मनोविनोद है–एलियट के हैं, लेकिन यह सचमुच विचारणीय है कि क्या उसने ऐसा कहते हुए कविता का दर्ज़ा मनोरंजन के हल्के स्तर तक गिरा दिया था? पुनः यह एक तथ्य है कि धार्मिक-संवेदन एलियट के लिये महत्त्वपूर्ण हो गया था, लेकिन क्या उसने उसके आगे काव्य-सम्वेदन का तिरस्कार किया था? उपर्युक्त कथन में यह निहित है कि उसने धार्मिक संवेदन को महत्त्व देने के लिये कविता को मनोरंजन के तल तक गिरा दिया था। लेकिन क्या उसने सचमुच ऐसा किया है? और, क्या उसने धर्मशास्त्र और दर्शन को बौद्धिकता का क्षेत्र नहीं माना था? और, क्या वास्तव में उसने वैज्ञानिक-मेधा को काव्य-मेधा की तुलना में श्रेष्ठ माना था? मैं इन सभी प्रश्नों की पड़ताल का प्रस्ताव करता हूँ। मैं अपनी बात अंतिम प्रश्न से प्रारंभ करना चाहता हूँ।

एलियट का विचार था कि एक वैज्ञानिक का विकास केवल उसकी बुद्धि का विकास होता है जबकि एक साहित्यिक का विकास उसका पूर्ण बौद्धिक और भावात्मक विकास होता है। अपने एक निबंध 'क्लासिक्स एंड द मैन ऑव लैटर्स' में उसने साहित्यिकों और विज्ञान व अन्य कलाओं के अभ्यासियों के पाठ्यक्रम में अंतर का जो विश्लेषण किया है, उससे इसकी भलीभाँति पुष्टि होती है–

"आज विज्ञानों का शाखा विस्तार इतना व्यापक और हर शाखा में आत्मसात किये जाने योग्य ज्ञान का विस्तार अनन्त हो गया है, फिर भी वैज्ञानिक वृत्ति के व्यक्ति के प्रशिक्षण (पाठ्य) क्रम का तीक्ष्ण निर्धारण सहज संभव है। साहित्य को छोड़कर किसी भी अन्य कला के शिक्षण पर भी यह बात लागू होती है। एक चित्रकार, मूर्तिकार, वास्तुविद्, संगीतज्ञ सभी को एक लेखक की अपेक्षा कहीं अधिक सुनिश्चित तकनीक को आयत करना होता है। किसी अप्रांसगिक को अपने कला-व्यापार से सम्पृक्त करने या किसी जीवंत के उच्छेदन में कठिनाई उन्हें अधिक होती है। उनका मूलभूत प्रशिक्षण अपेक्षया अधिक तकनीकी होता है; जिन विषयों का ज्ञानार्जन उनके लिये अपरिहार्य है, वे अधिक निर्दिष्ट होते हैं; और उन्हें उस वैविध्यपूर्ण सामान्य संस्कृति की आवश्यकता नहीं होती जिसके बिना एक साहित्यिक अल्प या असज्जित ही होता है।" (टी.एस. एलियट : सिलेक्टेड प्रोज, 231-32)

इस उद्धरण का अंतिम अंश जिसे मैंने रेखांकित किया है, शिक्षण के उस पक्ष पर बल देता है जिसके अर्जन का कोई ओर-छोर नहीं है। यही वह पक्ष है जिसकी वजह से रचनाकार की शिक्षा एक वैज्ञानिक की शिक्षा की तुलना में ज़्यादा व्यापक ही नहीं, ज़्यादा परिश्रमसाध्य भी होती है और एक अर्थ में सतत और जीवन पर्यन्त चलती रहने

वाली भी होती है। एलियट ने यह कह कर दोनों के अंतर को और भी स्पष्ट और, और भी पुख्ता किया है कि–

"दूसरा अंतर जो उपर्युक्त से असंबद्ध नहीं है, वह यह कि साहित्यिक प्रतिभा, किसी सुनिश्चितता से या उत्कट लक्ष्य-निर्दिष्ट होकर, इतनी शीघ्र चरितार्थ नहीं होती है जितनी अन्य कलाओं की वृत्ति होती है...सच्ची साहित्यिक प्रतिभा शनैः-शनैः विकसित होती है; उसके लिये अन्य कलाओं के अभ्यासी की अपेक्षाओं से कहीं अधिक व्यापक और बहुमुखी पोषण, अधिक वैविध्यपूर्ण तथ्य-ज्ञान और व्यक्तियों और विचारों का महत्तर अनुभव अपेक्षित है।" (232-33)

हमारे शास्त्रकारों ने साहित्य की गणना कलाओं में नहीं की है, क्या यह उसकी महत्ता की और उसके वैशिष्ट्य की स्वीकृति नहीं है? बहरहाल, इतने स्पष्ट, बल्कि प्रखर विश्लेषण के रहते डॉ. शाह की बात कैसे मान ली जाय कि एलियट ने वैज्ञानिक-मेधा को काव्य-मेधा की तुलना में अधिक महत्त्व दिया था? कम-से-कम मेरे पढ़ने में ऐसी बात नहीं आई है। शाह अपनी जानकारी स्त्रोत सहित बतायें। अवश्य ही, एलियट ने वैज्ञानिक-मेधा को निकृष्ट नहीं ठहराया है, जैसा कि डॉ. शाह ने चाहा है, लेकिन क्या उसे निकृष्ट ठहराना विवेकपूर्ण भी होता? और, क्या वह वास्तव में निकृष्ट होती भी है? और, यदि हाँ, तो फिर विद्वानों के पारस्परिक विचार-विनिमय में वैज्ञानिकों को सम्मिलित किये जाने के डॉ. शाह के आग्रह का औचित्य क्या है?

अन्यत्र, एक और स्थल पर डॉ. शाह ने एलियट पर साहित्य को विज्ञान का मुखापेक्षी बना दिये जाने का जो आक्षेप लगाया है। यहाँ उस पर विचार करना भी प्रासंगिक होगा–

"जब बीसवीं सदी के कवि एलियट ने अपने उस प्रतिद्वंद्वी दावेदार के सृजन कर्म और विजन से अपने सृजन कर्म और विजन को अलगाना चाहा–यह कहते हुए कि 'वैज्ञानिकों की कल्पना शक्ति तो दोयम दर्ज़े की हुआ करती है', तो यह दाँव भी उलटा पड़ गया। क्यों? एक तो इसलिए कि यह क्रिया नहीं, प्रतिक्रिया थी और वास्तव में एलियट खुद अपनी नई कला दृष्टि को खुद अपने नये विजन को परिभाषित करने के सिलसिले में विज्ञान से ही रूपक उधार लेने को विवश हुआ था, और दूसरे इसलिये भी कि वह उस प्रतिक्रिया के चलते वैज्ञानिक दृष्टि को ललकारते हुए एक दूसरी और उतनी ही साहित्येतर दृष्टि के आगे समर्पित हो गया।" ('सबद निरन्तर' 147)

इस उद्धरण का दोहरा महत्त्व है; एक तो इसलिए कि विज्ञान के आगे साहित्य को गिराये जाने की बात इसमें दोहराई गई है। इससे यह पुष्ट होता है कि शाह ने एलियट को इसी रूप में पाया है कि उसने साहित्य को विज्ञान से हेय ठहराया है। दूसरे इसलिये कि इसी में यह प्रमाण मौजूद है कि उनका यह पाना भ्रामक है। जो वैज्ञानिकों की कल्पना शक्ति को दोयम दर्ज़े की मान रहा है, वह काव्य मेधा का महत्त्व घटा कैसे रहा है? क्या महज इसी आधार पर कि उसने कविता की सृजन प्रक्रिया एक रासायनिक रूपक के सहारे समझाई है? कैसी विडंबना है कि बुद्धिजीवियों में संवाद की आवश्यकता पर बल देने वाले विद्वान को विज्ञान से सादृश्य भर ग्रहण कर लिये जाने में ही साहित्य की

हेठी दिखाई दे गई है! जबकि मेरा विचार है कि विज्ञान से गृहीत रूपक हटा लिये जाने पर भी एलियट की बात झूठी नहीं पड़ जाती। और, तथ्य तो यह है कि निर्वैयक्तिकता सिद्धांत ने जो अतिवादी तेवर पाया था, वह इस रूपक की वजह से ही पाया था, और अंततः उसे जो पीछे हटना पड़ा, वह भी इस अतिवाद के सबब से ही। घोषित रूप से रूपक का अनौचित्य चाहे उसने 'येट्स' (1942) निबंध में स्वीकार किया हो, स्पष्ट किन्तु अघोषित स्वीकृति तो 'सैक्रेड वुड' (1920) में ही मौजूद है, यह मैंने अन्यत्र दिखाया है। लेकिन मैं बलपूर्वक कहना चाहता हूँ कि एलियट का पीछे हटना रूपकीय अति से, स्त्रष्टा और भोक्ता के कठोर पार्थक्य से ही पीछे हटना था, मूल निर्वैयक्तिकता के सिद्धांत के तात्विक पक्ष से पीछे हटना नहीं। अस्तु।

डॉ. शाह ने एलियट पर साहित्येतर दृष्टि के आगे समर्पित होने का आक्षेप भी लगाया है। उनका आशय, जहाँ तक मैं समझता हूँ, एलियट की धार्मिक-दृष्टि से है। उनके इस आक्षेप पर कुछ कहने से पूर्व मैं उनका ध्यान उन्हीं के निम्नांकित कथन की ओर आकर्षित करना चाहता हूँ :

"जहाँ पुराने नीतिशास्त्र की सीमा यह थी कि वह मनुष्य के प्रति मनुष्य की उदासीनता के प्रति पर्याप्त सजग नहीं हो पाता था, वहाँ नये नीतिशास्त्र में इसके ठीक विपरीत मानवीय सरोकार का एक ऐसा प्रचंड बौद्धिक अहंकार उभर कर आया जो मनुष्य के स्वयं अपनी मानवीय सीमाओं के विवेक को ही निगलकर उसे मानव नियति का और सारे वस्तुजगत् का एकमात्र नियामक मान बैठने के दंभ से भरने लगा।" (वही 152)

रेखांकित अंश में वाक्य जैसा भी है, इस आशय को बखूबी प्रकट करता है कि मानवीय सरोकार के नाम पर कोरा बौद्धिक आग्रह डॉ. शाह उचित नहीं मानते। इतना ही नहीं, आगे चलकर वे रेशनल के साथ-साथ इर्रेशनल को भी अंतर्भुक्त कर लेते हैं–

"क्या गाँधीजी का विजन और रचनात्मक कर्म एक स्वतः संपूर्ण 'रेशनैलिटी' के आग्रह पर आधारित है? क्या मानव मूल्यों की अवधारणा में कहीं 'इर्रेशनल' को भी अंतर्भुक्त नहीं होना चाहिए? सृजन कर्म के पीछे भी जैसा कि स्वयं अज्ञेय ने लक्ष्य किया है–क्या कवि की वर्तमान क्षण के जीते-जागते अनुभव में ही 'अपने से बड़े कुछ' को पहचानने और संप्रेषित करने की क्षमता ही नहीं होती?" (वही 155-56)

'इर्रेशनल' शब्द कहाँ तक उपयुक्त है, यह एक अलग बात है, प्रासंगिक प्रश्न यह है कि एलियट के संदर्भ में जिसका उन्होंने 'साहित्येतर' कहकर तिरस्कार किया है, क्या वह उनके इस 'इर्रेशनल' का ही नाती नहीं है? क्या अपने से बड़े कुछ की पहचान ही एलियट की तलाश नहीं है? अज्ञेय की तलाश ही चाहे एलियट की न रही हो, लेकिन अपने से बड़े की तलाश दोनों में हैं, इसे डॉ. शाह क्यों भुला देते हैं?

जहाँ तक एलियट के साहित्येतर के प्रति समर्पित हो जाने का प्रश्न है, हमें 'आफ्टर स्ट्रेंज गॉड्स' पर ही क्यों थम जाना चाहिए? यह निर्विवाद है कि इस पुस्तक में उसने साहित्य का परीक्षण ईसाई दृष्टि से ही किया है लेकिन यह क्यों विस्मृत कर दिया जाता है कि आगे चलकर वह इस जकड़ से बहुत कुछ मुक्त भी हो गया था। धार्मिक दीक्षा

ने प्रभाव बाद में भी डाला है लेकिन जिसे शाह समर्पित होना कहते हैं, वह मिथ ही है, यह मैंने अन्यत्र दिखाया है। यहाँ मैं इतना ही कह सकता हूँ कि उसके 'गोएथे' (गेटे) और 'फ्रंटियर्स ऑव क्रिट्सिज़्म'–(आलोचना के सीमांत) निबंधों को पढ़कर यह देखा जा सकता है कि उसमें कितना परिवर्तन आया है। इसी तरह, धर्मशास्त्र और दर्शन को ज़्यादा बड़ी बौद्धिकता का क्षेत्र मानने का जहाँ तक प्रश्न है, इसका सही उत्तर पाने के लिए एक बार उसके 'लैंसलोट एंड्रूज', 'पास्कल', 'ब्रैडले' आदि निबंधों को पढ़ जाना चाहिए। इन लेखकों के प्रति उसके आकर्षण का एक प्रबल हेतु उनकी प्रखर बौद्धिकता भी रही है, लो ब्रैडले के संदर्भ में उसकी दार्शनिकता। एलियट में जो रूढ़ धार्मिकता है, मैं उसका कोई बचाव नहीं कर रहा हूँ लेकिन आर्नाल्ड को प्रतिष्ठित करने के अनुष्ठान में शाह ने एलियट की जो बलि दी है, उसमें उन्होंने एलियट के वास्तव की मनमानी व्याख्या करके उसको भी होम दिया है, यह मैं दिखाना चाहता हूँ।

इस घोर बलि का चिंत्य पक्ष है, शाह द्वारा एलियट के निम्नांकित कथन का किया गया निर्वचन:

"एक जगह वह कविता को 'मनोरंजन की श्रेष्ठतर विधा' भर कह देता है।"

हिन्दी में 'श्रेष्ठतर' प्रयोग कितना शुद्ध समझा जाता है, यह यहाँ विचारणीय नहीं है, विचारणीय है, डॉ. शाह द्वारा किया गया यह अर्थ कि एलियट के निकट धार्मिक संवेदन इतना महत्त्वपूर्ण था कि उसके गौरव के लिए उसने कविता को सस्ते मनोरंजन के धरातल पर ले जा पटका।

यदि केवल शब्दों तक ही सीमित रहने की बात हो, तब तो यह सही है कि एलियट ने लिखा है कि Poerty is a superior amusement लेकिन यह कहते हुए यदि हम उसके मंतव्य-वास्तव को पाना चाहते हैं तो हमें यह भी देखना होगा कि स्वयं उसने मनोविनोद का प्रयोग किस अर्थ में किया है। उसका कथन है–

"कविता एक श्रेष्ठ मनोविनोद है, मेरा आशय यह नहीं है कि यह श्रोष्ठि वर्ग का मनोविनोद है। मैं इसे मनोविनोद इसलिए नहीं कहता कि यह एक सही परिभाषा है बल्कि इसलिए कि यदि आप इसे कुछ और कहेंगे तो इसे और भी अधिक मिथ्या बना दे सकते हैं। यदि हम मनोविनोद की प्रकृति का विचार करें तो कविता मनोविनोदकारी नहीं होती, लेकिन यदि हम किसी और चीज़ का विचार करें, कविता जिसके जैसी प्रतीत होती हो, तो हम कहीं अधिक जटिलताओं में फँस जाएँगे।"

यदि हम इन अंशों की ओर ध्यान दें कि कविता को मनोविनोद कहना कोई सही परिभाषा नहीं है या कविता की प्रकृति मनोविनोदकारी नहीं होती, तो हम देखेंगे कि एक लाचारी में ही उसने इस (मनोविनोद) शब्द का तदर्थ प्रयोग किया है, धार्मिक संवेदन को काव्य संवेदन से अधिक महत्त्वमंडित करने के लिए शिखंडी आड़ रचने के हेतु से नहीं, न ही विज्ञान की किसी चुनौती से घबराकर ही। वैसा कोई संदर्भ तो क्या, संकेत भी वहाँ नहीं है। पता नहीं, कैसे डॉ. शाह को एलियट की मुद्रा भी यहाँ क्षमायाची जान पड़ी है–

इसे केवल कवि सुलभ नम्रता कहके नहीं टाला जा सकता कि एलियट अपनी नई काव्य दृष्टि और उसे फलीभूत करने वाले युगांतरकारी संप्रेषण आविष्कारों के बावजूद यही मानकर चलता था कि 'काव्य अंततः एक ऊँचे किस्म का मनोविनोद (ए सुपीरियर फार्म ऑव एम्यूजमेंट) ही है।' तो, जहाँ सबसे समर्थ और सबसे अधिक दृष्टिवान माने जाने वाले कवियों का खुद कविता के बारे में ऐसा क्षमायाची भाव हो, वहाँ संप्रेषण क्रांति के इस युग में साहित्य और कला में 'सत्य' को जानने और पाने की अपेक्षा भला किसे होगी? ऐसे में साहित्य या संगीत को 'ज्ञान' का एक विशिष्ट और विलक्षण प्रकार भी भला कौन मानने को तैयार होगा?

शाह ने एलियट के प्रति यहाँ जो तरस खाया है, उसके पहले अच्छा होता, वे कविता की विभिन्न परिभाषाओं पर उसने जो विचार किया है, उसे देख लेते। उसने लिखा है कि–

"कविता को 'शांत क्षणों में पुनः स्मृत संवेग' कहने से बात नहीं बनेगी, यह एक कवि का अपनी रचना-विधि का आकलन भर है, जिस व्यक्ति को कविता के नये अनुभव के संपूर्ण विस्मय और औदार्य की अनुभूति हुई है, उसके निकट तो कविता को 'जीवन की आलोचना' कहने से अधिक शिथिल और कोई संज्ञा हो ही नहीं सकती। और, निश्चय ही, कविता व्यक्ति में नैतिकता के संचार का साधन या राजनीति का दिशा-निर्देश नहीं है, न ही वह धर्म या धर्म का समतुल्य जैसा कुछ है; उसे यह सब कुछ कहना शब्दों के विकट दुरुपयोग के अतिरिक्त कुछ नहीं है...

उपर्युक्त अंश, जो रेखांकित किया गया है, यह भलीभाँति दर्शाता है कि डॉ. शाह जो साहित्य को सत्य जानने के विशिष्ट एवं विलक्षण प्रकार के रूप में पाना चाहते हैं, उसको एलियट में पहले से स्वीकृति मिली हुई है। हैरानी तो यह है कि यह अंश किसी अन्य आलेख से नहीं, 'द सैक्रेड वुड' की भूमिका से ही उद्धृत है जिसमें से उन्होंने मनोविनोद वाली परिभाषा उद्धृत की है! और, जहाँ तक मुद्रा के क्षमायाची होने की बात है, यह शिकायत उस चिंतक के प्रति तो उचित हो सकती है जो साहित्य को किसी इतर लक्ष्य का साधन मानता हो लेकिन एलियट तो इस विचार का हामी कभी रहा ही नहीं, केवल 'द सैक्रेड वुड' काल में ही नहीं, उसके बाद भी। ('आफ्टर स्ट्रेंज गॉड्स' अवश्य ही उसकी दीक्षा के बाद की आलोचना पुस्तक है और इसमें उसकी दृष्टि धर्मभावित हो गई है)। यदि हम 'ऑन पोइट्री एंड पोएट्स' में व्यक्त उसके विचारों पर दृष्टिनिरोध करें तो उसमें हमें उसके चिंतन के विस्मयकारी सातत्य का साक्ष्य मिलेगा–

"यदि हमें कविता की मूलभूत सामाजिक भूमिका को पाना है तो हमें पहले उसके उन अधिक प्रत्यक्ष कार्यों को देखना होगा, जिन्हें उसे करना ही होगा, यदि उसे कुछ भी करना है। सबसे पहले, जिसके विषय में हम निश्चिंत हो सकते हैं, वह यह कि कविता को आनंद देना होगा। यदि आप पूछें कि कैसा आनंद, तो मैं यही कह सकता हूँ कि वैसा आनंद जैसा कविता देती है, महज इसलिए कि कोई भी दूसरा उत्तर हमें सौंदर्यशास्त्र के क्षेत्र में और कला की प्रकृति के सामान्य प्रश्न क्षेत्र में दूर ले जाएगा।"

यदि 'द सैक्रेड वुड' में दिए गए उत्तर से इसकी तुलना करें तो पायेंगे कि कुछ अंतर तो उसमें आया है, प्लैजर शब्द अधिक उपयुक्त समझकर अपना लिया गया है, लेकिन विस्मयकारी चिंतन-सातत्य भी हमें लक्ष्य करना होगा। स्मरणीय है कि 'द यूज ऑव पोइट्री' में 'कविता क्या है' प्रश्न का उत्तर भी उसने यही दिया है कि आप कविता पढ़कर ही जान सकते हैं कि वह क्या है? ज़्यादा महत्त्वपूर्ण बात यह है कि एलियट की पुस्तक 'ऑन पोइट्री' में हमें चिंतन सातत्य ही नहीं, चिंतन-विकास भी मिलता है और उस विकास की दिशा भी यही रही है।

"मैं सोचता हूँ कि हम यह स्वीकार करेंगे कि हर अच्छा कवि, चाहे वह महत् कवि है या नहीं, हमें आनंद से परे भी कुछ देता है, क्योंकि यदि यह निरा आनंद ही हो तो वह स्वयं उच्च-कोटि का नहीं हो सकता। किसी भी निर्दिष्ट लक्ष्य से परे कविता में सदैव कुछ रहता है, किसी नये अनुभव का संप्रेषण या किसी सुपरिचित की नई समझ, या उसकी अभिव्यक्ति जिसका अनुभव तो हमने किया है लेकिन जिसे व्यक्त करने के लिए कोई शब्द नहीं मिला जो हमारी चेतना आदि का संवर्द्धन और संवेदना का परिष्कार करता है। परंतु जैसे कविता से होने वाले किसी वैयक्तिक आनंद की प्रकृति से, वैसे ही कविता से होने वाले ऐसे किसी वैयक्तिक लाभ से भी, इस आलेख का कोई सरोकार नहीं है। मैं सोचता हूँ कि कविता जो आनंद दे सकती है, और उस आनंद से परे हमारे जीवन में जिस प्रकार का अंतर वह ला देती है, इन दोनों बातों को हम सभी समझते हैं। इन दो प्रभावों को यदि वह उत्पन्न नहीं करती तो वह कविता ही नहीं है।"

ये उद्धरण इस बात का प्रमाण है कि कविता विषयक एलियट का मनन-मंथन सतत रूप से चलता रहा था। डॉ. शाह यदि उसके चिंतन वास्तव को पाने में बौद्धिक ईमानदारी का परिचय देते तो यह देख लेना उनके लिए कठिन नहीं था कि कविता के नये अनुभव के संपूर्ण विस्मय और औदार्य की अनुभूति ही वस्तुतः वह उत्सभूमि है, जहाँ से उसका चिंतन प्रारंभ होता है और चर्वित-चर्वण से इस परिणति तक आता है कि कविता हमें आनंद ही नहीं देती, वह हमारे जीवन में अंतर भी ला देती है। इसका अर्थ यह भी कि साहित्य का सतत आस्वादन जीवन के प्रति हमारी दृष्टि में भी परिवर्तन ला देता है। इस बात को और भी बोधगम्य ढंग से रखने वाला यह विचार भी उसी का प्रवर्तन है कि एक अच्छी रचना पढ़कर हम वही नहीं रह जाते हैं, जो उसे पढ़ने से पूर्व होते हैं।

मुझे हैरानी होती है कि डॉ. शाह ने एलियट का मत कविता के नये अनुभव के विस्मय और औदार्य में नहीं देखकर, मनोविनोद में स्थिर किया है और मनोविनोद की भी उस व्याख्या से मुँह फेर लिया है जिसे वह अनवरत रूप से संस्कारित करता चला गया है। तथ्य तो यह है कि विस्मय और औदार्य की अनुभूति ही वह भूमि है जिस पर खड़े होकर एलियट ने आर्नाल्ड की आलोचना की थी। डॉ. शाह ने इस बात को समझा होता तो वे एलियट के साथ तो न्याय करते ही, समस्या में सही पैठ भी पा लेते। लेकिन मुझे लगता है कि आलोचना में आर्नाल्डीय आदर्श की पुनः प्रतिष्ठा के लोभ में

ही उन्हें एलियट के खंडन की आवश्यकता पड़ी है, और खंडन की सुविधा के लिए ही उन्होंने मनोविनोद वाली बात पकड़ ली है। प्रहार और खंडन के लिए तो एलियट का यह विरूपीकरण उनके काम आ गया है लेकिन एक लेखक के मंतव्य को इस रूप या कि विरूप में पाना और प्रस्तुत करना कितना उचित और नैतिक है, यह भी कम विचारणीय नहीं है। एक बुद्धिजीवी के रूप.में उनका यह प्रयत्न उनके लिए और उससे भी बढ़कर बुद्धिजीवन वाले उनके अभियान के लिए कितना घातक है, इसका हिसाब भी उन्हें करना होगा। जिस क्षेत्र में उनकी आधिकारिक गति है, जिसमें उन्होंने शोध की है, उसमें उनकी वस्तुनिष्ठता की यह स्थिति है तो अन्य क्षेत्रों में उनकी विश्वसनीयता के लिए क्या कहा जाय? क्या इससे ज्ञान के क्षेत्र में घोर अराजकता नहीं छा जायेगी? जो व्यक्ति शाह के माध्यम से एलियट को पाएगा उसका एलियट कितना विकलांग और विरूपित होगा? यह विरुपण मुझे इसलिए और भी अधिक अखरता है कि मूल विषय में एलियट का विवेचन शाह का प्रतिपाद्य कहीं था ही नहीं। उनका काम एलियट को बीच में घसीटे बिना बखूबी चल सकता था। लगता है, अपनी विद्वत्ता का आतंक पाठकों पर जमाने के लिए वे गाहे-ब-गाहे एलियट के कान उमेठते चले गये हैं। और नहीं तो, स्वेच्छाचारी व्याख्या करके ही सही!

यह बौद्धिक और नैतिक दोनों दृष्टियों से कितनी बेईमानी है, इसका विचार उन्होंने किया ही नहीं है।

जिस आर्नाल्ड की वेदी पर एलियट की बलि दी गई है, उसके आदर्श का कुछ विचार भी यहाँ प्रासंगिक होगा। आर्नाल्ड अपने युग के सांस्कृतिक ह्रास के विरुद्ध जूझा था। आज का युग क्योंकि उससे भी विकट ह्रास का युग है इसलिए डॉ. शाह को आर्नाल्ड का आदर्श ही वरेण्य जान पड़ा है। आर्नाल्ड ने अपनी भविष्यवाणी से साहित्य-जगत् को आश्वस्त किया था कि आने वाले समय में धर्म का स्थान कविता ले लेगी। इसी के अनुरूप वह कविता को युग के उत्कृष्ट चिंतन के वाहक के रूप में देख रहा था। डॉ. शाह जानते हैं कि वह वाणी फलवती नहीं हुई, लेकिन इसके उपरान्त भी शाह का आदर्श आर्नाल्ड ही रहा है। एलियट ने इस विचार को कभी स्वीकार नहीं किया कि कविता धर्म का स्थानापन्न हो सकती है। उसने लिखा भी है कि-

"इस या उस लोक में कोई भी चीज़ किसी दूसरी का स्थानापन्न नहीं है। यदि आपको लगता है कि आपको धार्मिक आस्था या दार्शनिक विश्वासों के बिना काम चलाना है तो आपको चला लेना चाहिए।"

वस्तुतः वह कविता की स्थानापन्न भूमिका के पक्ष में नहीं था। वह कविता को कविता के रूप में ही पाना चाहता था; धर्म, इतिहास, राजनीति या मनो विश्लेषणात्मक केस के रूप में नहीं। कविता की इतर भूमिका उसे अस्वीकार्य नहीं थी लेकिन कविता का उस हेतु से रचा जाना उसे सर्वथा नागवार था।

रिचर्ड्स का मत था कि आधुनिक युग की विभीषिका से कविता हमारा त्राण कर सकती है, लेकिन एलियट ने इसे स्वीकार नहीं किया। उसका कहना था कि कविता

हमारा त्राण कर सकती है या नहीं, यह एक अलग सवाल है, पर इस पर विचार करना कवि के रूप में कवि का कार्य नहीं है। कवि का कार्य कविता करना है–

"यह कवि के रूप में कवि का कार्य नहीं है कि वह इस या उस लोक में कविता का स्थान निर्धारित करने के प्रयत्नों से कोई सरोकार रखे, चाहे वह ईसाई जगत् में कविता का स्थान तय करने का मारिटेन का प्रयत्न हो या फिर गैर-ईसाई जगत् में रिचर्ड्स का।"

एलियट ने इस बात से इनकार नहीं किया कि कवि एक बुद्धिजीवी के रूप में भी कार्य करे; वह स्वयं एक प्रचंड बुद्धिजीवी था; न उसने इस बात को नकारा था कि कविता अपने युग की हालत पर टिप्पणी हो सकती है; उसकी अपनी कविता, 'द वेस्टलैंड' विशेष रूप से, उस युग पर तीखी टिप्पणी थी; लेकिन वह साहित्यालोचना में इतर चिंतन को घुला दिये जाने का हामी नहीं था, और न ही उसे यह गवारा था कि कविता किसी निर्दिष्ट लक्ष्य के साधनभूत रची जाय। उसने लिखा भी है कि–

"मैं यह नहीं कहता कि कला अपने से परे उद्देश्यों की सेवा में नियोजित न की जाय, लेकिन उनके प्रति उसकी सजगता अपेक्षित नहीं है। और, निश्चय ही उनके प्रति उदासीन रहकर वह अपनी उस भूमिका का निर्वाह ज़्यादा अच्छी तरह से कर पाती है; विभिन्न मूल्य सिद्धांतों के अनुसार यह भूमिका जो भी हो।"

'द यूज ऑव पोइट्री' में उसने कहा है कि कविता की व्याख्या और उसका मूल्यांकन न उसके उत्स-ज्ञान से हो सकता है और न ही उसके उपयोगों से। यह भी कविता को कविता के रूप में पाने का आग्रह ही है। उदार होती गई उसकी दृष्टि के बावजूद यह आग्रह उसमें बराबर बना रहा है। 'आफ्टर द स्ट्रेज गोंड्स' की बात अलग है, लेकिन उसका भी पुनर्मुद्रण रोककर उसने अपनी मंशा जाहिर कर दी थी। आर्नाल्ड के प्रति उसकी शिकायत भी इसी की अनुरूपता में है कि वह साहित्य के दायरे में नहीं रह पाया था–

"अपने खंडन में, आर्नाल्ड साहित्यिक दायरे से सर्वथा बाहर चला गया था; उसका अधिकांश उहापोह राजनीतिक था"

इस वृत्ति को चिंतनीय कहते हुए उसने मत प्रकट किया था कि जो भूमिका आर्नाल्ड ने निभाई–

"वह उसका कोई शिष्य (यदि कोई होता तो) किसी पत्र के सम्पादक की हैसियत से प्रभावी तौर पर निभा सकता था, उतनी स्वच्छता से चाहे न भी सही"

परन्तु यही कार्य स्वयं आर्नाल्ड ने एक आलोचक के रूप में करके (याने अपनी आलोचना में घुलाकर) अपनी शक्ति का अपव्यय किया।

यहाँ ध्यान रखने की बात यह है कि एलियट ने न तो आर्नाल्ड के सांस्कृतिक चिंतन का महत्त्व कम किया है और न ही साहित्यिक पत्रकारिता का महत्त्व घटाया है। वह स्वयं एक सांस्कृतिक विचारक भी था और साहित्यिक पत्रकार भी। लगभग दो दशकों तक उसने साहित्यिक पत्रिका 'द क्राइटेरिया' का सम्पादन किया था। यह पत्रिका अपने समय में समूचे यूरोप के बुद्धिजीवियों के लिए साहित्यिक एवं वैचारिक मंच थी। अतः

एलियट का निषेध रचनाकार की अन्य भूमिकाओं का निषेध नहीं था, वह मूलतः मूल कर्म के अंगभूत इतर प्रयाण का निषेध था। प्रायः साहित्यालोचक ऐसा लोभ संवरण नहीं कर पाते हैं, आर्नाल्ड भी नहीं कर पाया था। एलियट ने लिखा भी है कि–

"आर्नाल्ड को दोष देना ठीक नहीं होगा। जैसे कभी-कभी सामर्थ्यवान व्यक्ति कर बैठते हैं, उसने भी अपनी शक्ति क्षय की। उसे लगा कि (यह कार्य) कोई करने वाला नहीं है और कुछ किया जाना चाहिए, (अतः वह स्वयं करने बैठ गया)। विचारकों में और प्रमुखतः साहित्य में रुचिवान व्यक्ति में यह वृत्ति अदम्य होती है कि जब तक वह देश का वातावरण स्वच्छ नहीं कर दे साहित्य को ताक पर रख दे।"

आर्नाल्ड ने भी कुछ ऐसी ही विवशता अनुभव की और वह स्वयं सरस्वती मंदिर को बुहारने बैठ गया। (डॉ. नामवर सिंह ने अपने लिए एक जगह इस मुहावरे का प्रयोग किया है, उसका उत्स यही है)। इसी संदर्भ में एलियट ने अपने विस्मय का समाधान पाया होगा। उसने एक जगह यह विस्मय प्रकट किया है कि आर्नाल्ड को हम कहीं भी कविता पर, रचयिता के कोण से विचार करते नहीं पाते; इसी से यह संशय होता है कि उसे कविता रचे जाने के दर्द की अनुभूति हुई भी थी या नहीं। लेकिन आर्नाल्ड की इतर चिंताओं से परिचय के बाद हम इसका समाधान पा लेते हैं। (वैसे यह एक प्रमुख अंतर्भूत कारण कहा जा सकता है कि क्यों एलियट ने कविता पर रचे जाने के कोण से ही अधिक विचार किया है)।

ठीक यही बात हम डॉ. शाह के लिए नहीं कह सकते। उन्हें सृजन के मर्म की पहचान भी है और उन्होंने उसके लिए चिंता भी दिखाई है। सृजन की अपूर्वानुमेयता की चिंता उन्हें इतनी अधिक है कि तार्किकता के दृढ़तर होते जाने में भी (प्रसाद और जैनेन्द्र के संदर्भ में) उन्हें उसकी (अपूर्वानुमेयता की) क्षति की आशंका हुई है; कहीं ऐसा न हो कि 'अवचेतन की खींच कम होती जाय और चेतन का नियंत्रण बढ़ जाय!' वर्तमान परिदृश्य तो है ही सृजन की दिशा का अवरोधक। उनका कथन है कि–

"सृजन कर्म एक अपूर्वानुमेय घटना है और आधुनिक संचार माध्यमों का ही नहीं, आधुनिक ज्ञान मीमांसाओं का भी पूरा जोर और पूरी वृत्ति इसके विपरीत जान पड़ती है। दोनों के बीच प्रकट सहयोग के बजाय एक प्रच्छन्न द्रोह का दृश्य ही इस पूरे दौर में उभरता दीख पड़ता है।"

विडम्बना यही नहीं है कि आज सारी शक्तियाँ रचना-कर्म पर विपरीत दिशा से प्रभाव डाल रही है बल्कि यह भी है कि उसके प्रति चिंतित होते हुए भी शाह ने उसे उसी (विपरीत) दिशा में ही धकेला है। एक अन्य स्थल पर उन्होंने लिखा है कि–

"मुझे ऐसा लगता है कि जब भी किसी तर्क के पीछे कविता को चलाने की कोशिश हुई है कविता की ऐसी-तैसी ही हुई है। और वह तर्क भी अमूमन एक घटिया विचार से प्रेरित होता है।"

हम देख सकते हैं कि डॉ. शाह भी कुछ एलियट की तरह ही, कविता को साधनभूत नियोजित किए जाने के पक्ष में नहीं हैं। वे यहाँ ऐसे नियोजन के परिणाम के प्रति चिंतित

देखे जा सकते हैं। लेकिन यह डॉ. शाह के विचार का एक पक्ष ही है। इसका दूसरा पक्ष यह है कि उन्होंने कविता के इतर नियोजन का प्रस्ताव भी किया है। यह आर्नाल्ड के प्रभाव का परिणाम है। इसी हेतु से उन्हें उसका उच्चकोटि की वैचारिकता का आदर्श लुभा गया है। उपर्युक्त कथन में भी यह निहित है कि यदि कविता को उच्चकोटि के विचारों के पीछे चलाने का प्रयत्न किया जाय तो वे इसकी अनुमति दे देंगे। कहना कठिन है कि ऐसी अनुमति देते हुए वे सृजन के विस्मय-पक्ष और उसके दर्द का आकलन किये हुए भी होंगे। कहने की आवश्यकता नहीं कि यह एक प्रकार से रचना में इतर के हस्तक्षेप की अनुमति देना ही है और जब आप एक बार हस्तक्षेप को स्वीकार कर लेते हैं, तब इस बात से कोई अंतर नहीं पड़ता कि विचार की कोटि श्रेष्ठ है या नहीं। हस्तक्षेप तो वह है ही और उस नाते प्रक्रिया में बाधक भी। मैं फिर एलियट का ही उदारण दूँगा, उसने लिखा है कि–

"शेक्सपियर ने यदि किसी श्रेष्ठ दर्शन के अनुसार रचा होता तो वह सर्वथा घटिया कविता रचता।"

ऐसा नहीं है कि विचारों की श्रेष्ठता या हेयता स्वयं में बेमानी होती है लेकिन साहित्य में महत्त्व विचारों के रचनात्मक या भावात्मक रूपांतरण का विशेष होता है। परन्तु शाह को यहाँ उत्कृष्ट वैचारिकता का आदर्श ही मुग्ध किये हुए है। सृजनधर्मी को बुद्धिजीवन की ओर उन्मुख करना चाहने के मूल में भी उनका यही आकर्षण क्रियाशील रहा है। यह मंत्र उन्होंने आर्नाल्ड से ही पाया है। साहित्य की परिभाषा भी उन्होंने 'रेवेलेशन ऑव हिडन लाइफ' के बजाय जो 'क्रिटिसिज़्म ऑव लाइफ' में तलाशी है, वह आर्नाल्ड की दी हुई ही है। इस प्रसंग में उनका यह कथन भी द्रष्टव्य है–

"साहित्य अगर दर्पण है तो उसे हर सामाजिक परिवर्तन को प्रतिबिंबित करना चाहिए और अगर वह जीवन की छुपी हुई सम्भावना का उद्घाटन है या एक बेहतर सूक्ष्मतर जीवन का सूचना है तो भी शायद एक विधायक प्रेरणा के रूप में उसे सामाजिक परिवर्तन का दिशा-निर्देश बन सकना चाहिए।"

यानी हर स्थिति में उसे सामाजिक परिवर्तन से सजगतः जुड़े रहना होगा। शाह के इस आग्रह के बाद इस शंका का कुछ समाधान हो जाता है कि एलियट की कविता की परिभाषा की तलाश उन्होंने कवि के नये अनुभव के विस्मय और औदार्य में क्यों नहीं की है, और क्यों वे मनोविनोद पर ही थम गए है; और इसका भी, कि क्यों रचनात्मक लेखन में युगीन परिवर्तन की सम्वेदनात्मक साक्षी भी उन्हें पर्याप्त नहीं जान पड़ी है, और क्यों वे उस सोच के हामी होते चले गए है जो साहित्य को सांस्कृतिक प्रक्रिया का महज साक्षी न मानते हुए उसमें सक्रिय भागीदार बनने का तकाजा महसूस करता है।

इस सक्रियता से उनका वास्तविक आशय क्या है, यह हम इस कथन में देख सकते हैं–

स्थिति हमारी यह है कि साक्षरता के अभाव में देश में एक प्रतिशत लोग भी निर्माण कार्य में हिस्सा नहीं ले रहे हैं। जो ले रहे हैं उनके, सामने भी वे निन्यानवे प्रतिशत नहीं है...अगर मुट्ठीभर बुद्धिजीवी अपने-अपने अनुशासनों में सिकुड़े रहें, बाकी पढ़े-लिखे

लोग अपनी आत्मतुष्टि और नव-धनाढ्यता में लिप्त रहें, और जो असली समाज है वह अपनी दिनोंदिन क्षरित होती जाती वाचिक संस्कार सम्पन्नता के साथ निरक्षर बना रहे तो यह आधुनिक सम्वेदन सम्पन्न साहित्य भी आख़िर किसके सम्वेदन का विस्तार करेगा?"

इस बात से कोई इनकार नहीं करेगा कि लेखक को, 'असली समाज' में, निन्यानवे प्रतिशत में और समाज के निर्माण कार्यों में रुचि लेनी चाहिए लेकिन इसके लिए लेखक को उद्देश्यवादी बना देने के सतही एवं अति-सरलीकृत समाधान की ओर धकेलने के अतिरिक्त इस चिंता और इस रुचि का और रूप क्या हो, इसका विचार किये जाने की आवश्यकता थी। डॉ. शाह का सही चिंता-पथ वही होता; आज के चिंतन की सबसे बड़ी चुनौती भी यही है कि रचना कर्म की अपूर्वानुमेयता और रचनाकार की सक्रिय भागीदारिता का एकत्र निर्वाह कैसे हो, इसका विचार किया जाय। यदि डॉ. शाह गहराई में उतरकर इस संकट पर सृजन की राह से विचार करते तो उनका चिंतन हिन्दी-आलोचना का मूल्यवान दस्तावेज़ होता लेकिन यह खिन्नता का विषय है कि उन्होंने सतह पर ही विराम ले लिया है। उनकी यह बात सही है कि वर्तमान समय में सृजनकर्मी होने के नाते साहित्यकार पर विशेष दायित्व आता है। लेकिन यह चिंतनीय है कि इस दायित्व के स्वरूप का सम्यक् निरूपण वे नहीं कर पाये हैं। इसके अभाव में सबद निरंतर वास्तव में अबद निरंतर ही रहा है। तथ्य तो यह है कि आलोचक से भी उन्होंने यही माँग की है कि–

"साहित्यिक स्तर पर भी सच्चा और मूल्यवान बने रहने के लिए उसे बुद्धिजीवी की उस व्यापक भूमिका से जुड़ना ही पड़ेगा जो महज जनतंत्र की बुद्धिविलासी अवध ारणा के प्रति नहीं, बल्कि अपने देश और समाज की संस्कृति और परिस्थिति के प्रति एक दुहरे दायित्व भाव से अनुप्राणित हो।"

लेकिन इस दायित्व के दुहरे रूप पर भी उन्होंने अपेक्षित विचार नहीं किया है। आलोचक साहित्य के प्रति सच्चा और कृति के प्रति ईमानदार रहे, यह एक पक्ष है, और सांस्कृतिक संकट को पहचान कर एक बुद्धिजीवी के रूप में अपनी भूमिका निभाये, यह दूसरा पक्ष है। पहले पक्ष में मूल्यवान बने रहने के लिए दूसरे पक्ष की भूमिका आवश्यक हो सकती है लेकिन शाह उस आवश्यकता के स्वरूप का गंभीर एवं सम्यक् प्रतिपादन करने के बजाय मुद्दों को गड्डमड्ड कर गए हैं।

डॉ. शाह की सोच यह रही हो सकती है कि युगजीवन की समस्याओं में लेखक का सक्रिय साझा हो तो उसका प्रभाव उसके लेखन पर भी आयेगा; यह गलत नहीं है, लेकिन इस बात को इतनी दूर तक नहीं खींचा जा सकता कि उसे शर्त बना दिया जाय। आर्नाल्ड प्रमुखतः कवि था और वह सांस्कृतिक संकट के विरुद्ध संघर्षरत भी था लेकिन डॉ. शाह स्वयं जानते हैं कि इस सबके बावजूद भी उसकी कविता उस संकट की कोई साक्षी नहीं देती–

"यह एक मार्मिक विरोधाभास है, आर्नाल्ड के व्यक्तित्व और भावबोध का, कि जहाँ एक विचारक की हैसियत से वह युग धर्म को आत्मसात करता हुआ निरंतर विकास करता जाता है, और विक्टोरियन व्यक्तिवाद और धार्मिक रूढ़िवाद से लड़ता हुआ

अधिकाधिक समाजोन्मुख, भविष्योन्मुख बनता जाता है, वहीं एक कवि के रूप में वह इस परिवर्तन और आत्मविकास का अंतर्साक्ष्य नहीं दे पाता।"

यह कथन स्वयं डॉ. शाह का ही है। ऐसी स्थिति में जबकि डॉ. शाह स्वयं जानते हैं कि एक कवि एक बुद्धिजीवी के रूप में सतत और सजग चिंतन करे और अपने समय की समस्याओं से सक्रियता से जूझे, तब भी यह सम्भव है कि उसकी कविता उसकी अभिप्रेत भूमिका न निभाये बल्कि उसकी सजगता की साक्षी भी न दें, तब क्या यह विचारणीय नहीं हो जाता कि रचनाकार से की जाने वाली निर्दिष्टता की माँग में ही कहीं कोई खोट है और आलोचक को और गहराई में जाकर रचना और सजगता के रिश्तों का फिर से अन्वेषण करना होगा। एक लेखक कई भूमिकाएँ निभाता है और उस पर प्रभाव भी असंख्य हो सकते हैं लेकिन रचना में इनका रूप क्या होगा, इसे पहले से निर्धारित नहीं किया जा सकता। ये सब बातें जानते हुए भी जाने क्यों, डॉ. शाह ने रचना को निर्दिष्ट पथ पर हाँकना चाहा है। जानते वे यह भी है कि–

"ऐसे अत्यन्त कल्पना-प्रेरित साहित्य का–उसमें रचे गए यथार्थ का भी कुल मिलाकर पाठक पर जो प्रभाव पड़ेगा वह लेखक का उद्‌दिष्ट प्रभाव होगा, यह कहना कठिन है।"

हैरानी यही देखकर होती है कि सांस्कृतिक संकट में या देश के निर्माण में लेखक के योगदान की चर्चा करते हुए वे इस पक्ष को विस्मृत कर देते हैं। एक जगह उन्होंने यह चिंता प्रकट की है कि आज 'कैलकुलेटिव थिंकिंग' ही 'मेडिटेटिव थिंकिंग' पर हावी हो रहा है–

"क्या हमारी कविता और हमारे दार्शनिक चिंतन ने भी कैलकुलेटिव थिंकिंग की ही लीक पकड़ ली है।"

लेकिन विचारणीय यह है कि साहित्य की राह तय करते हुए और उसका निर्दिष्ट परिणाम चाहते हुए क्या वे स्वयं भी इसी पथ के पथिक नहीं होते? बहरहाल, यह पथ चुना उन्होंने आर्नाल्ड के प्रभाववश ही है। एलियट का प्रभाव भी उन पर है, लेकिन आर्नाल्ड के अनुयायी को एलियट का विरोधी होना चाहिए, क्या इसी सबब से उन्होंने आर्नाल्ड की वेदी पर एलियट की बलि चढ़ाई है? यहाँ तक कि उसके मंतव्यों को तोड़ मरोड़कर भी, चाहे वह उनका प्रतिपाद्य भी नहीं था।

लेकिन यह सब कहने का अर्थ उस मूल चिंता से असहमति दर्शाना कतई नहीं है जिससे प्रेरित होकर सबद निरंतर लिखी गई है। एक ओर सृजन की अपनी प्रकृति है जिसे डॉ. शाह अपूर्वानुमेय कहते हैं और दूसरी ओर लेखक पर बाहरी जीवन का बढ़ता हुआ दबाव है। इस स्थिति में लेखक के अपने दड़बे से बाहर आने का अर्थ और रूप क्या हो, उस पर खुली बहस की आवश्यकता है। सबद निरंतर उसी बहस का प्रवर्तन है। यह एक दुर्घटना ही है कि एलियट के मंतव्यों की डॉ. शाह की व्याख्या भ्रामक बल्कि अनर्थकारी हो गई है। क्योंकि प्रस्तुत आलेख इसी पक्ष पर केन्द्रित है इसलिए अन्य बातों की चर्चा मैंने यहाँ नहीं की है। वह मैंने अन्यत्र की है। इस आलेख को इस सीमा में ही देखा जाना चाहिए।

डॉ. प्रभाकर श्रोत्रिय की आलोचना दृष्टि

प्रभाकर श्रोत्रिय : रचना एक यातना है

प्रभाकर श्रोत्रिय ने 'रचना एक यातना है' पुस्तक में नई कविता का समग्रतः मूल्यांकन करने का प्रस्ताव किया है। उनका कहना है कि "इस कविता आन्दोलन पर एकपक्षीय बात नहीं हो सकती। जो लोग इसे पतनोन्मुख, व्यक्तिवादी, रुग्ण मानसिकता से ग्रस्त कवियों का जमावड़ा समझते हैं, वे भी इसका एकांगी मूल्यांकन करते हैं और वे भी जो इस पर सिर्फ वामपंथ की दृष्टि से विचार करते हैं। मेरा ख़याल है कि इस पर न सिर्फ इकहरे ढंग से बात नहीं की जा सकती, बल्कि वादों की निर्धारित प्रतीतियों में भी नहीं की जा सकती। इसी के अनुरूप श्रोत्रिय ने एक वर्ग को आधुनिकता को पश्चिमी अनुकरण में ग्रहण करने वाला मानकर उसकी आलोचना की है, तो दूसरे की वामपंथी संकीर्णता की भी आलोचना की है। यह कहकर उन्होंने भारतीय वाम-राजनीति की आलोचना की है कि नई कविता के प्रारंभिक काल में वह विश्व की वाम-राजनीति के 'कक्ष' की तरह काम कर रही थी, इसी वजह से उसने राष्ट्रीय परिप्रेक्ष्य में भ्रांत निर्णय भी लिये; और यह कहकर उन्होंने वामपंथी लेखकों की आलोचना की है। इस राजनीति की गिरफ्त में रहकर वे 'सतही नारे' लगाते रहे। इस प्रकार, लेखक ने अपने विवेचन के तटस्थ होने की प्रतीति करानी चाही है। लेकिन वास्तव में लेखक ऐसा नहीं कर पाया है। 'समय' खण्ड में तो बिलकुल नहीं। यहाँ लेखक के कुछेक कथन देखिए:

"नये कवि ने उस आधुनिकता को किसी हद तक नकार दिया जो प्रगति विरोधी समझा जाता (समझी जाती) है।"

"व्यक्ति और समाज के परस्पराश्रित लेकिन परस्पर व्यक्तित्ववान रिश्ते यहाँ मजबूत हुए हैं और कुल मिलाकर सामाजिक दृष्टि का बाहुल्य रहा है।"

"जहाँ तक वस्तुगत पदार्थ और सामाजिकता का सवाल है नयी कविता ने परिपक्व होने पर कुल मिलाकर मार्क्सवादी प्रभावों को निथार कर पेश करने की कोशिश की।"

ये तीनों कथन लेखक का रुझान बखूबी प्रकट करते हैं पहले दो वक्तव्य किसी तटस्थ विवेचन में फिर भी गले उतारे जा सकते हैं, इस आधार पर कि प्रगति और सामाजिकता का आशय उनमें उतना मुखर नहीं है, लेकिन तीसरे के संदर्भ में देखे जाने पर तो प्रथम दोनों की सीमाएँ भी निर्भ्रांत रूप से उजागर हो जाती हैं। चाहे गैर-वामपंथियों को संतुष्ट करने की दृष्टि से सामाजिक दृष्टि से मजबूत हुए रिश्ते व्यक्तित्ववान कह

दिये गये हों, और चाहे विवेचन को समेटते हुए यह मरहम भी लगा दिया गया हो कि 'सामाजिक दृष्टि की अन्य भारतीय चिंताओं से भी कुछ कवि प्रभावित हुए, उन्हें भी इस संदर्भ में नज़रअंदाज़ नहीं किया जा सकता लेकिन इसके बावजूद यह दुहराया नहीं जा सकता कि लेखक का रुझान मार्क्सवाद को केन्द्र में रखने की ओर ही रहा है। इसकी पुष्टि पश्चिमी आन्दोलनों के प्रति लेखक की उस दृष्टि से भी होती है, जहाँ उसने प्रतीकवाद, बिंबवाद, कलावाद, दादावाद, प्रभाववाद, अतियथार्थवाद, मनोविश्लेषण सभी को विवेकहीन तक कह दिया है! आगे चलकर, मरहम उसने इस आघात पर भी लगाया है, लेकिन फिर भी यह उजागर हो ही गया है कि संतुलन की आड़ में उसने वामपंथ की प्रतिष्ठा की चेष्टा की है। और, जब हम 'समय' खंड के 'काल-मान' अध्याय पर आते हैं और पाते हैं कि उसने नई कविता के प्रवर्तन का श्रेय 'तारसप्तक' से छीनकर किसी 'उच्शृंखला' पत्रिका को दिया है तब तो लेखक की पूर्वग्रहबद्धता के लिए और किसी प्रमाण की ज़रूरत नहीं रह जाती। फिर तो यह भी स्पष्ट हो जाता है कि भारतीय राजनीति, अर्थनीति, जनजीवन और साहित्य-जगत में सर्वत्र सन् 1939 का महत्त्व रेखांकित करने का भी प्रबल हेतु यही रहा है कि वाम-पत्रिका 'उच्शृंखल' का प्रकाशन काल 1939 है।'

'तारसप्तक' आसमान से नहीं टपका था। जो काव्य-प्रवृत्ति उसमें फलित हुई है, वह निश्चय ही, पहले से यत्र-तत्र, अपना प्रकाशन पा रही थी और 'तारसप्तक' को महत्त्व देना, 'उच्शृंखल' का महत्त्व कम करना नहीं है लेकिन जब डॉ. श्रोत्रिय तारसप्तक का स्थान उच्शृंखल को देने लगते हैं, तब उनके आलोचनात्मक-विवेक पर संशय होने लगता है। वे यह भुला देते हैं कि इतिहास ने जिस प्रकार कविता के नये मोड़ के अध्व-चिह्न के रूप में तारसप्तक को अभिषिक्त किया है, उसे अब प्रयत्न करके भी उखाड़ा नहीं जा सकता, उखाड़ने वाला केवल अपनी दूषित मनोवृत्ति का ही परिचय दे सकता है। पुस्तक के समय खण्ड से डॉ. श्रोत्रिय का कुछ ऐसा रूप ही सामने आता है।

लेकिन पुस्तक का एक खण्ड और है, 'माध्यम', और आलोचनात्मक दृष्टि से वही अधिक महत्त्वपूर्ण है। सच तो यह है कि यह देखकर प्रीतिकर विस्मय होता है कि 'माध्यम' खण्ड में लेखक का विवेचन उस बड़बोलेपन की मुद्रा से प्रायः मुक्त रहा है जो 'समय' खण्ड में उस पर हावी हुई जान पड़ती है। यहाँ लेखक ने छायावाद की तुलना में नई कविता के वैशिष्ट्य को विश्लेषित करने और नई कविता के विषय में फैली हुई कुछेक भ्रांत धारणाओं के निराकरण का प्रयत्न किया है। इस दृष्टि से 'भाषा का संहार/भाषा का सृजन' अध्याय विशेष रूप से पठनीय है। और बातों के साथ-साथ यहाँ इस बात का विवेचन भी खूब रोचक है कि कैसे सभी प्रमुख नये कवियों के भीतर छायावाद जीवित रहा है और कैसे उनका आत्मसंघर्ष छायावाद से मुक्ति का संघर्ष रहा है।

नई कविता पर व्यक्तिवादी होने का आक्षेप शुरू से ही लगाया जाता रहा है; छायावादी आलोचकों द्वारा भी और वामपंथी आलोचकों द्वारा भी। श्रोत्रिय ने इसे निर्मूल ठहराया है। उन्होंने व्यक्तिवाद के दो रूपों–तत्त्ववाद और अर्थवाद–की चर्चा करते हुए

कहा है कि कविता में व्यक्तिवाद अर्थवाद की धरा पर है और उस रूप से हर रचना अंततः व्यक्तिवादी होती है क्योंकि वह एक लेखक के संवेदनशील एकांत से निसृत होती है। इस तरह का व्यक्तिवाद समाजपरक कविताओं में भी किसी हद तक होता है। समाजवादी कवि भी लेखक के 'आत्म-संसार' और 'कविता की स्वायत्तता' की वकालत करते हैं। उनकी रचनाएँ भी इसका प्रमाण देती हैं।

व्यक्तिवाद की धरा पर व्यक्तिपरक और समाजपरक कविताओं जैसा भेद भी उन्होंने किया है लेकिन यह बात आगे नहीं बढ़ पाई है। उनका निष्कर्ष यही है कि सही साहित्यिक परिप्रेक्ष्य में समझने पर व्यक्तिवाद उस तरह से आक्रमणों का लक्ष्य नहीं होता, जिस तरह मोटी बुद्धि से लोग उस पर हाथ साफ कर दिया करते हैं। इन हाथ साफ करने वालों के काव्य विवेक का बौनापन श्रोत्रिय ने बखूबी उद्घाटिक किया है।

वामपंथी आलोचकों ने 'नई कविता', खासकर 'अज्ञेय की कविता' में मौन के व्यवहार का भी कम उपहास नहीं किया था। डॉ. श्रोत्रिय की इस मुद्दे पर उनसे सहमति नहीं है। उन्होंने मौन का सर्जनात्मक स्वरूप और उसका महत्त्व स्पष्ट किया है। उन्होंने लिखा है कि "भाषा का संयम मौन में अपनी चरम सीमा पर पहुँचता है। कविता में यह नाटकीय मौन नहीं है और न नाटक के प्रत्यक्ष उपादान उसकी व्याख्या के लिये वहाँ हाजिर है, यह अभिव्यंजनावादी 'पूर्ण आंतरिक व्यंजना' भी नहीं है। यह अव्यक्त भाषिक व्यंजना है। शब्द और शब्द के बीच बहती चुपचाप नदी है जो पाठक को भाषा देती नहीं, सुझाती है और उसे सृष्टा का दायित्व सौंपती है।...शब्द के बावजूद शब्द को बचा लेना ही सर्जनात्मक भाषिक मौन है।"

इन प्रतिपादनों में नया या विलक्षण कुछ भी नहीं है, लेकिन नई कविता पर लगाये गये लाँछनों को लेखक का विश्लेषण जिस तरह निरस्त करता चलता है, वह उसकी विशेषता है। इस विवेचन के महत्त्व का एक हेतु यह भी है कि इसमें एक काव्य प्रवृत्ति को उसके समूचेपन में देखा गया है, उसे वाम और गैर-वाम के खानों में बाँटकर साहित्यिकता के तल से गिराया नहीं गया है। यही बात बिंब और प्रतीक संबंधी विवेचनों के लिए भी कही जा सकती है।

इस पुस्तक में नई कविता के संदर्भ में अलंकारों की चर्चा भी ध्यान आकर्षित करती है। अब तक अलंकारों को प्रायः शोभा विधायी तत्त्वों के रूप में देखा जाता रहा है, लेकिन श्रोत्रिय ने उन्हें स्वरूप-विधायी तत्त्व के रूप में देखने का प्रस्ताव करके आलंकारिक विवेचन को नया आयाम दिया है। उन्होंने लिखा है कि नई कविता में अलंकार केवल शब्द या नाम में उपलब्ध नहीं होते वरन् एक पूरी सचेत और संलग्न प्रक्रिया में उपलब्ध होते हैं। यही वजह है कि वे प्रायः संश्लिष्ट रूप में मिलते हैं। यहाँ ध्यान देने की बात यह है कि जहां यह संश्लिष्टता ही उनके वैशिष्ट्य का हेतु है, वहीं इस बात का संकेत भी है कि उसे रूढ़ अर्थ में अलंकार के रूप में देखे जाने का आग्रह न केवल अनुचित है, बल्कि भ्रामक भी है। वस्तुतः संश्लिष्ट रूप अलंकार-रूप नहीं है। कविता रूप है, उसे तोड़-ताड़कर उसमें अलंकार दिखाना कविता को कोने में डालना

होगा। साधारण बुद्धि जहाँ भी उन्हें देखेगी, वह उन्हें शब्द या नाम देना चाहेगी और वर्गीकरण में भी बाँधना चाहेगी, जबकि इस रूप में उन्हें पाना कविता को पाने के पथ से विचलित हुए बिना नहीं होगा। हमारे आलोचक अलंकारों की जिस 'वर्गीकृत चेतना और चमत्कारवाद' से बड़ी मुश्किल से पीछा छुड़ा पाये हैं, आशंका यह है कि आलोचना में अलंकारों के पुनर्प्रवेश का यह प्रस्ताव उन्हें पुनः उसी दलदल में धकेल देगा। लेखक को इस प्रस्ताव पर फिर से विचार करना होगा।

रचनाकार प्रसाद बनाम विचारक प्रसाद

डॉ. प्रभाकर श्रोत्रिय : प्रसाद-साहित्य में प्रेम तत्त्व

प्रभाकर श्रोत्रिय की आलोचनात्मक कृति प्रसाद-साहित्य में प्रेम-तत्त्व प्रसाद-साहित्य पर एक विचारोत्तेजक पुस्तक है। इसमें लेखक ने प्रसाद-साहित्य में चित्रित स्त्री-पुरूष संबंधों का और उनकी जटिलताओं का अच्छा विश्लेषण किया है। जहाँ उसने इन संबंधों के चित्रण में प्रसाद की अग्रगामिता की अकुंठ प्रशंसा की है, वहीं अपनी सूक्ष्म दृष्टि से प्रसाद की सांस्कारिक जकड़न को भी बखूबी लक्ष्य किया है। उसका यह मंतव्य सर्वथा सुविचारित और कृति-संदर्भों से पुष्ट है कि प्रसाद 'विचारक के रूप में सीमा तोड़ चुके हैं, परंतु रचनाकार के रूप में वे सीमा रेखा पर ही खड़े हैं।' इसका तात्पर्य यह है कि विचारक प्रसाद तो नारी-स्वातन्त्रय के पक्षधर हैं, कई जगह तो वे विवाह-संस्था को भी नकारते हैं, लेकिन उनके भीतर संस्कारजन्य अवरोध भी हैं इसलिए इस स्वातन्त्रय का सम्यक रचनात्मक रूपायन उनमें नहीं मिलता; उन्हें प्रेम-संबंधों की वैवाहिक पुष्टि भी जब-तब आवश्यक लगने लगती है और उनसे यौन-शुचिता का आग्रह भी छोड़ते नहीं बनता। 'ध्रुवस्वामिनी' में वे नारी-मुक्ति तो दिखाते हैं लेकिन सर्वथा निर्द्वंद्व होकर नहीं, इसके लिए वे कई तर्क भी गढ़ते हैं, धर्मशास्त्रों से प्रमाण भी जुटाते हैं और ध्रुवस्वामिनी की यौन-शुचिता के प्रति हमें आश्वस्त करना भी उन्हें आवश्यक लगता है। अतः श्रोत्रिय का यह पर्यवेक्षण पूर्णतः सही है कि 'अपने संस्कारों के कारण नाटककार नारी को यह अधिकार नहीं दे सके कि यदि वह किसी पुरूष को न चाहे तो उसे तलाक दे दे।' इसके लिए प्रसाद के यहाँ कुछ शर्ते हैं। ये शर्ते सांस्कारिक हैं, और उनके सोच के रचनांतरण की सीमाएँ भी। बहरहाल, प्रसाद का जो कृतित्व इस निष्कर्ष के पृष्ठभूत रहा है उस पर नया प्रकाश पाने के लिए यह पुस्तक पढ़ी जानी चाहिये, इसका शीर्षक उसके प्रति कोई जिज्ञासा चाहे न भी जगाता हो।

श्रोत्रिय के विवेचन की एक विशेषता यह है कि उन्होंने प्रसाद की महत् कृतियों का ही नहीं, 'चित्राधार' और 'छाया' जैसे प्रारंभिक संग्रहों में संकलित 'अपरिपक्व' रचनाओं का और विकास-काल की रचनाओं का भी अनुशीलन किया है और उनके गर्भ मे छिपे आगामी उत्कर्ष के बीजों का भी निदर्शन किया है। इससे हम प्रसाद में रचनात्मक सातत्य और विकास लक्ष्य कर सकते हैं। 'प्रेम-पथिक' और 'आँसू' के ब्रज और खड़ी बोली दोनों संस्करणों पर उन्होंने विस्तार से विचार किया है। उन्होंने 'आँसू' के

दूसरे संस्करण का महत्त्व निरूपित करते हुए उसकी सीमाओं का निदर्शन भी किया है, लेकिन उनके निष्कर्ष में उनके आग्रहों ने उनका रास्ता छेंका है। एक ओर वे कहते हैं कि इसमें अनपेक्षित दार्शनिक शब्दावली और वायवीय कल्पनाएँ हैं, परिवर्द्धित भाग आँसू की संवेदन-प्रक्रिया का अंग नहीं बन सका है, उसमें अन्विति नहीं है, उसमें प्रतिपादित चिंतन और उदात्त प्रेंम-वर्णन पूर्णतः साधारणीकृत नहीं हो पाया है लेकिन, दूसरी ओर इन अभावों के रहते भी जब वे निरे औदात्य के आधार पर कृति में 'भव्य गरिमामयता' देखते हैं, तब उनके मंतव्य का औचित्य समझना कठिन हो जाता है। इसी तरह, 'आँसू' को 'लहर' से श्रेष्ठ सिद्ध करने में भी श्रोत्रिय अपने आग्रहों से ही परिचालित अधिक हुए हैं। यह वस्तुतः मार्क्सवादी श्रोत्रिय की दृष्टि है जो यहाँ औदात्य के आग्रह में प्रतिफलित हुई है; इसी के दबाववश वे अन्विति के मूल्य पर औदात्य को वरीयता देते हैं।

यों, श्रोत्रिय का एक प्रतिमान यह भी है कि 'तथ्य, भाव या विचार के साथ स्थापत्य और कला-विधान को साहित्यिक कृति में संयुक्त रूप से मूल्याँकित किया जाए।' लेकिन 'आँसू' पर विचार करते हुए उनकी दृष्टि एकांगी हो जाती हैं। वे कहते हैं कि 'मूल होता है तथ्य और दृष्टिकोण।' यही दृष्टि उनकी 'लहर' के विषय में है। उनका आग्रह है कि 'कला की चरमिति और मूल्यांकन से अलग वस्तु के उदात्तीकरण का निर्णय और मूल्यांकन किया जाना 'लहर' के लिए आवश्यक है।' हम देख सकते हैं कि कैसे वस्तु और कला के संयुक्त मूल्यांकन को धकिया कर यहाँ उन्होंने वस्तु के अलग मूल्यांकन की आवश्यकता प्रतिष्ठित की।

प्रसाद के उपन्यासों पर विचार करते हुए भी श्रोत्रिय वस्तुनिष्ठ नहीं जान पड़ते। उन्होनें उपन्यासों को 'साहित्यिक उपलब्धि' के रूप में देखा है जबकि बेमेल कथा-प्रसंगों और संयोगों की भरमार से उनके उपन्यासों की संरचना जिस तरह चरमराई है, उसे देखते हुए यह कहना निरापद है कि उपन्यास-विधा प्रसाद के रचना-स्वभाव के लिए प्रकृत नहीं थी। अतः इन उपन्यासों को उपलब्धि कहना एक बना-बनाया आग्रह या पूर्वग्रह ही है। अवश्य ही, यथार्थ की अभिव्यक्ति हमें इन उपन्यासों में मिलती है, और प्रसाद की वैचारिकता को पाने के लिए भी हमें इनका अनुशीलन करना होगा; लेकिन इनमें अभिव्यक्ति के नए माध्यम की खोज के रूप में देखने का कोई औचित्य नहीं जान पड़ता।

हाँ, लेखक का यह कहना सही है कि प्रसाद ने उपन्यासों में अपनी परिपूरकता तलाशी है, लेकिन प्रश्न उस तलाश की सफलता का भी है। अपना मंतव्य श्रोत्रिय ने 'कामायनी' और 'एक घूँट' के उदाहरण से स्पष्ट किया है। उनका कहना है कि 'एक ओर जब वे कामायनी जैसे उदात्त आनन्दवादी काव्य की रचना कर रहे थे तभी उन्होंने 'एक घूँट' की सृष्टि की थी, जो आनन्दवाद की अपूर्ण व्याख्या और अव्यावहारिकता की आलोचना करता है।' लेकिन 'एक घूँट' के रचनात्मक धरातल की पड़ताल करते हुए स्वयं उन्होंने पाया है कि यह उत्कर्ष-काल में लिखी गई प्रसाद की 'अप्रौढ़' ही नहीं 'बाल-सुलभ' रचना है। आवश्यकता यह विचार किये जाने की थी कि कहीं 'एक घूँट' प्रारंभिक-काल की ही रचना तो नहीं थी जिसका प्रकाशन प्रसाद ने प्रौढ़काल में

करवाया। उपन्यासों को भी–चाहे वे उनकी प्रौढ़-वय की रचनाएँ हैं–क्या 'साहित्यिक उपलब्धि' मानना उचित होगा? न हिन्दी-साहित्य के संदर्भ में और न स्वयं प्रसाद के संदर्भ में ही यह उचित होगा। अवश्य ही, श्रोत्रिय के साथ न्याय करने के लिए यह कहना भी आवश्यक है कि उपन्यासों में व्यक्त हुई प्रसाद की चिंतनधारा को पहचानने में वे दूर तक सफल रहे हैं। लेकिन चिंतनधारा के नियोजन से ही कोई रचना साहित्यिक उपलब्धि' नहीं हो जाती।

'कलाकृति में जब तक कथ्य औचित्यपूर्ण और प्रभावपूर्ण नहीं होता तब तक उसका होना कोई अर्थ नहीं रखता, क्योंकि कलाकृति केवल इतिहास या यथार्थ का वर्णन नहीं है। जिसमें केवल तथ्य ही महत्त्व रखते हैं।' पुस्तक से लिए गए इस उद्धरण के क्रम में ही प्रभाकर श्रोत्रिय अन्यत्र भी कथ्य के संवेदन में ढलने पर बल देते देखे जा सकते हैं। पर उनका यह मत कि 'कदाचित श्रेष्ठ कवि और नाटककार होने के कारण प्रसाद की औपन्यासिक प्रतिभा की उपेक्षा कर दी गई है' सही नहीं है। यह उपन्यासकार प्रसाद का कोरा भावुकतापूर्ण बचाव है।

दरअसल, प्रेम को प्रसाद-साहित्य का केंद्र ठहराते हुए भी श्रोत्रिय अक्सर पूर्वाग्रहों से काम लेते दिखते हैं। वस्तुतः विभिन्न प्रेम-संबंधों को व्यक्त करने की दृष्टि से हिन्दी शब्दावली बिलकुल सम्पन्न नहीं है। स्त्री-पुरुष के परस्पर अनुराग का ही नहीं, परिवार और उससे जुड़े सभी प्रकार के नाते-रिश्तों से अपने लगाव को भी हम प्रेम शब्द से ही प्रकट करते हैं। इतना ही नहीं, काव्य-कला, साहित्य, संस्कृति, अध्यात्म, ईश्वर, प्रकृति, मानवता, राष्ट्र, समाज, विश्व आदि के प्रति अपने लगाव को भी हम इसी शब्द से सूचित करते हैं। यदि इन सबसे लगाव के लिए हिन्दी में पृथक-पृथक शब्द होते तो श्रोत्रिय अपनी सीमा सहज ही समझ लेते। अन्यथा वे चाहे कुछ भी कहें हिन्दी-शोध के पिष्टपेषित रूप में ही वे प्रसाद-साहित्य के केन्द्र में प्रेम तत्त्व दिखा सके हैं। प्रेम को केन्द्र में रख कर किया गया कहानियों का वर्गीकरण तो इस पुस्तक का सबसे दुर्बल भाग है। इसी तरह, 'पुरुष-पात्र, नारी-पात्र' जैसे उपभेदों में बाँट कर किया गया कहानी-विवेचन भी अनावश्यक हो जाता है विशेषकर तब, जब लेखक में कहानी को समग्रतः आयत्त करने और विश्लेषित करने की सामर्थ्य है।

कविता में तो हम फिर मान लेते हैं कि प्रसाद प्रेम के कवि हैं और कहानीकार भी; लेकिन नाटकों के लिए क्या कहेंगे? 'राज्यश्री', 'अजातशत्रु', 'जनमेजय का नागयज्ञ' आदि में स्वयं श्रोत्रिय विश्व-प्रेम पाते हैं और 'चंद्रगुप्त' में राष्ट्र-प्रेम। इस तरह, मोटे अर्थ में ही नाटकों के केन्द्र में प्रेम भाव की प्रतिष्ठा मानी जा सकती है। 'ध्रुवस्वामिनी' में उन्होंने वीर-रस के बजाय 'शृंगार रस का पूर्ण परिपाक' देखा है। निस्संदेह, रस-निर्णय नायक की फल प्राप्ति के आधार पर होता है और ध्रुवस्वामिनी चन्द्रगुप्त की फल-प्राप्ति है। लेकिन प्रश्न यह है कि इस फल को हम देखेंगे किस रूप में? गुप्तकुल-लक्ष्मी के रूप में या चन्द्रगुप्त की प्रेयसी के रूप में? चन्द्रगुप्त के चरित्र की गरिमा किस रूप में बढ़ेगी? शकराज और रामगुप्त की हत्या, प्रेयसी को पाने के हेतु रूप में करने पर

या गुप्तकुल-गौरव को पुनः अनुष्ठित करने पर? क्या गौरव-अनुष्ठान के रूप में देखने पर नाटक वीर-रस नहीं हो जायेगा? क्या नाटककार के अभीष्ट कोण से देखने पर भी नाटक श्रृंगार-रस का कहा जाएगा? और, एक प्रश्न तो यह भी है कि आज रस-दृष्टि से इस नाटक को देखने का औचित्य क्या है, सिवाय इस आग्रह के कि प्रेम को नाटक का केन्द्रीय भाव सिद्ध किया जा सके? शिलीमुख तो नाट्यालोचना में पारंपरित रस-तत्त्व का निषेध प्रसाद के जीवन-काल में ही कर चुके थे, जबकि अभी 'चन्द्रगुप्त' और 'ध्रुवस्वामिनी' लिखे भी नहीं गए थे। और सबसे बढ़कर प्रश्न तो यह कि रस-दृष्टि से बाँधकर देखने पर क्या नारी मुक्ति के प्रश्न की एकांत अवहेलना नहीं हो जाती, जबकि नाटक द्वारा उठाया गया आधारभूत प्रश्न तो यही है?

यदि प्रभाकर श्रोत्रिय अपने विवेचन को प्रेम-तत्त्व के एकांतिक बंधन से मुक्त रखते तो प्रसाद-साहित्य को तो सही परिप्रेक्ष्य में रखते ही, उनके आलोचक की तेजस्विता भी प्रखर रूप में सामने आती।

प्रसाद-साहित्य का नया मूल्यांकन

डॉ. राजेन्द्रसिंह : जयशंकर प्रसाद (अंग्रेज़ी में)

अनुवादक : डॉ. ओमप्रकाश शर्मा, रामी प्रकाश

हिन्दी के क्लासिक रचनाकार प्रसाद का परिचय अंग्रेज़ी-भाषी जगत को देने के लिए डॉ. राजेन्द्रसिंह ने 'जयशंकर प्रसाद' शीर्षक से जो पुस्तक (अंग्रेज़ी में) लिखी है, आलोच्य-पुस्तक उसी का डॉ. ओमप्रकाश शर्मा 'प्रकाश' द्वारा किया गया हिन्दी अनुवाद है। यह पुस्तक प्रसाद का निरा परिचय नहीं है, उनके बहुमुखी कृतित्व का आलोचनात्मक परिचय भी है। लेखक ने अपने अनुशीलन से प्रसाद को पाया है। इसकी एक विशेषता यह है कि संक्षिप्त विवेचन में भी लेखक ने अपने को प्रसाद की महत् कृतियों तक सीमीत नहीं रखा है उन्होंने उनकी प्रेम-पथिक व प्रायश्चित जैसी प्रारम्भिक और गौण कृतियों पर भी विचार किया है बल्कि महती कृतियों पर किये गये विचार की तुलना में इन पर किया गया विचार ज़्यादा अर्थपूर्ण है। 'आँसू', 'छाया' और 'राज्यश्री' के दोनों संस्करणों पर और 'लहर' व 'जनमेजय का नागयज्ञ' पर भी लेखक ने विशेष विचार किया है। उन्होंने महत् कृतियों के बीज भी प्रारंभिक में देखे-दिखाये है यद्यपि 'चित्तौड़ का उद्धार' कहानी की निरीह और भयभीत राजकुमारी में ध्रुवस्वामिनी जैसी साहसी और स्वाभिमानी नारी का साम्य देखने का कोई औचित्य नहीं है। परित्यक्ता होने का साम्य तो दोनों में है लेकिन वह एक भिन्न बात है। हाँ! इस राजकुमारी को 'देवरथ' की सुजाता के निकट रखा जा सकता है। दोनों में कौमार्य के लिये समान आग्रह है। अवश्य ही, 'व्रतभंग' की राधा को ध्रुवस्वामिनी के पार्श्व में रखने का औचित्य है चारित्रिक आत्मविश्वास और संघर्षशीलता, स्वाभिमान दोनों में मिलता है।

डॉ. सिंह की एक विशेषता यह है कि उन्होंने प्रसाद की कृतियों का विवेचन विधाक्रम से हटकर कालक्रम से किया है। ऐसे विवेचन में आलोचक को यह सुविधा मिल जाती है कि रचनाकार का वैचारिक विकास विभिन्न विधाओं में कैसे फलित हुआ है, यह दिखा दे और उसके अन्तर्विरोधों को भी लक्ष्य करे। प्रेम और विवाह के विषय पर 'एक घूँट' और 'कंकाल' के अन्तर्विरोध को डॉ. सिंह ने भी लक्ष्य किया है और उन्होंने उसका समाहार करने का प्रयत्न भी किया है लेकिन इस तरह की एप्रोच के लिए अपेक्षित यह भी होता है कि जिन वैचारिक मुद्दों पर रचनाकार बार-बार लौटा है, उनके विषय में उभरने वाली उसकी समग्र दृष्टि भी आलोचक ने पृष्ठभूत रहे ताकि समग्र के

पार्श्व में अंश पर सम्यक् विचार किया जा सके। यद्यपि प्रसाद की वैचारिकता की चर्चा आलोचक ने कई जगह की है लेकिन तब भी वह उसके यहाँ प्रसंगप्राप्त ही अधिक जान पड़ती है, लक्ष्यभूत नहीं।

वस्तुतः पुस्तक के अनुवादक डॉ. प्रकाश ने शीर्षक में जो परिवर्तन किया है और उसे 'जयशंकर प्रसाद : नवीन मूल्यांकन' कहा है, उससे इस पुस्तक से हमारी अपेक्षाएँ कुछ बढ़ जाती हैं। लेकिन इसका दोष पुस्तक को देना ठीक नहीं होगा क्योंकि यह पुस्तक प्रस्तावित तो प्रसाद के परिचय के रूप में ही है। ऐसा नहीं है कि नवीन मूल्यांकन के संकेत इसमें नहीं है; कृतित्व का विवेचन विधाक्रम के बजाय कालक्रम से करना स्वयं में ही एक नवीनता है, और उसके अलावा भी कुछ नवीन संकेत इस में हैं लेकिन हैं वे संकेतरूपेण ही।

डॉ. सिंह ने स्वयं को भाषा-वैज्ञानिक कहा है। इसकी कुछ छाप दो-एक जगह हमें इस विवेचन में भी मिलती है। डॉ. सिंह का कहना है कि 'आँसू' के पहले संस्करण में जो आवेग मिलता है, दूसरे संस्करण में कवि की तटस्थता ने उसे साध लिया है। यह तटस्थता उसने भाषिक युक्तियों से अर्जित की है, "जैसे, वर्तमान काल को भूतकाल में, मध्यम पुरूष को अन्य पुरूष सर्वनामों में, समीपवर्ती सर्वनामों को दूरवर्ति सर्वनामों में बदल देना। दर्द को याद कराने वाली वस्तुओं की अत्यंत निकटता अब दूरी हासिल कर लेती है। अब दर्द स्मृति की छलनी में से छनता है और 'अत्र' के रूप मे नहीं बल्कि 'तत्र' के रूप में प्रकट होता है।" आलोचक ने कुछ उदाहरण देकर भी अपनी बात स्पष्ट की है। उसका कहना यह भी है कि "भाषा पर प्रसाद के बढ़ते अधिकार को दर्शाने वाले परिवर्तन भी हैं। उदाहरण के लिए, दूसरे संस्करण में वे कई व्यंजन समूहों को सरल बना देते हैं और कुछ दोहरे प्रतिरूपों को हटा देते हैं। सामूहिक तौर पर ये सभी परिवर्तन–मुख्य काव्य-स्वर के अवतरण को स्थापित करते हैं।" इसी तरह, 'आँसू' के बिम्ब-विधान पर, उसमें प्राचीन और नवीन के संयोजन और प्राचीन के ही पुनर्योजन पर भी लेखक ने कुछ विचार किया है। उसका ध्यान 'लहर' की ध्वनिपरक संरचना की ओर भी गया है। एक गीत का विश्लेषण करते हुए उसने लिखा है कि 'इसमें 56 शब्द हैं लेकिन केवल दो शब्दों में व्यंजन-समूह है। वहाँ भी पहला वर्ण स्वनोत्पादी अनुनासिक है जो संगीतात्मकता के लिहाज से व्यंजन की अपेक्षा स्वर के अधिक स्वर के अधिक निकट है। सच तो यह है कि 'लहर' में व्यंजन-समूह बहुत दुर्लभ है। स्पष्ट है कि स्वर या स्वर जैसी व्यंजन ध्वनियों की अतिसघनता अकस्मात नहीं हैं। यह कवि द्वारा अपनाये गये सतर्क और व्यवस्थित शैली-चयन का परिणाम है।'

डॉ. सिंह की एक और विशेषता यह है कि वे पाश्चात्य रचनाकारों के साथ प्रसाद के साम्य का निदर्शन भी करते चलते हैं। 'झरना' के एकालापों को ब्राउनिंग के 'ड्रामेटिक मोनोलॉग' के तुल्य रखना, प्रायश्चित को 'मैकबैथ' से प्रेरित कहना, 'आँसू' में टैनीसन के 'इन मैमोरियम' की समानता देखना (साहनी के हवाली से) और गोएथे के 'सौरोज' से उसका साम्य निदर्शन करना, 'लहर' की संयत गीतियों के संदर्भ में कीट्स का स्मरण

करना, 'कामायनी' के संदर्भ में कहीं 'डिवाइन कॉमेडी' या 'पैरेडाइज लॉस्ट' या मूर के 'यूरोपिया' और प्लेटो के 'रिपब्लिक' का स्मरण करना ऐसे ही संकेत हैं। यदि लेखक इनका पल्लवन करता तो यह पुस्तक अंग्रेज़ी पाठकों को ज़्यादा आकर्षित करती और हिन्दी पाठकों के लिये भी वह ज़्यादा रोचक और ज्ञानवर्धक होती और मूल्यांकन भी वास्तव में नवीन होता अन्यथा अपने प्रस्तुत रूप में इसमें नवीनता के संकेत भर हैं। लेकिन विदेशी पाठकों के लिये तैयार किये गये प्रसाद के इस परिचय में प्रसाद के प्रति जिज्ञासा जगाने की सामर्थ्य है, इसमें संदेह नहीं।

पुस्तक का डॉ. प्रकाश कृत अनुवाद साफ-सुथरा और प्रवाहपूर्ण है। जहाँ-तहाँ अनुवादक की असावधानी ही हमारा ध्यान विकर्षित करती है और जताती है कि यह एक अनुवाद है। हिन्दी में सर्वाधिक और सर्वश्रेष्ठ जैसे विशेषण निश्चयात्मक और अन्यतम का अर्थ देते हैं, सर्वश्रेष्ठ रचना एक ही होती है लेकिन 'आँधी' कहानी-संग्रह की 'मधुआ' कहानी के लिये लिखा गया है कि 'मधुआ' संग्रह की सर्वश्रेष्ठ कहानियों में शुमार की जाती है। आगे (इसी संग्रह के लिए) यह भी कहा गया है कि 'संग्रह की संभवतः सर्वश्रेष्ठ रचना पुरस्कार है।' एक संग्रह में दो या अधिक कहानियाँ सर्वश्रेष्ठ कैसे होगी? फिर, सर्वश्रेष्ठ है तो उसके साथ संभवतः की अनिश्चयात्मकता क्यों? 'ध्रुवस्वामिनी' के लिये कहा गया है, 'यह प्रसाद के सर्वाधिक प्रगतिशील नाटकों में से एक है और 'गुण्डा' इन्द्रजाल संग्रह की 'शायद सर्वाधिक प्रसिद्ध कहानी है।' सर्वाधिक भी और शायद भी। इसी तरह, 'स्कन्धगुप्त' प्रसाद के 'श्रेष्ठतम नाट्य-प्रभावों में से एक है।' इस प्रकार के प्रयोगों की प्रचुरता दिखाती है कि ये लेखक की अनुवाद की भूलें नहीं हैं, उसका भाषा प्रयोग भ्रामक है। इसी तरह, 'इसलिये' के साथ 'क्योंकि' का प्रयोग भी अनुवादक ने कई जगह किया है; मनु स्वयं को बनाये रखने में इसलिये असमर्थ है क्योंकि अकेली बुद्धि अपर्याप्त है; वह इसलिये अपकर्षित है क्योंकि; विहार में इरावती इसलिये है क्योंकि आदि आदि। कुछ अखरने वाले अन्य प्रयोग भी द्रष्टव्य हैं, जैसे, 'विशाख' के लिये यह कहना कि 'विशिष्ट' 'प्रसादीय' नाटक की दिशा में यह एक कदम और बढ़ जाने का प्रतिनिधि है; 'कंकाल' में 'मुक्तप्रेम के विरोध में विवाह की निरर्थकता दर्शाई है''; 'कहानी का उद्देश्य भूले बिसरे योद्धाओं के कारनामों के प्रति देशभक्तिपूर्ण श्रद्धांजलि अर्पित करना है।' 'भाषा सादी है'; 'पात्र सीधे-साधे हैं'; ऐसे प्रयोग भी सुरुचिपूर्ण नहीं हैं। 'एक घूँट' हल्की रचना होने के बावजूद 'बेहतर बर्ताव की अधिकारिणी है' और जो प्रौढ़ता 'आँसू' के संशोधित संस्करण के लिये ज़िम्मेदार है (जो प्रौढ़ता आँसू में है, क्या इतना कहना ही पर्याप्त नहीं है) वह 'लहर' में भी देखी जा सकती है।' ये अंग्रेज़ी के शाब्दिक अनुवाद हैं। वस्तुतः एक भाषा के मुहावरे को दूसरी में अनूदित करना कभी-कभी संभव और सरल नहीं होता। ऐसी स्थिति में छायानुवाद ज़्यादा सुकर होता है। यदि कहीं मूल लेखक ने ही कोई गलत प्रयोग किया है तो उसे शुद्ध करके हिन्दी के प्रवाह में ढाला जा सकता है और ऐसे स्थलों के बारे में अनुवादक अपनी टिप्पणी दे सकता है।

मैं विश्वास करना चाहता हूँ कि हिन्दूत्व, ह्दयांगम, अत्याधिक, भूलभूलैयाँ, उंडेल जैसी वर्तनी प्रूफ़ की भूलें हैं; लेकिन अंग्रेज़ी कवि कीट्स को जब कीट लिखा जाता है, तब यह मानते नहीं बनता कि यह छापे की भूल है क्योंकि इस व्यक्तिवाची संज्ञा से बनाया गया विशेषण भी डॉ. प्रकाश के यहाँ 'कीटीय' ही है। लेकिन ऐसा एकाध जगह ही हुआ है। वस्तुतः प्रस्तुत अनुवाद में जहाँ अनुवादक ने शब्दशः अनुवाद करना चाहा है, वहीं गड़बड़ हुई है अन्यथा मोटे तौर पर अनुवाद में प्रवाह है।

नागार्जुन : एक कमजोर जिरह

विष्णुचन्द्र शर्मा : नागार्जुनः एक लम्बी जिरह

नागार्जुन पर स्फुट रूप से काफी कुछ लिखा गया है लेकिन उनका व्यवस्थित आलोचनात्मक अध्ययन अभी नहीं हुआ या कम हुआ है। विष्णुचंद्र शर्मा की आलोच्य-पुस्तक 'नागार्जुनः एक लम्बी जिरह' भी इस अभाव की पूर्ति नहीं करती। विष्णुचंद्र यह कार्य बखूबी कर सकते थे क्योंकि एक तो वे नागार्जुन के साहित्य के सतत अध्येता रहे हैं और दूसरे, वे उनके बहुत निकट भी रहे; व्यक्तिशः। एक पत्र में नागार्जुन ने उन्हें यहाँ तक लिखा है कि 'बस चले तो मैं शेष आयु तुम्हें ही अर्पित कर जाऊँ' (यह पंक्ति नागार्जुन की एक कविता में भी है)। इससे बढ़कर आत्मीयता और क्या हो सकती है! प्रस्तुत पुस्तक की योजना में ऐसे अध्ययन के लिये अवकाश भी दिखाई पड़ता है। इसका एक खण्ड 'निकटता' शीर्षक से है भी। इसमें नागार्जुन के जीवन और व्यक्तित्व का विवेचन है और लेखक के नाम उनके पत्र भी इसमें हैं। दूसरे खण्ड में उनके कृतित्व का, विशेषकर कविता का विवेचन है जिसे जिरह कहा गया है। ये दोनों पहलू मिलकर नागार्जुन के अध्ययन को पूर्णता प्रदान कर सकते थे। जीवन के प्रकाश में कविता का अनुशीलन जीवनीमूलक-आलोचना का पथ भी प्रशस्त कर सकता था लेकिन यह पुस्तक ऐसी कोई भूमिका नहीं निभाती। पुस्तक को एक साथ पढ़ने पर हम पाते हैं कि उसमें अखरने वाली पुनरावृत्ति सर्वत्र छाई हुई है। लेखकों से पुराना हिसाब चुकता करने की प्रवृत्ति भी इसमें कई जगह मिलती है जो वस्तुनिष्ठता की राह छेंकती चलती है। इसी वजह से लेखकों के मूल्यांकन में भी सातत्य का निर्वाह नहीं हो पाया है। अवश्य ही, नागार्जुन के व्यक्तित्व और कृतित्व की कुछ झलकियाँ हमें इसमें मिलती हैं लेकिन व्यवस्थित समेकित विवेचन नहीं मिलता। अधिकांश आलेख लेखक द्वारा समय-समय पर नागार्जुन पर लिखी गई टिप्पणियाँ हैं जिन्हें यहाँ संकलित कर दिया गया है। एक लम्बी जिरह जैसा जो नाम इन्हें दिया गया है, वह इस पुस्तक से नागार्जुन के व्यवस्थित अध्ययन की अपेक्षा जगाता है लेकिन इस अपेक्षा में इसे पढ़ना निराश ही करता है।

अवश्य ही, वामपंथी परिदृश्य में नागार्जुन का वैशिष्ट्य लेखक ने रेखांकित किया है। उसके अनुसार नागार्जुन अकेले वाम-लेखक हैं जिन्होंने वामपंथियों के ढोंग के विरुद्ध विद्रोह किया है। नागार्जुन का यह विद्रोही रूप हिन्दी-पाठक का अपरिचित तो नहीं है लेकिन इसे जिस तरह से राजनैतिक परिपार्श्व में लेखक ने उभारा है, वह हमारा ध्यान

आकर्षित करता है। नागार्जुन के व्यक्ति और लेखक रूप की पड़ताल करते हुए लेखक ने यह दिखाया है कि कैसे वे अपने विचारों से ही नहीं, अपने आचरण से भी सच्चे मार्क्सवादी थे। वे प्रायः निम्न वर्ग के लोगों के जीवन से घुल-मिलकर उनके दुख-दर्द को साझा करते थे और किसान सम्मेलनों में भाग लेकर उनकी समस्याओं को भी समझते-बूझते थे जबकि आज, क्या तो राजनीति में और क्या साहित्य में, मार्क्सवाद का ढोंग ही अधिक रह गया है।

'आइये डाँगे, पी.सी.जोशी, सुन्दरैया, नम्बूदरीपाद, रणदिवे जैसे वाम नेताओं के व्यक्तित्व को 'सच्चाई' के सामने रख कर इतिहास में देखने का कार्य विष्णुजी ने किया नहीं है।'

लेकिन नागार्जुन के जनवाद पर उन्होंने निर्द्वंद्व होकर लिखा है कि–

'नागार्जुन का जनवाद न सीपीएम की जनवादी रणनीति है, न सीपीआई का ठहराव-भरा संकट। वे अपनी जनवादी बेचैनी से गुजरते हुए उड़ीसा, पं. बंगाल, कर्नाटक, कश्मीर और असम की सरहदों को पार कर जाते हैं और वहाँ अपने मित्र बना लेते हैं जबकि विशाल हिन्दी-क्षेत्र में पिछले चालीस साल में न भारतीय कम्युनिस्ट पार्टी जन-आन्दोलन का नेतृत्व कर सकी है, न मार्क्सवादी-कम्युनिस्ट पार्टी का जनवाद अपनी जगह बना सका है। नागार्जुन जहाँ जगह नहीं मिलती–गंदी बस्तियों में, पटरी पर, बस में, ट्रेन में, वहाँ भी अपनी बातों से न केवल जगह बना लेते हैं बल्कि ज़्यादातर लोग उनके भाई, बेटे और मित्र बन जाते हैं।'

पार्टी में भूमिका को लेखक के तौल पर रखकर देखना कहाँ तक उचित है, यह एक पृथक विचारणीय विषय है, लेकिन नागार्जुन के मार्क्सवाद को, जो 'न चीनी लाइन से बंधा है, न सोवियत परस्त हैं', लेखक ने जो विशेष महत्त्व दिया है और उसे राष्ट्रीय मार्क्सवाद कहा है, वह अकारण नहीं है। अन्यत्र स्वयं नागार्जुन को भी हम यह कहते हुए पाते है कि 'लेखक की पहली वफादारी अपने देश के प्रति होती है।' इतना ही नहीं, वे यह भी कहते हैं कि लेखक को स्वतन्त्र इकाई के रूप मे पार्टी के अंदर और पार्टी के बाहर भी देखना होता है। ज़िंदगी से उसका रिश्ता महज पार्टी का सदस्य होने से कहीं बड़ा होता है, दूर तक फैला होता है। ऐसी स्थिति में, विचारणीय यह भी हो जाता है कि क्या नागार्जुन पर किसी बँधे हुए चौखटे से हटकर भी विचार नहीं होना चाहिये था, चाहे स्वयं को वे मार्क्सवाद तक ही सीमित क्यों न रखते रहे हों! लेकिन लेख की रुचि विरोधी लेखकों की बखिया उधेड़ने में ही अधिक रही है। अधिक चिंत्य यह है कि यह कार्य भी उसने सुविचारित ढंग से नहीं किया है इसलिये उसमें तीखे विरोधाभास आ गये हैं। डॉ. रामविलास शर्मा के लिये एक जगह उन्होंने लिखा है–'नागार्जुन पर लिखा हुआ डॉ. शर्मा का यह निबंध (नागार्जुन की काव्य-कला) बेजोड़ है।' परन्तु इन्हीं डॉ. शर्मा के लिये उन्होंने यह भी लिखा है–

"स्व. डॉ. रामविलास शर्मा ने 50 से 2000 तक किसी नये कवि लेखक को नहीं पढ़ा। वह मुक्तिबोध की भाषा में मृत ज्वालामुखी थे। कैसे संगति बैठाई जाय इन वक्तव्यों में?"

डॉ. नामवरसिंह के लिये उन्होंने लिखा है–"आज़ादी के बाद हिन्दी का आलोचक पेशे से दलाल या ठेकेदार है और उसकी बुद्धि का बाजारूपन टिका है, उसके पेशे पर।"

आज़ाद भारत में 'बुद्धि का बाजारूपन' उनके अलावा कम लोगों के हाथ लगा है। कोई सरकार हो, वह कहीं प्रकट या अदृश्य रूप में खरीद-बिक्री की कुशलता दिखाते नज़र आयेंगे। आपातकाल में इमर्जेंसी की रक्षा-पंक्ति के प्रवक्ता या माक्-पार्टी के मुख्य सचेतक तब डॉ. नामवरसिंह थे (नागार्जुन के शब्दों में–नब्बे प्रतिशत का दस प्रतिशत खुल कर करते तकदीर-हरण)। इन्हीं दस प्रतिशत की रक्षा में डॉ. नामवरसिंह नागार्जुन के 'तकदीरहरण' का सुख लूट रहे थे। लेकिन दूसरी ओर स्मरणीय यह भी है कि आपातकाल पर अपनी कविताओं पर सनद स्वयं विष्णुजी भी नामवरसिंह से ही माँग रहे थे! ऐसी स्थिति में आलोचक विष्णु के लिये क्या कहा जाय?

एक लेखक में अंतर्विरोध हो सकते हैं, आलोचक का कार्य उन्हें उजागर करना है लेकिन उसके साथ-साथ उसे उसका समेकित मूल्यांकन भी करना होगा। लेकिन विष्णु इतने अस्थिर और पूर्वग्रह-पीड़ित व्यक्ति हैं कि उनमें न कोई सातत्य मिलता है, न संतुलन। अतः मूल्यांकन के पटल पर उनकी कोई साख बनती ही नहीं है।

राजेन्द्र यादव ने कहीं लिखा है कि नागार्जुन का अनुभव-सत्य बहुत अधिक कालांकित (डेटेड) और तात्कालिक स्थितियों पर आधारित है। विष्णु को यह आक्षेप बेहद नागवार गुजरा है। इसका प्रतिवाद उन्होंने राजेन्द्र यादव पर यह आक्षेप लगा कर किया है कि "महिला-वादी सम्पादक हैं, राजेन्द्र यादव। मूलतः 'यूडल मानसिकता है' या 'हंस' सम्पादक राजेन्द्र यादव लालू यादव से विज्ञापन के लिये समझौता करते हैं।" यह अंतिम आक्षेप विशेष रूप से आपत्तिजनक है क्योंकि यह वैयक्तिक धरातल पर उतर कर किया गया है।

आलोचक जब आलोचना का उत्तर व्यक्तिगत लाँछन लगा कर देने लगे, तब समझना चाहिये कि उसके तरकश में तर्क का तीर नहीं रहा है। उसने हथियार डाल दिये हैं। राजेन्द्र यादव के संदर्भ में विष्णुजी की स्थिति ऐसी ही रही है।

यदि वास्तव में उन्होंने (विष्णुजी ने) पाया है कि नागार्जुन की तमाम राजनीतिक कविताओं की अर्थवत्त पहरी है तो आवश्यक यह था कि वे कालांकित कविताओं का विश्लेषण करे यह दिखाते है कि कैसे वे कविताएँ प्रसंग-प्रेरित होकर भी निरी प्रसंगबद्ध नहीं हैं। लेकिन इन कविताओं का ऐसा कोई विश्लेषण करते हम उन्हें नहीं पाते। वे अपने प्रभाववादी विचारों को ही नागार्जुन की कविता के विवेचन के रूप में मनवा लेना चाहते हैं। तथ्य तो यह है कि स्वयं उन्होंने (विष्णुचन्द्रजी ने) भी यही कहा है कि 'राजनीतिक पत्रकारिता के स्तर की कविताएँ है ये।' फिर वे राजेन्द्र के प्रति खड्गहस्त क्यों हैं?

समकालीन काव्य परिदृश्य में नागार्जुन की कविता को रखना, इस पुस्तक की एक विशेषता कही जा सकती है लेकिन कविता की प्रकृति के धरातल पर वे जब नागार्जुन को शमशेर और मुक्तिबोध के साथ रखते हैं या बार-बार बर्तोल्त ब्रेख्त और पाब्लो नेरूदा के साथ रखते हैं, तब कहना पड़ता है कि नागार्जुन की कविता में उन्होंने कुछ ज़्यादा ही पढ़ लिया है।

प्रस्तुत पुस्तक बहुत-कुछ प्रभाववादी शैली में लिखी गई है लेकिन प्रभाववादी रौ में भी इन कवियों की युति दूर तक मान्य नहीं हो सकती। ऐसा जान पड़ता है कि लेखक ने यह पुस्तक कृष्णा सोबती के 'हम हरामत' की शैली के अनुकरण में लिखी है लेकिन प्रभाववादी जान पड़ते हुए भी सोबती में इस शैली की उन्मुक्तता ही उनकी दृष्टि चौतरफा रही है। (नागार्जुन पर बौद्ध प्रभाव भी उन्होंने विस्मृत नहीं किया है जबकि विष्णु में उसका हल्का-सा उल्लेख-भर है)। सोबती यथासाध्य व्यक्तित्व के अधिमूल्यन और अवमूल्यन से भी बचती है। तीखे प्रहार वे कम नहीं करतीं लेकिन व्यक्तिगत लाँछनों से बचती हैं और शालीनता का निर्वाह भी करती हैं। यदि विष्णुचन्द्र शर्मा की दृष्टि में वस्तुनिष्ठता होती और विवेचन में सातत्य रहता तो शमशेर, मुक्तिबोध, त्रिलोचन, राजकमल चौधरी और कई अन्य लेखकों पर यत्र-तत्र किया गया विचार विशृंखलित रूप में नहीं रहता, उसका समेकित रूप भी सामने आता। तब पुस्तक पुनरावृत्तियों और पिष्टपेषण से भी मुक्त रहती और उसका आलोचनात्मक महत्त्व भी असंदिग्ध होता।

सोबती की उन्मुक्तता विष्णुचंद्र के यहाँ विशृंखलता बन गई। उदाहरण के लिये एक प्रसंग जोधपुर का है। नामवरसिंह निराला-काव्य-संध्या के 'चीफ गेस्ट' के तौर पर नागार्जुन को दिल्ली से जोधपुर लाये। यह प्रसंग ठीक से प्रारम्भ भी नहीं होता कि सिंहल तिब्बत और सिंधु उल्लेख आ जाता है। ऐसी विशृंखलता कई जगह है। अस्तु।

भूमिका में लेखक ने लिखा है कि 'मार्क्सवाद, काव्यशास्त्र आदि पर जिरह करते हुए नागार्जुन ने क्या उलट दिया है, यह देखने के लिये ही यह पुस्तक मेरे मन बनती चली गई।' नागार्जुन मार्क्सवादियों से भिन्न ढंग से सोचते हैं, यह तो लेखक ने दिखाया है, लेकिन वैचारिक धरातल पर यह भिन्नता विचारोत्तेजन करने वाला ऐसा कोई रूप नहीं लेती कि नागार्जुन का व्यक्तित्व मार्क्सवाद या काव्यशास्त्र के धरातल पर तेजोद्दीप्त रूप में उभरे। अपने वर्तमान रूप में तो यह एक कमजोर जिरह ही है।

मुक्तिबोधः अधूरा आलोड़न

सेवाराम : मुक्तिबोधः सर्जक और विचारक
लक्ष्मणदत्त गौतम : मुक्तिबोधः व्यक्ति, अनुभव और अभिव्यक्ति

मुक्तिबोध पर इधर दो नई पुस्तकें प्रकाशन में आई हैं, डॉ. सेवाराम त्रिपाठी लिखित 'मुक्तिबोध' और डॉ. लक्ष्मणदत्त गौतम द्वारा सम्पादित 'मुक्तिबोध'।

डॉ. त्रिपाठी ने अपनी पुस्तक की 'कैफियत' में लिखा है कि मेरा ध्येय मुक्तिबोध की समग्रता को खोजने का रहा है। इसके अनुरूप ही उन्होंने उनकी कविताओं को पृथक-पृथक रूप से देखने के बजाय उन्हें उनके बीज शब्दों की राह से पाने का संक्षिप्त-सा किन्तु सधा हुआ उपक्रम किया है। 'अँधेरा' शब्द को मुक्तिबोध का ऐसा ही मूल शब्द निरूपित करते हुए उन्होंने उनकी विभिन्न कविताओं में मिलने वाले इसके विभिन्न शेड्स का उद्घाटन किया है। उन्होंने लिखा है कि "मुक्तिबोध शायद अवचेन के गुहांधकार में, दमित इन खोहों में बार-बार इसलिए ले जाते हैं कि वे अपने असली रूप का, नंगी सच्चाइयों का साक्षात्कार करना चाहते हैं। अवचेतन को कवि ने शक्ति रूप माना है।" लेकिन समग्र के लिए संकल्पित यह लेखक कविता और कहानी को अलग-अलग रखकर ही देखता है। यह तथाकथित उपाधिमूलक शोध कर्म की विवशता हो सकती है लेकिन विभिन्न विधाओं को पृथक-पृथक देखने के साथ-साथ उन्हें एक-दूसरे के आलोक में भी देखते रहा जा सकता था। डॉ. लक्ष्मणदत्त गौतम ने कविता और कहानी को एक-दूसरे के पार्श्व में देखा है और उनके सम्पादित ग्रंथ के संदर्भ त्रिपाठी में हैं, लेकिन इसके बावजूद उन्होंने इस पक्ष की ओर ध्यान नहीं दिया है जबकि यह प्रयत्न उनके लिए कठिन नहीं था और वह समग्रता को सही रूप से चरितार्थ करने वाला भी होता। मुझे चिन्त्य यह भी जान पड़ता है कि त्रिपाठी ने कविता से ज़्यादा विस्तार में कहानी की चर्चा की है जब कि मुक्तिबोध मूलतः थे कवि ही, कहानी का तो उन्होंने इस्तेमाल ही अधिक किया है। स्वयं त्रिपाठी कहानियों में निबंधात्मकता की जो शिकायत करते हैं, वह और क्या है? और, त्रिपाठी की सारी तार्किकता के बावजूद हिन्दी-कहानी में मुक्तिबोध बतौर कथाकार कोई शक्ति केन्द्र नहीं हैं यद्यपि इसका अर्थ यह कतई नहीं है कि मुक्तिबोध को आयत्त करने में कहानी की उपेक्षा की जा सकती है या कि उनकी कविता की समझ विकसित करने में कहानी सहायक नहीं होती।

जिस अवचेतन की बात त्रिपाठी कविता के संदर्भ में करते हैं, उसकी भूमिका आलोचना के संदर्भ में भी देखे जाने की आवश्यकता थी। तब यह देखा जा सकता था कि मुक्तिबोध में तनाव उनमें स्वीकृत अवचेतन की भूमिका और दूसरी ओर निर्दिष्ट विचार व्यवस्था को एकत्र साधने के आग्रह से उपजे अंतर्विर्राधों की वजह से था।

डॉ. गौतम द्वारा सम्पादित मुक्तिबोध में उनकी 'समीक्षा दृष्टि' पर विचार करते हुए नरेन्द्र मोहन ने मुक्तिबोध के अंतर्विरोधा का निदर्शन किया है यद्यपि उसका सम्यक् विवेचन उनमें नहीं है। शिवकुमार मिश्रा तो केवल उनके जीवन-चिन्तन पर ही केन्द्रित रहे हैं, सृजन-चिन्तन की उन्होंने एकांत उपेक्षा की है जबकि यह उनके साहित्यिक-सोच का एक प्रमुख पक्ष है। उनके मार्क्सवादी विचारों में शिथिलता आई है तो इसी सबब से आई है (और कदाचित् इसीलिए मिश्रजी इसे अनदेखा करते हैं) । सृजन व्यापार को अँधेरे में लालटेन के रूपक से स्पष्ट करते हुए उन्होंने कहा है कि सृजन किसी पूर्व-नियोजित से निर्दिष्ट नहीं होता। घोर अँधेरे में लालटेन समूचे पथ को आलोकित नहीं करती; पथ तो पथिक को चलते हुए ही पता चलता है, वह पहले से नहीं जान रहा होता है कि आगे रास्ता किस ओर घूमेगा।" इस रूपक का अर्थ उन्हीं के शब्दों में यह है कि कविता पूरी होने पर कवि पा सकता है कि "वह कविता में ऐसा कुछ विशेष कह गया है अथवा उद्घाटित कर गया है जो प्रारंभ में उसका कथ्य था ही नहीं।" अत: कविता में निर्दिष्ट सिद्धांतों के समावेश का आग्रह कविता की रचना प्रकृति की अनुरूपता में नहीं हो सकता। यह बेमानी होगा। लेकिन मुक्तिबोध के साथ कठिनाई यह थी कि उनकी मार्क्सवादी आग्रह भी कम बद्धमूल नहीं थे और उन्होंने अपने सृजन का निवेश किया भी है, बल्कि आग्रहपूर्वक किया है। उनमें अंतर्विरोधों का हेतु यही है। उन्होंने इन अंतर्विरोधों के आच्छादित करने के लिए ही अपनी सैद्धांतिकी उनकी अनुरूपता में गढ़ ली है। उनका कहना है कि लेखक को प्रचार या विचार के स्तर पर ही मार्क्सवाद को नहीं अपनाना चाहिए, उसे जीवन के स्तर पर अपनाना चाहिए यानी जन-संघर्ष में सक्रिय भागीदारी करनी चाहिए जिससे वे सिद्धांत आत्मसात हुए रहें और रचना में सहजत: उतार आएँ।

अपनी इस वैचारिकता में चेष्टा मुक्तिबोध ने यह कि यह इस राह से लेखक के अवचेतन में ही मार्क्सवाद की प्रतिष्ठा कर दी जाए ताकि उसका अभ्यंतरीकरण और चयन ग्रहण व्यापार भी उसी विचार-व्यवस्था से निर्दिष्ट हो। उन्होंने इस तथ्य को अनदेखा किया है कि अवचेतन में हमारा मनोनीत चेतन नहीं रह सकता। यदि अवचेतन में अभीष्ट चेतन की प्रतिष्ठा की जा सकती हो तो उसे अवचेतन कहने का अर्थ क्या होगा? अवचेतना में तो व्यक्ति के विश्वासों के विरुद्ध तीखी प्रतिक्रिया भी दमित हुई रह सकती है! लेकिन इसकी उपेक्षा करके मुक्तिबोध ने अपना आग्रह बनाए रखा है। इसी वजह से उनमें अंतर्विर्राध आ गए हैं। जहाँ एक पक्ष रचना में अवचेतन की भूमिका स्वीकार करता है, वहीं दूसरा पक्ष सुनिश्चित विचार व्यवस्था का प्रस्ताव करके रचना को उसके अनुसारी-गणित के परिणाम के रूप में पाना चाहता है। दोनों का समाहार

मुक्तिबोध में एक बलात् प्रयत्न ही रहा है। इस बात को पाए बिना हम मुक्तिबोध की आलोचना का वास्तव नहीं पा सकते।

यदि हम मुक्तिबोध की पुस्तकों की अलग-अलग विवेचना पाना चाहें तो डॉ. गौतम ने उन पर पृथक-पृथक आलेख संकलित किए हैं। कुछ चुनी हुई लम्बी कविताओं यथा 'अँधेरे में', 'ब्रह्मराक्षस', 'चाँद का मुँह टेढ़ा है', और इसी तरह कहानियों में 'विपात्र' पर स्वतन्त्र आलेख हैं। डॉ. गौतम ने कहानियों को जिस तरह कविताओं के संदर्भ में पाना चाहा है, उससे हम देख सकते हैं कि मुक्तिबोध का संघर्षशील व्यक्तित्व एक ही है, उसकी अभिव्यक्ति के रूप अलग-अलग है। डॉ. रणजीत और अब्दुल रशीद वाजिद ने मुक्तिबोध और अज्ञेय के काव्य बिम्बों की जो तुलना की है, वह एक नई एप्रोच है लेकिन अज्ञेय के भीतर उनके वैज्ञानिक, क्रांतिकारी और 'सदा युयुत्सु मुद्रा में क्रियाशील' रहे आए सैनिक की भी जब इस पड़ताल में अपेक्षा होती है—बल्कि इसके विपरीत निष्कर्ष निकाला जाता है—तब क्या विचारकों को अपनी पद्धति में रह गई किसी बड़ी भूल के प्रति सजग नहीं होना चाहिए था? निश्चय ही, कुछ निष्कर्ष विडम्बनापूर्ण हैं। बहरहाल, मुक्तिबोध के विभिन्न रचना-रूपों और उनकी कृतियों का परिचय इस पुस्तक से मिल जाता है।

डॉ. गौतम ने अपनी पुस्तक के एक खंड में मुक्तिबोध के जीवन पर भी सामग्री जुटाई है। लेकिन यह सामग्री बिखरी हुई है और अल्प भी। लगता है मुक्तिबोध कोई मध्ययुगीन कवि हैं जिनके विषय में स्फुट सामग्री ही जुटाई जा सकती है। उनके जन्म, पालन-पोषण, शिक्षा-दीक्षा, प्रेम-विवाह और पारिवारिक जीवन, अलग-अलग जगह बिताए गए जीवन, की गई नौकरियाँ, पत्र-पत्रिकाओं का सम्पादन, आर्थिक मोर्चे पर संघर्ष, मैत्री जीवन का दायरा, कम्युनिस्ट पार्टी की सदस्यता और त्याग-पत्र, जीवन की प्रमुख घटनाएँ और हादसे आदि ऐसे मुद्दे हैं जिन पर कुछ परिश्रम करके सामग्री जुटाई जा सकती थी, लेकिन सम्पादक ने इस विषय पर ध्यान नहीं दिया है। ऐसे में क्या अपेक्षा की जाए कि प्रमुख कविताएँ रचे जाने के सूत्र जुटाने वाले आलेख भी संकलन में रहते। आख़िर, मुक्तिबोध मित्रों को कविताएँ सुनाकर उनकी सम्मतियाँ माँगते थे, उन पर विचार करते थे, उनमें काट-छाँट करते थे और अधिक विचार करने के चक्कर में एकाएक उन्हें प्रकाशित नहीं कराते थे। मित्रों ने अपने संस्मरणों में इसके संकेत दिए हैं। ऐसे लेखकों को प्रेरित कर उनके रचना कर्म पर उनसे कुछ लिखवाया जा सकता था। लेकिन वास्तविकता तो यह है कि जिन मित्रों ने मुक्तिबोध के संस्मरण लिखे हैं, उनका परिचय भी हम उन्हीं के द्वारा अपने विषय में किए गए कुछ उल्लेखों से ही पाते हैं। सम्पादक ने उनका परिचय देना और आलेखों के उत्स के विषय में जानकारी देना भी आवश्यक नहीं समझा है।

विद्रोही जी ने अपने संस्मरण में शमशेर के एक लेख का हवाला देते हुए लिखा है कि, 'धर्मयुग' में प्रकाशित शमशेर के लेख का उत्तरार्ध बेहद प्रशंसा की चीज़ है, पर उसी लेख का पूर्वार्ध गलत-गलत जानकारी के कारण निकृष्ट हो गया है। अपेक्षा होती है

कि विद्रोही यह भी बताते कि शमशेर ने क्या सूचनाएँ दीं जो गलत थीं और उन प्रसंगों में सच्चाई क्या है? लेकिन विद्रोही उनका उल्लेख नहीं करते। परन्तु डॉ. गौतम ने यह श्रम नहीं किया है कि अपनी टिप्पणी से उन गलतियों और तद्विषयक सच्चाई का पता पाठकों को दे दें। शायद यह कार्य हिन्दी जगत में सम्पादित दायित्व में शुमार नहीं होता।

जो हो, संकलित आलेखों में नारायण विष्णु जोशी का आलेख, शुजालपुर मंडी में मुक्तिबोध द्वारा बिताए गए जीवन और वहाँ की गई नौकरी, और नेमिजी के सान्निध्य के बारे में जानकारी देता है। यदि जबलपुर, राजनाँदगाँव आदि जगहों पर बिताए गए उनके जीवन पर भी आलेख होते (नागपुर के जीवन पर प्रकाश इन आलेखों में है) तो और भी अच्छा होता।

प्रभाकर माचवे ने एक जगह लिखा है कि "स्वयं मुक्तिबोध का पारिवारिक जीवन-आर्थिक कष्ट छोड़ भी दें तो-सुखी था।" ऐसी ध्वनि कुछ और लेखों में भी मिलती है। इस संदर्भ में मुक्तिबोध के जीवन-वास्तव को जानने की दृष्टि से क.प. सारधि का आलेख 'आदमी से कविता की ओर' पढ़ा जाना चाहिए। सारधि ने मित्रता निभाते हुए भी मित्र-जीवन का वास्तव वस्तुनिष्ठ दृष्टि से देखा है। मुक्तिबोध के पिताजी के लिए सारिध ने लिखा है कि "उन्होंने अपने बच्चों के लिए बहुत कम परिश्रम किया। अपनी वृद्धावस्था में अपने खर्चीले स्वभाव की वजह से और अपनी अधिक माँगों की वजह से (वे) अपने पुत्र की मानसिक और आर्थिक अवस्था के लिए बहुत बड़ा तनाव और भार थे।" मुक्तिबोध ने प्रेम-विवाह किया था, यह जानकारी एकाधिक आलेखों में है लेकिन इस वैवाहिक जीवन का वास्तव भी सारधि ने उजागर किया। उन्होंने लिखा है कि पिता की तरह ही मुक्तिबोध की पत्नी में भी एक प्रकार की दुस्साध्य हठ थी और अकसर मुक्तिबोध के वैचारिक स्तर को समझने से इनकार करने पर वे एक खास किस्म की क्षुब्धता से मुक्तिबोध को भर देती थीं। उन्हें मुक्तिबोध की कविता से कोई सरोकार नहीं था। इन बातों की पुष्टि मुक्तिबोध के पत्रों से भी होती है। एक जगह वे लिखते हैं कि 'परिवार, परिस्थिति और विचार सभी कोई उन्नति में योग नहीं देते।'

मुक्तिबोध के व्यक्तित्व पर भी सारधि ने कुछ बेबाक टिप्पणियाँ की हैं। एक जगह वे लिखते हैं कि "अपने बौद्धिक और सार्थक हठ के बावजूद मुक्तिबोध में स्थितियों का सामना करने वाले साहस की कमी थी। अपने दुर्भाग्य से लड़ने की बजाय वे अकसर पीड़न सहने की विवशता के अधीन हो जाते थे।" एक अन्य स्थल पर वे लिखते हैं कि उन्हें हर समय यह भय घेरे रहता था कि उन के पीछे कोई लगा हुआ है। इसी तरह, उन का दारिद्रय विकट था "किन्तु इसमें संदेह नहीं कि ऐसे भी मौके थे जब मुक्तिबोध को खुद को इतना अधिक हताभाग्य महसूस करने की ज़रूरत नहीं थी।" यानी वे आत्पीड़क व्यक्ति थे। कुछ लोग होते हैं जो अपने दुखों के द्वारा दूसरे लोगों का ध्यान अपनी ओर खींचते हैं। क्या यही वृत्ति रचनाकार को रचना में जटिल सृष्टि की ओर ले जाती है? जो हो, मुक्तिबोध के काव्य-नायकों में भी यह आत्मपीड़न, विकट भयत्रस्तता, आर्थिक संकट, बौद्धिक विकलता आदि-आदि बातें मिलती हैं। इसलिए यदि जीवन और

रचना-व्यापार को साथ रख कर जीवनीमूलक आलोचना में प्रवृत्त हुआ जाए तो यह कहने के सूत्र मिल जाते हैं कि अपने सृजन में मुक्तिबोध अपने को ही "प्रोजेक्ट" कर रहे थे। मुक्तिबोध के जीवन के मर्म-बिन्दुओं को आलोकित करने वाले आलेख में सारधि जी ने जीवनवृत्त की जैसी पड़ताल की है, यदि उसी तरह रचनावृत्ति की भी वस्तुनिष्ठ पड़ताल करने वाले आलेख इस संकलन में रहते तो इस की अर्थवत्ता निश्चित रूप से अधिक होती।

आलोचना का गिरता स्तर

डॉ. संध्या सिंह : निराला के काव्य का राजनीतिक संदर्भ
डॉ. रेवतीरमण : काव्य विमर्श निराला
डॉ. राजेन्द्र प्रसाद : अज्ञेय:कवि और काव्य

निराला पर हिन्दी में काफी लिखा गया है। उनके काव्य में औपनिवेशिक साम्राज्यवाद, शोषण-अत्याचार, जातिगत भेदभाव आदि की जो व्यंजना है, हिन्दी-आलोचना ने बराबर उसका लेखा लिया है। ऐसी स्थिति में डॉ. संध्या सिंह की शोध-पुस्तक 'निराला के काव्य का राजनीतिक संदर्भ' देखकर अनुमान यह होता है कि इसमें उन्होंने किन्हीं ऐसे अछूते संदर्भों की शोध की होगी जो निराला की कविताओं के प्रेरणाभूत या रचनाभूत रहे है, लेकिन पुस्तक में ऐसा कोई शोध नहीं है, शोध के रूढ़-पैटर्न पर कविताओं का सामान्य-सा बल्कि लगभग पिष्टपेषित जीवन है। 'वीणावादिनी वर दे' कविता में उन्होंने दाँडी-यात्रा का जो संदर्भ देखा है, वह भी दूर की कौड़ी-सा ही है। अवश्य ही, 'महूँगा महँगा रहा' कविता में 'यहाँ बहुत छिपे हुए लोग' में आज़ादी के आन्दोलन में वामपंथियों की संदेहास्पद भूमिका की जो व्यंजना लेखिका ने पाई है, वह निर्मूल नहीं है। उसकी पुष्टि अन्य साक्ष्यों से भी होती है। वास्तव में, पूँजीपतियों द्वारा निम्न वर्गों के शोषण के उग्र विरोधी होते हुए भी निराला उस अर्थ में प्रगतिवादी नहीं थे जिस अर्थ में वामपंथी उन्हें भुनाते हैं। आशावान वे प्रगतिशील लेखक संघ के प्रति भी नहीं थे। लेखिका इस दिशा में वस्तुनिष्ठ पड़ताल कर सकती थी, शोध का यह अछूता क्षेत्र था, लेकिन लेखिका का ऐसा कोई श्रमसाध्य प्रयत्न इस पुस्तक में नहीं है।

डॉ. रेवतीरमण ने अपनी पुस्तक 'काव्य विमर्श : निराला' के पाठ-केन्द्रित आलोचना की शुरुआत कहा है लेकिन कुछ लेखकों के उद्धृत करके कहीं उनसे विभूति और कहीं सहमति दर्शाते हुए लेखक ने निराला की प्रमुख कविताओं की जो विवेचना की है, वह सामान्य-सी व्याख्यामूलक ही है। उसमें ऐसा कुछ भी नहीं है जिसे विशेष रूप से पाठ-केन्द्रित कहा जा सके। इसमें ऐसी कोई स्थापनाएँ भी नहीं है जो लेखक की अपनी हों। 'जुही की कली' के विषय में लेखक का यह मत भी उसका अनुमान ही है कि यह कविता निराला ने अपनी दिवंगत पत्नी की स्मृति में लिखी थी। लेखक की तथाकथित पाठ-केन्द्रित आलोचना भी इसका पोषण नहीं करती। निराला के अपने इस कविता-विषयक कथन से भी, जिसे लेखक ने उद्धृत किया है, उसके इस अनुमान की

पुष्टि नहीं होती। यह अनुमान है भी डॉ. तपेश्वनाथ का ही। यदि लेखक के आग्रह से हटकर देखें तो यह कहना आवश्यक है कि निराला की प्रमुख कविताओं की विभिन्न आलोचकों द्वारा की गई व्याख्याओं से लेखक ने परिश्रमपूर्वक सार-संचय किया है और निराला के अनुकूलन उनका उपयोग किया है। यदि लेखक किंचित् सावधान रहता तो विधवा की आँखें करुण रस से पुलकित है' जैसे प्रयोग या 'नामवर सिंह बिलकुल सही लिख गये है' जैसे भ्रामक अर्थ देने वाले कई प्रयोग दुरुस्त किए जा सकते थे। इन पुस्तकों के लिए यही कहा जा सकता है कि निराला पर ये दो पुस्तकें और हैं।

डॉ. कृपाशंकर सिंह और डॉ. जगनसिंह की पुस्तक व्यावहारिक आलोचना में कुछ चुनी हुई कविताओं की व्याख्या की गई है। यह पुस्तक हमारा ध्यान विशेष रूप से आकर्षित इसलिए करती है कि इसके एक खंड में हिन्दी और दूसरे खंड में उर्दू कविताओं की व्याख्या है। हिन्दी के साथ उर्दू को रखने के प्रयत्न भाषा और साहित्यिक-इतिहास के धरातल पर तो हुए हैं, लेकिन कविताओं की व्याख्या के धरातल पर नहीं हुए हैं, इसलिए यह प्रयत्न स्वागत-योग्य है। हिन्दी खंड में प्रसाद, निराला, पंत, शमशेर, केदार आदि नौ कवियों की एक-एक कविता और उर्दू में ग़ालिब की तीन और फ़ैज़ की एक कविता व्याख्या के लिए चुनी गई है। कविता में पैठ पाने के लिए शब्दार्थ, उनकी अर्थ-छायाएँ ऐतिहासिक प्रसंग, व्यक्तियों के संदर्भ आदि का ज्ञान तो आवश्यक है, लेकिन कविता केवल शब्दों और संदर्भों में ही नहीं होती, इनसे परे भी होती है। उसके मर्म की एक खिड़की कवि के व्यक्तित्व तो दूसरी उसके इतर कृतित्व के आँगन में भी खुलती है। ग़ालिब की ग़ज़ल 'रहिये अब....' को समझने में ग़ालिब की मानसिकता दर्शाने वाले उन पत्रों से भी सहायता मिली है जिन्हें लेखक ने उद्धृत किया है। 'शेरसिंह का शस्त्र समर्पण' की व्याख्या में लेखक ने सिख इतिहास का जमकर उपयोग किया है। शमशेर की 'आओ' कविता की व्याख्या ने जहाँ-तहाँ अर्थ-छायाओं का निदर्शन है। लेकिन यदि सभी कविताओं की व्याख्या में शब्दों और प्रसंगों से परे कविता के मर्म को पाने का प्रयास होता और समग्र कृतित्व के संदर्भ में व्याख्यायित कविता को देखा-परखा जाता तो इस प्रकार के प्रयत्न को आलोचना कहना ज़्यादा सार्थक होता, अन्यथा अधिकांश स्थलों पर व्याख्या की प्रकृति शब्दार्थ में निश्शेष होने की रही हैं। इस कार्य के लिए कुछ जटिल कविताएँ चुनी जातीं तो ज़्यादा अच्छा होता।

अज्ञेय अपनी कविता और काव्य-चिन्ता में जिन विषयों पर बार-बार लौटे हैं, डॉ. राजेन्द्र प्रसाद ने अपनी पुस्तक 'अज्ञेय : कवि और काव्य' में उनका विवेचन किया है। लेकिन यह विवेचन भिन्न-भिन्न प्रसंगों पर पृथकता में किया गया विचार ही है। इनसे बनने वाला अज्ञेय का कवि-व्यक्तित्व कैसा है या उनकी काव्य-दृष्टि क्या है, इसका समेकित विचार लेखक ने नहीं किया है। वस्तुतः जब किसी लेखक की दृष्टि कविता-निबद्ध विषयों पर अटक जाती है, तब कविता हाथ नहीं आती; जो कुछ हाथ आते हैं वे निबद्ध प्रसंगों के उदाहरणभूत उपयोजित हो सकने वाले अंश होते हैं, कवि की पहचान उनसे नहीं पाई जा सकती। पुस्तक के आयोजन में यह पहचान देना लेखक

के लक्ष्यभूत है भी नहीं। जिस तरह से लेखक ने अज्ञेय की पुस्तकों के, यहाँ तक कि (इस पुस्तक के काव्य-केन्द्रित विवेचन होते हुए भी) उपन्यासों, यात्रा-वृत्तों, एक के जो सार-संक्षेप दिए हैं, उसे देखते हुए यह कहना निरापद है कि लेखक का लक्ष्य इसे छात्रोंपयोगी बनाना रहा है। परीक्षा-वैतरणी, सार-संक्षेप से पार हो जाती है। लेखक ने एक अध्याय 'कृतिकार का परिचय' भी लिखा है लेकिन अनुक्रम में इसका उल्लेख नहीं है।

डॉ. लक्ष्मणदत्त गौतम की पुस्तक काव्य के अंग के फ्लैप पर परम्परित शास्त्र की प्रासंगिकता का जो प्रबल प्रतिपादन किया गया है, उसमें यह भ्रम होता है कि इसमें शास्त्रीय काव्यांगों की आधुनिक उपादेयता का कोई नया उद्घाटन है। लेकिन इस अपेक्षा से इसे देखने वाले को गहरी निराशा ही होगी। यदि यह कहा जाता कि यह रस, छंद, अलंकार आदि का नितांत सामान्य परिचय देने वाली पुस्तक है, तो पुस्तक और पाठक दोनों के साथ न्याय होता।

तीन वीरों का बलिदान

दो बारहठ कवि : क्रांतिकारी और भक्त

फतहसिंह मानव : केशरीसिंह बारहठ

ओंकारसिंह लखावत : बारहठ नरहरिदास

जब महाराणा प्रताप ने अकबर की अधीनता स्वीकार करने का मानस बनाया, तब कविराज पृथ्वीराज राठौड़ ने यह लिखकर उन्हें उनके अद्भुत वीरत्व का स्मरण कराया था : माई एहड़ा पूत जगा, जेहड़ा राणा प्रताप। अकबर सूतौ औझकै, जाण सिराणै साँप। और उनसे हिन्दुत्व की लाज रखने की अपेक्षा की थी : हिन्दूपति परताप, पत राखौ हिन्दुवाण री। सहे विपति संताप, सत्य शपथ करि आपणी।।

इस कविता-पाती ने प्रताप का मानस बदल दिया। लगभग तीन सौ वर्ष बाद इतिहास ने अपने को दोहराया। पहली फरवरी 1930 को सम्राट एडवर्ड के राज्यारोहण के अवसर पर लॉर्ड कर्जन ने दिल्ली-दरबार का भव्य आयोजन किया गया था और उसमें सम्मिलित होने के लिए उसने प्रताप के वंशज महाराणा फतहसिंह को भी सहमत कर लिया था। जब कविराज ने सुना तो वे उद्वेलित हो उठे और उन्होंने महाराणा फतहसिंह को चेताने के लिए वही भूमिका निभाई जो प्रताप को चेताने के लिए राठौड़ पृथ्वीराज ने निभाई थी। उन्होंने भी महाराणा को कविता-पाती ही लिखी। उनके गौरव का स्मरण कराते हुए उनके निर्णय के दुखद परिणाम की ओर संकेत करते हुए उन्होंने लिखा : देखेला हिंदवाण, निज सूरज दिस नेह सूं। पण तारा परमाण निरख निसासा म्हाँकसी। अर्थात् हिन्दू जाति अपने सूर्य की ओर स्नेह से देखेगी परन्तु जब वह उसे एक तारे के रूप में दिखाई देगा तो वह नि:श्वास छोड़ेगी।

महाराणा का दिल्ली दरबार में शामिल होने का निर्णय एक प्रकार से ब्रिटिश राज की अधीनता स्वीकार करना ही था और उससे सूर्य का गौरव क्षय होकर तारे तुल्य रह जाना निश्चित था लेकिन यहाँ व्यंजना और भी गहरी हो जाती है, जब हम देखते हैं कि इसमें इस स्थिति का निदर्शन भी है जिसके अनुसार दरबार में महाराणा को 'स्टार

ऑफ़ इंडिया' से विभूषित किया जाना था। सूर्य जब तारे (स्टार) से विभूषित होगा तब उसका गौरव बढ़ेगा या घटेगा? जनता के हृदय में जो सूर्य-सम प्रतिष्ठित और दीपित है, उसे स्टार बना देखकर जनता उसाँसें ही छोड़ेगी। परन्तु यह कविता-पाती मिलने से पूर्व ही महाराणा फतहसिंह ट्रेन से दिल्ली रवाना हो चुके थे। गाड़ी में ही उन्हें यह पत्र दिया गया। तब उन्होंने कहा कि यह पत्र पहले मिल जाता तो वे दिल्ली प्रस्थान करते ही नहीं। यह इसी पत्र का प्रभाव था कि दिल्ली पहुँचकर भी वे दरबार में शामिल नहीं हुए। उनका आसन दरबार में खाली ही रहा।

ये कविराज थे, केसरीसिंह बारहठ और कविता-पाती थी, 'चेतावणी रा चूंगट्या।' फतहसिंह मानव कृत आलोच्य-पुस्तक केसरीसिंह बारहठ में केसरीसिंह के जीवन और कृतित्व का परिचय देते हुए इस प्रसंग का उल्लेख भी किया गया है।

इस कवि का कर्मपथ भी क्रांति का सन्देश था। देश के प्रमुख क्रांतिकारियों से इनका सीधा सम्पर्क था। सत्ता-विरोधी संगठनात्मक कार्यों से गहरे जुड़ाव के कारण ही इनका नाम संदिग्ध व्यक्तियों की उस सूची में सर्वोपरि था जिन पर उन दिनों सी.आई. डी. की निगरानी थी। अंततः षड्यंत्र रचने, राजद्रोह करने और एक क़त्ल करने के झूठे मुकदमे में फँसाकर इन्हें आजन्म कारावास की सज़ा दी गई। इतना ही नहीं, इनकी हवेली और इनकी अचल सम्पत्ति जब्त कर बर्तन तक नीलाम कर दिए गए। लेकिन ये तमाम यातनाएँ भी इन्हें देशभक्ति के पथ से विचलित नहीं कर सकीं। इन्होंने अपने छोटे भाई जोरावरसिंह, बेटे प्रतापसिंह और दामाद ईश्वरदान आसिया को भी स्वतंत्रता संग्राम में भाग लेने के लिए प्रेरित ही नहीं, प्रवृत्त भी किया। स्मरणीय है कि केसरीसिंह के पिता कृष्णसिंह भी ब्रिटिश-राज विरोधी रुख के कारण उदयपुर से निष्कासित किए गए थे। उन्होंने अपना शेष जीवन जोधपुर में बिताया। इतिहास में यही एक अनूठी मिसाल है कि एक परिवार की तीन पीढ़ियों ने स्वतंत्रता-संग्राम में भाग लिया।

दिसम्बर 1912 में लॉर्ड हार्डिंग के दिल्ली प्रवेश के अवसर पर बम फेंकने वाला व्यक्ति केसरीसिंह का छोटा भाई जोरावरसिंह था। बम फेंकर वह फरार हो गया। ब्रिटिश पुलिस उसे पकड़ नहीं सकी। वह आजन्म फरार ही रहा। केसरीसिंह के पुत्र प्रताप को पहले दिल्ली-लाहौर षड्यंत्र केस में और फिर बनारस केस में गिरफ्तार किया गया। इस केस में उसे जेल हुई और बर्बर यातनाएँ सहते हुए 1918 में जेल में ही उसका निधन हुआ। उसके दाह-संस्कार का धुआँ उठने से विद्रोह भड़कने की आशंका को देखते हुए उसे जेल में ही दफना दिया गया। प्रताप की शहादत पर इतिहासकारों ने सही लिखा है कि प्रथम स्वतंत्रता संग्राम के बाद नए स्वातंत्र्य-यज्ञ में राजस्थान की यह पहली आहूति थी। घर वालों को और जेल में बंद पिता को भी पुत्र मृत्यु की सूचना तक नहीं दी गई। जेल से आने के बाद जब केसरीसिंह जी को यह सूचना मिली तब उन्होंने बड़े धैर्य के साथ इसे सुना और सहा। इस प्रकार, एक ही परिवार ने स्वतंत्रता-यज्ञ में तीन आहुतियाँ दीं।

केसरीसिंह केवल क्रांतिकारी ही नहीं थे; वे पत्रकार, विचारक, समाजसुधारक और त्यागी-तपस्वी भी थे। देशी राज्यों को संगठित करने की भूमिका भी वे निभा रहे थे।

'राजस्थान केसरी' अखबार उन्होंने इसी उद्देश्य से निकाला था। वे लेखक भी थे। उन्होंने इटली के क्रांतिकारी मैजिनी की जीवनी लिखी थी। 'वीर विनोद' के रचयिता कविराजा श्यामलदास की जीवनी भी उन्होंने लिखी। अश्वघोष के 'बुद्ध चरित' का उन्होंने अनुवाद किया। 1934 व 37 में उन्होंने एकांतवास में रहकर तपस्या भी की। जीवन के अंतिम दिनों में क्रांतिमार्ग को अव्यावहारिक पाते हुए उन्होंने गांधीजी के सत्याग्रह आंदोलन से जुड़ने के लिए 1940 में उन्हें पत्र लिखा था। उसमें उन्होंने लिखा कि "मेरी इन सत्तर वर्ष की बूढ़ी हड्डियों में स्वदेश के लिए शांति आहुति देने का अभी बल है, प्रबल इच्छा भी है।" किन्तु गांधीजी ने इसका उत्तर नहीं दिया। 14 अगस्त, 1941 को उन्होंने अपनी जीवन लीला का संवरण कर लिया। प्रस्तुत पुस्तक के उत्तरार्ध में लेखक ने केसरीसिंह जी के कुछ पत्रों, राज्यों के उत्तरदायी शासन विषयक उनके विचारों और दहेज-प्रथा, कन्या-शिक्षा आदि पर विचारों को भी संकलित किया है। पुस्तक प्रेरक और पठनीय है।

'बारहठ नरहरिदास' पुस्तक में लेखक ओंकारसिंह लखावत ने नरहरिदास जी के जीवन और कृतित्व का परिचय दिया है। ये लक्खा बारहठ के पुत्र थे। स्वयं लक्खाजी अकबर के दरबार के सम्मानित सभासद और कवि थे। उनकी रचना 'पाबू रासौ' प्रसिद्ध है। नरहरिदास भी पिता की तरह अकबर और जहाँगीर के सम्मानित सभासद और कवि थे। कहते हैं कि इन्हीं की एक योजना पर बादशाह ने गो-हत्या पाबंदी लगाई थी। जोधपुर महाराजा गजसिंह और जसवंतसिंह ने भी इन्हें सम्मान प्रदान किया था। ये संस्कृत और ब्रज के साथ-साथ अरबी-फारसी के भी ज्ञाता थे। डिंगल और पिंगल पर इनका समान अधिकार था। इनकी रचनाओं में 'अहिल्या उद्धार', 'राव अमरसिंह जी रा दूहा' और 'अवतार-चरित्र' ज्यादा चर्चित हुई हैं। अवतार चरित्र महाकाव्य है। इसमें सभी अवतारों का वर्णन किया गया है। इस ग्रंथ के कारण ही इनकी गणना भक्त कवियों में होती है। पुस्तक में इनके कृतित्व की बानगी भी दी गई है।

वृत्तात्मक

घृणा और प्रतिशोध की ज्वाला में जलता 'गुलाम बादशाह'

डॉ. नन्दकिशोर आचार्य : गुलाम बादशाह

डॉ. नन्दकिशोर आचार्य का नाटक 'गुलाम बादशाह' बल्बन के उत्तरकाल पर आधारित एक ऐतिहासिक नाटक है। यह बिना किन्ही हैरतंगेज़ घटनाओं के, और बिना सामान्य घटनाओं के घटाटोप के भी, पाठक को बाँधने में सर्वथा समर्थ है, यह इसकी एक उल्लेखनीय विशेषता है। यद्यपि इसके महत्त्व के अन्य हेतु भी है। यहाँ हम इसका वस्तु विश्लेषण करेंगे।

नाटक को हम लेखक द्वारा इतिहास के एक अन्तराल को पाटने की कोशिश के रूप में भी देख सकते है। इतिहास के अनुसार बल्बन के दो पुत्र थे मुहम्मद और बुगरा खाँ। लेकिन उसका उत्तराधिकारी उसका पोता कैकुबाद बना जबकि अभी उसका पिता बुगरा खाँ जीवित था। यह कैसे संभव हुआ, इतिहास इस गुत्थी को नहीं सुलझाता। नाटककार ने इसे अपने ढंग से सुलझाया है। उसने बल्बन के हाथों नासिरूद्दीन की हत्या करवाई है। नासिरूद्दीन बल्बन का दामाद था और शहज़ादों का बहनोई, इसलिए इस हत्या ने शहजादों के मन में पिता के प्रति वितृष्णा उत्पन्न कर दी। लेखक ने कल्पना की है कि यह वितृष्णा इतनी गहरी थी कि खिन्नमना पुत्रों ने बहनोई के ही रक्त से रंजित गद्दी ठुकरा दी। इस तरह, बेटे के रहते पोते को उत्तराधिकारी बनाना संभव हुआ। यह बल्बन की मजबूरी भी हो गई थी। उसके पास और कोई विकल्प था ही नहीं। इस तरह, मुहम्मद और उससे भी बढ़कर बुगरा खाँ के चरित्र का संस्कार करके नाटककार ने अपने लिये यह गुत्थी सुलझा ली है यद्यपि इससे बल्बन के माथे लग या दामाद की हत्या का कलंक धोया नहीं जा सका है। अवश्य ही, गुलाम से बादशाह बने एक प्रतिशोध-पीड़ित व्यक्ति की जटिल मनोवृत्ति से भी हमारा साक्षात्कार कराता है।

नाटक में बल्बन के खूँखार रूप का चित्रण हमें आद्यन्त मिलता है लेकिन उसके हेतु का ठीक से निरूपण हुआ नहीं मिलने से अनुमान यही होता है कि हत्याएँ, सजा-ए मौत, फाँसी, शवों को सरे आम दरख्तों पर लटकवाना आदि सल्तनत को किसी भी प्रकार के विद्रोह या बगावत से बचाने के लिये उठाये गये कठोर कदमों के रूप ही है। एक हद् तक यह ऐतिहासिक वास्तविकता भी है। लेकिन नाटक के अंत में बल्बन अपने कोतवाल फखरूद्दीन, जिसे वह भाई तुल्य भी मानता है, के आगे अपनी व्यथा का जो

संकेत करता है, उससे बल्बन के आचरण का एक वह पहलू भी हमारे सामने आता है, जो अन्यथा नेपथ्य में ही रह जाता। वह कहता है–

"तुम्हें कभी वो जिल्लतें महसूस नहीं करनी पड़ी फखरूद्दीन जिनसे गुलाम को गुजरना होता है। हमने महसूस की है।"

इस सूत्र को पकड़कर हम पश्च-दृष्टि से नाटक पर विचार करें तो बल्बन के आचरण को एक नये संदर्भ में पा सकते हैं। इससे जान पड़ता है कि बल्बन के अंतस्तल में गुलामी की यंत्रणा और अपमानों की पीड़ा एक फोड़ा बनकर कसक रही थी। उसी ने उसका सुकून छीन लिया था। उसका अपमान करने वाले के प्रति उसके मन में तीखी घृणा और प्रतिशोध की ज्वाला जलने लगी थी। अंततः यही ज्वाला उसके व्यवहार और विचार की नियामक हो गई। इसे संदर्भभूत रखकर हम बल्बन के आचरण को, और उसकी असामान्यता के वास्तव को, काफी हद् तक पा सकते हैं।

इतिहास हमें बताता है कि ईल्तुतमिश ने बल्बन को बतौर गुलाम खरीदा था। उसकी यह गुलामी नासिरूद्दीन के काल तक बनी रही। किसी ने भी उसे आज़ाद नहीं किया यद्यपि उसने गुलामवंश को उत्कर्षगामी बनाया था। नासिरूद्दीन-काल की उन्नति तो थी ही उसकी बदौलत, अन्यथा नासिरूद्दीन तो एक निष्क्रिय सुल्तान था। बल्बन कहता भी है कि–

"नासिरूद्दीन दरवेश हो सकता था, सुल्तान होने की काबिलियत ही कहाँ थी उसमें! सल्तनत के कारोबार उसके बस की बात नहीं थी।"

ये सब तो अंजाम बल्बन ही देता था। यह कथन बल्बन का अहंकार नहीं है, इतिहास में दर्ज़ हकीकत है। इतिहासकारों ने नासिरूद्दीन को दरवेश शासक ही कहा है। यदि एक शक्तिशाली और अदम्य महात्त्वाकांक्षी व्यक्तित्व को, जैसा कि बल्बन का था, एक अक्षम और दुर्बल नेतृत्व के तले जैसा कि नासिरूद्दीन का था जीना पड़े तो उसमें गुलामी के जुए को उतार फेंकने की छटपटाहट हो आना सर्वथा स्वाभाविक बात है। बल्बन में यह कशिश और भी गहरी थी तो इसलिये कि नासिरूद्दीन का व्यवहार उसके प्रति अपमानजनक था। कानों के कच्चे सुल्तान ने बल्बन के प्राण लेने का प्रयत्न करने वाले विरोधी गुट के बहकावे में आकर न केवल उसे उच्च पद से हटाया था बल्कि दिल्ली से भी निष्कासित कर हांसी सूबे में भेज दिया था! इस तरह के अपमान को ऊपरी तौर पर तो उसने चुपचाप पी लिया लेकिन भीतर-ही-भीतर उसमें नासिरूद्दीन के प्रति अकूत घृणा भर गई और प्रतिशोध की आग सुलगने लगी। वह अपने विरोधियों से बदला लेने और सत्ता हथियाने के लिये व्यग्र हो उठा। नाटक में इस वस्तु-पक्ष का घटनात्मक सन्निवेश नहीं हुआ है इसलिये यह पक्ष दुर्बल ही रहा है और इसका प्रभाव शेष पक्षों पर भी आया है लेकिन 'गुलामी की जिल्लतों' के जिक्र में और तिलमिलाहट की इस तीखी अभिव्यक्ति में, पृष्ठभूत मान सकते हैः–

"कितना बेमानी लगता था खुद का वजूद। लगता था सिर्फ हुकूमत ही इस खलिश को भर सकती है इस वजूद को मानी दे सकती है। हुकूमत एक रूहानी कशिश हो गई जैसे।"

नासिरूद्दीन की हत्या इसी कशिश का नतीजा थी। इसी के द्वारा उसने अपने अपमान का बदला चुकाया। लेकिन उसमें जल रही प्रतिशोध की ज्वाला इस हत्या की आहुति से भी शान्त नहीं हुई; सम्बन्ध भावना से अपना प्रसार उसने सम्बन्धियों तक भी पा लिया। बल्बन स्वयं कहता है:–

हमें नासिरूद्दीन से नफरत है फखरूद्दीन। उससे ही नहीं पूरे शम्सी खानदान से, शम्सी उमरा से, हर उस चीज़ से जिसकी निस्बत उनसे है।

इस सूची में वह शहजादी बेगम का ही नहीं, कैकुबाद का शुमार भी करता है और ग़ज़ल का भी।

शहजादी बेगम बल्बन की पुत्रवधू है लेकिन आविष्ट अवस्था में वह उसके लिये नासिरूद्दीन की बेटी ही अधिक है और इसी सबब से वही घृणा उसके प्रति भी स्थनान्तरित हो जाती है। उसके प्रति उसके मन में एक भय भी समाया हुआ है। उससे यह गहरी आशंका है कि यदि अवसर मिल गया तो वह अपने बाप की हत्या का बदला खानदाने बल्बन से अवश्य लेगी इसीलिये वह बुगरा खाँ को वलीअहद मुकर्रर करने का फखरूद्दीन का मश्विरा ठुकरा देती है–

मरहूम नासिरूद्दीन की बेटी को 'मालिका-ए-जहाँ' बना दें बुगरा खाँ की बीवी नासिरूद्दीन की बेटी है, फखरूद्दीन हम उसे वो ताकत नहीं देंगे कि वे खानदाने-बल्बन के एक-एक फर्द को चुन-चुन कर मरवा डाले।

कैकुबाद के प्रति वह और भी अधिक पूर्वग्रहग्रस्त बल्कि खड्गहस्त है। यहाँ भी प्रमुख कारण सम्बन्ध-भावना (नासिरूद्दीन से उसका सम्बन्ध होना) ही है।

'हम नासिरूद्दीन के नवासे को हर्गिज सुल्तान नहीं बनने देंगे चाहे वो हमारा खून ही क्यों न हो।

दूसरा कारण भी कुछ ऐसा ही मनोवैज्ञानिक है। सम्बन्ध के धरातल पर तो कैकुवाद नासिरूद्दीन का स्थानापन्न है ही, शक्लोसूरत के धरातल पर बल्बन उसे और भी अधिक उसके नाना का प्रतिरूप पाता है और इसीलिए और भी चिढ़ता है। वह फखरूद्दीन से कहता भी है–तुमने गौर किया कैकुबाद की शक्लोसूरत चाल-ढाल कितनी मिलता है अपने नाना से।

इस वजह से पूर्वग्रह की गाँठ उसमें और भी कड़ी हो जाती है। वह कहता है कि सुल्तान के रूप में उसे कैकुबाद स्वीकार नहीं होगा–

"हम कुबूल नहीं करेंगे लगेगा जैसे नासिरूद्दीन के ही सर पे ताज वापस रख रहे हैं यह उसकी खुशकिस्मत है कि वो हमारा पोता है वर्ना..."

वर्ना का अर्थ स्पष्ट है वह पोता नहीं होता तो उसका काम तमाम हो चुका होता। हम देख सकते हैं कि बल्बन के अन्तर्मन में किस कद्र अंत समय तक प्रतिशोधी कटुता समाई हुई है। नाटक इसी प्रतिशोधी भावना पर केन्द्रित रचना है।

शम्सी खानदान के प्रति अपनी घृणा को बल्बन ने स्वीकार किया है लेकिन सच्चाई यह है कि घृणा ने उसके समस्त व्यवहार को अत्यन्त जटिल रूप में वलयित कर रखा

हैं। वह अपनी संतान को भी उससे मुक्त नहीं रख सका है। विश्लेषण करने पर ज्ञात होता है कि मुहम्मद और बुगरा खाँ के प्रति उसके व्यवहार पर भी प्रकट न सही, प्रच्छन्न रूप से इसी घृणा की छाया हैं। वहाँ समिश्रित प्रभाव सत्ता के अहंकार का भी है।

शाहे-हिन्दोस्तां यह सहन नहीं कर सकता कि व्यक्ति के प्रति किसी में सहानुभूति तो क्या, उस ओर किसी का किंचित् झुकाव भी हो, जिससे वह घृणा करता है; उसकी अपनी औलाद में तो ऐसा झुकाव उसे कतई गवारा नहीं था। वैसे तो यह एक सामान्य मनोवैज्ञानिक तथ्य है लेकिन बल्बन अपनी सत्ता जता कर अपने विरोधियों के प्रति अपनी संतान के लगाव का उन्मूलन भी कर डालना चाहता है। बुगरा खाँ जब सल्तनत का दायित्व नहीं सँभाल पाने की अपनी मजबूरी की वजह सुल्तान से नहीं बाँट पाता है, तब सुल्तान उसकी तमाम सेवाएँ एकदम भुलाकर फुंफकार उठता है–'होश में आओ बुगरा खाँ! तुम शाहे हिन्दोस्तान से मुखातिब हो।'

"यहाँ बाप के लिये बेटे को अपनी सत्ता स्मरण कराने का कोई कारण नहीं है लेकिन बुगरा खाँ के इस कथन में (क्या एक बाप अपनी बेटी को सब कुछ बता सकता है?) ग़ज़ल के प्रति झुकाव की जो किंचित् ध्वनि आ जाती है, वह भी सुल्तान की संप्रभुता को रास नहीं आती। वह उसे धमकी देकर अपने अनुकूल करना चाहता है। हम स्मरण कर सकते हैं कि बुगरा खाँ को लखनौती सौंपते हुए तो वह उसे सलाह के नाम पर स्पष्ट धमकी और चेतावनी देता है। सत्ता का आतंक तो वहाँ है ही लेकिन अपने मूल में वह एक ओर द्रबार में मौजूद शम्सी-उमरा के प्रति, तो दूसरी ओर, शहजादी बेगम के प्रति उकसी घृणा और आशंका का मनोवैज्ञानिक प्रतिफलन भी है।"

बल्बन को अपनी सत्ता का स्मरण मुहम्मद के प्रसंग में भी हो आता है। फखरूद्दीन उसे सुझाता है कि यदि मुहम्मद वलीअहद होना स्वीकार नहीं करता है तो सुल्तान उसे बुलाकर सारी बात समझा दे। सुल्तान इसका अर्थ यह लगाकर कि फखरूद्दीन चाहता है कि सुल्तान को नासिरूद्दीन की हत्या के विषय में मुहम्मद को अपना स्पष्टीकरण दे देना चाहिये, एकदम भड़क उठता है:–

"हम सफाई दें तुम्हारे खाने-मलिक को....हम सुल्तान हैं कोतवाल! हमें किसी के आगे कोई सफाई देने की ज़रूरत नहीं है, चाहे, वो हमारा अपना खून ही क्यों न हो!"

फखरूद्दीन की सलाह उसे अपनी सत्ता को चुनौती जान पड़ती है इसलिए वह क्रोधाविष्ट हो जाता है, तभी 'भाई' फखरूद्दीन यहाँ निपट 'कोतवाल' रह जाता है। लेकिन यहाँ भी लक्ष्य करने की बात यह है कि क्रोध का वास्तविक मूल मुहम्मद के सोच के बारे में यह जानकारी है जो उसे मिली है:–

"वो समझता है कि–हम अपने दामाद और उसके बहनोई की मौत के ज़िम्मेदार हैं।"

वह समझती है उसने जानकारी व मुहम्मद के हृदय में बहनोई के प्रति सहृदयता नहीं, सुल्तान के प्रति लाँछन भी भर दिया है। इससे वह अत्यन्त उत्तेजित और कुपित हो जाता है। उसे लांछित करने वाला उसके निकट क्षम्य नहीं है, चाहे फिर वह उसका अतीव प्रिय पुत्र ही क्यों न हो! उत्तेजना शान्त होने पर वात्सल्य जागता है। वह मुहम्मद को बुलवाने

की तज़वीज भी करता है लेकिन वह भी इस उम्मीद में कि वह उसे समझा बुझाकर अपने अनुकूल कर सकेगा। यह तो उसका दुर्भाग्य ही कहा जायेगा कि उसे समझाने का अवसर आता ही नहीं है, उसकी शहादत का समाचार ही आता है। निश्चय ही, यह शहादत सुल्तान को बुरी तरह तोड़ती है। लेकिन कुछ और विचार करने पर हमें यहाँ भी सुल्तान के व्यवहार में उसी घृणा का मनोवैज्ञानिक रूपान्तरण दिखाई पड़ता है। वह बेटे की शहादत में भी व्यंजना बहन-बहनोई के प्रति उसके गहरे लगाव की अभिव्यक्ति ही पाता है, इस अर्थ में कि बेटे ने ताज इसलिये ठुकराया है कि वह बहनोई के रक्त से रंजित है। ऐसे ताज को धारण करने के बजाय उसने मौत को ज़्यादा श्रेयस्कर समझा और उसका वरण भी कर लिया! यह सुल्तान के फैसले की साफ-साफ तौहीन ही है! इसकी पुष्टि हम सुल्तान की ऐंठन में भी पाते हैं। बहन के प्रति भाई के इस स्नेह को देखकर वह ऐंठ गया है। यह ऐंठन उसमें है भी इतनी अधिक कि वह बेटे की शहादत पर भी बाप को बिलखने नहीं देती। बेटे में उस व्यक्ति के लिये सहानुभूति है जिसे उसका बाप अपना चिर-शत्रु समझता है! यह स्थिति उसे कदापि सह्य नहीं हैं। नाटककार ने बेटे की शहादत पर बाप के हाहाकार का कोई दृश्य नाटक में नहीं रखा है। यह अकारण नहीं है। वैसा करना उसके रचे हुए गहन प्रतिशोधी वृत्ति के बादशाह बल्बन की अनुरूपता में भी नहीं होता। उसने 'वह' बल्बन रचा है जो अपनी गुलामी की यंत्रणाओं के प्रतिकार में प्रबल प्रतिशोध के लिये उठ खड़ा हुआ है (जो अपने शत्रु के प्रति 'अपनों' में से किसी की भी सहानुभूति को गले नहीं उतार सकता) और, अपने खून की तो किंचित्-सी भी सहृदयी रूझान को तो क्या, उसके किसी भी प्रकार के रूपान्तरण को भी नहीं सह सकता। इसीलिये लेखक ने न तो मुहम्मद की मौत की सूचना का सामना करते बल्बन को दिखाया है और न उसके शोक में एकान्त में विलाप करते बल्बन को। वह केवल इसका हल्का संकेत मात्र करके रह गया है जबकि यह इतिहास निबद्ध तथ्य है कि इस मौत ने बल्बन को बुरी तरह तोड़ दिया था। यद्यपि अपना दुख वह किसी के आगे प्रकट नहीं कर पाता था, इसलिये दिन में तो वह सल्तनत के फराइज़ अंजाम देता था लेकिन रात के अकेलेपन में वह अर्द्धविक्षिप्त की भाँति हाहाकार करता था और अपने कपड़े तक फाड़ डालता था! इस ऐतिहासिक तथ्य और उसके भावात्मक आधार के रहते भी लेखक ने नाटक की वस्तु में इसका समावेश नहीं किया है, वह उपर्युक्त सबब से ही। इस प्रकार, मुहम्मद की मृत्यु और बुगरा खाँ का निष्कासन उसे विचलित नहीं करता, इस असामान्यता को हम इस परिप्रेक्ष्य में ही समझ सकते हैं।

ग़ज़ल के प्रति बल्बन के आचरण में भी हम दूर तक उसकी अपराधी मनोवृत्ति व्यंजित हुई पाते हैं। वहाँ वह अति पर चला गया है। ग़ज़ल की स्थिति कुछ भिन्न ही है, इसलिये कि वह बल्बन की बेटी भी है और नासिरूद्दीन की बीवी भी। जहाँ तक वह बीवी है, उसकी स्थिति शहजादी बेगम के समान है। बल्बन को तख़्तोताज पर देखकर जिनके चेहरों पर उभरता तंज उसका कलेजा चाक करता है, उनमें वह शहजादी बेगम के साथ ग़ज़ल का शुमार भी करता है। लेकिन ग़ज़ल बल्बन की बेटी भी है। बल्बन

ने सत्ता हथियाने के लिये दामाद की हत्या की है। प्रश्न यह उठता है कि अब अपने अंतिम समय में बेटी को सामने पाकर भी बाप को वह आत्मग्लानि क्यों नहीं मथती जो सामान्यतया ऐसा जघन्य अपराधा करने वाले व्यक्ति के अन्तःस्तल में होनी चाहिये।

इसका कुछ समाधान हम एक महत्त्वाकांक्षी और अपराधी व्यक्ति के मनोवास्तव को टोह कर पा सकते हैं। अपने अपमान से तिलमिलाया हुआ व्यक्ति जब प्रतिशोध लेने पर उतर आता है, तब वह सब कुछ भुला देता है। ऐसे व्यक्ति में नैतिकता का ही नहीं, नाते-रिश्तों की रागात्मकता का भी लोप हो जाता है। उसकी प्राप्ति के लिये परम अनैतिक हो जाता है। उसकी प्राप्ति के लिये वह कोई भी अपकर्म कर सकता है, परिणाम की विकटता का भी कोई विचार उसमें नहीं रह जाता इसलिये कोई भी अपराध भाव उसमें नहीं जागता। यही स्थिति बल्बन की है। ग़ज़ल उसके लिये बेटी नहीं रह गई है। 'ग़ज़ल बेगम' हो गई है याने नासिरूद्दीन की बीवी। अतः नासिरूद्दीन के प्रति बल्बन की घृणा स्थानापन्न भाव से ग़ज़ल के प्रति भी हो जाती है। इसी वजह से वह उस दुख को भी साझा नहीं कर पाता है जो मुहम्मद और बुगरा खाँ में ग़ज़ल के प्रति उमड़ता है और जिसकी वजह से वे तख्तोताज तक ठुकरा देते हैं।

लेकिन लगता है, यहाँ लेखक ने तात्कालिकता दर्शाने वाली मनःस्थिति को अत्यधिक तूल दे दिया है। उसने यह बात भुला दी है कि इस घटना को बीस वर्ष बीत गये हैं! उसने सद्यः घटित घटना और बीस वर्ष पूर्व घटित के अंतराल को विस्मृत कर दिया है। व्यक्ति की महत्त्वाकांक्षा यदि पूरी न हो तो उसमें अतृप्ति की आग के वर्षों तक जलते रहने का औचित्य भी समझा जा सकता है, लेकिन यहाँ यह स्थिति नहीं है। बल्बन ने अपनी महत्त्वाकांक्षा पूरी कर ली है, उसकी घृणा और प्रतिशोध का आलम्बन नासिरूद्दीन रहा भी नहीं है (सत्ता भोगते स्वयं उसे बीस वर्ष हो गये हैं) और अब तो उसकी जीवन-यात्रा भी मृत्यु के किनारे पर पहुँची हुई है; ऐसे में उसमें प्रतिशोध की वही ज्वाला उसी तीव्रता से जलती-धधकती रहे इसका औचित्य समझना कठिन है।

संयोग से ही सही, नाटककार ने एक अवसर उपस्थित किया है, जब बाप-बेटी का आमना-सामना होता है। बाप की गंभीर बीमारी का समाचार पाकर वह उसकी तीमारदारी के लिये आई है। लेकिन हैरानी की बात है कि बीस साल बाद बेटी को सामने पाकर भी बाप उसे गले नहीं लगाता, उसमें पश्चात्ताप का कोई ज्वार नहीं उमड़ता; ज्वार उमड़ना तो दूर, उसके मुँह से खेद के दो बोल तक नहीं फूटते! यह वह पिता है जो जानता है कि उसी की वजह से बेटी बेवापन का अभिशाप भुगत रही है। लेकिन हैरानी की बात है कि उसकी संवेदना इतनी कुंठित हो गई है कि वह बेटी के बारे में कुछ विचार कर भी पाता है तो यही है कि उसका दुबारा विवाह कर दिया जाय या फिर कोई सूबा दया करके उसके नाम कर दिया जाय (जिसे वह दृढ़तापूर्वक ठुकरा देती है)! कोई ममत्व पिता में नहीं जागता, अंत तक ऐंठन ही बनी रही है। लेखक उसकी ऐंठन के किसी औचित्य की कोई प्रतीति हमें नहीं करा पाता है। हद तो यह है कि बेटी के तीमारदारी के प्रस्ताव में निहित सदाशयता की कद्र करने के बजाय वह उसके प्रति अपमानजनक व्यवहार करता है।

कुछ ऐसा ही अनौचित हम मुहम्मद के संदर्भ में भी पाते हैं। उसे अपने पिता के दुष्कृत्य पर शर्म है। लेकिन यह शर्मिन्दगी भी अतिरंजित है। उसकी शर्म का आलम्बन उसका पिता है लेकिन उसकी शर्मिन्दगी भी आलम्बन का अतिक्रमण कर जाती है और आश्रय को विकल्पहीन स्थिति में लाकर अंत में उसे ही ग्रस लेती है। नाटककार की कल्पना है कि बहनोई की हत्या से मुहम्मद को इतना अधिक सदमा पहुँचा है कि वह पिता से घृणा करने लगा है जिसे वह तेल के कड़ाह में उबलने की बात कहकर प्रकट करता है। उनके साथ रहने की कल्पना भी उसे असह्य जान पड़ने लगी है। अतः बतौर विरोध वह पिता के आमन्त्रण से मुँह फेर लेता है जो एक प्रकार से पिता की अवहेलना करना ही है और सल्तनत को ठुकराना भी (क्योंकि वह बहनोई के रक्त से रंजित है)। इसका अर्थ यह है कि पिता के अपराध के लिये वह स्वयं को दंडित कर लेता है। इसका कुछ औचित्य तो हम पा सकते हैं; लेकिन अपने आदर्शवाद की झोंक में लेखक उसे जिस अति पर ले गया है, उसे निगलना कठिन है। औचित्य तो इस अर्थ में और इतना है कि यह वह भी समझता है कि पिता ने जो कुछ भी किया है याने नासिरूद्दीन की हत्या भी की है तो वह उसी के लिये तख्तोताज सुरक्षित रखने के लिये ही की है, इसलिये इस हत्या के लिये नैतिक उत्तरदायी वह स्वयं है और इसी सबब से वह पाप-बोध अपने में स्थानान्तरित कर लेता है और बतौर प्रायश्चित सत्ता ठुकरा देता है। लेकिन लेखक के आदर्शवाद को इससे भी चैन नहीं आता इसलिये वह उसे जंग में भेज देता है, जो प्रकारान्तर से उसका मृत्यु का वरण कर लेना है याने अपराध-बोध इतना प्रबल हो जाता है कि उसका प्रायश्चित, अवचेतनतः ही सही, वह मृत्यु में ही पाता है। और अवचेतन भी क्यों कहा जाय, उसका अपना यह कथन भी प्रमाण है कि 'अब समझ में आता है कि शाइर मौत को भी चारागर क्यों मानते हैं,' यह सूचित करता है कि यह निर्णय उसने अंशतः ही सही चेतनतः ले लिया था। फिर, लेखक ने सुल्तान के इस कथन से इसकी पुष्टि भी की है–

'शहजादा खुद मौत को गले लगाना चाहता था।....उसने दिल्ली न लौटने का फैसला कर लिया था। इधर वो हमारी हुक्मउदूली भी नहीं करना चाहता था। मौत को चुनना कितना आसान था उसके लिये।'

क्योंकि इन दोनों कदमों में, सत्ता ठुकराने में और शहीद हो जाने में, ऐतिहासिक तथ्यों का निर्वाह भी हुआ है इसलिये ये दोनों बातें हमें उतनी नहीं अखरती, लेकिन जिस युग संदर्भ में यह निर्णय लिया गया है, उस युग पर विचार करें तो कहना होगा कि लेखक ने अनावश्यक रूप से अपना आदर्शवाद पात्र पर आरोपित कर दिया है। वह पात्र को कठोर नैतिकतावादी बनाकर उसे शर्मिन्दगी की अति पर ले गया है (जहाँ वह सत्ता ठुकरा देता है) ताकि उसके बरक्स लेखक बल्बन की बर्बरता को जलील कर सके। लेकिन इसके बाद वह उसे सँभाल नहीं पाया है इसलिये मृत्यु उसकी शापित लाचारी हो गई है। बात को इस तरह और भी स्पष्ट किया जा सकता है कि मुहम्मद का सुल्तान नहीं बन पाना और उसकी शहादत यदि ऐतिहासिक तथ्य नहीं होते तो उस युग-संदर्भ में

उसके इन निर्णयों की अतिवादिता को गले उतारना निश्चय ही कठिन होता। तात्पर्य यह है कि मृत्यु का जो हेतु लेखक ने मुहम्मद की नैतिकता में कल्पित किया है, वह उस युग-संदर्भ में अतिरेकी हो गया है।

कुछ ऐसा ही अतिरेक बुगरा खाँ के चरित्र में भी दिखाई पड़ता है लेकिन शहजादी बेगम के पक्ष में औचित्य अनुभव करते हुए वह यथार्थ के भी कुछ निकट आ जाता है। परन्तु सल्तनत की बागडोर सँभालने से वह भी इनकार कर देता है। कदाचित ऐतिहासिक तथ्य के निर्वाह के लिये। यदि वह निर्वहन युगीन-संदर्भ में किया जाता तो नाटक अधिक प्रभावशाली होता।

यहाँ प्रसंगवश युग-संदर्भ पर दृष्टिपात करना भी अनुचित नहीं होगा। संदर्भभूत युग मध्ययुग है। उस युग में सत्ता संघर्ष में हत्या आम बात हो गई थी। इतिहास बताता है कि गुलाम वंश में ही ईल्तुतमिश के बाद और नासिरूद्दीन के पूर्व के दशक में चार शासकों की हत्या हो गई थी। बल्बन इनका साक्षी रहा था इसलिये उसे हैरानी होती है, जब उसे पता चलता है कि उसका पुत्र ही उसे अपराधी समझता है।

जब इस वंश में सत्ता के लिये हत्या की परम्परा ही रही है, तब बल्बन का इस विधि से सत्ता हस्तगत करना अपराध कैसे हो गया? और, मुहम्मद को तो समझना ही चाहिये कि बाप ने सत्ता उसके लिये ही हासिल की है जबकि वह अपने बाप को ही लांछित कर रहा है। उसकी मृत्यु ही बाप की सबसे बड़ी हार हो जाती है।

सामान्य तौर पर देखें तो दामाद की हत्या से बढ़कर जघन्य कर्म और क्या हो सकता है। लेकिन इतिहास में और गुलाम वंश के संदर्भ में जब ऐसे उदाहरण भरे पड़े हैं, तब उसमें बल्बन को ही अपराधी समझने का औचित्य क्या है? और वह भी इस रूप में कि बीस साल बाद मुद्दा उठाकर और गड़े मुर्दे उखाड़कर उसकी संतान ही उसे नकारने की हद तक लांछित करें! इसका औचित्य समझना तो और भी कठिन है।

वस्तुतः नाटक में असंगति यह जान पड़ती है कि लेखक ने बल्बन को तो मध्ययुगीन शासकों की संवेदना (या संवेदन शून्यता) देकर घोर महत्त्वाकांक्षी, घृणापन्न, प्रतिशोधी और बर्बर बना दिया है परन्तु उसके बेटों को अहिंसावादी संवेदना देकर सर्वथा निरामिष और निवृत्तिवादी तक बना दिया है! डस का ध्यान इस ओर गया ही नहीं है कि उनका यह उन्नयन सुल्तान को गिरा कर किया गया है और दूसरे, उनको अहिंसावादी बनाकर उसने उनको परिवेश से काट दिया है।

व्यक्तिशः ये पात्र जिन आदर्शों के वाहक हैं, उनसे कोई विरोध नहीं हो सकता लेकिन ऐतिहासिक नाटक पर विचार करते हुए हम लेखक से अपेक्षा केवल यही नहीं करते कि वह अपनी रचना में मानवीय विश्वसनीयता का निर्वाह करे; हम उससे रचनात्मक विश्वसनीयता की अपेक्षा भी करते है; और इसके लिये यह आवश्यक है कि वह उस युगीन वातावरण की विश्वसनीयता भी अर्जित करे जिसमें उसके पात्र साँस लेते हैं। जिस युग में और जिस वंश में सत्ता के लिये संघर्ष और हत्या परम्परा-सी हो, उसमें बल्बन द्वारा नासिरूद्दीन की हत्या को इतना अधिक तूल देना और वह भी उसकी संतान

द्वारा ही कि वे उसके विरोध में सल्तनत तक ठुकरा दें (और एक तो मृत्यु तक का वरण कर ले) क्या उस युगीन वातावरण की अनुरूपता में कहा जायेगा? यह प्रश्न विशेष रूप से विचारणीय इसलिये भी है कि बल्बन ने नासिरूद्दीन की हत्या की थी, यह इतिहास का सर्वमान्य तथ्य नहीं है। उधार नाटक में भी यह मुद्दा वैसा अतिसंवेदनशील नहीं बन पड़ा है, जैसा औलाद से सत्ता को ठोकर लगवा कर लेखक ने उसे बनाना चाहा है दोनों शहजादे सुल्तान के प्रति इस तरह प्रतिक्रिया प्रकट करते हैं जैसे वे कल घटित घटना के प्रति कर रहे हो! इससे नाटक एक तात्कालिकता का प्रभाव उत्पन्न करता है। काल व्यवधान यहाँ इतिहास और वर्तमान का नहीं है यह इतिहास के दायरे का ही व्यवधान है।

यों, ऐतिहासिक तथ्यों की रक्षा की ओर लेखक सजग रहा है, इस अर्थ में कि बल्बन का कोई सा भी बेटा उसका उत्तराधिकारी नहीं बनता लेकिन वह प्रभावशाली हेतु-संघटना उससे नहीं बन पड़ी है जो शहजादों द्वारा सत्ता ठुकराये जाने के निर्णय के औचित्य का हमें कायल करती। मुहम्मद के निर्णय को तो फिर भी उसकी चारित्रिक शालीनता के अंगभूत स्वीकार किया जा सकता लेकिन बुगरा खाँ का निर्णय तो उसके ऐतिहासिक संद्र्भ और वैयक्तिक संद्र्भ दोनों में ही असंगत हो गया है। इतिहास में यह एक मद्यप, ऐय्याश और गैर ज़िम्मेदार शहजादा बताया गया है।

फिर भी, बल्बन के उत्तराधिकारी के प्रसंग में सियासती गुटबन्दी और साजिश को लेखक ने हल्का-सा वस्तुगत धरातल प्रदान किया है, कैकुवाद को सुल्तान घोषित करने वाले अंश में विशेश रूप से। यह अंश लेखक की सूझबूझ ही नहीं, उसके नाट्य कौशल का भी प्रभावी निदर्शन है। यह उसके सधे हाथों की ऐसी सृष्टि है जो अपनी संक्षिप्तता के बावजूद पलक झपकते ही षड़यन्त्र रच सकने वाली कुटिल बुद्धि और उसे तत्काल अंजाम देने वाली त्वरित बुद्धि को प्रभावी ढंग से दर्शाती है और साथ में युग की षड़यन्त्रकारिता को भी उजागर करती है। यदि लेखक अपने अंहिसावदी आग्रहों से हटकर देख पाता तो यह प्रसंग उस युग की सियासती गुटबन्दी और षडयन्त्रकारिता को उसकी पूरी जटिलता में उजागर करने की दृष्टि से संभावनागर्भित था। यह बात इस आध ार पर कही जा रही है कि इसका ताना बाना नाटक में मौजूद है।

यह षड़यन्त्र सुल्तान के अंतिम साँस लेने के साथ ही तत्काल नहीं रच लिया गया था। इसके पृष्ठभूत एक कुटिल बुद्धि सुनियोजित ढंग से सतत रूप से क्रियाशील थी, यह बात नाटक में एकाएक प्रकट नहीं होती लेकिन यदि हम गहराई से विचार करें और वस्तु-ध्वनि को पाते चलें तो लक्ष्य यह भी कर सकते हैं कि उस युग की सियासती षडयन्त्रकारिता अपनी जटिलता में नाटक में संकेतित है, कहीं कुछ किन्तु परन्तु चाहे उसमें लगें।

षड़यन्त्र का प्रकट सूत्रधार निज़ामुद्दीन है। यह उस प्रकृति का चरित्र है जो ऐसे कार्यों के योजनाभूत भी होते हैं और साधनभूत भी। यह प्रारम्भ से ही अवसर की ताक में रहने वाला है और अवसर आ पड़ने पर उसे झपटने वाला भी। खुसरों इसके स्वर से ही इसकी इस प्रकृति को ताड़ लेता है। वह मुहम्मद से कहता भी है, ये आपको दिल्ली

ले जाने आया है या जंग में जाने के लिये उकसाने मुहम्मद की सत्ता के प्रति अनिच्छा देख कर ही वह (निज़ामुद्दीन) सल्तनत की बागडोर पर अपनी नज़रें गड़ा लेता मालूम होता है। अंतिम दृश्य में फखरूद्दीन की नवासी को मलिका-ए-जहाँ कह कर वह अपनी जोड़-तोड़ वृत्ति और दूरदर्शिता का ही पता नहीं देता, दोनों परिवारों में सम्बन्ध-सूत्र की कल्पना भी कर लेता है। यह तमाम षड़यन्त्र कब कैसे रचा गया, इसकी जानकारी हमें नाटक में नहीं मिलती लेकिन निज़ामुद्दीन की कुटिल बुद्धि जिस त्वरा से षड़यन्त्र को अंजाम देती है, उसकी योजना तत्क्षण की गई नहीं हो सकती। दूसरे, वह अपना जो एक और हेतु यह कह कर प्रकट करता है, 'और सल्तनत की बागडोर इन हाथों में' उससे यह मान लेने का आधार बनता है कि इस संभावना को उसने बहुत पहले ही सूंघ लिया था और समय के साथ-साथ उसके लिये व्यूह रचना भी करता चला गया था। निज़ामुद्दीन की कुटिल प्रवृत्ति में जो सातत्य हम निर्वहित हुआ पाते है; उससे भी यही सूचित होता है कि यह षड़यन्त्र उसे अनायास ही नहीं उपज आया था। उसने इसे सजगतः रचा है या इसके रचे जाने में वह मुख्य सहायक हुआ है।

कैकुवाद को सुल्तान घोषित करने से पूर्व निज़ामुद्दीन फखरूद्दीन की सहमति प्राप्त करता है। यह सहमति वह जिस तरह से बिना किसी प्रतिरोध के देता है, क्या वह भी कुछ संकेतित नहीं करता? वैसे, फखरूद्दीन प्रारम्भ से ही सुल्तान के प्रति वफादार रहा है। इस वफादारी के सिले में ही उसे मलिक उल-उमरा का खिताब बख्शा गया है। वफादारी का स्मरण फखरूद्दीन सुल्तान की मृत्यु के समय भी करता है लेकिन सुल्तान की अंतिम इच्छा के विपरीत अचानक कैकुवाद के लिये वह अपनी सहमति व्यक्त कर देता है। क्या वफादारी में यह रिसाव सुल्तान की मृत्यु के बाद अचानक ही हुआ है? यदि हम फखरूद्दीन की चाल देखें और उसकी पद्चाप सुन सकें तो पायेंगे कि सुल्तान के प्रति वफादारी दिखाते हुए भी वह प्रारम्भ से ही झुक बुगरा खाँ परिवार की ओर ही रहा था। ऐसा जान पड़ता है कि वह बहुत ही दूरदर्शी और गहरा व्यक्ति है। सल्तनत के प्रति मुहम्मद की अनिच्छा उसने पहले से ही जान रखी है इसलिये सुल्तान के निर्देश पर शहजादे को दिल्ली आने के लिये मनाने के लिये निज़ामुद्दीन को भेजता है। निज़ामुद्दीन को वह क्या हिदायतें देकर भेजता है, यह तो हम नहीं जान पाते हैं लेकिन खुसरो जिस बात को ताड़ता है उससे और कुछ अन्य संकेतों के आधार पर, यह कहा जा सकता है कि सल्तनत सम्बन्धी व्यूह-रचना अकेले निज़ामुद्दीन की नहीं हो सकती; निज़ामुद्दीन को मुल्तान भेजने का फैसला तो फखरूद्दीन का था ही। यदि हम लक्ष्य कर सकें तो पायेंगे कि जब भी अवसर आता है, चाहे वह वलीअहद मुकर्रर करने का हो या शहजादे को दिल्ली बुलवाने का, वह फखरूद्दीन बराबर बुगरा खाँ का नाम पेश करता है यद्यपि बड़ी चतुराई से। पहला नाम वह मुहम्मद का पेश करेगा क्योंकि वह निश्चिंत है कि सुल्तान उसे ठुकरायेगा ही और उसके द्वारा ठुकरा दिये जाने पर बुगरा खाँ का नाम पेश करेगा, चाहे सुल्तान उसे भी ठुकरा ही दे। इसी विधि से चलते हुए वह अंत में ऐसी स्थिति भी ले आता है, जहाँ बुगरा खाँ को दिल्ली बुलाये जाने के लिये सुल्तान भी

सहमति दे देता है। इस तरह, विचार करने पर यह स्पष्ट हो जाता है कि कैकुवाद की सुल्तानी एक साजिश है जो प्रकटतः चाहे निज़ामुद्दीन द्वारा रची गई हो लेकिन मूलतः और सतत रूप से रची फखरूद्दीन द्वारा गई है। अपनी नवासी को मलिका-ए-जहाँ बनाना, इसका हेतु भी है और इसकी परिणति भी।

क्या इस षड़यन्त्र की रचना में शहजादी बेगम की भी कोई भूमिका है? इतना तो स्पष्ट है कि शहजादी बेगम के रूप में लेखक ने एक अत्यन्त अहंकारी, तीखे मिजाज की, प्रतिशोधी वृत्ति की और अति महत्त्वाकांक्षी नारी की सृष्टि की है। अपने बेबाकीपन में तो वह कदाचित बेजोड़ हैं। वह कैकुवाद को सुल्तान बनाने पर भी आमादा है। इसे देखते हुए षड़यन्त्र यदि निज़ामुद्दीन की शहजादी बेगम के साथ साठ-गाँठ के रूप में निरूपित होता तो शहजादी का चरित्र असंदिग्ध रूप से और भी प्रभविष्णु बनता। कैकुवाद को सुल्तान बनाने का निज़ामुद्दीन का प्रस्ताव उसके लिये घर बैठे गंगा की तरह होता है; चुपड़ी और दो-दो। इस स्थिति में उस युग का यथार्थ नाटक में और भी शसक्त रूप में अभिव्यक्ति पाता। इस मंतव्य का एक पुष्ट आधार यह है कि कैकुवाद की सुल्तानी का जो संक्षिप्त-सा समारोह नाटक में दिखाया गया है, उसमें हम देखते हैं कि कैकुवाद के सिर पर पगड़ी शहजादी बेगम ही रखती है।

इस षड़यन्त्र में यदि बुगरा खाँ का योग भी दिखाया जाता तो वह भी उसकी इतिहास-निबद्ध छवि के प्रतिकूल नहीं होता। सुल्तान ने दोनों भाइयों को प्रारंभ से ही अलग रखा है, वह दोनों में भेद भी करता आया है, वह मुहम्मद के प्रति पक्षपात भी करता रहा है, स्वयं बुगरा खाँ भी इस भेदभाव से अनभिज्ञ नहीं है, वह ये बातें खुसरो से कहता भी है। सुल्तान ने उसे लखनौती सौंपते हुए परामर्श के नाम पर साफ-साफ चेतावनी बल्कि धमकी दी है लेकिन इन सभी बातों को जानते हुए भी वह इन्हें नज़रअंदाज़ करके पिता के प्रति वफादार रहता आया है; यह अलग बात है कि सारी वफादारी और तीमारदारी का सिला उसे यह मिला कि उसकी बात को ढंग से सुने-समझे बिना ही सुल्तान ने उसे अपमानित करके दिल्ली से निकाल दिया है। भेदभाव के कोढ़ में यह स्थिति खाज उत्पन्न करके बुगरा खाँ को निज़ामुद्दीन शिविर में धकेल देती तो भी कोई अनौचित्य नहीं होता; उससे न केवल ऐतिहासिकता का निर्वाह होता बल्कि युग की षड़यन्त्रकारिता अधिक सशक्त और सांगोपांग रूप में उद्घाटित होती लेकन बुगरा खाँ को आदर्शवादी बनाकर लेखक ने उसे इस पथ से हटा दिया है। सच तो यह है कि लेखक के आदर्शवादी आग्रहों ने नाटक के ऐतिहासिक यथार्थ का रास्ता छेंक लिया है। लेखक ने संकेतों का सम्यक् विकास किया होता तो नाटक में युग के 'गन्दे हाथों' को सुदृढ़ वस्तुगत धरातल प्राप्त होता और उसमें घटनात्मक उतार-चढ़ाव भी आता अन्यथा नाटक उसकी केवल झलक भर ही दे सका है। लगता है, लेखक ने नाटक को आदर्शवादी या गाँधीवादी बाना पहनाने का जो प्रयत्न किया है, उसने नाटक के अपने ऐतिहासिक यथार्थ को उभरने नहीं दिया है।

नाटक पर एक और दृष्टि से भी विचार किया जा सकता है।

नाटक पढ़ते हुए यह प्रतीति हमें बराबर होती रहती है कि सुल्तान अपने भीतर कहीं भयत्रस्त भी है। जब कोई व्यक्ति हत्या की राह से सत्ता प्राप्त करता है, तब यह स्वाभाविक ही है कि उसे उसी राह से सत्ता के छिन जाने का भय भी रहे। इस भय के निवारण का एक उपचार यह होता है कि व्यक्ति अपने अधीन और निकटवर्ती लोगों को दहशत में रखे। बल्बन की स्थिति यही है। खुसरो से लेकर अवाम तक सभी यह समझते हैं और कहते भी हैं कि सुल्तान ने कठोर दण्ड का जो आतंक फैला रखा है, वह अमीर-उमरा और अवाम को समान रूप से दहशत में रखने के लिए ही है। छोटे-छोटे अपराधों तक के लिये सज़ाये-मौत देना, अमीर-उमरा तक को फाँसी लगवाना, बगावत करने वालों को तथा उनके रिश्तेदारों और वफादारों तक के शवों को सरेआम पेड़ों पर लटकवाना, आतंक फैलाये रखने के लिये ही है। स्वयं सुल्तान भी इसे छिपाता नहीं है। वह कहता भी है कि–'रहती दुनिया तक लोग याद रखें बल्बन से बगावत का हश्र।'

लेकिन यह दहशत का एक पक्ष है और प्रकट पक्ष है। नाटक में दहशत का एक पक्ष और भी है और विचार करने पर उसे पा लेने में हमें कठिनाई भी नहीं होती। यह भी एक गुलाम की अपनी गुलामी के विरूद्ध प्रतिक्रिया का ही एक और रूप है। गुलाम होना गुमनामी में खो जाना है (बल्बन को यह गवारा नहीं है)।

बल्बन ने अपने जीवन का एक बड़ा भाग गुलामी में ही गुजारा था। यह गुलामी उसके स्वाभिमान में तिलमिलाहट उत्पन्न करती थी। परन्तु विडम्बना यह है कि सल्तनत का तख्तोताज हासिल करने के बाद भी अवाम में उसकी छवि एक गुलाम की ही रही। ऐसा जान पड़ता है कि जनमानस में दृढ़मूल हुई अपने गुलाम रहे होने की छवि को मिटा डालने के लिये भी वह प्रयत्नशील था। याने गुलामी के विरूद्ध एक प्रतिक्रिया गुलामी से मुक्ति की थी, तो दूसरी गुलाम होने की छवि से मुक्ति के लिये उद्यम की भी थी।

बल्बन अपनी एक भिन्न छवि अवाम के दिलोंदिमाग पर अंकित करना चाहता है। उसने अपने आदर्शवादी होने की कोई छवि निर्मित करनी नहीं चाही है, यद्यपि कुछ जनकल्याणकारी कार्य भी उसने किये है; यथा, वह इंसाफ़ पसंद है; इस रूप में उसकी चर्चा भी होती है; यह अलग बात है कि खुसरो जैसे लोग इसे अमीर-अमरा को दहशत में रखने के साधनभूत देखते हैं)। सुल्तान ने दिल्ली में अमन-चैन कायम करने लिए लुटेरे मेवों को सफाया कर दिया है; आम आदमी इससे राहत अनुभव करने लगा है (यहाँ फिर अलग बात है कि कुछ लोग इसे भी अवाम को दहशत में रखने का हथियार मानते हैं); लेकिन उसके लिए तो ये कदम अपनी जो भिन्न छवि वह चाहता है, उसके अंगभूत है। यह स्पष्ट रहना चाहिए कि सुल्तान किसी निखालिस आदर्शवादी आकांक्षा से पीड़ित या प्रेरित नहीं है, न वैसी छवि उसकी स्पृहणीय ही है। वह इंसाफ़ करने या अमन चैन कायम करने के लिए हत्या और फाँसी का सहारा लेने में भी कतई कोई हिचक अनुभव नहीं करता। हम यह भी कह सकते हैं कि गुलाम के बरक्स अपनी खूँखार छवि उसे ज़्यादा गवारा है। लेकिन मूल मकसद यही है कि वह अपनी एक भिन्न छवि चाहता है, गुलाम से भिन्न कुछ संकेत-सूत्र भी हमें मिलते हैं जिन्हें इस संद्‌र्भ मे प्रासंगिक कहा जा

सकता है; जैसे सुल्तान अपनी दरबारी शानो-शौकत का विशेष आग्रही है; उसने दरबार में अमीर-उमरा के लिए विशेष नियम-कायदे निर्धारित किए हैं जिनका पालन आवश्यक था, ऐरे-गैरे का दरबार में प्रवेश निषिद्ध था उसे धन-दौलत से प्रलोभित नहीं किया जा सकता था नीचे लोगों को ऊँचा पद या ओहदा देना उसे गवारा नहीं था अवाम से मिलने में वह अपनी हतक समझता था आदि। इन सबसे मिलकर जो प्रतिमा निर्मित होती है, वह बल्बन की अपनी स्पृहणीय प्रतिमा है अपने में विशिष्ट, गुलाम से भिन्न एक विशिष्ट प्रतिमा, एक व्यक्तित्ववान शासक की प्रतिमा है।

इस विवेचन का आधार हमें नाटक में मिलता है। प्रथम दृश्य जिस भी अभिप्राय से रचा गया हो, यह बात भली-भाँति दर्शाता है कि बल्बन के बादशाह बन जाने के बाद भी जनसाधारण में उसकी छवि एक गुलाम के रूप में ही बद्धमूल थी। उसने स्वयं को इससे मुक्त करना चाहा हो, यह स्वाभाविक है। यद्यपि नाटककार ने इस आशय का कोई विचार कहीं किसी से व्यक्त नहीं करवाया है लेकिन बल्बन के अपने क्रियाकलापों में हम इसकी व्यंजना पा सकते हैं। इसमें कोई संदेह नहीं कि सल्तनत के विरूद्ध होने वाली बगावत को कुचलना और अपराधी को दंडित करना सल्तनत की रक्षा के लिए आवश्यक होता है, लेकिन इन रक्षार्थ उपायों में और दण्ड विधान में जो बर्बरता है, शवों को सरेआम जो पेड़ों से लटकवाना है, वह अतिवादिता है। उसका हेतु रक्षा नहीं कुछ और है। इस अतिवादिता में व्यंजना हम यह पाते हैं कि लोग बल्बन को इस नये रूप में पहचाने। गुलामी एक कलंक था जो उसने मिटा दिया है, आवश्यक है कि तद्नुरूप उसकी नई छवि भी बने। इसीलिए वह एक ध्रुव (गुलामी की छवि) के विरूद्ध प्रतिक्रिया करते हुए दूसरे विपरीत ध्रुव (भिन्न छवि की प्रमिष्ठा) पर चला गया है। अति-क्रूरता की यह तर्कसंगत व्याख्या है। फिर, यह केवल क्रूरता और बर्बरता ही नहीं है, कुछ कदम बल्बन ने और भी उठाये हैं (जिनकी चर्चा की गई है)। नई छवि इन सबसे संघटित होगी। नाटक के अंतिम दृश्य में निम्नांकित अंश भी यह दर्शाता है कि बल्बन अपनी नई छवि के लिए ही चेष्टाशील था। वह फखरूद्दीन से कहता है:

'ये दरबार की शानोशौकत, ये नंगी तलवार के घेरे, उमरा के खौफजदा चेहरे, बाज़ार में लटकती हुई लाशें, हमारी रूहानी जरूरियत हैं, फखरूद्दीन! वजूद ही बेमानी है इनके बिना।'

यह वह छवि है जो बल्बन की स्पृहणीय थी, और ऐसी ही छवि उसने बनाई भी है। इस निर्माण में अपनी आंशिक असफलता उसे अखरती बल्कि अंत तक सालती भी रही है। अपने अंतिम स्वगत में नासिरूद्दीन का स्मरण करते हुए वह कहता है–

'मुहम्मद की मौत, बुगरा खाँ की बेवकूफ़ी...कब्र में हँसते होंगे तुम।'

प्रसंगवश यह बल्बन की स्वीकारोक्ति है कि वह अपनी ही औलाद को अपने अनुकूल नहीं कर सका। यही उसकी असफलता है यद्यपि इसके उपरान्त भी वह अपनी हार मानने को तैयार नहीं है–

'नहीं नासिरूद्दीन! बल्बन ने हार नहीं मानी है।'

परन्तु अपने को बार-बार याद दिलाना कि मैंने हार नहीं मानी है, क्या प्राकरान्तर से स्वयं में हार मानना ही नहीं है? मुहम्मद की मृत्यु और बुगरा खाँ और (ग़ज़ल का भी) अपमान और निष्कासन क्या बल्बन की जीत है? क्या यह व्यक्ति की हार और उसकी हीनताग्रन्थि नहीं है, जो उसे यह कहलवा कर उसे झूठी तसल्ली देती है कि उसने हार नहीं मानी है। क्या नाटककार ने इसी अर्थ में नाटक को 'गुलाम बादशाह' कहा है? निश्चय ही, यह एक व्यंजक शीर्षक है। बल्बन गुलामी से तो मुक्त हो गया था, लेकिन लेखक का मत है कि मुक्त होकर भी वह रहा गुलाम ही, चाहे फिर यह गुलामी घृणा या प्रतिशोध की हो या फिर अहंकार की। यदि ऐसा है, तब भी हम यह विस्मृत नहीं कर सकते कि व्यक्ति की अपनी ही किसी दुर्बलता की गुलामी अलग बात है, और किसी सत्ताधीश या अधिनायक की गुलामी बिलकुल अलग। इस दूसरी गुलामी से मुक्ति ही उसकी प्रथम वरीयता थी। पहली कोटि की गुलामी से मुक्ति का न कोई प्रयत्न वह करता है, न उसकी उसे कोई इच्छा ही है।

इस नाटक में चरित्र-रचना और उससे भी बढ़कर इसकी भाषा इसके अत्यन्त सशक्त पक्ष है। बल्बन, फखरूद्दीन, निज़ामुद्दीन पर कुछ विचार यहाँ हुआ है। परन्तु समग्रत चरित्र विधान और भाषा पर विचार किया जाता तो वह नाटक पर किय गये विचार को पूर्णता देती।

संघर्ष पर हावी होते संस्कार

मन्नू भंडारी के नाटक 'बिना दीवारों के घर' पर पुनर्विचार

यदि दाम्पत्य जीवन में परस्पर प्रेम, विश्वास (वफादारी) और सहयोग न हो तो बसाई गई गृहस्थी बिना दीवारों के घर होती है। मन्नू भंडारी का जीवन ऐसा ही घर था। इस नाटक में 'शोभा' और 'मीना' की गृहस्थी भी ऐसी ही थी इसलिये लेखिका ने नाटक को जो 'बिना दीवारों के घर' कहा है, वह उचित ही है।

मन्नू के त्रासद जीवन के प्रकटतः निकट पड़ने के कारण ही मुझे यह नाटक आत्म-कथात्मक जान पड़ा था। मीना-जयन्त के प्रसंग में तो यह रंग कुछ गहरा भी है क्योंकि मीना भी मन्नू की तरह ही, पति के विश्वासघात से ही पीड़ित थी। लेकिन एक तो शोभा की प्रताड़ना का हेतु विश्वासघात नहीं था; दूसरे, नाटक में दोनों औरतें पति का घर छोड़ देती हैं जबकि मन्नू ने पति का घर छोड़ा नहीं था इसलिये भी नाटक को आत्म-कथात्मक कहने का औचित्य नहीं था परन्तु जब कुछ और विचार करने का अवसर आया, तब मुझे लगा, मीना तो लेखिका की दुविधा की रचना है! ऐसी स्थिति में नाटक, विशेषतः मीना-प्रसंग, का विश्लेषण मेरे लिये आवश्यक हो गया।

नाटक में लेखिका ने आज के युग में नारी-जीवन की दो प्रमुख समस्याएँ उठाई हैं। पति न चाहे तो औरत के व्यक्तित्व के स्वतन्त्र विकास की समस्या। दूसरे, गार्हस्थिक जीवन में औरत के सम्मान और स्वाभिमान की रक्षा की समस्या। पति लंपट हो तो औरत क्या करें? लेखिका का मंतव्य यही जान पड़ता है कि अनुकूलन के प्रयत्नों के बाद भी समस्या न सुलझे तो औरत को पति का आश्रय त्याग देना चाहिये। लेखिका ने शोभा और मीना दोनों को पति का घर छोड़ जाते दिखाया भी है।

मन्नू भंडारी के रचना-कर्म पर 'राजस्थान साहित्य अकादेमी' और 'अंतरप्रांतीय कुमार साहित्य परिषद', जोधपुर के संयुक्त तत्त्वावधान में आयोजित लेखिका सम्मेलन के समय पर इस पुनर्विचार का अवसर मिला था।–लेखक

शोभा-अजित का जीवन जो नाटक का क्रमिक विकास दिखाता है, सर्वथा सुगठित और प्रभावी प्रसंग है।

शोभा दो-एक दृश्यों में जिस नियामक और निर्णायक स्वर में पेश आते हुए अपनी सामर्थ्य और हौसला दिखाती है, उससे हमें यह प्रतीति भलीभाँति हो जाती है कि व्यक्तित्व का स्वतन्त्र विकास उसकी सर्वथा जायज माँग है। दूसरी ओर, ताने-तिश्ने और

निराधार आक्षेपों से आगे बढ़ कर अजित शोभा का जिस तरह चरित्र-हनन करता है, वह हमें इस बात का कायल कर देता है कि घर छोड़ देने के अलावा और कोई विकल्प शोभा के लिये रह ही नहीं गया था। घटना-क्रम और मोड़ की अपरिहार्यता की अनुभूति करा देना इस कथानक की बड़ी ताकत है। लेखिका ने इसे रचा पूरी वस्तुनिष्ठता और गहरी सूझबूझ से है। वैसे, यह भी मन्नू की रचनात्मक वस्तुनिष्ठता ही कही जायेगी कि अपना दाम्पत्य जीवन बिखर जाने के संकट के जिस दौर से वह गुजर रही थी, उस समय में वह आज के युग में नारी के व्यक्तित्व के स्वतन्त्र विकास जैसे भिन्न पहलू पर नाटक रच सकी!

मीना भी संघर्षशील है। पति के अन्याय और प्रताड़ना के विरोध में वह भी उसका आश्रय छोड़ देती है (और इसीलिये इस पटल पर भी नाटक आत्म-कथात्मक नहीं ठहरता)। इसी तरह, नाटकीयता के तल पर भी यह प्रकरण पूरी तरह सुगठित है। मीना एक चतुर और कुशाग्र बुद्धि रणनीतिकार है। एक-एक कदम फूँक-फूँककर, दूरदर्शिता से उठाती है।

नाटक की वस्तु-ध्वनि पर कान दें तो वह जो गाँवों का दौरा छोड़ कर कलकत्ता आती है, वह कदाचित जयन्त की स्टेनो के अन्यत्र विवाह कर लेने और जयन्त के अकेले रह जाने की भनक पाकर ही।

पहले फेरे में वह वस्तुस्थिति का पता करने के लिये आती है। इसके लिये वह एक समारोह का नाटक रचती है और उसमें एक कार्यक्रम शोभा के गायन का रखती है। उसमें वह लक्ष्य कर लेती है कि शोभा आती और जाती भी जयन्त के साथ ही है। अजित आयोजन में आता ही नहीं। उससे मीना यह ताड़ लेती है कि शोभा और अजित में तनाव है और यह भी कि जयन्त और शोभा में निकटता बढ़ रही है। वह उसे खटक जाती है। मनोविज्ञान के 'थर्ड इंजर्ड पार्टी' सिद्धान्त के प्रकाश में इस स्थिति को अच्छी तरह से समझा जा सकता है।

अपने दूसरे फेरे में मीना दोपहर के समय शोभा के घर जाती है इस योजना से कि घर में शोभा और अजित न मिलें ताकि उनके पारस्परिक संबंधों के बारे में जो अनुमान उसने पिछले फेरे में लगाया था, उसकी वास्तविकता जान सके। जीजी से बाते करके वह अपने अनुमान की पुष्टि पा लेती है।

जयन्त के प्रति उसके मन में जो कोमलता है, इसका कुछ आभास हमें कार्यक्रम वाले दिन, दोनों में हुई इस बातचीत से मिल जाता है–

"कैसे हो जयन्त/अच्छा ही हूँ/लग तो नहीं रहे। देख रही हूँ, पहले से बहुत दुबले हो गये हो/...यह बात तो मुझे तुमसे कहनी चाहिये।"

अगले फेरे में वह शोभा का मन टटोलती है। एक मकसद उसका शोभा को जयन्त से विमुख करने का भी होता है। शोभा के आगे अतीत का स्मरण वह यह कहते हुए करती है कि तुम्हारे सुखी दाम्पत्य से जयन्त पहले भी ईर्ष्या करता था। अब वह तुम्हें अजित से विरत करने वाले पथ पर ले जाने में लगा हुआ है। इस दूसरे आक्षेप पर

शोभा भड़क जाती है। कहती है कि "मैं क्या कोई बच्ची हूँ कि कोई मुझे अपने पथ से भटका देगा"?

शोभा की इस प्रतिक्रिया में मीना अपने मन में एक प्रकार की आश्वस्ति ही अनुभव करती है, इस अर्थ में कि अभी उसकी राह किसी ने छेंक नहीं ली है।

शोभा की सदिच्छा है कि जयन्त का घर बस जाय। वह एक बार उससे पूछती भी है कि "मामला फिर पट सकता है क्या? कहो तो कोशिश करूँ।" (25)।

इसी तरह, मीना की उदासी और बेचैनी की बातें सुनकर उसे भी पूछती है, "सच-सच बताना मीना, इस बेचैनी में क्या जयन्त कहीं नहीं होता?" तब मीना स्वीकार करती है कि "जयन्त भी होता है।" इतना ही नहीं, वह यह भी कहती है–

"जयन्त को देख कर मन की रिक्तता और चुभने लगी है, खालीपन और अधिक गहरा गया है।" (64)।

इसके बाद तो शोभा के लिये पूछने को कुछ खास रह ही नहीं जाता है; जो कसर रह जाती है, बालीगंज वाले घर से गुजरते हुए मीना को जो अनुभूति होती है और उसमें उस घर के लिये जो लगाव वह दर्शाती है, उससे पूरी हो जाती है। शोभा से उस अनुभूति को बाँटती हुई वह कहती है–

"जानती हो शोभा, परसों दोपहर को बालीगंज वाले घर के सामने से गुजरी...बड़ी विचित्र-सी अनुभूति हुई। बरामदे में मैंने बड़े शौक से मनीप्लांट के जो गमले लटकाये थे, वे वहाँ नहीं थे। सारा बरामदा बड़ा सूना-सूना लग रहा था। मन हुआ एक बार भीतर जाकर देखूँ। कहाँ क्या बदल गया है? मन और परिश्रम से जमाये उस घर की क्या हालत है? रघु कैसा है?"

बड़ी मुश्किल से वह अपनी उस तड़प को दबा पाई। वह शोभा से बड़े दर्द से कहती है–"घर यों आसानी से छूटता भी नहीं शोभा।"

मीना का दर्द अपनी जगह सही है उसका विकास जिस मंथर गति से दिखाया गया है, उसमें लेखिका की नाटकीय सूझ और नारी मन में पैठ भी भलीभांति फलित हुई है। लेकिन मूल प्रश्न यह है कि वह संघर्षशीला यह कैसे भूल गई कि जिस राह पर वह चल रही है, मंजिल तो उसकी वही घर है, अपने सम्मान और स्वाभिमान की रखा के लिये जिसे वह तिरस्कारपूर्वक त्याग चुकी है?

यहाँ लेखिका के सोच और रचाव में दरार आ गई है। मीना के रूप में रचना तो उसने एक विद्रोही नारी-चरित्र ही चाहा था और एक हद तक रचा भी है। लेकिन रचना उसकी अधूरी ही क्यों रही है? वह सुलह-पथ पर क्यों चल पड़ी है?

जो विद्रोह अपने जीवन में स्वयं मन्नू ने करना चाहा होगा परन्तु कर नहीं पाई, वही उसने मीना से करवा कर तोष पाया है। फिर, क्या कारण है कि मीना उस पथ से विरत होकर सुलह-पथ पर चल पड़ी है?

इसका नाटकीय समाधान तो लेखिका ने यह गढ़ लिया है कि जिन अनाथ औरतों को पुरूष साथी मिल जाता था, घर बसाने वे उसके साथ चल देती थी। उन्हीं के प्रभाव

ने मीना को भी प्रलोभित किया जबकि वास्तव में ठीक इसी बिन्दु पर उससे दृढ़ता की अपेक्षा थी। वह कमजोर क्यों पड़ गई?

लगता है, कमजोरी स्वयं लेखिका में है। यह उसकी जीवन-दृष्टि है, जिसने उसकी रचना-दृष्टि पर हावी होकर उसे कमजोर कर दिया है।

मन्नू का अपना जीवन और व्यक्तित्व तो स्वतन्त्र ही था। राजेन्द्र ने उसकी स्वतन्त्रता पर कोई अंकुश लगाया भी नहीं था। यह तो उसका अपना ही सोच था जो वह कहती है कि "हमारे संस्कार हमें वह सब करने नहीं न देते (जो राजेन्द्र कर रहे हैं)।" यह भी उनकी जीवन-दृष्टि ही थी जिसने परिवार को टूटने से बचाये रखा था। इस नाटक के लिखे जाने याने 1965 तक हम टूटते परिवार को जुड़ता ही देखते हैं। यों, उज्जैन से लौट आने के बाद भी आशा उन्हें थी कि जीवन पटरी पर लौट सकता है। इसी आशा की डोर से बँधी हुई वे प्रताड़ित जीवन जीती रही।

मन्नू के संस्कारों ने और उनसे बँधे जीवन और जीवन-दृष्टि ने मीना की रचना पर प्रभाव डाला है। लेखिका की रचना-दृष्टि ने ही एक विद्रोही नारी की रचना की थी लेकिन उसके संस्कारों और जीवन-दृष्टि ने हावी होकर उसे दुविधा की रचना बना दिया।

रचनात्मक धरातल पर विचार करें तो मीना की चरित्र-रचना में एक बड़ी कमी यह है कि लेखिका उसके लिये स्पष्ट लक्ष्य का विधान नहीं कर पाई। शोभा के सामने लक्ष्य सुस्पष्ट था, केवल आवश्यकता साहस की थी। अपने पैरों पर खड़ी होकर उसने आत्मविश्वास और साहस अर्जित कर लिया था। लेखिका के जीवन और जीवन-दृष्टि के हस्तक्षेप के लिये कोई अवकाश वहाँ रह ही नहीं गया था इसलिये एक हौसले वाली दृढ़ औरत का वस्तुनिष्ठ चित्र वह आँक सकी। अब क्योंकि एक तो मीना के सामने कोई निर्द्वंद्व जीवन-लक्ष्य नहीं था इसलिये, दूसरे, क्योंकि पति के विश्वासघात का संकट जो मन्नू का था, वही मीना का भी था, इस समधर्मिता के कारण भी, लेखिका की जीवन-दृष्टि को मीना के जीवन में हस्तक्षेप करने का अवकाश मिल गया। उसके संकल्प को धकिया कर लेखिका के संस्कार उस पर भी हावी हो गये और जाने-अनजाने में वे ही उसे सुलह की दिशा में ले गये।

यदि शोभा अपनी उलझनों से मुक्त होती तो सुलह-पथ पर बढ़ती हुई मीना का पुनर्वास कठिन नहीं था। लेकिन वास्तविकता यह है कि मीना का पुनर्वास लेखिका का अभीष्ट नहीं था। वह स्थिति तो उसके विद्रोह को मुँह चिढ़ाते जान पड़ती। उधर, मीना अपनी रणनीति में इतनी आगे बढ़ गई थी कि उसे पीछे लौटा लेना भी संभव नहीं रह गया था। किसी तरह का विकल्प संभव नहीं पाकर ही लेखिका के पास यही राह बची थी कि शोभा के घर छोड़ने के साथ ही नाटक का पटाक्षेप कर दे। इस स्थिति के कारण ही मीना लेखिका की दुविधा की रचना कहीं गई है। पहले जो कहा गया था कि नाटक लेखिका की आत्म-कथात्मक रचना नहीं है, उपर्युक्त विवेचन विश्लेषण के संदर्भ में उसे परिसीमित (क्वालिफाई) करना ही होगा। नाटक में मीना का पुनर्वास होता तो, वह

मन्नू के जीवन के निकट चला जाता परन्तु उसके बिना भी मीना के जीवन की रूझान पर मन्नू की गहरी छाया है, इससे इनकार कैसे किया जायेगा?

प्रसंग समाप्त करते हुए दृष्टि शोभा के एक कथन पर अटक जाती है। मीना के दर्द से सहानुभूति जताते हुए शोभा कहती है–

"कितनी ही बार सोचती हूँ मीना कि घर छोड़ कर कैसा लगता होगा? घर छोड़ कर ही कोई औरत क्या उस घर को भूल सकती है जिसे वह अपने हाथों से बनाती है, सँवारती है?" (65)।

शोभा का घर छूटने जैसी बात अभी नहीं थी लेकिन जिस तनाव में वह जी रही थी, घर छूटने की आशंका उसके अवचेतन ने जैसे सूंघ ली थी। ये पंक्तियाँ उसी का जैसे नियति-लेख बनकर आई है, ड्रामेटिक आयरनी।

घर-परिवार को यथाशक्य विघटन से बचाने की जो तड़प स्वयं मन्नू में थी, लगता है और ये पंक्तियाँ उसकी पुष्टि भी करती है कि उसे उसने मीना को ही नहीं, कुछ अंश तक शोभा को भी सौंपा है। उसका बेटी अप्पी को छोड़ कर जाना भी, क्या लौट आने के लिये पगडंडी बना जाना ही नहीं है?

अपनी रचना-दृष्टि की अग्रगामिता दिखाते हुए मन्नू ने नारी-पात्रों को विद्रोही बनाया है लेकिन उनकी जीवन-दृष्टि उन्हें अपने घेरे से पूर्णतः मुक्त नहीं कर पाई। अपनी परिणति में नाटक आत्म-कथात्मक नहीं है लेकिन यदि हमारा श्रवण-संवेदन सुप्त नहीं है तो मन्नू की जीवन-दृष्टि की पद्चाप, यत्र-तत्र उनका जीवन-स्पन्दन भी हमें इसमें मिलेगा।

इस तमाम स्थिति को संदर्भगत रखते हुए हम कह सकते हैं कि मन्नू भंडारी की रचना-दृष्टि तो इसमें है ही, उनके रचनात्मक विकास (जो 'आपका बंटी' में हुआ) की भूमिका भी इसमें मिल जायेगी। उनकी जीवन-दृष्टि को समझने के लिये भी यह एक आवश्यक रचना है। इसे हम उनके व्यक्तित्व को समझने की कुंजी भी कह सकते हैं।

जटिल का सतही निरूपण

गिरिराज किशोर : काठ की तोप

गिरिराज किशोर का सद्यः प्रकाशित नाटक 'काठ की तोप' भारत और पाकिस्तान के बीच कश्मीर-विवाद की विडम्बना का प्रतीकात्मक चित्रण है। बड़े और छोटे नवाब को भारत और पाकिस्तान का प्रतीक बनाकर लिखे गए इस नाटक में झगड़े का मुद्दा एक पेड़ है जिस पर दोनों नवाब अपना दावा जताते हैं। इस दरखत की शाखों पर बहिश्त है और फलों में केसर। असंदिग्ध रूप से यह पेड़ कश्मीर का प्रतीक है। बड़े नवाब इस झगड़े को इकरारनामे के अनुसार सुलझाना चाहते हैं। यह शिमला-समझौते का निदर्शक है। वे युद्ध नहीं चाहते। एक दरबारी कहता भी है, "बड़े नवाब क्या लड़ाई लड़ेंगे। एक गाल पर मारो तो दूसरा आगे कर देंगे।" यह गाँधी की अहिंसा का उड़ाया गया मखौल है। इस प्रकार बड़े नवाब भारत के प्रतीक हैं। छोटे नवाब बड़े से अलग होकर अपने साझा इतिहास को भी नकार देते हैं। 'दूसरों का इतिहास हमारा कैसे हो सकता है?' दरख्त उनके लिए बहिश्त है। 'यह बहिश्त या तो हमारा होगा या फिर किसी का नहीं होगा।' इसे हथियाने के लिए वे हजार साल तक युद्ध करने के लिए संकल्पित हैं। यह संकल्प हमें भुट्टो का स्मरण कराता है। इस प्रकार, छोटे नवाब पाकिस्तान के प्रतीक हो जाते हैं। परन्तु यह प्रतीकात्मकता नाटक में इतनी सपाट है कि इसे पढ़ते हुए इसमें व्यंजना का कोई आनंद नहीं रह जाता।

अवश्य ही यह स्पष्ट नहीं होता कि यह 'काठ की तोप' किसका प्रतीक है। छोटे नवाब को यह विरासत में मिली है। बड़े नवाब के हिस्से हरा-भरा पेड़ आया है और छोटे नवाब के हिस्से काठ की तोप। काठ की हांडी एक ही बार चढ़ती है। इसी तरह, काठ की तोप भी एक ही बार चल सकती है, बल्कि उस चलने में भी आशंका यह है कि यह स्वयं के साथ-साथ चलाने वाले के भी चिथड़े उड़ा देगी। क्या इसका निहितार्थ यह है कि पाकिस्तान का अस्तित्व काठ के तोप के तुल्य है? एक दरबारी यह कहता है कि तोप चाहे लोहे की हो या काठ की, जब वह गरजती है तो अच्छे-अच्छों के दिल दहल जाते हैं। क्या इसका अभिप्रेत यह है कि पाकिस्तान की गर्जना है तो काठ की तोप भर लेकिन भारत है कि उसी से भयभीत है। यदि ऐसा है तो यह कहना आवश्यक है कि लेखक ने एक जटिल समस्या का बहुत ही सतही रूप प्रस्तुत किया। परन्तु नाटक का वास्तविक प्रतिपाद्य कुछ और है। शीर्षक इसे व्यंजित नहीं करता।

तीसरे अंक पर दृष्टिनिरोध करने से ज्ञात होता है कि नाटक हथियार पाने की होड़ में राष्ट्रों के आत्मसम्मान बेचने की विडम्बना का रूपायन है। दरख्त पर अधिकार पाने के लिए छोटे नवाब विदेशी कम्पनी से हथियार का सौदा करना चाहते हैं। अपना अधिकार बरकरार रखने के लिए बड़े नवाब भी उस कम्पनी से ऐसा ही सौदा करना चाहते हैं। इस कम्पनी को अमेरिका का प्रतीक कहा जा सकता है। कम्पनी का सदर उसी तरह प्रलोभन का जाल फेंकता है, हथियार खरीदने के लिए ऋण हम देंगे, हथियार चलाने का प्रशिक्षण भी हम देंगे आदि। बड़े नवाब पहले अन्यमनस्क होते हैं। इस पर व्यापारी दलाल मटरूमल उन पर हथियार खरीदने का दबाव डालते हुए कहता है, 'आज तो वे यहीं आए हैं, कल आपको उनके यहीं जाना पड़ेगा...जैसे गवाएँगे गाना पड़ेगा, नचाएँगे नाचना पड़ेगा....।' और शीघ्र ही वह स्थिति आती है कि नाचना पड़ता है।

हथियार देने के बदले ये पूंजीवादी राष्ट्र किस तरह विकासशील देशों की आज़ादी का अपहरण करते हैं, 'मुझे अपना जमीर बेचकर सलामती नहीं चाहिए' कहने वाले बड़े नवाब को भी कैसे अपना आत्मसम्मान ताक पर रखना पड़ता है, इसका अच्छा व्यंग्यात्मक चित्रण लेखक ने किया है। जब ये नवाब हथियार खरीदने कम्पनी के पास पहुँचते हैं तो पाते हैं कि वहाँ दो नवाबों के लिए शयन-कक्ष ही नहीं, पलंग भी एक ही है। यह बाध्यता भी है कि दोनों को सोना भी उसी पर होगा। सोते समय पैर नीचे न गिरें, यह भी एक आवश्यक शर्त है। ये सभी शर्तें बड़ी बेहूदी है। लेकिन इन अपमानजनक प्रांतों की पालना भीगी बिल्ली बन ये दोनों नवाब जिस तरह से करते हैं, उसमें तो और भी ज़्यादा बेहूदगी है। दोनों अपने पाजामों से इजारबंद निकाल कर अपने पैर पलंग से बाँधते हैं ताकि नींद में पैर नीचे न गिर पड़ें अन्यथा हथियार नहीं मिलेंगे। नतीजें में दोनों अपने पाजामों को गाँठ बाँधकर सोते हैं। सुबह जब सदर आते हैं, तब देखते हैं कि दोनों के पाजामों की गाँठें खुली हुई हैं। इस पर वे हथियार देने के लिए राजी हो जाते हैं। यह पूंजीवादी राष्ट्रों के दबाव का यथार्थ है जो शर्तों के बेहूदे होने में ही अपने तीखे रूप में फलित हुआ है। इन बेहूदी शर्तों में जो अतिरंजना है, वह एक अर्थ में इस प्रहसन में आदि से अंत तक विद्यमान है। प्रहसन प्रारम्भ से ही आपरेट इसी धरातल पर होता है। दरबार का धरातल भी यही है। उद्घोषक और दरबारी विदूषक रूप में ही आते हैं। उनकी बातें दरबार के लिए गैर-मौजूँ हैं। लेकिन यह गैर-मौजूँपन उनमें आगे भी बना रहता है। शर्तें तो भयावह रूप से गैर-मौजूँ हैं। नाटक विदेशी सहायता की जिस विडम्बना को इन शर्तों में प्रतीकित करता है, उस तक प्रहसन का संक्रमण इस गैर-मौजूँपन की वजह से ही सहज सम्भव हो पाता है और ग्राह्य भी। शीर्षक इस विडम्बना को व्यंजित नहीं करता। इस तरह, शीर्षक और नाटक में एक फाँक रह गई है।

नाटक का मंचन बिना किसी कठिनाई के किया जा सकता है। किया गया भी है। अवश्य ही, नाटक में कुछ दृश्य ऐसे हैं जिन्हें प्रहसन के नाम पर चाहे स्वीकार कर लिया जाए अन्यथा उनकी उपादेयता नहीं है या बहुत कम है। पेड़ को रस्सा बाँधना, खींचना या मटरूमल का हिसाब घटाने-बढ़ाने वाला दृश्य ऐसे ही हैं। नाटक में नवाबी जीवन के

चित्रण के अनुरूप ही अरबी–फारसी शब्दों का प्रयोग किया गया है लेकिन कुल मिलाकर भाषा बोलचाल की है। कुछ प्रयोग अवश्य अखरते हैं। लेकिन ज़्यादा अखरने वाली बात यह है कि लेखक ने एक जटिल और संवेदनशील समस्या को बहुत ही सतही रूप में प्रस्तुत किया है। वस्तुतः दो देशों के संबंधों को विस्फोटक बनाए रखने वाले मुद्दे पर हम लेखक से अधिक गहरे जाकर पड़ताल करने की अपेक्षा करते हैं।

शोषण के विरुद्ध संगठित विद्रोह का आह्वान

गुर शरण सिंह : बंद कमरे

पंजाबी से अनुवाद : तरसेम गुजराल

'बंद कमरे' गुरशरण सिंह के पंजाबी एकांकी-संग्रह का हिन्दी अनुवाद है। अनुवादक हैं, तरसेम सिंह गुजराल संग्रह में कुल पाँच एकांकी हैं, जिनमें से तीन पंजाबी कहानियों के और एक पंजाबी उपन्यास का रूपान्तरण है। संग्रह की विशेषता है कि ये एकांकी अलग-अलग रचनाओं से रूपान्तरित हैं, लेकिन फिर भी इनमें समानता का एक तार झंकृत होता है। अधिकांश में यह स्वर उभर कर आया है कि शोषण के विरुद्ध अकेले नहीं, संगठित लड़ाई अपेक्षित है।

इन एकांकियों में उठाए गए मुद्दे हमारे दैनन्दिन जीवन के मुद्दे हैं–यथा, साहूकार द्वारा अनपढ़ गरीबों से बेहिसाब ब्याज की वसूली, उनसे बेगार लेना, चुनावी राजनीति एवं तठोरित प्रतिशोध की भावना, निहित स्वार्थ की पूर्ति के लिए जातियों को परस्पर लड़ाना आदि। साथ में जहाँ-तहाँ परिवार-नियोजन, नशाबंदी, दहेज-दहन, पुलिस-अत्याचार, घूसखोरी जैसी समस्याओं का समावेश भी कर लिया गया है। 'नया जीवन' में ऊँच-नीच के भेदभाव को दर्शाने में लेखक का रचना-कौशल फलित हुआ है।

संग्रह का पहला एकांकी 'बंद कमरे' लेखक की अपनी रचना है, रूपान्तर नहीं। शेष चारों एकांकी नुक्कड़ नाटक है और जन-जागृति की दृष्टि से बिना किसी विशेष तामझाम के उनका मंचन किया जा सकता है। उनकी वस्तु भी इसके अनुरूप है। तरसेम के अनुवाद में हिन्दी पर पंजाबी प्रभाव सहज ही महसूस किया जा सकता है, कहीं-कहीं पंजाबीपन के अलावा भी व्याकरणिक दृष्टि से काव्य विधान त्रुटिपूर्ण हो गया है। अनुवादक से इस ओर सजग रहने की अपेक्षा की जाती है।

नई जमीन की तलाश

डॉ. पुष्पपाल सिंह (सं.) महिला कथाकार : प्रतिनिधि कहानियाँ

पुष्पपाल सिंह द्वारा सम्पादित पुस्तक 'महिला कथाकार : प्रतिनिधि कहानियाँ' सूचित करती है कि महिला कहानीकार नई जमीन तलाशने की दिशा में सक्रिय हैं। इस सक्रियता में नारी-जीवन भी उनका सरोकार है लेकिन वहाँ भी नए उत्खनन की प्रवृत्ति उनमें है, यद्यपि छत की तलाश भी बरकरार है।

'इब्ने मरियम हुआ करे कोई' में अलका सरावगी एक मानसिक रूप से अविकसित बच्चे के जीवन के अछूते क्षेत्र में झाँकती हैं। ऐसे बच्चे के विकास के प्रति संकल्पित एक माँ के समर्पण का सूक्ष्म अंकन कहानी को एक ताजगी देता है। पूरे संकलन की यह एक अनूठी रचना है। 'रामोगति देहु सुमति' में ऋता शुक्ल ने एक विक्षिप्त लड़की-पात्र को इतने ही सधो हाथों से उपस्थित किया है(इस कहानी में गाँवों में लड़कियों पर घर के भीतर होने वाले दुर्व्यवहार को बताया गया है। उर्मिला शिरीष की कहानी 'कोशिश' में कथ्य का एक बिलकुल नया संदर्भ है। पत्नी को कृत्रिम गर्भाधान की सहमति देने के बावजूद बाद में यह बात पति के मन में उद्व ेलन पैदा करती है। इस उद्वेलन का एक कहानी में बेहतर चित्रण हो पाया है। क्षमा शर्मा ने अपनी कहानी 'और अब' में बड़े पैमाने पर पाई जाने वाली पुत्र की इच्छा के सवाल को उठाया है। सिम्मी हर्षिता ने 'कब्र गाथा' में नारी के साथ होने वाले ध ोखों की कथा कही है।

चुनावी राजनीति में नारी के इस्तेमाल को लेकर लिखी गई कहानियाँ भी ध्यान आकृष्ट करती है। इस दृष्टि से मैत्रेयी पुष्पा की 'फैसला' और सुषमा मुनींद्र की 'गणित' समान रूप से अच्छी कहानियाँ हैं। एक बार प्रधान बन जाने के बाद वसुमती किस तरह पति के दबाव के विरुद्ध संघर्ष करती है, इसे मैत्रेयी ने ग्रामीण वातावरण के साथ किसी प्रकार का खिलवाड़ किए बिना दिखाया है। इसी तरह सुषमा मुनींद्र की कहानी की नायिका सर्वमंगला दृढ़ व्यक्तित्व वाली स्त्री है जो पति के दबाव का खुला विरोध करती है। अंत में, जब वह त्यागपत्र देती भी है तो कुछ इस तरह कि पति के स्वार्थ का मुलम्मा पूरी तरह उतर जाता है। 'गणित' शीर्षक से एक और कहानी भी है, नमिता सिंह की। यहाँ भी नारी के साहस बटोरने का प्रसंग है लेकिन इसमें पृष्ठभूमि कुछ ज़्यादा ही लम्बी खिंच गई है।

मन्नू भंडारी की 'त्रिशंकु' में लड़के-लड़की की गैरबराबरी के प्रसंग को किसी भावुकता से ग्रसित किए बगैर उसकी पेचीदगियों के साथ प्रस्तुत किया गया है। कहानी में लड़के-लड़की की समानता की बात करने वाली माँ को लड़कों के साथ लड़की के खुले मेलजोल पर अंकुश लगाने में कठिनाई आती है। लगता है, इसमें लेखिका ने 'यही सच है' का पूर्वपक्ष रचा है। जो परिवार लड़की की आधुनिक होने की पूरी छूट देते हैं, उनका सच दीप्ति खंडेलवाल ने 'निबंध' में दिखाया है। विदेशों में पली-बढ़ी हुई भारतीय किशोरियों के तेवर सुषमा बेद्री की 'चिड़िया और चील' में देखे जा सकते हैं।

विदेशों में बसे भारतीय परिवार की मानसिकता मृदुला गर्ग ने 'उर्फ सैम' में चित्रित की है। वे जिस पक्ष को कथायित करती हैं, वह यह है कि क्यों भारतीयों की नज़रें वृद्धावस्था में भारत की ओर फिरने लगती हैं। लेकिन लगे हाथ वे यह प्रश्न भी उठाती हैं कि भारतीय पुरुष क्यों भारतीय लड़की से ही विवाह करना पसंद करते हैं। उनका कहना है कि हिन्दुस्तानी और विदेश में आशारानी से चाहे ऐश बन जाती हो, वह पति को अपने से श्रेष्ठ योनि का प्राणी मानती है। 'वह उसे बेवकूफ़ भले ही माने, पर बौना नहीं मानती' और यह बात पुरुष के अहं को काफी हद तक तुष्ट कर देती है।

संग्रह में कुछ कथाकार हैं जिनके यहाँ चीज़ों को वस्तुनिष्ठ ढंग से देखने की कोशिश की है। इस कोशिश की वजह से ही माध्यम के पुनराविष्कार की सजगता भी है। भाषा और यथार्थ दोनों ही धरातलों पर इस सजगता के प्रमाण मिलते हैं। हालाँकि यह संकलन कुल मिलाकर इस सजगता का एक दुर्बल साक्ष्य ही बन सका है। ऐसी कहानियाँ काफी हैं जो घटनाओं के बोझ से दबी मालूम पड़ती हैं। कुछेक कहानियाँ पात्रों के मनोमंथन को लेकर हैं लेकिन वहाँ उठाए गए मूल प्रसंगों में कथाकारों ने कुछ ज़्यादा ही पढ़ लिया है। राजी सेठ की 'मीलों लम्बा पुल' इसीलिए अपेक्षित प्रभाव नहीं छोड़ पाती और शशिप्रभा की 'जोड़-बाकी' तो खीझ पैदा करती है। प्रयोग की दृष्टि से मृणाल पांडे की 'एक थी हँसमुख दे' उल्लेखनीय है। इसमें नारी स्वातंत्र्य का सवाल एक फैंटेसी के सहारे उभारा गया है। 'ओ सोन किसरी' में चंद्रकांता ने लोककथा का विनियोग किया है और यह दिखाया है कि कैसे बाहर और घर-परिवार में भी पग-पग पर हतोत्साहित करने वाली स्थितियों को भी एक नारी किसी इतर शक्ति नहीं, केवल दृढ़ संकल्प शक्ति के सहारे झेल जाती है। 'चेहरे' चित्रा मुद्गल और 'लड़के' ममता कालिया; ऐसी कहानियाँ हैं जिनमें स्त्री सीधे विषय नहीं है। इनमें, विशेषतः, 'लड़के' में रिपोर्ताज की प्रविधि को भी आजमाया गया है।

इन कहानियों के बरक्स कई कहानियाँ ऐसी है जिनका थीम सीधे स्त्री स्वातंत्र्य से भले न जुड़ता हो पर उनमें स्त्री की आसपास शिद्दत से व्यक्त हुआ है। कुछेक तो ऐसी हैं, जिनमें नारी बिना पुरुष के अपने जीवन को बिना छत के मकान के रूप में देखती है। एक कहानी का तो शीर्षक ही है 'बिना छत का मकान' (इन्दुबाली)। पति की मृत्यु के बाद दो वर्ष अकेले गुजार कर असिता पाती है कि 'अब छत वाले मकान में रहने की मेरी आदत छूट चुकी है', लेकिन दूसरे ही क्षण भाई का खत उसे इतना

उद्वेलित कर जाता है कि वह सोचती है, 'काश! मकान की छत रहती तो सब ठीक रहता' और भाई के घर जाने के लिए सामान बाँधने लगती है ताकि भाई द्वारा तय किए गए रिश्ते पर विचार कर सके। सूर्यबाला की कहानी 'न किन्नी न' की किरण तो हीन भाव के चलते संघर्ष किए बिना ही हार मान लेती है। मणिका मोहिनी (ढाई आखर प्रेम का) की एक पात्र चाहे कहती यह हो कि 'वह किताबों से ही प्रेम करेगी, वास्तव में तो किसी अनागत की प्रतीक्षा में अक्षत रहना चाहती है।' दूसरी जो वैवाहिक जीवन छोड़ आई है, और कहती है कि 'यार, यह पति बड़ी बकवास चीज़ होती है।' और अपने को अकेला जीवन जीने में समर्थ पाती है, उसकी सच्चाई भी कुछ और ही है। एक जगह वह कहती है–'कभी-कभी हम कितने अकेले हो जाते हैं। किसका कंधा है सिर रखकर रोने के लिए, मरना चाहें तो किसे हमारी ज़रूरत है मरने न देगा' आदि। कह सकते हैं ऐसी कहानियों में 'छत' की तलाश भी है और उससे जुड़े दबाव भी। 'किधर' (सुनीता जैन) की रेवा तो विदेश में डॉक्टर है; पति से ज़रा सी बात पर रूठ कर वह बच्चों सहित भारत आ जाती है। बाद में बच्चों की आड़ में ही सही, जब हम उसे पुनः विदेश लौटने का उपक्रम करते देखते हैं तो कहने की आवश्यकता नहीं रह जाती कि तलाश रेवा को भी छत की ही है। 'उसके हिस्से की जीत' (कमला चमोला) की नायिका की छत की मजबूरी भिन्न किस्म की है। वह वैभवपूर्ण जीवन जीना चाहती है, और आत्मसम्मान इसके लिए कोई बंधन नहीं है। इस कहानी की विशेषता यह है कि यह पुरुष के लिए भी छत की मजबूरी को रेखांकित करती है। मूलतः यह नारी-मनोविज्ञान की जटिलता को रूपायित करने वाली कहानी है। 'औरत जात' (कृष्णा अग्निहोत्री) की माया इस समस्या का भिन्न पहलू उजागर करती है। वह अपना परिवार स्वयं पालती है, लेकिन पति उसकी जैविक और सामाजिक मजबूरी है। पति व्यभिचारी है। उसकी बहन की सलाह है कि वह पति को छोड़ दे, लेकिन वह साफ कहती है कि वह पति बिना नहीं रह सकती। फिर, उसे उसके बच्चों सहित कौन आदमी अपनाएगा? और फिर, बेटियों पर उसका क्या प्रभाव पड़ेगा? इसी मजबूरी में वह व्यभिचारी को भी झेलती है।

'शेष संवाद' (सुमति अय्यर) में इसी बात को अलग तरह से देखा गया है। अमित छत तो चाहता है पर घर-दीवार नहीं। वह विशाखा को मित्र के रूप में अपनाता है और वह इस रिश्ते को स्वीकार करती है, लेकिन शीघ्र ही पाती है कि अमित उन्मुक्तता की आड़ में उच्छृंखल जीवन जी रहा है। वह कहता भी है 'मुझे दीवारें नहीं चाहिए जो क़ैद कर सकें और मैं कहीं जा न सकूँ।' उसका जीवन दर्शन है–'उत्तरदायित्व से रहित कोई भी सुख मुझे मान्य है।' विशाखा इस स्थिति को ज़्यादा नहीं झेल पाती। वह कहती है, 'मेरे निकट दोस्ती एक शर्त थी–धर्म था, पर तुम्हारे किए एक शेड की नीचे दो क्षण खड़े होकर एक साँस में पिया जाने वाला कैम्पा बोला–मैं कैम्पा कोला नहीं बनना चाहती।' हारकर वह एक छत तलाश लेती है यानी अन्यत्र विवाह कर लेती है। 'पूर्णाहुति' (सरयू शर्मा) की दीप्ति मनमोहन के साथ एक अंडरस्टैंडिंग चाहती है, इसके लिए वह उसे अवसर भी देती है, पर वह इसे दीप्ति की लाचारी समझकर उसका शोषण करता है। एक

दिन तंग आकर दीप्ति छत का साया ठुकरा कर बाहर आ जाती है। वह साहसी औरत है। साहस जया जादवानी (कयामत का दिन उफ क़ब्र से बाहर) की सुमिता भी दिखाती है, पर वह अल्पजीवी रहता है, वह पुनः छत के नीचे लौट जाती है।

स्त्री-पुरुष संबंधों के प्रसंग में स्त्री के अंतर के भाव जगत और उसके सच को रूपायित करने वाली कहानियाँ इस संग्रह में कहीं बेहतर हैं। उनमें नए युगीन सच को पहचानने की जिज्ञासा भी है और नए अर्थ ढूँढ़ने का जोखिम भी। ऐसा अर्थ जो ज़्यादा ठोस हो। नारी को पुरुष साथी की आवश्यकता है, वह उसके साथ उस अंडरस्टैंडिंग की तलाश में है जिसमें उसके वजूद की स्वीकृति भी हो। कुल मिलाकर, यह संकलन जीवन की जटिलताओं के कई रूपों से हमारा साक्षात्कार कराता है।

दूसरों के आईने में पांडेय बेचन शर्मा 'उग्र'

किसी व्यक्ति को उसके कोण से देखना एक बात है और उसे दूसरों के आईने में देखना उससे भिन्न। लेकिन उग्रजी की जन्मशती पर प्रकाशित और सुधार पांडेय द्वारा सम्पादित पुस्तक "पांडेय बेचन शर्मा 'उग्र'" पढ़कर हम उग्रजी को दूसरों की दृष्टि से देख सकते हैं। इसमें उग्रजी के सम्पर्क में आये व्यक्तियों के संस्मरणात्मक आलेख हैं, कुछ सामग्री उनके निकट रहे व्यक्तियों के पूर्व-लेखन में संगृहीत है, कुछ आलेखों में उनके कृतित्व का परिचय है, और अंत में बेचन शर्मा द्वारा उग्र से लिया हुआ लगभग एक इंटरव्यू भी है।

पुस्तक के अधिकांश आलेख उग्रजी के व्यक्तित्व के किसी न किसी पहलू पर प्रकाश डालते हैं। विधायी दृष्टि से ये संस्मरण नहीं हैं क्योंकि अंतरंगता की वह ऊष्मा जो संस्मरण की निजता होती है, इनमें नहीं मिलती। ये उग्रजी के शब्द-चित्र ही अधिक है लेकिन इनसे उग्रजी के जीवन और व्यक्तित्व पर विभिन्न कोणों से थोड़ा या बहुत प्रकाश आता है, इसमें संदेह नहीं। सुधाकरजी एक उदार सम्पादक हैं इसलिये डॉ. महेशचन्द्र शर्मा लिखित 'उग्र–एक परिचय' जैसे कई आलेख भी संकलन में हैं। ऐसे आलेख यदि नहीं भी रहते तो पुस्तक की कोई क्षति होने वाली नहीं थी। बहरहाल, अपने तई सुधाकर जी ने यह सावधानी बरती है कि मतवाला-मंडल का परिचय उन्होंने अलग लेख में दिया है और संस्मरण को उससे पृथक रखा है। इस संस्मरण में सुधाकरजी की माँ से उग्रजी की भेंट का प्रसंग काफी रोचक है। उग्रजी द्वारा मित्रों से किया गया इस भेंट का वर्णन, जिसकी परिणति इस टिप्पणी में हुई है कि 'सुधाकर तो बाघिन का बेटा है', उग्रजी के व्यक्तित्व के एक अलग ही पहलू को उजागर करता है।

संस्मरण एक ऐसी विधा है जो एक ओर स्मरणीय व्यक्ति के किसी पहलू-विशेष को प्रकाशित करती है तो दूसरी ओर स्मरण करने वाले की प्रकृति का भी कुछ पता दे ही जाती है। सुधाकरजी की ये पंक्तियाँ भी बरबस हमारा ध्यान आकर्षित करती हैं–

"उग्रजी काशी आये हुए थे। तब तक मैं यहाँ के वाराणसी के जाने माने लोगों में हो गया था और दशाश्वमेघ से ज्ञानवापी तक और डी.ए.वी. कॉलेज से विश्वेश्वर गंज तक साँड की भाँति दहाड़ता था और दस पाँच आदमी मेरे बगल हुआ करते थे। साहित्य

के एक वर्ग का मैं राजकुमार भी था और दूसरा वर्ग मुझे अभिमन्यु की भाँति मारना चाहता था।" अस्तु।

संकलित आलेखों से समवेत रूप से उग्रजी का जो व्यक्तित्व सामने आता है, वह एक ऐसे व्यक्ति का है जिसने बचपन में अभाव ही अभाव ही देखे। माँ-बाप रहे नहीं और भाईयों से कुसंस्कार ही मिले। जुआ, शराब और वेश्यावृत्ति घर में ही पल रही थी। रामलीला जैसी मंडलियों में भी, जिनमें उग्रजी का बचपन बीता, भरपूर विलासिता और अप्राकृतिक यौनाचार पल रहा था। ऐसी स्थिति में उग्रजी में भी ये दुर्गुण आयें तो क्या आश्चर्य। इन्हीं की वजह से वे उद्धत स्वभाव के हो गये और स्कूली शिक्षा भी पूरी नहीं कर सके। वे सट्टा खेलने लगे और भाँग भी पीने लगे। खाना चाहे एक बार खाते हों, भाँग दो बार पीते थे। सवेरे उठकर पहले भाँग घोटते थे, फिर लेखन में प्रवृत्त होते थे। पारिवारिक ज़िम्मेदारी से बचते थे, इसलिये अविवाहित ही रहे, लेकिन शौकीन तबीयत खूब थे। पियर्स से नहाते थे, सैंट लगाते थे, शाम को बन-संवर कर निकलते थे, बाज़ार से मिठाई लेते और खाते थे, तांगे में हों तो तांगेवाले को भी खिलाते थे। अंटी में पैसे होते तो मालदार भंग पीते थे और इत्र खरीद कर बालों में उंड़ेल लेते थे। ये शौक बचपन की संगत की देन थे। अभावों में चाहे कितने ही जीये, धन की लालसा उनमें नहीं थी, कल की चिंता में कभी धन बचाकर नहीं रखा। संपूर्णानंदजी ने ठीक ही लिखा है कि वे फक्कड़ थे। सरस्वती के इस उपासक ने अपने हृदय मंदिर में कभी लक्ष्मी की प्रतिमा प्रतिष्ठित नहीं की। बड़े-से-बड़े कभी परवाह नहीं की। किसी भी मूल्य पर आत्मसम्मान नहीं बेचा। सदा संघर्ष करते रहे। कठिनाईयों के आक्रमण से तिलमिलाये तो ज़रूर, पर कभी हार नहीं मानी। न दैन्यं न पलायनं। जब किसी की बात खटक गई तो मुँह तोड़ उत्तर दिये बिना नहीं रहे। सदा कटु सच ही बोला। मित्रों को भी नहीं बख्शा। निदान, किसी से भी स्थायी मित्रता नहीं निभी। एक बार जब संपूर्णानंदजी से नाराज हुए तो उत्तरप्रदेश के तत्कालीन मंत्री श्रीकृष्णदत्त पालीवाल से पचास हजार रुपये का प्रबंध करने के लिये कहा। पूछने पर बताया कि एक दैनिक अखबार निकालूँगा और संपूर्णानंदजी की धज्जियाँ उड़ाऊँगा। बाद में, जब जयपुर में हृदयाघात हुआ, तब संपूर्णानंदजी ने ही उनके उपचार की व्यवस्था की। (इसका उल्लेख संपूर्णानंदजी ने नहीं किया है, स्वयं उग्रजी ने ही उनके प्रति कृतज्ञता प्रकट की है)। हम देख सकते हैं कि वे आवेशी प्रकृति के व्यक्ति थे लेकिन कृतघ्न नहीं थे।

कहानी-संग्रह 'चाकलेट' के प्रकाशन पर बनारसीदास चतुर्वेदी ने उग्र के विरुद्ध घासलेटी-साहित्य का आन्दोलन चलाया। कई पत्र-पत्रिकाओं और कई दिग्गज लेखकों को भी उन्होंने साथ जोड़ा। एक बार तो महात्मा गांधी को भी। लेकिन पुस्तक पढ़ने के बाद गांधीजी ने चतुर्वेदीजी के विचारों को स्वीकार नहीं किया। आन्दोलन का बल बनाये रखने के लिये चतुर्वेदीजी ने गांधीजी के पत्र को छिपा लिया। लेकिन उग्रजी ने अकेले ही संघर्ष किया। सुधाकरजी ने लिखा है कि-'एक लेखक पर प्रहार करने के लिये जितना बड़ा बवंडर उग्र साहित्य को लेकर हुआ उतना बड़ा भद्रगोल किसी अकेले

साहित्यकार पर सिद्धान्त के घेरे में नहीं हुआ।' 'उग्रजी दल नहीं बना सकते थे, पर वे स्वयं वीर पुरुष थे।'

सामाजिक और राष्ट्रीय जीवन में शोषण, अत्याचार, भ्रष्टाचार, पापाचार, साम्प्रदायिक वैमनस्य जैसी बुराईयाँ वे नहीं सह सकते थे। इनसे लोहा लेने की जुझारू वृत्ति ही उन्हें पत्रकारी क्षेत्र में ले गई। और, एक बार कदम रखने के बाद तो अखबार निकालना उनका व्यसन हो गया। शायद ही किसी हिन्दी-साहित्यकार ने इतने अखबार निकाले हों, जितने उग्रजी ने। जहाँ भी वे रहे, थोड़ा या ज़्यादा समय के लिये, वहाँ से वे अखबार निकाले बिना नहीं रहे; कलकत्ता, मुम्बई, इंदौर, उज्जैन, काशी-मिर्जापुर, बीकानेर-जयपुर, दिल्ली सभी जगहों से उन्होंने अखबार निकाले यद्यपि इनमें से अधि कांश अल्पजीवी ही रहे। सम्पादक-पत्रकार का आदर्श उनका यह था कि 'जो साल भर में पन्द्रह बार जूतों से नहीं पिटा हो, चार-पाँच बार जिसकी खोपड़ी न फूटी हो और आठ-दस मुकदमें दीवानी और फौजदारी उस पर न चले हो', वह सम्पादक क्या। वे स्वयं इसके जीते-जागते उदाहरण थे। कई बार लोग उन्हें मारने पहुँचे गये। 'स्वदेश' के दशहरा-विशेषांक के सम्पादन के कारण तो संचालक-प्रकाशक और मुद्रक को भी जेल हुई, सम्पादक को तो हुई ही। 'मेरा जर्नलिज्म' में उन्होंने निर्द्वन्द्व स्वीकार किया है कि 'सन् 24 में पण्डित दशरथजी के 'स्वदेश' का सत्यानाश उसी अल्पज्ञान की ज्वाला से मैंने कर दिया।' इसी तरह, उन्होंने बड़ी बेबाकी से लिखा है कि-'मतवाला' के विनाश का यश भी उसके विधाता मुंशी नवजादिकलाल का नहीं, पोषक लक्ष्मीपति सेठ महादेवप्रसाद स्वर्गीय का भी नहीं, 'उग्र' का मेरा है। पाण्डेयजी ने सही लिखा है कि वे 'देश के बहुत से पत्रों में लिखते रहते थे किन्तु उनका तेज स्थाई रूप से कोई भी पत्र वहन नहीं कर सका। या तो वह उनके तेज से जलकर नष्ट हो जाता यदि उग्र के तेज की परिधि से बाहर नहीं निकल गया।'

क्या यह विस्मयकारी नहीं कि इस पुस्तक में हिन्दी पत्रकारिता को उग्रजी के दाय का विवेचन करने वाला पृथक से कोई आलेख नहीं है जो उनके सम्पादित पत्रों की रीति-नीति को दृष्टिगत रखते हुए लिखा गया हो यद्यपि संकलन का कोई आलेख ऐसा नहीं है जिसमें उनकी पत्रकारिता का हवाला न हो। पर वह एक अलग बात है।

इतिहास जब साहित्यिक-पत्रकारों का लेखा लेगा, उग्रजी को तब उसमें महत्त्वपूर्ण स्थान मिलेगा। यद्यपि तब देखा यह भी जायेगा कि कैसे पत्रकारिता एक रचनाकार को समकालीनता उछालने के लिये उकसा कर उसकी रचनात्मकता की राह छेंक लेती है।

उग्रजी पत्रकार ही नहीं, साहित्यकार भी थे। तुलसी और ग़ालिब उनके प्रिय कवि थे। उर्दू साहित्य में भी उनकी गति थी। आत्मकथा 'अपनी खबर' का शीर्षक उन्होंने ग़ालिब के एक शेर से लिया, तो 'चंद हसीनों के खतूत' उपन्यास का शीर्षक आतिश लखनवी के एक शेर से। आलोच्य-पुस्तक के कुछ आलेखों में उग्रजी के साहित्यिक कृतित्व पर विचार किया गया है, इसे इसकी विशेषता कहा जा सकता है लेकिन यही इसकी एक दुर्बलता भी है, इस अर्थ में कि संबंधित आलेख काफी सतही है।

साहित्य-जगत में उग्रजी तीसरे दशक में आ गये थे इसलिये वे प्रेमचन्द, प्रसाद और शुक्ल के समकालीन थे लेकिन किसी का भी अनुकरण उन्होंने नहीं किया। वे प्रचंड स्वाभिमानी थे और अपने को किसी भी लेखक से कम नहीं आँकते थे इसलिये सभी क्षेत्रों में अपना पथ उन्होंने स्वतन्त्र रूप से बनाया। कथा क्षेत्र में अपनी वस्तु उन्होंने सामाजिक जीवन से ही ली थी लेकिन समाज के उन क्षेत्रों से, जिन्हें प्रेमचन्द ने वर्जित समझ कर छोड़ दिया था। नाटक, प्रसाद ने भारतीय इतिहास पर लिखे थे, उग्रजी ने 'महात्मा ईसा' पर। प्रकटतः यह नाटक ईसा पर लिखा गया है लेकिन प्रच्छन्नः चित्रण इसमें महात्मा गांधी का है। निबंध शुक्लजी ने मनोवृत्तियों पर लिखे, उग्रजी ने अवस्था पर, जैसे 'बुढ़ापा' निबंध। उन्होंने अपने लिये नई भाषा का निर्माण भी किया। नई भाषा और नई भंगिमा भी। लेकिन प्रश्न यह है कि प्रेमचन्द, प्रसाद या शुक्ल जैसा महत्त्व उन्हें क्यों नहीं मिला। क्योंकि जिन कुटेवों और अपराधों का विरोध वे कर रहे थे, वर्णन उनका भी जहाँ-तहाँ रस ले-लेकर करने लग जाते थे। क्या इसीलिये वे प्रबुद्ध वर्ग पर अभीष्ट प्रभाव नहीं डाल पा रहे थे? इस बात की पड़ताल किये जाने की आवश्यकता थी लेकिन इस दिशा में पुस्तक का एक भी आलेख हमें आश्वस्त नहीं करता। उनकी गद्य-शैली पर भी एक आलेख है। लेकिन वह शैली के उदाहरणों में ही निश्शेष हो गया है। एक शैलीकार तो वे थे लेकिन मुझे लगता है, एक घोर अध्यवसायी और गहन विचारशील चिंतक उसके पृष्ठभूत नहीं था। इसलिये पहले ही पाठ में वह शैली जितना चकित करती है, निरन्तर पढ़ने पर वैसा नहीं कर पाती। मेरा आशय यही है कि उग्रजी के साहित्यिक मूल्यांकन की दिशा में कोई गंभीर प्रयास यहाँ दिखाई नहीं पड़ता परन्तु यदि हम उग्रजी के व्यक्तित्व का परिचय पाने तक ही सीमित रहें तो यह पुस्तक निश्चय ही उपादेय है। सभा के प्रकाशनों का स्तर निरन्तर गिरता जा रहा है, प्रूफ़-शोधन की दृष्टि से और छपाई और गेट-अप की दृष्टि से भी। यह चिंतनीय है।

अभिशप्त नियति के विरूद्ध

जया जादवानी : मुझे ही होना है बार-बार

जया जादवानी अपनी प्रारंभिक कहानियों से ही फार्म के साथ प्रयोग करती आई हैं। उनके इस पहले संग्रह 'मुझे ही होना है बार-बार' की भी अधिकांश कहानियाँ प्रयोगधर्मी ही हैं। यद्यपि उनकी प्रतिपाद्य वस्तु नारी-जीवन ही है लेकिन इससे साक्षात कराने की उनकी शैली विशिष्ट है और नतीजे में जो जीवन हम पाते हैं वह भी निरा पिष्टपेषित नहीं होता। कहानियों के शीर्षक जिस तरह से दिए गए हैं और पात्रों के नाम जिस तरह से दुहराए गए हैं, लेखिका की प्रयोगवृत्ति हम उसमें भी लक्ष्य कर सकते हैं, रचना-विधान और भाषा में तो वह है ही।

जया अपनी कहानियों में घटनाओं का सहारा प्रायः नहीं लेतीं। घटनात्मकता का परित्याग तो कहानी ने जाने कब से कर रखा है लेकिन फिर भी कभी फ्लैश बैक के सहारे तो कभी किसी अन्य विधि के सहारे घटना कहानी में आती रहती है और प्रमुख स्थान भी पाती रहती है लेकिन जया इस वैशाखी से दूर रही हैं। मंच पर घटना का रहना तो दूर वे यथाशक्य उसे नेपथ्य से भी हटा देती है। 'लड़की आसमान में' ऐसी ही कहानी है। यह लड़की के अंतर में वयः संधि के अंगड़ाई लेने की कहानी है। वयः संधि कैसे उसमें हलचल उत्पन्न करती है, कैसे उमंग उठाती है और उद्वेलन जगाती है, लेखिका ने इसका प्रतीकात्मक चित्रण किया है। यहाँ फार्म स्वयं हलचल रूपेण हो गई है। आसमान लड़की की आँखों में समाया हुआ है, झिलमिल तारे उसकी मुट्ठी में बंद हैं। वे देखती है, बाहर बरसात हो रही है, उसने मछलियाँ आँचल में भर ली हैं। ये उमंग की मछलियाँ है जो सपनों के वर्षा जाल में ज़िंदा रहती हैं। वह चाहती है, माँ भी इस वर्षा के आनंद में उसका साझा करें लेकिन माँ उसे झिड़क देती है, उसे यह वर्षा दिखाई नहीं देती। लड़की पाती है, सारा कुसूर आँखों का है, ये वो देखते हैं जो होता ही नहीं। उमंगित लड़की माँ की झिड़क से हताश नहीं होती, वह बाहर कंचे खेल रहे लड़कों के संग खेलने चली जाती है। वह चाहती है, सपने दिन में भी आएँ लेकिन वह वर्जनाओं के पिंजरे में क़ैद हैं, दिन में नहीं आ सकते। वे कहते हैं, दिन में आए तो ये सब क़त्ल कर देंगे, हमें भी तुम्हें भी। वे इशारा करते हैं, घर की ओर टूटा-फूटा गोबर लिपा घर, माँ के काले खुरदुरे हाथ, औंधा पड़ा शराबी पिता। लड़की सोच में डूबती है, क़त्ल उसे होना ही है, चाहे आसमान में, चाहे धरती पर (यथार्थ में) फैसले उसे करना

है। वह ठिठक जाती है। मुझे लगता है, टूटे-फूटे घर की ओर इशारे के बिना भी कहानी मुकम्मिल थी। जिनके महल होते हैं, क्या सपने उनके चरितार्थ हो जाते हैं? इस धरातल पर लड़की जीवन यहाँ सर्वत्र एक-सा है। बहरहाल, घटनाओं को सिरे से खारिज करके भी लड़की की उमंग और उद्वेलन को जया ने कहानी में बखूबी रूपायित किया है।

यह नहीं समझना चाहिए कि घटनाएँ जया की कहानी में नहीं हैं, पहली ही कहानी में 'शाम की धूप' में घटनाएँ हैं लेकिन यह जया की कहानी की प्रवृत्ति नहीं है। आसमान, तारे, पेड़, हवा, बादल, वर्षा, सपने उनके प्रिय प्रतीक हैं और कहानी का ताना-बाना वे इन्हीं से बना लेती हैं। लड़की जब प्रेम में प्रवृत्त होती है उसके इर्द-गिर्द के जीवन में एकाएक भूचाल आ जाता है। 'जब वह होता है' कहानी में इस भूचाल की अभिव्यक्ति प्रकृति की भाषा में ही हुई है। लड़की की प्रेमानुभूति की अभिव्यक्ति भी बरसती बूँदें, सीपी, पपीहे, कोयल और गदराए आम के माध्यम से की गई है।

'यहाँ मैं हूँ' कहानी में जिस्म की रौनक और बेरौनक के कई दृश्य हैं। यह एक खूब सटीक कथन है कि 'जिस्म का मकान सजा-धजा होना चाहिए, मालिक चाहे उनका कैसा भी हो।' लेकिन सजावट देखते ही वह लार टपकाना शुरू कर देता है। परन्तु उसे ही दोष क्यों दिया जाए, नारी-देह भी तो उसी की आदी है-

'वह चूम रहा है, मेरी देह को, माथा, होठ, गला, कंधे—मेरी देह एतराज नहीं करती। उसे इस सबकी आदत है। बचपन से लेकर आज तक...। न चूमो तो इसे लगता है, मामला गड़बड़ है।'

नारी को अपनी सूरत दूसरों की आँखों के आइने में देखने ही अच्छा लगता है।

'अपनी देह से हमारी पहचान कोई और कराता है...आईना उनके पास है। आईना उसका है। आईना वह खुद है। बदलता है वह, बदलते हैं हम। उसने तय कर रखे हैं हमारे हँसने और रोने के नियम। वह हमें कपड़ा पहनने के ढंग सिखाता है। वह हमें अच्छा लगने के ढंग सिखाता है। वह हमें हमारी जगह दिखाता है।'

लेकिन जया की नारी दृष्टि इस कठपुतली नाच में ही निश्शेष नहीं होती। वयस्क होती उनकी नारी में अपने को पहचानने की वृत्ति भी जागती है। अब वह अपनी ख़ूबसूरत आँखों से वही देखना चाहती है जो उसे अच्छा लगता है।

'तुम्हें ही मुझमें देवी ढूँढने की आदत है तो मैंने भी बनने की लगा ली। अब मुझे जो बनना है, बनकर दिखा दूँगी तो तुम्हीं दिक्कत में पड़ोगे न। नहीं, अब मुझे दिक्कत की परवाह थोड़े है, वो तो संस्कारोवश मैं ऐसी ही रह गई। और अब जबकि संस्कार भी शर्म की तरह फटे कपड़ों से मेरे जिस्म पर झूल रहे हैं तो तुम्हीं बताओ न, कितनी देर मैं इस सब में रह सकती हूँ। जब तक मैं चाहूँ बस।'

इसके साथ ही नारी तीसरे कक्ष में प्रवेश करती है जो वास्तव में एक कक्ष नहीं, लम्बी अँधेरी सुरंग है। इसमें उतरने के बाद वह लौटकर नहीं आती। याने संस्कारों से पल्ला झाड़ने का साहस जो नारी बटोर लेती है, वह खतरे उठा लेती है, फिर वह कठपुतली नहीं रहती। सुरंग से बाहर आई नारी अभी जया की कहानी में नहीं उभरी

है। बंदिशों में घुटती नारी तो 'झर चुकने के बाद' में है और दबाकर रखी गई गेंद का उछाल 'कयामत का दिन उर्फ क़ब्र से बाहर' कहानी में है। यह कहानी इस संग्रह में नहीं है लेकिन नारी विद्रोह की व्यंजना इसमें है। इससे यह देखा जा सकता है कि उनकी नारी दृष्टि देहवादी नहीं है। वैसे तो लक्ष्य करने की बात यह भी है कि जहाँ वे देहवादी हैं, वहाँ भी वे उसे वर्षों की, युगों की, भूख-प्यास के रूप में उभारती हैं। फिर, अपने को पहचानने की दृष्टि का विकास उनमें अपने को अपनी देह से अलग करके देखने का दार्शनिक-आध्यात्मिक कोशिश के रूप में हुआ है। यह दृष्टि हिन्दी में अभी नहीं या कम मिलती है। जया की कहानियों के तो शीर्षक तक में इसका प्रभाव मिलता है। वैसे तो ये शीर्षक अपने आप में सपाट से हैं और कहानी पढ़ने की कोई उत्कंठा हमारे मन में नहीं जगाते लेकिन यदि कहानी पढ़ने के बाद शीर्षक पर विचार करें तो उसका दर्शनभक्ति अर्थ खुलता है। 'वहाँ मैं हूँ' कहानी में वे कहती यह है कि वहाँ मैं हूँ जहाँ मैं अपने भीतर झाँकती हूँ। 'अपनी जगह' कहानी में घर की तमाम चीज़ों को उलट-पुलट कर उनकी जगह तय करने में लगी औरत को अचानक कौंधता है कि पहले उसे 'अपनी जगह' तय करनी होगी, तब सब कुछ ठीक होगा। इस व्याख्या से 'अपनी जगह' शब्द एक खास अर्थवत्ता पा लेते हैं। ऐसी व्याख्या और शीर्षकों की भी की जा सकती है। अस्तु।

इन कहानियों की एक सहज सीमा यह है कि इनका कैनवास बहुत सीमित है, ये नारी जीवन पर ही केन्द्रित हैं। उसमें भी एक शैली विशेष की लीक में पड़ जाने के कारण इनमें एकरसता भी आ गई। कहानी जीवन का वैविध्य दर्शाकर ही हमें अपने प्रति रुचिवान बनाती है। मुझे संदेह है कि किसी भी दृष्टिविशेष के आग्रह से उस वैविध्य को पाया जा सकता है। और, दार्शनिक दृष्टि में तो आरोपण की आशंका ज़्यादा ही रहती है। यों, संग्रह की सभी कहानियों में दार्शनिकता की छींक नहीं है, 'शाम की धूप में' तो सामाजिक कहानी ही है, 'लड़की आसमान में', 'सिर्फ इतनी सी जगह', 'हिरण भाग रहा है' जैसी कहानियाँ भी इस प्रभाव से मुक्त हैं। बहरहाल, जो लोग कहानी में नई जमीन तोड़ी जाने को शुभ लक्षण मानते हैं, उन्हें नए मिजाज की ये कहानियाँ अवश्य ही रुचिकर होंगी। जो कथारस के आदी हैं, उन्हें भी भिन्न आस्वाद के लिए ये कहानियाँ पढ़नी चाहिए।

अभ्यस्त रास्तों से हटकर

ध्रुव शुक्ल : हिचकी

कहानी के रूप (फॉर्म) और उसकी भाषा का नया संस्कार पिछले कुछ समय से हिन्दी में बराबर देखने में आ रहा है। ध्रुव शुक्ल के संग्रह 'हिचकी' की कहानियाँ इसी प्रकृति की हैं। मुख्य रूप से तो अंतिम रचना 'चेहरे' द्रष्टव्य है लेकिन छिपने का खेल, हिचकी, हिरनी, किसन कुल्फीवाला आदि को भी नए संस्कार के सोपान के रूप में देखा जा सकता है। परन्तु फॉर्म इनमें पूरी तरह नहीं टूटता, जैसा कि हम 'चेहरे' में देखते हैं। यह अलग बात है कि इन कहानियों में भी घटनाओं का क्रमिक विकास तो क्या, स्वयं घटना की भी कोई चिन्ता नहीं मिलती। इनके उपजीव्य जीवन में जैसी सामान्यता या सादगी मिलती है, इनकी भाषा में भी वैसी ही सहजता और शैली में एक अपूर्व ठंडापन मिलता है। 'भौजी की कहानी' में वैसे तो लेखक ने ग्रामीण जीवन के विभिन्न पक्षों को सजोने और यात्रा रस देने वाला एक चलचित्र-सा पेश किया है लेकिन शैली उसमें भी ठंडापन लिए ही रही है। उसकी बानगी दृष्टव्य है :

'दोनों पटियों के...सिरों पर लिखा था, कंडक्टर सीट, जिसे कोई नहीं पढ़ता था। इसी तरह धूम्रपान भी वर्जित नहीं था। कंडक्टर किसी भी पटिए की सवारियों को खिसकाकर और यदि खिसकने की जगह न हो तो उठाकर, बैठ जाता। सवारियाँ उसे कंडक्टर साब कहतीं।...कितनी ही सवारियाँ चढ़ती जाएँ कंडक्टर मना नहीं करता। वह बीच-बीच में आगे बढ़ो, आगे बढ़ो कहता रहता। जब बिलकुल जगह नहीं बचती, तब भी वह यही कहता। सवारियाँ अपने बैठने की जगह खुद ही बनाती रहतीं। जब मोटर ठसाठस भर जाती और चलने को होती; यदि कोई सवारी आ जाए तो उसके लिए जगह निकल आती। जैसे ठसाठस भरे गेहूँ के पीपे में एक दाना और समा गया हो। जब सवारियाँ भीतर नहीं समाती तब कंडक्टर उन्हें मोटर की छत पर सामान के साथ बिठा देता।'

गाँव की बस-यात्रा में सवारियों की क्या दुर्दशा होती है, उन्हें कैसे ठूँसा जाता है, यह तो हम यहाँ देखते ही है, साथ में देखने की बात है, 'बात कहने के लहजे का ठंडापन और तद्नुरूप ही गति की मंथरता। लगभग विनोद कुमार शुक्ल का स्मरण कराती हुई। लेकिन जहाँ-तहाँ लोकरंगत की वजह से ध्रुव की शैली उनसे अपना पार्थक्य भी दर्शाती है।'

शैली का यह ठंडापन उनमें ऊष्मा के अभाव की वजह से नहीं है बल्कि यह उनका अर्जित शैलीगत वैशिष्ट्य है। भाषा अपनी सादगी में अनूठी है, उसे उन्होंने भावुकता

को संयत करके साधा है। यद्यपि जहाँ भावना तरंगायित हुई है, उसके छींटों ने भी हमें भिगोया है। सगाई के अवसर पर लड़की के मन में फूटते लड्डुओं का यह चित्रण खूब सजीव ही नहीं, मनोहारी भी है:

'एक बुजुर्ग ने सामने आकर मेरे हाथों पर फैले हुए पल्लू में बेसन के लड्डू रखे फिर उन पर सोने की चैन और मुंदरी रख दी। मुंदरी रखते ही मुझे लगा जैसे लड्डू भी सोने के हैं...भीतर लड्डू फूट रहे थे। उन्हें छूकर सोने की मुंदरी मीठी हो गई। मैं बेचैन थी। मैंने जल्दी से एक थाली में अपनी पोटली खाली की–कैसे लोग हैं; मेरा पल्लू गंदा कर दिया। फिर भी मिठास पल्लू से चिपकी रही। मैं उसे खाली नहीं कर सकी। माँ ने पास आकर मीठी चैन और मुंदरी मुझे पहना दी।'

यह एक उल्लसित लड़की के अनुरक्त मन का मनोहारी चित्रण है; बेसन के लड्डू सोने के हो गए और सोने की मुंदरी मीठी। लेकिन हम देख सकते हैं कि भावना का आवेग यहाँ संयत है। शैली का मूल गुण यहाँ भी मौजूद है। ध्रुव आवेग में नहीं बहते। 'हिचकी' कहानी में स्मृतियों में खोई एक व्यथित औरत स्कूल के बाहर टोकरी में बेर आदि लिए बच्चों की प्रतीक्षा में बैठी रहती है। उसके खोयेपन का यह चित्रण अपनी सादगी में भी उसके कुचले गए कलेजी की कराह हमें अनुभव कराती है: 'वह स्कूल की तरफ़ देखती रहती है पर जब स्कूल की घंटी बजती तो वह उसे बहुत देर तक सुनाई नहीं देती। जब बच्चे बिलकुल उसके पास आकर उसे घेर लेते तब उसका ध्यान टूटता।'

इस प्रकार, ध्रुव की शैली अपने ठंडेपन के बावजूद प्रभावी है और अपनी शिथिलता में भी कसी हुई है। उनकी एक विशेषता यह भी है कि उनका जितना ध्यान पात्रों पर रहता है, उतना ही उपादानों पर भी रहता है। 'हिचकी' में जितना ध्यान औरत पर है, उतना ही उसकी टोकरी पर है, उसे ढकने वाले कपड़े पर और अंदर पड़ी चीज़ों पर है, सूखे बेरों पर है, बच्चे कैसे उन्हें रस ले-लेकर चूसते हैं, उस पर भी है और आस-पास के जिन पेड़ों पर वे कूदते-फाँदते हैं, उन पर भी है। पेड़ों के इन बिंबों में कैसी मानवीय सजीवता है: 'स्कूल के अहाते में अमरूद का पेड़ उनके डर से दिन भर कांपता रहता। आम के पेड़....उन बूढ़े पुराने लोगों की तरह लगते जो बच्चों को अपनी गोद में बिठाकर अपनी ही मूँछे नुचवाते हैं।'

बेरवाली की तरह ही 'किसन कुल्फीवाला' है जो बच्चों को कुल्फी की ठंडक बाँट कर अपना कलेजा शीतल करता है। कुल्फी का पिघलना भी लेखक ने कई रूपों में दिखाया है; सांचे से बाहर आते ही कुल्फी पिघलती; होठों पर रखते ही ठंडी नदी की लहर शरीर में बहने लगती; बच्चे जब कुल्फीवाले को जाते देखते तब उनके भीतर जमी हुई कुल्फियाँ पिघलने लगती; आँखों के रास्ते बहने लगतीं–बच्चों को देखकर माएँ पिघल जाती आदि।

ग्रामीण जीवन की प्रकृति से निकटता 'हिरनी' में विशेष रूप से मिलती है। माँ प्रकृति के सहारे समय को मापती है, कभी बाँस से तो कभी धूप से। धूप दीवार पर चढ़कर कुंडी छूती है तब नौ बजते हैं; आँगन में पाँव रखती है तब बारह; आँगन छोड़ती

है तब तीन; और जब पाइप पर चढ़कर भागने लगती है तब दिन ढल जाता है। रात में माँ समय की माप हिरनी से करती है। 'चक्की' कहानी कस्बे के कई पहलू समेटतीं है। 'भौजी की कहानी' तो बस-यात्रा के रूप में गाँव के जीवन का चलचित्र ही है। ये कई चित्र इनमें पृथक-पृथक हैं लेकिन अंततः चक्की या बस-यात्रा में पर्यवसित हो जाने से उनकी पृथकता विलयित हो जाती है। इस दृष्टि से देखें तो कहा यह भी जा सकता है कि असल में, ये कहानियाँ एक ही कहानी है। नामकरण अलग-अलग होने से प्रसंग और पात्र बदल गए हैं लेकिन इन सबके भीतर कही गई कहानी एक ही है।

लेखक ने इन कहानियों में जनजीवन की आस्था और उनको विश्वासों में भी विन्यस्त किया है। 'बेल का पेड़' में तो एक औरत में देवी का भाव आना विस्तार से दिखाया गया है लेकिन 'हिरनी', 'हिचकी', 'किसन कुल्फीवाला', 'चक्की', 'भौजी की कहानी' में भी ऐसे विश्वास विन्यस्त हुए हैं। जहाँ ये रचना में सहज रूप में हैं, वहाँ तो कहानी प्रभावी हुई है लेकिन जहाँ इनका आरोपण है, वहाँ कहानी कमजोर हुई है। यही बात इतर प्रसंगों के विस्तार के लिए भी कही जा सकती है। 'किसन कुल्फीवाला' और 'हिरनी' में मिथकों और विश्वासों का दखल ज़्यादा ही हुआ है; कहानियाँ इन्हें आत्मसात् किए हुए नहीं है। इसमें परिवेश का पोषण चाहे हुआ हो, कहानी को इन्होंने कमजोर ही किया है। 'छिपने का खेल' में छिपने और छिपान शब्दों को लेकर जो ऊहापोह है और 'हिचकी' में 'जेल' शब्द का सूत्र पकड़ कर जो जेल-प्रसंग जोड़ा गया है, वह सब चस्पां किया हुआ है। 'चक्की' में भी लेखक ने कई प्रसंग जोड़े हैं लेकिन उनको उसने चक्की के संगीत सम पर मिला दिया है इसलिए उन्होंने संगति पा ली है। इसमें नेत्रहीन व्यक्ति की प्रकृति और हाथी की प्रकृति का सूक्ष्म निरीक्षण भी कहानी की प्रभविष्णु बनाता है। सब मिलाकर 'चक्की' कस्वाती जीवन का सशक्त रूपायन है।

लेखक ने एक जगह लिखा हैं कि ग्राम-देवता की तरह ही हर गाँव में एक ग्राम-भौजाई भी होती है। इस भौजी को बस-यात्रा करा कर उसने ग्रामीण जीवन की कई यथार्थ और कई रसभीनी और गुदगुदाने वाली विनोदी-छवियों की सृष्टि की है। इसमें बस, बस स्टैंड और प्रतीक्षारत लोगों की तथा बस में चढ़ते-उतरते और ठूंसे जाने व ऊपर चढ़ाए जाने वाले यात्रियों की दशा-दुर्दशा का और चढ़ाई पर यात्रियों द्वारा धक्का लगवा कर बस चलाए जाने के दृश्यों का लेखक ने अपनी शैली में जानदार चित्रण किया है लेकिन ग्रामीण जीवन के अधिकारिक रूप दिखाने का लोभ-संवरण नहीं कर पाने के कारण उसने बस के कई ठहराव बना लिए हैं और हर ठहराव पर बाहरी दृश्यों का विधान भी किया है। ये दृश्य कहीं-कहीं अनावश्यक विस्तार भी पा गए हैं। इन दृश्यों में वैविध्य तो मिलता है लेकिन इससे इतर-विस्तार लेखक की प्रवृत्ति बन गई। परिणामतः कहानी बस-यात्रा के बाद भी समाप्त नहीं होती। गंतव्य स्थल की रामलीला भी कहानी में आ जाती। कहा जा सकता है कि यह बस-यात्रा की नहीं, भौजी की कहानी है और लेखक ने उसी का लाभ उठाया है लेकिन यह तमाम सफाई लचर तर्क ही ठहरेगी। कहानी अंततः एक-संवेदी रचना है, इतर-प्रसंगों के स्वतंत्र विस्तार का बोझ वह नहीं

उठा सकती। भौजी का अतीत और रामलीला स्पष्टत: मित्र प्रसंग है। इन्हें जोड़े जाने के आग्रह ने कहानी को बेस्वाद ही बनाया है। कहानी में क्या होना चाहिए, इसकी चिंता पर्याप्त नहीं है, उसमें क्या 'नहीं' होना चाहिए, यह देखना भी लेखक का सरोकार होना चाहिए। 'हिरनी', 'किसन कुल्फीवाला', 'भौजी की कहानी' आदि को देखते हुए यह कहना आवयश्क है कि ध्रुव शुक्ल को इस ओर सजग रहना होगा। कहानियों में कई जगह जो दर्शन की छौंक है, वह भी सजग स्वाभाविक नहीं बन पड़ी है।

संग्रह की अंतिम कहानी है, 'चेहरे'। यह सर्वथा नए मिजाज की रचना है। हम जिस कहानी के आम तौर पर अभ्यस्त हैं, यह कहानी उससे काफी हटकर है। कभी-कभी तो इसके किसी विदेशी कहानी के अनुवाद होने का भ्रम होता है। अन्यान्य कहानियाँ भी नए अंदाज़ में लिखी गई हैं लेकिन उन्हें 'चेहरे' के तौल पर नहीं रखा जा सकता; यद्यपि 'चेहरे' तक पहुँचने के सोपान रूप में उन्हें देखा जा सकता है। आज की दुनिया में आदमी के न चाहते हुए भी बल्कि उसके विरोध के बावजूद उसके जीवन में लोग किस तरह हस्तक्षेप करने को तत्पर रहते हैं बल्कि उस पर हावी हो जाते हैं, चाहे भयभीत या आतंकित करके या फिर प्रलोभित करके, उसे लेखक ने इसमें दिखाया है। सम्भव है, एक पाठ में इसे न पाया जा सके तो हमें एकाधिक पाठ का धैर्य दिखाना होगा। लेकिन साथ ही यह कहना भी आवश्यक है कि कोई कहानीकार केवल शैलीगत नवीनता के आधार पर दूर तक नहीं जा सकता, जब तक कि वह मानवीय वृत्ति का कोई नया उत्खनन नहीं करता।

मनुष्यता के लोप का दर्द

मिथिलेश्वर : चल खुसरो घर आपने

मिथिलेश्वर ने प्रायः ग्रामीण जीवन की कहानियाँ लिखी हैं। उसके नए संग्रह 'चल खुसरो घर आपने' में भी कई कहानियों का संबंध प्रत्यक्ष या परोक्षतः गाँव से है। लेकिन इस संग्रह की विशेषता उसके इस दर्द में है कि शहरों में ('मनबोध महुआर' कहानी में) और अब तो गाँवों में भी ('गाँव का घर' कहानी में) मनुष्यता की उस नस्ल का लोप हो गया है जो आदमी को अन्याय के विरूद्ध संघर्ष में प्रवृत्त करती है। आज कोई भी व्यक्ति किसी उत्पीड़ित के पक्ष में खड़ा होने का साहस नहीं करता। 'चुप्पी और चापलूसी में बँट गया है सारा देश' वाली स्थिति है। कोई मनबोध जैसा निर्भीक व्यक्ति हौसला दिखाता भी है तो उसे सिरफिरा या झगड़ालु कह कर उसका मनोबल तोड़ दिया जाता है। इन कहानियों में गुंडा तत्त्व के आतंक का चित्रण हुआ है लेकिन इनकी दुर्बलता यह है कि लेखक ने समस्या को इतना सरलीकृत कर दिया है कि कहानियाँ सपाट हो गई हैं। शिल्प के धरातल पर आसन्न लेखकत्व ने और वस्तुगत धरातल पर समस्या के सरलीकरण ने कहानियों का प्रभाव क्षीण किया है, अन्यथा विषय के धरातल पर ये कहानियाँ नई जमीन तोड़ती है।

'मनबोध महुआर' में हम लक्ष्य करते हैं कि मनबोध की निर्भीकता और सत्यपक्षधरता से प्रभावित होकर बाबू धरमदेव उसके निकट आता है लेकिन विडम्बना यह है कि जब मनबोध का साथ देने का अवसर आता है, धरमदेव का हौसला लफ्फाजी-सहानुभूति की दहलीज पर ही दम तोड़ देता है। जब मनबोध की निर्भीकता और तिलमिलाया हुआ जयशंकर उस पर हमला करता है, तब धरमदेव मनबोध के साथ खड़ा होकर लोहा लेने या जयशंकर को खरी-खोटी सुनाकर उसका सामना करने के बजाय उसे चिकनी-चुपड़ी बातों से शांत करने लग जाता है। कहा जा सकता है कि लेखक का अभिप्रेत यह दिखाना भी है कि कैसे आज कोई भी व्यक्ति, चाहे वह कितनी ही आत्मीयता क्यों न दिखाता हो, न्याय के पक्ष में और प्रताड़ित के हक में खड़ा होने का खतरा उठाने को तैयार नहीं है। लेकिन इसके बावजूद चित्रण में सपाटता है। 'गाँव का घर' कहानी में भी कुछ ऐसा ही है।

आज आम आदमी समाज-कंटकों से इतना अधिक आतंकित है कि जो असहाय लोग समर्थ लोगों को समर्थन पाने के पात्र हैं, समर्थ वर्ग उनके प्रति सहायता का हाथ

बढ़ाना तो दूर, सहानुभूति दिखाने से भी डरता है। 'बारिश की रात' और 'नदी किनारे' कहानियों में यही बात प्रमुखत: उठाई गई है, लेकिन इन कहानियों में भी एक तो पात्र और घटनाओं पर लेखक ही हावी रहा है: दूसरे, इनमें घटना-रस चाहे मिले, व्यंजना का आनंद नहीं है। अवश्य ही 'चल खुसरो घर आपने', 'अंतहीन', 'अजगर करे न चाकरी', 'कन्या योग्य वर' जैसी कहानियाँ मूल्यों के विघटन, भ्रष्टाचार और दहेज जैसी भिन्न समस्याओं को उठाती हैं लेकिन रचना-विधान के धरातल पर ये भी इसी कोटि की कहानियाँ हैं: घटना आधिक्य और आसन लेखकत्व से पीड़ित। ऐसा लगता है कि लेखक अपने समस्या की स्थूल रूपरेखा तय कर लेता है और फिर उसे घटनाओं बाना पहना देता है। सर्वत्र घटनाएँ बंधी बंधाई हैं, कहीं भी उनका स्वतंत्र विकास नहीं होने दिया गया है। पात्रों की नकेल भी लेखक ने ही थाम रखी है। कथा-रूप और कथा-भाषा के धरातल पर भी अन्वेषण की वृत्ति लेखक में दिखाई नहीं पड़ती। कहानी में मूल्यों का महत्त्व भी है लेकिन रचना में वे व्यंजित होकर ही कदाचित अधिक प्रभावी होते हैं।

अपना वजूद जताते हुए

डॉ. सत्यनारायण (सं.) : रघुनन्दन त्रिवेदी : सम्पूर्ण कहानियाँ

1

रघुनन्दन त्रिवेदी ने जब कहानी-क्षेत्र में कदम रखा, नई-कहानी के प्रणेता, पुरोधा बन चुके थे। लिख वे अब भी रहे थे लेकिन वह वर्चस्व उनका अब नहीं रह गया था। परिसर में बोलबाला नई पीढ़ियों का था। रघु के सामने प्रश्न अपना पथ चुनने का था। वह पिष्टपेषण से बचना चाहता था। कुछ अलग, कुछ विशिष्ट रचने की जिद-सी उसमें गहरी थी। इस जिद की छाया उसके संपूर्ण कहानी-कर्म पर मिल जाती है। यही जिद उसे कहानी को पहेली बनाने की हद तक भी ले गई है।

मोटे तौर पर वह मध्यम वर्ग का कहानीकार जान पड़ता है यद्यपि संचरण-क्षेत्र उसका व्यापक था। हम उसे 'पॉश एरिया' में प्रवेश करते देखते हैं और 'छुअन' में फिल्म यूनिट का आउट-डोर पड़ाव रचते भी। 'रेसकोर्स के घोड़े' में उसने इस अछूते क्षेत्र के विभिन्न घटकों की जानकारी संकलित की है। लेकिन साथ ही, देखते हम यह भी हैं कि मन उसका इतर क्षेत्रों में रमा नहीं या कम ही है।

अपनी कहानियों का आकलन करते हुए स्वयं उसने लिखा है कि 'टेढ़े-मेढ़े खूब चल चुके। अब सीधे चलना चाहिये।' (325)। तात्पर्य यह कि स्वयं उसके अनुसार उसकी कहानियों के दो वर्ग हैं; एक में, सीधी-सरल और दूसरे में विशिष्ट और जटिल कहानियाँ आयेगी। परन्तु 'सम्पूर्ण कहानियों' के अनुशीलन से हम पाते हैं कि विशिष्ट कही जा सकने वाली कहानियाँ भी एक ही प्रकृति की नहीं हैं। अनेक ऐसी हैं जिनमें उसने कहानी के प्रति पाठकों में जिज्ञासा जगाने का प्रयत्न किया है लेकिन साथ ही कोई प्रश्न जोड़ कर उसने उनको उलझाया भी है। इसी वर्ग में कुछ कहानियाँ ऐसी भी हैं जिन्हें उसने पहेली की हद तक जटिल बना दिया है। यहाँ हम बानगी कहानियों पर कुछ विचार करेंगे।

रोचक यह देखना होगा कि अधिक प्रभावी उसकी वे कहानियाँ हैं जिन्हें विशिष्ट बनाने का कोई उद्यम करते हम उसे नहीं देखते। वे सीधी-सरल-सहज स्वाभाविक कहानियाँ हैं। हम कह यह भी सकते हैं कि वे अपनी सादगी में अनूठी हैं।

'पता नहीं कैसे' प्रेम-प्रसंग पर रची गई ऐसी ही अनूठी रचना है। लड़के में लड़की के लिये अनुराग उस उम्र में ही उत्पन्न हो गया था जबकि अभी प्रेम शब्द का अर्थ भी

उसे ज्ञात नहीं था! धीरे-धीरे लड़के की रुचि लड़की के क्रिया कलापों में बढ़ने लगी। प्रेम का अंकुर मौन के आलोक में कैसे फूटता, बढ़ता और पल्लवित होता है, इसका वर्णन लेखक ने सधे हाथों से किया है।

लड़के का लड़की से चोरी-छिपे मिलना, छेड़-छाड़ करना, पत्र-चिरकुट का आदान-प्रदान जैसा कुछ भी नहीं होता। केवल भूले-भटके लड़के की नज़रें खिड़की के पार लड़की को कैसे देख लेती है, इसे लेखक ने खिड़की पर टंगे आइने की राह से और वहाँ आकर बैठ जाने वाली चिड़िया के प्रतीक से दिखाया है। अन्ततः लड़के का विवाह इसी लड़की से हो जाता है। बाद में, जब लड़का अपने आकर्षण की बातें लड़की को बताने लगता, लड़की मुस्करा देती; कहती, मुझे सब पता है। कैसे? उसका मासूम उत्तर होता, 'पता नहीं कैसे'। लेखक का संकेत है कि लड़कियों में छठी इन्द्रिय भी होती है जो प्रेम-प्रसंग जैसी बातों को बिना किसी के बताये ही समझती-सहेजती चलती हैं।

प्रेम-प्रसंग कॉलेज में पढ़ने वाले लड़के-लड़कियों में क्रमतर कैसे क्लास-नोट्स के लेन-देन में पलता है, इसे लेखक ने 'एक दार्शनिक की प्रेम-पहेली' में अच्छे ढंग से दिखाया है। कामकाजी जीवन में इसका विकास लेखक ने 'जुलाई में दिसम्बर' में दिखाया है। दोनों कहानियों में लड़कों की नादानी की वजह से ही प्रेम परिणति तक नहीं पहुँच पाता है। न्यूनाधिक यही बात 'कोई ईश्वर तो नहीं' के लिये भी समझनी चाहिये। 'नामुमकिन' प्रेम के अंत की कहानी है। प्रेम-पत्रों को लौटा लेने-देने से प्रेम खत्म होना नामुमकिन है। यह कैसे जीवन-भर चलता रह सकता है, इसकी झाँकी 'स्थितियों' में है।

नितान्त शान्त स्वर और ठंडे लहजें में रचित कहानियों में 'अनुकूलन' उल्लेखनीय है। यह एक गृहिणी की आत्मा को कचोटने वाली लाचारी की कहानी है। वह एक ओर पति से प्रताड़ित है, तो दूसरी ओर पीहर के व्यवहार से पीड़ित। पिता के निधन का समाचार पाते ही शान्ति ट्रेन पकड़ लेती है लेकिन उसके पहुँचने के पहले ही पिता का दाह-संस्कार कर दिया जाता है! अंतिम दर्शन भी वह नहीं कर पाती!

ससुर से आर्थिक सहायता नहीं मिल पाने के समय से ही नाराज दामाद रमाशंकर ऐसे अवसर पर भी नहीं पहुँचता; तमाम ताने-तिश्ने शान्ति ही झेलती है। तेरहवीं के बाद जब वह लौटती है, सान्त्वना के दो बोल भी उसके नसीब में नहीं होते। आधी रात में जब मद्यप पति पार्श्व में आता है, सुलह की सुगम राह उसे यही जान पड़ती है कि वही अपने को अनुकूलित कर ले! जीवन की और कोई राह तो थी नहीं।

विस्मयकारी यह लगता है कि प्रायः हर कहानी में बोलने वाला लेखक यहाँ चुप है! लेकिन क्षणांश में ही कौंधता है कि क्या लेखक की कला यहाँ उसकी चुप्पी में ही तो नहीं है? क्या पात्र की चुप्पी ही उसकी लाचारी की समर्थ व्यंजक नहीं है?

'चेतराम'...की चुप्पी तो हमारे कलेजे को और भी गहरे तक चीर देती है। जो निरीह व्यक्ति दो दिनों से अपनी भूख-प्यास और बच्चे की बीमारी भूल कर बारात की तैयारियों में लगा रहा, भाटी साहब उसे जैसे संज्ञा-शून्य पदार्थ समझ कर निर्विकार ढंग से कह देते हैं–

"किसी को मालूम हो गया कि तू हरिजन है, तो देखो चेतराम, बुरा मत मानना..."(137)।

और, बस रवानगी के क्षण उसे नीचे उतार देते हैं, उससे यह केवल छुआछूत जैसे भेदभाव की ही कहानी नहीं रहती, एक सरकारी अधिकारी के निर्मम बल्कि क्रूर व्यवहार की भी कहानी हो जाती है। बेचारा चेतराम क्या बोलेगा? चुप रहने को लाचार है। लेकिन यहाँ भी परिस्थितियों का सर्जन कुछ इस प्रकार हुआ है कि उसकी यह चुप्पी ही हमारे भीतर चीख बनकर गूँजती रहती है।

एक अलग तरह की, कहें अहंकारजनित भेदभाव की कहानी है, 'अप्रत्याशित'। वरुण को यही गवारा नहीं हुआ कि ओबीसी वर्ग का व्यक्ति जगदीश, कल तक जिसकी माँ उसके यहाँ नौकरी कर रही थी, आज उसी का बेटा अपनी हैसियत उससे (याने वरुण से) हाथ मिलाने लायक समझे! मनोभूमि पर इसका औचित्य समझ में आता है लेकिन वरुण की उदासी उसकी प्रतिक्रिया को जिस विलम्बित लय में ले जाती है, उससे प्रतिक्रिया निष्प्रभावी हो जाती है। अहं पर चोट करने वाला प्रसंग हाथ मिलाने की झिझक के रूप में तत्क्षण प्रकट होकर ही कहानी को जीवन्त बनाता और तीखी व्यंग्ययात्मक भी। 'विभाजक-रेखा' में अभी तक चयनित नहीं हो सके युवक के प्रति चयनित हो गये बैंक क्लर्क के व्यवहार में भी अहंकार की ऐसी ही गंध आती है।

'बेचारा' शिक्षक किताबें पढ़ने और कुछ लिखने में ही खोया रहता था। उसकी पत्नी और पुत्र कहते थे कि वह समाज में घुले-मिले लेकिन उसने अपना एकान्त नहीं छोड़ा। वे उसे सनकी समझ कर उस पर तरस खाते थे। लेकिन उसकी मृत्यु पर अखबारों में छपे समाचार व लेख देखकर और प्राप्त चिट्ठियाँ पढ़ कर और उसके नाम पर एक पथ के नामकरण का प्रस्ताव पढ़ कर बेटा चकित रह गया। कहानी हमारे भीतर सोच उकसाती है, बेचारा कौन? पिता या पुत्र?

प्रसंगवश, हम राजेन्द्र यादव की कहानी 'बिरादरी बाहर' याद कर सकते हैं। बिरादरी बाहर कौन? बेटी, दामाद या बूढ़ा? 'बेचारा' में भी वही स्थिति है। बेटा रह गया है, बेचारा।

पिता को लेकर रघु ने और भी कहानियाँ लिखी है। वे सभी 'बेचारा' से भिन्न प्रकृति की हैं। 'स्मृतियों में पिता' में पिता की स्मृतियाँ मधुर है। 'चल खुसरो' में पिता नहीं हैं लेकिन बात-बात पर उनकी आवाज़ें कानों में गूँजती हैं; कभी रोकते-टोकते, तो कभी भूले काम याद दिलाते और कभी बच्चों की लापरवाही पर चिढ़ते-कुढ़ते पिता की आवाज़ें। 'गाँठें' में हम पिता को सीख देते पुत्र को देखते हैं! लघु-कथा 'अगली दफा' में हर बार छाता लाना टालते जाने वाले पुत्र पर बरसने वाले पिता को जब याद आता है कि वह भी तो अपने बेटे की हर माँग अगले वेतन पर टाल देता था, तब उसका क्रोध एकदम ठंडा पड़ जाता है।

ऊपर जिन प्रमुख कहानियों पर विचार किया गया है, उनमें कोई भी ऐसी नहीं है जिसे लेखक ने विशिष्ट या जटिल बनाने का कोई अतिरिक्त प्रयत्न किया हो। उन्हें

पढ़ते हुए लगता है, जैसे वे लेखक की कलम से सहज निसृत होती चली गई हैं। उनमें न तो लम्बी भूमिका है, न अनावश्यक विस्तार। वे सर्वथा सुगठित हैं। वे लेखक का मैनरिज्म दर्शाने वाली आवृत्तियों-पुनरावृत्तियों से भी मुक्त हैं। वे सभी पाठक को सजग करती हैं, उद्वेलित करती हैं और उस पर गहरा प्रभाव डालती हैं। 'क्रम', 'गाँठें', 'चल खुसरो' जैसी कहानियों से तुलना करके हम इनका अंतर समझ सकते हैं। बात इनके गठनगत अंतर की है।

गाँव से आकर शहर में बस गये परिवार की कहानी है–'वर्ग चरित्तर'। लेखक ने इसे केन्द्रित किया है, कॉलेज में पढ़ रही लड़कियों की गुंडों द्वारा की जाने वाली छेड़छाड़ के मुद्दे पर। परन्तु समाधान इसका यह नहीं हो सकता कि लड़की की पढ़ाई छुड़वा कर उसका विवाह कर दिया जाय। कदाचित् इसीलिये लेखक ने कहानी का अंत इस तरह किया है कि विवाह की भनक लगते ही लड़की घर छोड़ कर भाग जाती है।

इसी विषय पर लिखी जाकर भी 'तुम्हें जानता हूँ' कहानी शिल्प के स्तर पर भिन्न हो गई है। अनिवाश (लड़की का पिता) गुंडे माधोपाल का सामना करने के बजाय उसकी चापलूसी में लग जाता है, इस पर उसकी आत्मा ही उसे धिक्कारती है। आत्म द्वारा व्यक्ति को धिक्कारे जाने के रूप में लिखी जाकर यह कहानी अधिक प्रभावी हो गई है।

'बीच का आदमी' भी इसी शिल्प पर लिखी गई है। वहाँ आत्म का स्थान व्यक्ति के अदृश्य मित्र ने ले लिया है जो नकद के स्थान पर उपहार रूप में रिश्वत लेने और ऊपर से ईमानदारी का ढोंग रचने के लिये उसे धिक्कारने और जब चाहे उसका मनोबल तोड़ने आता रहता है और अदृश्य हो जाता है। पात्र के अंतर्द्वंद्व को ही लेखक ने नये शिल्प में रच दिया है।

अंतर्द्वंद्व के चित्रण के लिये 'पचास की उम्र' का भी स्मरण कर सकते हैं। नायक की पत्नी का निधन बीस वर्ष पूर्व हुआ था। इस अवधि में वे समझ रहे थे, वे केवल जेहन (आत्मरूप) रह गये हैं, जिस्म को वे भूल गये हैं। अपने पति के अनुकम्पा वेतन की स्वीकृति के लिये कृतज्ञता व्यक्त करने आई श्रीमती गुप्ता को देख कर उनका अतीत और उसके भीतर सोया वासना का झबरा जाग उठा। उन्होंने अनुभव किया कि उनके जेहन के भीतर भी जिस्म (देह) जिन्दा है। उसके जाग उठने पर वे सारी रात सो नहीं पाये। पचास की उम्र में जागा उनका यह अंतः संघर्ष ही कहानी की वस्तु है।

'क्रम' प्रकटतः एकाकी जीवन जी रहे वृद्ध व्यक्ति की दिनचर्या है लेकिन साथ में यह कामकाजी स्त्री के चरित्र पर शक की कहानी भी है। इसके बरक्स आधुनिकाओं के दो चित्र भी लेखक के रचे हैं।

कस्बे से आकर शहर में पढ़ने और नौकरी तलाशने वाली लड़कियाँ किस तरह से शील-संस्कार के दबाव को त्याग कर कैरियर बनाने में लगी हुई हैं, इसे लेखक ने 'कैरियर' में दिखाया है। 'पौरूष' भी पौरूष को मुँह चिढ़ाती देखी जा सकती है। एक बार साथ सो लेने भर से लड़की लड़के की संपत्ति कैसे हो जायेगी? वह लड़के की गलतफहमी दूर कर जाती है।

पारिवारिक कहानियों में 'मकड़ी' संयुक्त परिवार में पड़ रही दरार की कहानी है तो 'रोने वाला कमरा' उसका टूटना दिखाता है। 'दुष्चक्र' तमाम नाते-रिश्तों का खोखलापन दिखाती है।

'गड्ढ़ा' भी एक पारिवारिक कहानी है। दिवा-स्वप्न शैली में लिखी जाने से इस वर्ग में इसकी अलग पहचान है। खुशीराम निस्तारण के लिये मेज पर पड़ी डाक देख ही रहा था कि कैशियर ने उसे बोनस के छह सौ रुपये दिये। डाक मेज पर ही रह गई, खुशीराम दिवा-स्वप्न में खो गया। उसकी पहली ज़रूरत साइकिल थी। उसने एटलस खरीदी ही थी कि सामने बीमार पत्नी आ गई। उसका उपचार शुरु हुआ ही था कि पिताजी का ताना कान में पड़ा। ख़याल बहन की शादी पर लिये गये मामा के कर्ज़ का भी आया। रह-रह कर सामने आती साइकिल, बार-बार उतरती चेन, दफ्तर पहुँचने में देरी, बड़े बाबू की नाराजगी और इन चित्रों के बीच बार-बार आती मेज पर पड़ी डाक ने कहानी को एक अलग तरह की गत्यात्मकता दे दी है।

तमाम हालात खुशीराम नाम को मुँह चिढ़ाते जान पड़ रहे थे। 'बीच के आदमी' की तरह ही खुशीराम को भी भरना 'अभावों का गड्ढ़ा' ही था लेकिन उधेड़बुन उसमें थी, इस बात को लेकर कि बोनस पर पहला हक बनता किसका है?

रघु की कहानियों में व्यक्ति, समाज, देश और शासन में फैली मूल्यहीनता पर व्यंग्य हमें पग-पग पर मिलेगा लेकिन कुछ कहानियों में जीवन के कुछ पक्षों की बदहाली विशेष रूप से उभरी है। 'खास खबर' में शीर्ष-सत्ता इतनी भ्रष्ट और संवेदना-शून्य है कि सूखा-अकाल और जन-पलायन से भी उसके कानों पर जूँ तक नहीं रेंगती! राजनीति में धन-बल से प्रवेश कैसे सुगम है, यह 'ठूँठ' में दिखाया गया है। दफ्तरों में होने वाले लेन-देन की ललक और झिझक की अच्छी झाँकी 'बीच का आदमी' में है। दफ्तरी जीवन की व्यवस्था का यथार्थ 'टॉयलेट' में है। स्कूली-शिक्षा और प्रशासन 'स्कूल गाथा' में है। अगर बच्चे की रुचि पढ़ाई में न हो तो रास्ता 'गुड्डू बाबू की सेल' में है', तेज बुद्धि छात्र भी वहाँ काम पाने को तरसते हैं। यहाँ लेखक ने तेज बुद्धि छात्रों के स्वाभिमान का कोई विचार नहीं किया है।

सामाजिक जीवन पर लिखते हुए रघु संवेदनशील मुद्दों से कतरा कर नहीं निकला है। इस दृष्टि से 'रिपोर्टिंग' और 'अपने लोग' द्रष्टव्य हैं। उन कहानियों पर विचार करते हुए हमारा ध्यान पहले 'हम दोनों' कहानी में लेखक और उसके मित्र के एक संवाद पर चला जाता है। मित्र लेखक से पूछता है–

"अच्छा बताओ, तुम किन-किन चीज़ों से डरते हो?/ होली और ईद के दिन से, जब सड़कों पर पुलिस तैनात होती है/और अपने हिन्दू होने से/क्यों? इसमें क्या खतरा है?/क्योंकि हिन्दू होने के कारण मुसलमान नहीं हूँ और मुसलमान नहीं होना भी खतरे की बात है/पर यहाँ तो हिन्दू ज़्यादा हैं, वे तुम्हें बचा लेंगे/शायद नहीं/क्यों?/क्योंकि वे अयोध्या से लौट कर गर्वित थे और मैं शर्मिन्दा।" (हम दोनों, 171)।

हम लक्ष्य कर सकते हैं कि साम्प्रदायिक मुद्दे पर लेखक के विचार स्पष्ट और निर्भीक हैं। कहानियों की रचना में हम उसे भावुकता से मुक्त होकर यथाशक्य वस्तुनिष्ठता का निर्वाह करते ही देखते हैं।

'रिपोर्टिंग' साम्प्रदायिक दंगे की पृष्ठभूमि में लिखी गई कहानी है। वास्तव में यह दंगे की नहीं, उसकी दहशत से उपजी कहानी है। रिक्शा-चालक पेड़ के नीचे मृत पाया गया। वह किसी का हत्यारा नहीं था। वह दंगे में शरीक भी नहीं था। फिर, उसकी हत्या क्यों की गई? लेखक का संकेत है कि दंगे की दहशत से भागे हुए हिन्दुओं ने अपना बचाव निश्चित करने के लिये ही उस निरीह और निर्दोष की हत्या कर दी, महज इसलिये कि वह मुसलमान था! लेकिन यह इरादतन हत्या नहीं थी। लेखक ने यह जोड़ा है कि ऐसे ही यह हत्या किसी मुसलमान द्वारा किसी हिन्दू की भी हो सकती थी।

'अपने लोग' एक गली-मुहल्ले में भड़के साम्प्रदायिक उपद्रव की कहानी है। एक रात अवसर पाकर एक मुसलमान मिस्त्री ने अकेली रह रही एक हिन्दू विधवा के घर में घुस कर उसके साथ दुष्कर्म करना चाहा लेकिन महिला के चिल्लाने पर वह भाग गया। चीख-पुकार सुन कर रात में भी मुहल्ला इकट्ठा हो गया। कहानी का प्रभावी अंश महिला और मिस्त्री के पक्ष में बँट गये लोगों के तर्क-वितर्क का संयोजन है। यह मुहल्ले का अत्यन्त सशक्त और जीवन्त चित्र है। लेखक ने मुहल्ले की समरसत्ता की तह में पल रहे द्वेष को एक व्यक्ति की इस टिप्पणी में उभारा है कि मुसलमान विश्वसनीय नहीं होते। अंत में, उसने मिस्त्री को भी मौहल्ला छोड़ कर 'अपने लोगों' में जा मिलते ही दिखाया है। लेकिन लेखक की दृष्टि की तीक्ष्णता इस पहचान में फलित हुई है कि धर्म जिनका अपने स्वार्थ में बसता है, वे मिस्त्री के पक्ष में इसलिये खड़े थे कि सेवाएँ उसकी उन्हें मुफ्त में मिल रही थीं!

लेखक की कुछ कहानियाँ मनो-विश्लेषणात्मक जान पड़ती हैं। 'नारायणराव एक केस-हिस्ट्री' तो अपने शीर्षक से ही मनो-रोगी की कहानी है। पात्र के क्रिया कलापों का चित्रण उसके मनो-स्तर पर उतर कर किया गया है। उसका अपरिचितों से बतियाना, उनका कस कर हाथ पकड़ना, हर वक्त आशंका-पीड़ित रहना उसे मनो-रोगी दर्शाते हैं। लेकिन उलझन यह देख कर होती है कि दफ्तर वह बराबर जाता है। अवश्य ही, एक बार वहाँ उसे हार्ट-अटैक आ जाता है। बाद में, वही उसका सुरक्षा कवच हो जाता है; घर में भी और दफ्तर में भी। आशंकाएँ उसकी ज़्यादातर अपनी बेटियों के साथ रेप की रहती हैं। स्वयं अपने में वह यह सामर्थ्य नहीं पाता कि गुंडों से लोहा ले सके। कुछ-कुछ 'तुम्हें जानता हूँ' के अविनाश की तरह। अविनाश का आत्म उसे गुंडे की चापलूसी के लिये धिक्कारता है। नारायणराव के आत्म ने उसे अंतर्मुखी और मनो-रोगी बना दिया। अपने परिवार को कहीं घुमाने-फिराने का सुख वह नहीं दे पा रहा है, इसके लिये धिक्कार उसमें भी है लेकिन मनो-रोगी का मुखौटा उसका ऐसा कवच बन गया कि एक ओर दफ्तर तो दूसरी ओर बेटियों और पत्नी की नज़र में वह सर्वथा दया का पात्र बनने से बच गया है। यही आत्म-तोष उसे है और परिवार को तोष इससे है कि

जैसे भी हो, नौकरी तो वे कर ही रहे हैं। जो 'ताजी हवा' वे चाहते हैं, वह उस सामर्थ्य का प्रतीक है जो सही अर्थ में उन्हें पौरुष और जीवन दे सके। इस तरह, इस कहानी की गुत्थी को मनोविश्लेषण के प्रकाश में सुलझाया जा सकता है।

सिफैलोटस' में नायक की विक्षिपता का कारण धन-हानि है और बेटे की नौकरी छूट जाना भी। धक्का उसे इससे भी लगा है कि पढ़े-लिखे लड़के को कपड़े की दुकान पर नौकरी करनी पड़ेगी लेकिन मानसिक जटिलता जैसा इसमें कुछ नहीं है। 'खाँचे' में विनायक आचार्य को हम उन अतृप्त लालसाओं पर विचार करते देखते हैं जिन्हें पहले वह पढ़ाई के और फिर नौकरी के दबाव में स्थगित करता रहा है।

रघु की कुछ कहानियों को किसी उपयुक्त संज्ञा के अभाव में प्रायोगिक कहा जा सकता है। ऐसा जान पड़ता है कि लेखक के भीतर एक शरारती बालक है जो घर की चीज़ों को उलट-पलट कर या छिपा कर लोगों को परेशान करने में विघ्नतोषी आनन्द (सैडिस्टिक प्लैजर) अनुभव करता है। रचना करते समय यही खेल लेखक पाठकों के साथ खेलता है। 'खोई हुई चीज़' जैसे शीर्षक लगा कर वह पाठकों में जिज्ञासा जगाता है, फिर वह उस चीज़ की तलाश में प्रवृत्त हो जाता है। वयस्क होने के पहले तक जो चीज़ उसके पास थी और अब नहीं है, वह 'निश्चिंतता' या 'बेफिक्री' होनी चाहिये।

कुछ कहानियों को लेखक ने ज़्यादा उलझाया है। साजनदास को चाय-ठेला उठाना पड़ गया था क्योंकि वह सेठ की तुलना में ज़्यादा सस्ती चाय नहीं बेच सकता था। असली वजह यह भी हो सकती है कि सेठ को चाय के धंधे में ज़्यादा मुनाफा नज़र आ रहा था इसलिये उसने साजन का ठेला उखाड़ने की ठान ली थी। वजह यह भी संभव है कि सेठ के साथ दौड़ में उलझ कर उसे पुलिस के हत्थे चढ़ना पड़ता, जो वह अब कतई नहीं चाहता था।

'सही अन्त' में लेखक पाठकों को अनुमान के लिए उकसाता है कि कौन-सा अन्त सही होगा और स्वयं ही तीन-चार विकल्प देकर उन्हें उलझा भी देता है। लेकिन किंचित् सजगता हमे सुझाती है कि वरण की शर्त उसने यह रखी थी कि औरत इतनी दयालु हो कि 'आदमी के सौ गुनाह माफ कर दे'। (94)। ऐसी स्थिति में, कोई भी अन्य अंत सही कैसे ठहरेगा?

सोमा के व्यक्तित्व में संघर्ष और संकल्प जैसा कुछ होता तो विचार के लिये अवकाश भी होता। 'पचास की उम्र में' श्रीमती गुप्ता को भी हम विकल्पहीन स्थिति में ही पाते हैं।

'चोर ज़िन्दगी के' कहानी में चोर को जानने की जिज्ञासा होना स्वाभाविक है। गणेशप्रसाद यह कह कर प्रसंग को उलझाता है कि वह गणेशप्रसाद है भी और नहीं भी। क्योंकि यह नाम उसी का है, इस अर्थ में तो वह गणेशप्रसाद है ही लेकिन अपनी यह ज़िन्दगी जीना उसने कभी नहीं चाहा, इस अर्थ में वह गणेशप्रसाद नहीं भी है। जीना उसने सदा औरों का जीवन ही चाहा। इसी अर्थ में वह औरों की ज़िन्दगी का चोर है। क्या उस अर्थ में हम सभी थोड़े या बहुत औरों की ज़िन्दगी के चोर नहीं हैं?

'श्रीज्ञाचमा' जैसा दक्षिणी नाम जिज्ञासा तो जगाता है लेकिन पात्र में दक्षिणी जैसा कुछ भी खास नहीं है। इसमें तो लेखक ने पर-पीड़क आनन्द (सैडिस्तिक प्लैजर) उठाया है, पाठकों को छकाकर कि जिसे वे श्रीमती श्रीज्ञाचमा का प्रेमी समझते रहे हैं, वह वास्तव में उनका भाई है जो उन्हें पिता के पास ले जाने आया है!

'नजरिया' में औरत के पश्चात्ताप के विषय में पादरी के अनुमान गलत ठहरते हैं। जो ड्राइंग मास्टर उसे प्रलोभित कर रहा था, उसकी बात उसने पति को बता दी थी। पति ने उसे भगा दिया था। अब पश्चात्ताप का विषय यह है कि वह उसी ड्राइंग मास्टर के प्रति आकर्षण अनुभव करने लगी है। उसी के मार्जन के लिये वह आ रही है। पादरी इसे समझ नहीं पा रहा था।

'हम दोनों' में लेखक यह प्रभाव उत्पन्न करके पाठक को उलझाता है कि प्रकृति दोनों की अलग है। स्वयं लेखक तो अपने को डरपोक मानता ही है; व्यंजना इसकी यह हो जाती है कि दूसरा साहसी है। लेकिन विचार करने पर हम पाते हैं कि अपनी जिन रुचियों का उल्लेख वह करता है, साहस उनमें से किसी में नहीं झलकता! लेखक ने यह लिख कर कि सड़क तो पार वह उसकी (लेखक की) ओट लेकर करता है, उसकी कायरता पर मुहर-सी लगा दी है यद्यपि पाठक से सजगता की अपेक्षा करने वाले लेखक ने यह व्याख्या जोड़ कर एक तरह से कहानी की व्यंजना छीन कर, कलात्मक स्तर पर उसे कमजोर ही किया है। अवश्य ही, लेखक का कौशल उभयअर्थी शीर्षक में देखा जा सकता है। इसे लेखक की कथानक-रहित कहानी के रूप में भी पढ़ा जा सकता है।

'एक कहानी की कहानी' भी जिज्ञासाकारक शीर्षक है। मूल प्रसंग यह है कि लेखक ने एक लड़की के साथ हुए बलात्कार प्रकरण पर कहानी लिखी है। यह दुष्कर्म पिकनिक स्पॉट पर हुआ था। जब लेखक ने दुबई से लौटे मित्र को यह कहानी सुनाई, तो उसने दोषी लड़की को ही माना। उसका कहना था कि लड़की की सहमति के बिना बलात्कार संभव नहीं है। लेखक ने जब भेद खोला कि यह लड़की तुम्हारी बहन थी, तो मित्र को लगा, जैसे उस पर पहाड़ टूटा हो लेकिन प्रश्न यह है कि जो धारणा भाई प्रतिपादित कर चुका था, आहत-पक्ष बहन हो जाने से वह झूठी कैसे पड़ जायेगी? स्पष्ट है, यह धारणा-प्रतिवादक रचना है।

'वह लड़की अभी जिन्दा है' शीर्षक तो जिज्ञासा क्या, सनसनी पैदा करता है। लेकिन कहानी में ऐसा कुछ भी नहीं है, यह केवल भाषा की लाक्षणिकता है। अपने वयः संधि काल में लेखक ने एक लड़की से प्रेम किया था, समय के साथ वह प्रसंग विस्मृति के गर्त में चला गया। अरसे बाद, जब लेखक के हाथ बेटे की कॉपी आई, तो वह यह देखकर चकित रह गया कि उसने भी उसमें लड़की का चित्र आँक रखा था! याने जिसे उसने विस्मृत या मृत मान लिया था, वह मरी नहीं, वह केवल लड़की नहीं, वृत्ति थी, जो मरती नहीं है। पहले वह उसमें थी, अब बेटे में है। इसी अर्थ में शीर्षक है, 'वह लड़की अभी जिन्दा है।'

'बंद आदमी' को भी लेखक ने सनसनीखेज बनाने का प्रयत्न किया है। नायक ने जिसे फार्म की देखभाल के लिये रखा था, एक रात जब वह शहर से लौटा, तो उसे उसने अपने शयन-कक्ष से निकलते देखा। उसने उसे गैरेज में बंद कर ताला लगा दिया। अब वह जान गया कि यह व्यक्ति डिसूजा है, उसकी पत्नी का प्रेमी ही नहीं, पूर्व-पति भी। पत्नी उसके साथ अपने संबंधों से इनकार कर रही थी। वह पत्नी के सामने गैरेज खोल कर उसमें से निकल रहे डिसूजा को दिखा कर उसे (पत्नी को) शर्मिन्दा करना चाह रहा था। गैरेज से निकल रही छायाकृति देखकर पत्नी चीख पड़ी।

कहानी एक तरह से, यहीं समाप्त हो जाती है लेकिन लेखक ने इसे कन्फैसन शैली का रूप देते हुए फादर के सामने जो प्रश्न उठाए हैं, उससे कहानी तो उलझी ही है, उसमें आ गई जासूसी रंगत कन्फैसन का भी उपहास जान पड़ती है।

'नायक के खातिर' को तो लेखक ने और भी अधिक उलझाया है। विकास अधिकारी ने नायक (मास्टर) के विरुद्ध जो षड़यन्त्र रचा, उसमें सहायक रहा व्यक्ति यदि नायक के खातिर अपने को षड़यन्त्र से अलग कर ले तो षड़यन्त्र का भंडाफोड़ हो जायेगा और यह दिखाना भी संभव हो जायेगा कि मूल्यों के प्रति निष्ठा हो तो किसी भी परिस्थिति से जूझ कर जीता जा सकता है। (395)। यद्यपि मौलिक अभाव तो खटकता ही रहेगा कि उसके लिये अपेक्षित संघर्षशीलता का नायक के व्यक्तित्व में लोप ही रहा है।

कहानी व्यक्तिवाची विधा है लेकिन लेखक ने एक प्रयोग उसे जातिवाची बनाने का भी किया है। वैसे तो, 'एक दिन राम बाबू झाड़ी लाँघ जायेंगे' कहानी का समापन लेखक ने उसे जातिवाचक बनाकर ही किया है, लेकिन 'हमारे शहर की भावी लोक कथा' को तो उसने समूहवाची ही बना दिया है! अपनी मूल कल्पना में लेखक सही है कि वय:संधि में सभी ललिताओं को महेन्द्र की प्यास रहती ही है, लेकिन भुलाया यह भी नहीं जाना चाहिये कि व्यक्ति रचते हुए लेखक सामान्यत: (व्यक्ति-की) प्रकृति भी रचता है। अत: उसे जाति या समूहवाची बनाने की आवश्यकता नहीं होनी चाहिये। फिर, अब तो समय भी ऐसा बदल गया है कि प्राय: माता-पिता ने ही अपनी ललिताओं को अपना महेन्द्र चुनने की छूट दे रखी है। भागने की अब कोई ज़रूरत ही कहाँ रह गई है। यह भावी नहीं, वर्तमान है।

इस दृष्टि से 'दो हजार पचास में परी कथा' ज़्यादा दूरदर्शिता दिखाती है और कल्पना की वैज्ञानिकता भी।

रघु की कहानियों के प्रायोगिक वर्ग में ही कुछ कहानियाँ लगभग पहेली बन गई हैं। इनमें से भी फैंटेसी पर आधारित 'गुफावासी' और 'यह ट्रेजेडी क्यों हुई' को तो वर्णित जीवन, काल, संकेतित व्यक्तियों और स्थितियों के सहारे अनुमान लगा कर थोड़ा-बहुत पाया जा सकता है; 'गुफावासी' को औपनिवेशिक भारत के रूप में पढ़ा जा सकता है और 'यह ट्रेजेडी क्यों हुई' को गाँधी, नेहरू, जयप्रकाश के भारत के रूप में देखा जा सकता है। देश की तथा लोगों की अपनी गरीबी से उनका ध्यान हटा कर उसे नारी की लुभावनी छवियों में रमाने के लिये घर-घर डिब्बे पहुँचाने वाले नायक के रूप में

राजीव गाँधी को देखा जा सकता है लेकिन 'सेफ्टी वॉल्व' और 'हद' तो सचमुच रचना में जटिलता की हद हैं। ये रचनाएँ पहेलियाँ ही अधिक हैं। साहित्य-जगत में पहेलियों का भी इतिहास मिलता है। 'खुसरो की पहेलियाँ' प्रसिद्ध ही हैं। उन्हें तो फिर भी लोग सुलझा लेते हैं लेकिन कबीर की 'उलटबासियाँ' और सूर के 'कूट' पद कौन पढ़ता है? लेकिन क्योंकि जटिल होकर भी इन कहानियों में मनो-तत्त्व विन्यस्त है इसलिए यहाँ उन पर भी कुछ विचार किया गया है।

'हद' लगभग पहेली की हद तक जटिल है। यह नैरेटर के एक स्वप्न पर आधारित है। उसने रात में 'गरम सीन' वाली फिल्म देखी थी। एक दृश्य में नायिका निर्वसना थी। वही सब कुछ उसने स्वप्न में भी देखा। नायिका चुनौती भरे स्वर में कह रही थी–

"आओ, अगर तुम में हिम्मत है, तो जानो, खोलो और तोड़ो मुझे। बताओ, कैसी हूँ मैं?" (112)।

उसके बाद परदे पर उसने विस्मय से देखा, स्वप्न अभी जारी था, नायिका को हटा कर, उसकी पत्नी आ गई है, वह कह रही है–

"बताओ, अब मैं क्या दिखाऊँ, क्या करूँ कि तुम्हे मजा आ जाये।" (113)।

जब स्वप्न टूटा, तो उसने देखा, दोनों बच्चों के साथ पत्नी नीचे सो रही थी।

रात में देखी गई फिल्म के कामुक दृश्य, अतृप्त वासना के कारण स्वप्न में भी आयें, यह स्वाभाविक ही है, लेकिन स्वप्न में परदे पर पत्नी के आने को कैसे समझा जाय?

वासना-लोलुपता ने अंग्रेज़ी फिल्मों में 'गरम सीन' देखने का जो चस्का उसे लगा दिया था, लगता है, उसकी अति ने ही, प्रतिक्रिया करते हुए उसमें अवचेनतः यह आशंका जगा दी कि यदि उसकी वफादार पत्नी ने कहीं उसका यह गर्हित रूप जान लिया तो उसकी नज़रों में वह कितना गिर जायेगा!

पति की प्रतिष्ठा ही तो पत्नी का अभिमान होता है। पति का यह वासना-लोलुप रूप उस अभिमानिनी के कलेजे को कैसे कुचल कर रख देगा! उसकी इस आशंका ने ही उसे बुरी तरह विचलित कर दिया। इस आविष्ट अवस्था में ही उसकी आशंका ने ही यह मूर्त रूप ले लिया कि फिल्म की नायिका को अतिक्रमित कर पत्नी ही परदे पर आ गई और यह कहते हुए उसे धिक्कारने लगी कि मैं यह कल्पना भी नहीं कर सकती थी कि तुम इस हद तक भी गिर सकते हो! छिः। बोलो, मैंने तुम्हें क्या कुछ नहीं दिया? तुम्हें शर्म नहीं लगती, मुझे लगती है, यह देखकर कि तुम फूटी हंडिया चाटते फिरते हो!

"बताओ अब मैं क्या दिखाऊँ, क्या करूँ कि तुम्हें मजा आ जाये।"(113)।

इस तरह की व्याख्या करके ही हम 'हद' की गुत्थी को कुछ सुलझा सकते हैं।

'सेफ्टी वॉल्व' कहानी का उपजीव्य एक ऐसी फिल्म है जिसके मध्यान्तर 'बाद की कहानी' कोई दर्शक बयान कर ही नहीं पाया! फिल्म की इस प्रशस्ति को अपने लिये चुनौती समझ कर छगन बाबू भी, जो अन्यथा फिल्में देखने के ही विरोधी थे, उसे देखने गये। लेकिन मध्यान्तर बाद की कहानी वे भी सुना नहीं पाये! इसका कारण क्या हो सकता है?

वस्तुतः इस फिल्म के तार छगन बाबू के वैयक्तिक जीवन से जुड़ कर उन्हें आविष्ट कर देते हैं। उनकी आँखें उनके सामने (फिल्म में) अनाथ हो गये बालक का सतत पीछा करने लगती हैं। होटल मालिक बालक को जब निकाल देता है, छगन बाबू को अपने साथ किये गये काने मास्टर का दुष्कर्म स्मरण आ जाता है। इस बालक को संरक्षण देने वाली बहन बनी लड़की की भी गुंडे हत्या कर देते हैं। एक अन्य प्रसंग में गुंडे जब युवक को घायल कर देते हैं, तब भी एक अनजान लड़की अस्पताल में उसका उपचार करवाती है। अस्पताल के संबंध से ही छगन बाबू को अपने बेटे के ऑपरेशन के लिये डॉक्टर द्वारा रुपया माँगना और नहीं दे पाने पर ऑपरेशन का विफल रह जाना और बच्चे की मृत्यु हो जाना भी याद आता है। बाद में, वह युवक, बचाने वाली लड़की से ही विवाह कर लेता है परन्तु सुहागरात को ही उसकी पत्नी को किसी ने जला कर मार डाला! छगन बाबू को अपनी बहन याद आती है, जीजा ने ही उसे मार डाला लगता है। युवक ने एक टाइपिस्ट से विवाह किया है। उसके पेट में बॉस का बच्चा है। छगन बाबू ने भी अपनी बेटी शीला के बारे में कुछ ऐसा ही सुना है।

छगन बाबू की अपेक्षा थी, युवक गुंडों से बदला लेगा। लेकिन युवक को राग-रंग में डूबा देख कर बाबू उत्तेजित हो जाते हैं। आवेश उनका चरम पर चला जाता है, वह उन्हें क्रिया-तत्पर भी कर देता है। एक फिल्म उनके भीतर चलने लगती है। वे अपना हिसाब चुकता करने पर उतर आते हैं। वे पुलिस से बचते हुए भागते जाते हैं और काने मास्टर, जीजा, डॉक्टर और बेटी के बॉस मल्होत्रा की हत्या करते जाते हैं।

यहाँ लेखक ने संभावना यह की है कि जब कोई दृश्य प्रेक्षक को पूरी तरह आविष्ट कर देता है, तब उस दृश्य के संदर्भ में उसकी स्थिति यंत्रचालित पुतले-सी हो जाती है। वह दृश्य पूरी तरह उसकी चेतना पर छा जाता है। वह उस संदर्भ में अपनी भूमिका तय ही नहीं करता, उसके क्रियान्वयन में भी जुट जाता है। विवेक का उस पर कोई नियन्त्रण नहीं रह जाता है। ऐसा ही कुछ छगन बाबू के साथ हुआ। मध्यान्तर के बाद की फिल्म वे जब ठीक-से देख ही नहीं पाये, तो उसकी कहानी कैसे सुनाते? इस आविष्ट अवस्था को मनो-व्याख्या से समझा जा सकता है।

इन कहानियों को किसी और ढंग से भी समझा-समझाया जा सकता है। साहित्य-जगत में इसके लिये अवकाश रहता ही है।

2

रघु की कहानियों के पाठ-पक्ष के इस आलोड़न के उपरान्त हम उसकी रचना-वृत्ति पर कुछ विचार करेंगे और उसकी सीमाओं का निदर्शन भी करेंगे।

वैसे तो, उसने अपनी कहानियों को ज़्यादातर दृश्यमान जीवन-जगत और पात्रों के कार्य-व्यापारों पर ही केन्द्रित किया है लेकिन उन पर कुछ और विचार करने पर हमें उनमें प्रभावी प्रसंग और मर्मस्पर्शी चित्र भी मिल जाते हैं जो कहीं वर्ण्य जीवन, तो कहीं मानव-प्रकृति को कुछ और समझने के संकेत दे देते हैं। कहीं उनमें वस्तु की, तो कहीं पात्र के व्यक्तित्व की नई परत खुलती दिखाई पड़ती है।

रघु को ठीक से समझते हुए हमें उसके इस पक्ष का भी आकलन किये रहना होगा। इससे हम यह भी देख सकेंगे कि एक जैनुइन रचनाकार की रचना कैसे रचनाकार के बावजूद भी होती है।

लेकिन पहले इस पहलू को देख लेना आवश्यक है कि रघु प्रमुखतः मध्यम वर्ग का कहानीकार है। कहानियाँ उसकी चाहे सरल रही हों या जटिल, उपजीव्य उनका अधिकतर मध्यम वर्ग ही रहा है। इस जीवन को और इसके इर्द-गिर्द के प्रदूषित वातावरण को भी उसने बहुत निकट से देखा था और बड़ी बारीकी से उसका चित्रण किया है। उसके जुगुप्साकारी यथार्थ का भी।

इन लोगों के मकान छोटे-छोटे और सटे हुए, प्रायः गलियों में आये हुए। गलियाँ तंग और गन्दी। नालियाँ बदबूदार। शिव और विजय के घर पास-पास थे, लगभग सटे हुए। विजय कहता है–

"हमारे घरों के बीच एक पतली-सी गली थी जिसमें हम कचरा फेंकते थे और लोग प्रायः पेशाब करने खड़े हो जाया करते थे।" (56)।

ये जीवन की रोज़मर्रा की समस्याएँ ही हैं, हम जिनसे रघु के पात्रों को जूझते पाते हैं। चन्द्रकान्त हों या खुशीराम, माधवकान्त हो या अविनाश या फिर नारायणराव। जिन उलझनों से वे घिरे हैं, वे कोई बड़ी चुनौतियाँ नहीं है लेकिन इन पात्रों के लिये वे बड़ी हैं। वस्तुतः ज़्यादातर पात्र यथास्थितिवादी हैं। कष्टदायी स्थितियों के विरुद्ध विद्रोह करना तो दूर, उनका विरोध करते भी हम उन्हें नहीं देखते। रघु की दृष्टि इनके इस जीवन पर गई है और इनके आजीविका-संघर्ष पर भी गहरे तक गई है।

मध्यम वर्ग अधिकतर नौकरीपेशा है। रघु ने इस वर्ग के दफ्तरी जीवन का बड़ा जीवंत चित्रण किया है। 'चल खुसरो' के नैरेटर को हम देखते हैं, कैसे वह भागते-दौड़ते बस लपकता है, कैसे बस में लटकते, कंडक्टर से झगड़ते दफ्तर पहुँचता है लेकिन लाख कोशिश करके भी समय पर पहुँचना कहाँ हो पाता है जबकि वहाँ पहली ज़रूरत है, समय की पाबन्दी–

"रजिस्टर में हाज़री ज़रूरी है, काम भले करो, न करो।"

लेकिन दफ्तर पहुँचकर भी दस्तखत करना आसान कहाँ होता है–

"रजिस्टर साहब की मेज पर। चेम्बर में घुसने का डर। साहब कुछ कहते नहीं, देखते हैं, पहले चेहरा, फिर दीवार घड़ी। शर्मिन्दा करने के लिये इतना काफी।" (348)।

चेम्बर से निकल कर सीट पर पहुँचते हुए–

"शर्म की जगह झुँझलाहट। दिन भर दफ्तर में काम बल्कि काम से ज़्यादा तनाव। कभी छँटनी का डर, कभी ट्रांसफर का खतरा और अब तो पेंशन तक बंद हो जाने का आतंक।" (348)।

यह दफ्तरी जीवन का बड़ा ही प्रभावी चित्रण है। दफ्तर में छोटी-छोटी बातें भी क्लर्क को किस तरह आतंकित किये रहती हैं, इसकी एक अलग झलक 'बीच का आदमी' में है–

साहब मुझे बुलाते हैं। मैं या तो सामने पड़ी फाइल उल्टी रखकर या फिर अपनी गिलास में बची हुई चाय एक ही साँस में पीकर साहब के चेम्बर की तरफ़ बढ़ता हूँ। चेम्बर में घुसने से पहले मैं अपनी शर्ट के सारे बटन बंद कर लेता हूँ। सावधानीवश पैंट की चेन भी देख लेता हूँ। हँसो मत, कई बार बेध्यानी में यहाँ की चेन खुली भी रह जाती है इसलिये चैक कर लेना कोई बुरी बात नहीं...।" (23)।

यह देख कर वाकई विस्मय होता है कि कितनी बारीकी से देखा था, लेखक ने दफ्तरी जीवन।

इतनी ही निकटता से उसने घरेलू जीवन देखा है। माँ कितनी आत्मीयता से बच्चों के लिये खुली हवा में सोने का प्रबंध करती है। उनके लिये छत पर बिस्तर करते हुए पास में मटकी रखना नहीं भूलती! बिस्तर उठाना भी उसी का काम है जो माँ है! बिस्तर को धूप से बचाना भी उसी का काम है!

पिता से पुत्र का नाता छत्तीसा है। लेखक ने पिता के प्रति पुत्र के तिरस्कार भाव पर भी उतना ही तीखा व्यंग्य किया है। पिता की मृत्यु का दर्द होना तो दूर, वह राहत की साँस लेता है, इस बात पर कि-

"बूढ़ा नौकरी में रहते नहीं मरा, रहते हुए मरता तो पूरा घर बेहाल हो जाता!"

पिता की मृत्यु के दर्द से बढ़ कर चिंता है, इस बात की कि घर की व्यवस्था बिगड़ जाती! पूरा घर बेहाल हो जाता!

घरेलू जीवन में लेखक की दृष्टि औरतों के कलह-क्लेश और उनकी ओछी प्रकृति पर भी खूब गई है। 'मकड़ी' में बड़े भाई के निधन का दर्द चन्द्रकान्त को भी नहीं है लेकिन लोक-लाज की दृष्टि से वह गाँव जाने की तैयारी में था कि पत्नी ने सुझाया, पत्र क्यों नहीं लिख देते कि छुट्टी नहीं मिल रही; मिलते ही आऊँगा। इस तरह, क्रिया-कर्म में होने वाला खर्च बच जायेगा और स्कूटर खरीदने के लिये जमा की गई पूँजी भी बची रह जायेगी!

किस स्तर तक गिर सकती है औरत! इसे लेखक ने बेबाकी से दिखाया है।

घरेलू जीवन का ही एक प्रसंग 'रोने वाला कमरे' का है। माँ की मृत्यु के बाद घर और धन का बँटवारा हो रहा था। बड़ा भाई छोटे को अपनी ओर से किये गये खर्च का हिसाब बता रहा था कि पत्नी ने दखल किया। उसे बहन के विवाह का और अन्यान्य खर्च जुड़वाते देख कर छोटे की पत्नी भी पहले पति को कनखियों से कोंचने लगी, फिर दखल देने लगी; पिता की बीमारी पर हुआ खर्च क्यों नहीं बता देते!

पिता के निधन पर एकत्र हुई बहन-बेटियों के परिवारों की कहा-सुनी, ताने-तिश्ने, बच्चों की मार-कुटाई और औरतों के दखल का चित्रण 'अनुकूलन' में भी बड़ा जीवन्त बन पड़ा है।

'अनुकूलन' का यह अंश बीच रचना-प्रवाह में ऐसे आया है कि इसके ओझल रह जाने की आशंका ही अधिक है।

रघु की कहानियों में मानव-प्रकृति के अलावा पशु-प्रकृति का भी सूक्ष्म पर्यवेक्षण मिलता है। 'कुत्ते' कहानी में बाड़े में बंद कुत्ते के वहाँ से निकल भागने की रणनीति के वर्णन में लेखक ने पशु-प्रकृति में अपनी गहरी पैठ दिखाई है।

(चौकीदार की) खाट के निकट पहुँच कर एकबारगी कुत्ता ठिठक गया। उसे यह सोचकर दुख हुआ कि लम्बे अरसे तक सिर्फ कुत्तों के बीच रहने की वजह से वह आदमी की साँस की लय सुन कर उसकी नींद की गहराई का अन्दाज़ लगा सकने की अपनी विशेषता खो चुका था! जैसे भी हुआ, बाहर आकर कुत्ता प्रसन्न था–

"आज़ादी के ख़याल मात्र से उसकी जीभ बाहर लटक आई। दोनों कान उत्तेजना के कारण तन कर पीछे खड़े हो गये और उसकी साँस धोंकनी की तरह तेज-तेज चलने लगी। बाड़े से बाहर आने के बाद अगर पुनः पकड़े जाने का डर नहीं होता, तो वह ज़रूर वहाँ ठहर कर जोर से भौंकता हुआ अपनी पूँछ नचा कर अपनी खुशी जाहिर करता।" (148)।

कुत्ते के पकड़े जाने के डर और उसके आज़ाद होने की खुशी जिन हाव-भावों और क्रियाओं में अपने को व्यक्त करती है, उनको लेखक की सूक्ष्म दृष्टि ने बखूबी लक्ष्य किया है। कुत्ता आदमी को उसकी गंध से पहचानता है जैसे कई–एक सूत्र, संकेत भी लेखक ने दिये हैं। 'रेसकोर्स' में घोड़ों की प्रवृत्ति का पर्यवेक्षण है।

प्रकटतः रघु बाह्य जगत जीवन का और व्यक्तियों के क्रिया-कलाओं का कहानीकार रहा है लेकिन उसकी पर्यवेषण शक्ति ने जो छोटे-छोटे चित्र रचे हैं, उनमें कहानी एक अलग रघु भी गढ़ रही थी, यह देख लेना भी आवश्यक है।

रघु की कहानी जटिल या सरल चाहे जिस वर्ग की हो, न्यूनाधिक सामाजिक-जीवन उनमें मिल ही जाता है। उसमें भी जहाँ उसने विषमता देखी है, कलम-कुल्हाड़ा चलाये बिना वह नहीं रहा है। हमारी दृष्टि अनायास ही उस ओर चली जाती है।

बैंक ऋण लेकर घर पहुँचा साजनदास अपनी जाति की वजह से ऋण जल्दी मिल जाने और रिश्वत में भी रियायत पाने का जो गुणगान करते हुए पत्नी से कहता है, सहज नहीं है, ऋण मिलना–

"सबको नहीं मिलता। महीनों चक्कर लगाने पड़ते हैं। जगनानी साब अपने सिन्धी भाई हैं, इसलिये। नहीं तो पाँच सौ की रकम तो चाय-पानी में ही उठ जाती है!" (43)।

साजनदास जिस मासूमियत से ये बातें कहता है, वे अच्छी तरह दिखाती हैं कि कैसे जातिवाद और भ्रष्टाचार के जहर को आम आदमी ने खाद्यान्न में मिली मिलावट की तरह अपरिहार्य मान कर अंगीकार कर लिया है! यह एक विचारशील व्यक्ति को तिलमिला देने वाला व्यंग्य है।

इन कहानियों के स्फुट-प्रसंगों की तरह ही कुछ पात्र भी हमारा ध्यान खींचते हैं। 'वर्ग चरित्तर' में गौरी बाबू का चरित्र एक आत्म-तुष्ट बल्कि आत्म-मुग्ध व्यक्ति की तराशी हुई तसवीर है; अखरता यह है कि जिस पात्र को लेखक ने नायक से अधिक महत्त्व दिया है, कहानी में उसका अपना वस्तु-पक्ष तो है ही नहीं, इस असंगति की ओर लेखक का ध्यान गया ही नहीं है। पर जो हो, एक अहं तुष्ट मनोवृत्ति का यह चित्रण लेखक का चित्रण कौशल दिखाता है और पढ़े जाने योग्य है।

नारायणराव का चित्र एक मनोरोगी का बेजोड़ चित्र है। यह रघु की कहानियों में ही नहीं, हिन्दी की मनोविश्लेषणात्मक कहानियों में भी विशेष महत्त्व की अधिकारी है। अधिकतर स्वाभाविक चित्रण को मनोवैज्ञानिक कह दिया जाता है लेकिन यह कहानी शब्द के सही अर्थ में मनो-रोगी का चित्र है क्योंकि मनो-व्याख्या के अभाव में इस पात्र को समझा नहीं जा सकता।

रघु ने अपनी कहानी जो अलग ढंग से बनानी चाही है, उसका एक प्रतिफलन यह हुआ है कि उसका व्यक्तित्व कहानियों पर हावी हो गया है। उनमें वस्तु निर्दिष्ट पथ पर ही आगे बढ़ी है और उसने अभीष्ट परिणति ही पाई है। पात्र भी उसके हाथ की कठपुतली होकर ही अधिक रहे हैं।

'आईना' में कुन्ती के प्रति तो लेखक निर्मम ही रहा है। उसे गर्भवती देख कर उसकी प्रतिक्रिया होती है–

आख़िर उसे किस ख़्वाहिश ने यह सब करने को विवश किया।" (20)।

कैसी विडम्बना है कि एक लेखक कुन्ती जैसी संभावनाशून्य जीवन जी रही औरत की जैविक और मातृत्व की आकांक्षाओं को भी नहीं समझता!

पात्रों को अपने ढंग से हाँकने का एक परिणाम यह भी हुआ है कि कुछेक पात्रों के अपने व्यक्तित्व का तो कहीं-कहीं लोप ही हो गया है। 'कैरियर' में लड़की के पिता के लिये लेखक ने लिखा है–

"चार बेटियों को दुनिया में लाकर अध्यात्म की तरफ़ मुड़ जाने वाला।"

आगे चल कर धन कमाने का रास्ता चुनती हुई लड़की शील-संस्कार तक को तिलांजलि दे देती है। अब, लेखक ने लिखा है कि लड़की की कमाई से 'माँ खुश, बाप खुश'। अतः प्रश्न उठता है, किस अध्यात्म की ओर मुड़ा था पिता?

लेखक का एक प्रबल आग्रह लिजलिजी भावुकता के निषेध का रहा है। चन्द्रकान्त को बाप की आँखों में लिजलिजी भावुकता देख कर उनके साथ ही नहीं, गाँव में रहना भी असह्य जान पड़ता है! 'कैरियर' की लड़की को उसका एक प्रेमी सुखी जीवन की राह सुझाता है–

"दोस्ती का मतलब है, सुख लो, सुख दो, रोना-धोना, सोचना और भावुक होना एकदम बकवास। शील और पवित्रता और परम्परा और संस्कृति फिजूल।" (261)।

लिजलिजी भावुकता से कहानी पहले ही छुटकारा पा चुकी थी लेकिन इस दिशा में बढ़ते हुए रघु ने भावुकता पर ही जो कठोर निषेधाज्ञा लगा दी है, परिणाम इसका यह हुआ है कि अनेक पात्रों का चित्रण अधूरा ही रह गया है। प्रेम में विफलता का आघात 'एक दार्शनिक की प्रेम पहेली' और 'जुलाई में दिसम्बर' की नायिकाएँ कैसे झेलती हैं, हम जान ही नहीं पाते। सच तो यह है कि शायद ही किसी नारी-पात्र के अंतर्मन में झाँकने का कोई प्रयत्न रघु ने किया हो!

भावुकता का निषेध ही लेखक को पात्रों के ऊहापोह और उनके अंतर्द्वन्द्व में पैठने से भी रोकता रहा है।

ऐसा नहीं है कि पात्रों के अंतर्मन के चित्र रघु में नहीं हैं। 'तुम्हें जानता हूँ', 'बीच का आदमी' और 'पचास की उम्र' तो अंतर्द्वंद्व की उत्कृष्ट कहानियाँ हैं। 'बीच का आदमी' में अंतर्द्वंद्व पात्र के एक अदृश्य मित्र के रूप में है और 'तुम्हे जानता हूँ' में यह अविनाश बाबू का आत्म ही है जो पृथक सत्ता की हैसियत से उन्हें धिक्कारता है। द्वंद्व ने धिक्कार का रूप ले लिया है। 'पचास की उम्र' में यह जेहन और जिस्म का द्वंद्व है। ये सभी अच्छे शैलीगत प्रयोग भी हैं।

लेकिन ये सभी स्वतन्त्र रचनाएँ हैं। कहानीकार से अपेक्षा यह होती है कि वह पात्र का संघर्ष भी दिखाये। केवल उसकी हार या धिक्कार का स्वीकार नहीं। यह एक स्थिति विशेष में पात्र की दुविधा, अंतर्मन में उठते-गिरते, ग्राह्य-त्याज्य, करूँ-न-करूँ जैसे भावों के संघर्ष का चित्रण ही होता है जो पात्र को जीवन्त बनाता है और कहानी को प्राणवान। इस दृष्टि से रघु के पात्र इकहरे ही अधिक रहे हैं।

इन कहानियों की एक सहज सीमा यह भी है कि ये बाहरी जीवन के स्थूल कार्य-व्यापारों तक ही सिमट कर रह गई हैं और पात्रों का चित्रण भी उनके क्रियाकलापों से ही अधिक हुआ है। जिसे हम अंतः क्रियारत मानव कहते है, वह इनमें नहीं है। 'पॉश एरिया' कुलीन वर्ग के परिवारों की कुप्रवृत्तियों का अड्डा है। युवा वर्ग कैसे इस ओर बढ़ता है और उलझता जाता है, लड़कियाँ उस जाल में कैसे फँसाई जाती है, उसकी झलक इसमें है। इन वर्णनों में संगति की चिंता करने की कोई आवश्यकता लेखक को नहीं रही है।

गुड्डूबाबू की सैल व्यापारिक कुशलता का गुर दर्शा कर रह गई है। पढ़े-लिखे पात्रों का आहत अभिमान कहानी में कही नहीं है। 'इन्द्रजाल' तो विज्ञापनों की श्रृंखला ही है। 'रेसकोर्स' में तो निबंधात्मकता ही अधिक है! कैरियर को भी लेखक जैसे भी हुआ है, निर्दिष्ट परिणति तक ले जाने के लिये संकल्पित है। इस सूची में अनेक नाम जोड़े जा सकते हैं। अतः आश्चर्य नहीं होना चाहिये यदि वस्तु संयोग-निर्भर और पात्र कठपुतली होकर रह गये हों।

अपनी कहानियों में रघु ने बाहरी जीवन और स्थूल कार्य-व्यापारों को पात्रों के अंतः जीवन और अंतः संघर्ष से संतुलित करने का जो प्रयत्न नहीं किया है, वह सर्वथा अकारण तो नहीं हो सकता। फिर, इसका हेतु क्या है? क्या उसने इस राह से भी अपनी अलग पहचान बनानी चाही है? उसकी शैली भी इसका निषेध करती, तो नहीं जान पड़ती।

3

रघु ने अपनी कहानी जो बजिद् अलग बनानी चाही थी और एक हद तक बनाई भी, उसका प्रभाव उसकी शैली पर भी आया है। देखना यह है कि यह प्रभाव आया किस रूप में है।

उसके आग्रह का एक हेतु अपनी अलग पहचान बनाने का रहा, तो एक अन्य, पाठकों की तन्द्रा तोड़ने का भी रहा। उसने चाहा यह था कि कहानी का पाठक, कम-से-कम उसकी कहानी का पाठक, सजग और सक्रिय रहे। अपनी अनेक कहानियों में वह जो एकाध प्रश्न अनुत्तरित छोड़ता रहा है, एक हेतु उसका यही रहा है।

उसकी कहानियाँ उसके अनुसार दो प्रकार की हैं; सीधी-सरल और टेढ़ी-मेढ़ी। इसके अनुरूप ही, शैली के भी दो रूप हैं। जो कहानियाँ सरल हैं, शैली उनकी वर्णनात्मक है। टेढ़ी-मेढ़ी की शैली उसने अपने ढंग से अलग बनाई है। लेकिन यहाँ भी देखने की खास बात यह है कि अनेक सरल कहानियाँ भी, उसके आग्रह से अछूती नहीं रही हैं।

वस्तु को कुछ भागों में बाँट कर उनके चित्र अलग से उकेरते और अनन्तर उन्हें एक केन्द्र से जोड़ने की प्रवृत्ति ने इन कहानियों को यत्किंचित अलग बना दिया है।

एक बुजुर्ग-से व्यक्ति के अनुभवों का वर्णन, ट्रेनर और जॉकी की भूमिका और प्रबंधक के महत्त्व का विवेचन आदि मिल कर उस खेल का रेखाचित्र रच देते हैं जिसे लेखक ने 'रेसकोर्स के घोड़े' कहा है। चार कुलीन परिवारों की कुप्रवृत्तियों का लेखा 'पॉश एरिया' बना देता है! पाँच गुप्तचरों के प्रतिवेदन मिल कर 'खास खबर' बन जाते हैं। 'चरित्र', 'स्थितियाँ', और न्यूनाधिक 'सिफैलोटस' भी इसी पैटर्न पर हैं। इस सूची में कुछ नाम और भी जोड़े जा सकते है। बहरहाल, वर्णनात्मक शैली में यह नवाचार है।

पात्रों के अंतर्द्वंद्व की कहानियों में भी लेखक ने कुछ शैलीगत प्रयोग किये हैं जिनका निदर्शन किया जा चुका है।

टेढ़ी-मेढ़ी कहानियों की शैली तो बनाई लेखक ने कुछ अलग ही तरीके से है। जो लेखक नई प्रवृत्ति का प्रवर्तन करता है, अपेक्षा उससे यह भी होती है कि वह पाठकों में उसके लिये रुचि उत्पन्न करने की भूमिका भी निभाये। रघु को हम इस दिशा में अपनी भूमिका निभाते देखते हैं। इन सभी दबावों में, जिनके बीच वह लिख रहा था, हम उसकी शैली संघटित हुई पाते हैं।

अपनी टेढ़ी-मेढ़ी कहानियाँ लिखी उसने पाठकों को विश्वास में लेकर हैं। जो कहानी वह लिख रहा है या जो उसे लिखनी है, वह जटिल भी हो सकती है, यह वह जान रहा होता है, इसके अनुरूप ही पहला प्रयत्न हम उसे पाठक को विश्वास में लेने का करते देखते हैं। वह प्रारंभ से ही उससे आत्मीय संबंध बनाने के लिये उसे कहानी या पात्र का कुछ परिचय देता है। बीच कहानी में उसे (याने पाठक को) संबोधित करता है; अपनी उलझन सुलझाने के लिये उसे आमन्त्रित करता है और सही अंत सुझाने की उसे पूरी छूट भी देता है बल्कि उसके लिये उसे कुछ विकल्प भी सुझा देता है!

कहानी को आगे बढ़ाने से पहले वह बड़े अपनेपन से पाठक को पात्र का परिचय देता है। 'ज्ञानचन्द को तो आप जानते हैं, नहीं तो, पहले उसी का परिचय दे दूँ।' (109)। 'खोई हुई चीज़' की तलाश में कुछ दूर तक जाकर उसे ध्यान आता है, 'अरे! अभी तक मैंने आपको अपने भाई-बहनों के बारे में तो कुछ बताया नहीं।' (159)। 'केस हिस्ट्री' में नारायणराव के विषय में वह कहता है–'नारायणराव को तो आपने कहीं-न-कहीं देखा ही होगा। वह भी आपको जानता है।' पात्र के इस परिचय में उसके मनोरोगी होने का संकेत हमें मिल जाता है (जिसे लेखक उसके आचार-व्यवहार से पुष्ट कर देता है) अन्यथा बिना परिचय के वह किसी को कैसे जानेगा?

इस तरह के प्रारंभ से लेखक को एक सुविधा यह मिल गई है कि उसे पात्र के मनोरोग के विषय में पाठक को कुछ और बताने की आवश्यकता नहीं रही है। उसका असामान्य (एबनॉर्मल) आचरण इसकी पुष्टि कर देता है। यह प्रारंभ कुछ कार्य कहानी के प्रति जिज्ञासा जगाने का भी करता है, शीर्षक की तरह ही। यद्यपि दोनों को एक स्तर पर नहीं रखा जा सकता। पाठक में आत्मीयता जगा कर या उसे विश्वास में लेकर कहानी प्रारंभ करने की इस विधि के बारे में यह ध्यान रखना होगा कि अन्ततः है, यह एक लेखकीय युक्ति ही, कहानी की अन्तर्वस्तु से इसका कोई सरोकार नहीं होता है, जबकि शीर्षक तो वस्तु से गहरा जुड़ा हुआ होता है।

रघु की शैली का एक अन्य रूप यह है कि व्यक्ति, स्थान या व्यवस्था का परिचय देते हुए वह कहीं संज्ञाओं और क्रियाओं की, तो कहीं विशेषणों की पुनरावृत्तियाँ करते नहीं थकता। 'कैरियर' की लड़की जब कस्बे से पहली बार शहर आती है, तो वहाँ के विस्तार और वस्तुओं की विपुलता देख कर चकित-भ्रमित हो जाती है–

"शहर अलबत्ता खुली जगह। चौड़ी सड़कें, ऊँची इमारतें, फैला हुआ बाज़ार और जो भी था, ज़्यादा ही ज़्यादा-लोग ज़्यादा, भीड़ ज़्यादा, चीज़ें ज़्यादा, गंदगी ज़्यादा, शोर ज़्यादा, चमक ज़्यादा।" (261)।

यहाँ 'ज़्यादा' की आवृत्तियाँ लड़की के भीतर खुल रही एक नई दुनिया की चकाचौंध है। 'स्कूल गाथा' में आवृत्तियों का रूप कुछ अलग है। वहाँ एक चित्र चौगान और उसमें खड़े लड़कों का है, तो दूसरा मंच पर खड़े मास्टरों का है, तो तीसरा, हैड-मास्टर का है जो लेखक के निशाने पर है–

"यह स्कूल है। स्कूल के सामने काफी बड़ा चौगान है। चौगान में कतारें हैं। कतारों में लड़के हैं। लड़कों में फुसफुसाहट है। नज़रें सामने चबूतरे पर गड़ी हैं। चबूतरे पर स्कूल के मास्टर हैं। मास्टर अंग्रेज़ी पढ़ाने वाला। मास्टर हिन्दी.., मास्टर गणित.., सामाजिक ज्ञान. ., संस्कृत पढ़ाने वाला। मास्टर ऊँघने वाला.., बतियाने वाला.., मारने वाला.., धोतीवाला.., बैलबॉटम वाला। और सबके ऊपर हैडमास्टर–हुकम चलाने वाला, छुट्टी मंजूर करने वाला। स्कूल से नाम काटने वाला और हर शनिवार को अपने घर (शहर) जाने वाला।"

लड़कों और मास्टरों की संख्या तथा हैड-मास्टर के अधिकारों का विस्तार दिखाने के साथ-साथ हर शनिवार को उसका घर चले जाना दिखा कर लेखक ने उसकी गैर-ज़िम्मेदारी पर व्यंग्य किया है।

स्कूल के चौगान और चबूतरे के बरक्स स्टाफ रूम का यह चित्र भी द्रष्टव्य है–

"गाँव है, शनिवार है। स्कूल है। स्टाफ-रूम है। स्टाफ-रूम में कुर्सियाँ हैं। कुर्सियों पर मास्टर हैं। अंग्रेज़ी का मास्टर, विज्ञान का... बैलबॉटम वाला..

अगर स्टाफ रूम में मास्टरों का वर्णन देखें तो चबूतरे का विवरण यथावत दोहरा दिया गया है। पुनरावृत्ति यह है लेकिन अलग इस अर्थ में है कि यहाँ हैड-मास्टर नहीं है। उसकी अनुपस्थिति में मास्टरों की बातों का विषय यहाँ लेखक के निशाने पर है। दिखाना उसने यह भी चाहा है कि मुखिया की अनुपस्थिति में कोई कक्षा नहीं लग रही, मास्टर लोग अनुशासनहीन–

"हुकम चलाने वाला मास्टर नहीं है क्योंकि शनिवार है और शनिवार को वह अपने घर होता है।"(4)।

"स्टाफ-रूम में सिर्फ मास्टर हैं। मास्टरों में बातें हैं। बातों में नौटंकी है। नौटंकी में नाचने वाली लुगाइयाँ हैं। लुगाइयों में अदा है, अदा में लोच है, लोच में नशा है, नशे में मस्ती है। मस्ती ही ज़िन्दगी है, ज़िन्दगी जीने का अधिकार सबको है। मास्टर सबसे अलग तो नहीं।" (4)।

हम लक्ष्य कर सकते हैं कि अंतिम पंक्ति में पैना व्यंग्य है। मास्टरों की इन बातों में स्कूल, छात्र, परीक्षा-परिणाम, प्रदेश और देश कहीं भी नहीं है।

आवृत्तियों का एक भिन्न रूप 'नायक के खातिर' में मिलता है। शहर के भीतरी भाग में रहने वाला व्यक्ति पहली बार बाहरी हिस्से को देखता है तो स्तब्ध रह जाता है-

"ये ऊँची इमारतें और यहाँ की सड़कों पर चलती हुई ये तेज गति वाली गाड़ियाँ। ये एक-दूसरे को धकेल कर आगे निकल जाने के लिये उतावले लोग। ये जेब काटने वाले, ये लॉटरी वाले। ये काउन्टरों पर शहर के पुराने हिस्से से आई लड़कियाँ।"(264)।

इस बाहरी भाग के फुटपाथ पर बसे जीवन के वर्णन में धंधों की आवृत्तियों ने तो सूची का रूप ले लिया है-

यह फुटपाथ और इकहत्तर की लड़ाई के बाद यह दिनोंदिन यहाँ सोने वालों की बढ़ती हुई संख्या..यह नीम के नीचे ताकत की दवा बेचने वाला। यह रस्सी पर चलने वाली लड़की, यह पॉलिश करने वाला पन्द्रह साल का छोकरा।"

'अपने लोग' में आवृत्तियों का रूप अलग है। पात्र के कार्यों की कड़ियाँ जोड़कर लेखक ने भयभीत मिस्त्री की मुश्किल से कट रही रात्रि का वर्णन किया है-

"मिस्त्री सिगरेट फूँक रहा था और उसे खाँसी आ रही थी। मिस्त्री खाँस रहा था और रात बीत रही थी। रात बीत रही थी और मिस्त्री डर रहा था। कितनी ही देर डरने, खाँसने और सोचने के बाद मिस्त्री यही समझ पाया कि ज़रूर वह औरत अँधेरे में उसे पहचान नहीं पाई होगी।"

"मिस्त्री जिस तरह डरते और सिगरेट फूँकते व खाँसते हुए रात बिता रहा था, यहाँ आवृत्तियाँ उसकी मानसिकता को दिखा रही हैं।"(228)।

यहाँ मिस्त्री की आत्म-स्वीकृति का प्रकटतः महत्त्व नहीं जान पड़ता क्योंकि भीड़ के दोनों ही पक्ष यह माने हुए थे कि औरत के घर में प्रवेश करने वाला व्यक्ति मिस्त्री ही था; मुद्दा बहस का यह था कि मिस्त्री को औरत ने बुलाया था या वह छलपूर्वक घर में घुसा था। इस दृष्टि से देखें तो मिस्त्री की आत्म-स्वीकृति का महत्त्व बढ़ जाता है, वह तमाम संशय पर विराम लगा देती हैं। यद्यपि कलात्मक दृष्टि से लेखक का यह हस्तक्षेप अनावश्यक सरलीकरण ही कहा जायेगा खासतौर से उस लेखक के लिये जो पाठकों से सजगता की अपेक्षा करता है। खैर।

कुल मिला कर आवृत्तियाँ उसकी शैली का एक पक्ष तो है ही और आगे भी जहाँ-तहाँ इसका प्रयोग उसमें मिल जायेगा लेकिन अन्ततः यह लेखक की अपनी कहानी को अलग दिखाने की एक युक्ति से अधिक महत्त्व की बात नहीं है, यह बात स्वयं

लेखक ने भी पहचान ली थी इसलिये इसका अधिक प्रयोग उसने भी नहीं किया है।

4

रघु की भाषा खूब सशक्त, प्रवाहमयी और प्रभावशाली है। लेखक ने अपनी एक पहचान शैली के सहारे बनायी है; तो एक अन्य उसकी भाषा के खिलन्दड़े रूप के कारण भी उभरती है। यह भाषा एक ओर पात्र और वस्तु की प्रकृति से जुड़कर चलती है, तो दूसरी ओर शैली की संगति में भी रहती है।

पंकज विनोदी स्वभाव का पात्र है। चलते-चलते लेखक से पूछता है, 'यह, सड़क कब तक हम पर चलती रहेगी?' तांगे को देख कर पूछता है, 'वह आदमी घोड़े को पाल रहा है या घोड़ा आदमी को?' हँसी-मज़ाक के बाद बात वस्तु-पक्ष से जुड़ जाती है। लेखक कहता है, 'मेरे बाबू किसी तरह नौकरी खींचे जा रहे हैं।' पंकज बात को उलट देता है और कहता है, 'यह भी तो हो सकता है कि नौकरी ही तुम्हारे बाबू को खींच रही हो।' (198)।

"पंकज के बाबू भी दो माह बाद रिटायर होने को हैं। पंकज को चिंता है, दो माह बाद क्या होगा? चिंता जायज है क्योंकि दो महीने बाद बराबर आधे पैसों में घर चलाना पड़ेगा। दो महीने बाद महँगाई और बढ़ेगी। दो महीने बाद बिजली का बिल आयेगा। दो महीने बाद भी पोस्टल ऑर्डर के लिये पैसों की ज़रूरत रहेगी। दो महीने बाद भी सिगरेट और चाय की तलब होगी। दो महीने बाद क्या होगा?" (गुड्डू बाबू की सेल, 190)।

यहाँ 'दो महीने बाद' की जो आवृत्तियाँ है, वे केवल शब्दों की क्रीड़ा नहीं हैं, वे दो महीने बाद पेश आने वाले यथार्थ की विकटता भी दिखा रही हैं जब दो महीने बाद घर का कोई भी खर्चा कम नहीं होगा, बेकारी बनी रहेगी परन्तु आमद आधी रह जायेगी, तब घर चलेगा कैसे?

कहीं-कहीं पात्र की मानसिकता के भाषा पर आरोपण की प्रवृत्ति भी दिखाई पड़ती है।' 'सही अंत' का नायक घर की अव्यवस्था देख कर उदास था। एक दिन वह जब थका-हारा घर लौटा तो उसने देखा घर उदास था।

"दरवाज़े का उतरा हुआ चेहरा देख कर वह हैरान रह गया। आदमी की यह हैरानी तब तो और भी बढ़ गई जब उसने देखा कि सिर्फ दरवाज़ा ही नहीं, छत और आँगन और कमरे तक उदास हैं!" (94)।

यहाँ हम देख सकते हैं कि 'और' की बार-बार आवृत्ति है। इसका उद्देश्य घर के कमरे, छत-आँगन तक की अव्यवस्था देख कर उपजी नायक की उदासी के भाव को गहराना हैं।

उदासी के बरक्स एक चित्र खुशी का है। जिस दिन आदमी पत्नी को लेकर घर आया, लेखक ने वर्णन उस दिन का भी किया है। घर में पत्नी कैसे सहज ही रस-बस गई, इसका संक्षिप्त किन्तु प्रभावी चित्रण यह है–

"घर ने आदमी की पत्नी को देखा, पत्नी ने आदमी के घर को देखा। दोनों मुस्कराये और जल्द ही आपस में घुल-मिल गये।" (94)।

यानी पत्नी ने जल्दी ही घर सँभाल लिया।

'पता नहीं कैसे' में नायक के चित्त की प्रसन्नता सभी मौसमों को उसके लिये खुशगवार बना देती है–

"बहुत अच्छे होते थे, उन दिनों भी दिन। सर्दियाँ अच्छी होती। बारिश अच्छी लगती। गर्मियाँ बिना झुलसाये बीत जाती। दोस्त अच्छे थे। बातें अच्छी थीं। एकान्त अच्छा था। और अच्छा था वह आईना जो मेरे कमरे में खिड़की के पास टँगा रहता था।" (157)।

यहाँ सब कुछ अच्छा इसलिये लग रहा था कि खिड़की में टँगा आईना सामने वाले घर में घूमती-फिरती लड़की की झलक नायक को जब-तब दिखा देता था। उसी से उसके मन में प्रेम का अंकुर पनपने और पल्लवित होने लगा था और उसी ने सभी मौसमों और इर्द-गिर्द के जीवन को भी सुहावना बना दिया था।

प्रसंगवश, हम उपर्युक्त उद्धरण में अच्छे विशेषण की आवृत्तियाँ भी देख सकते हैं। यानी भाषा शैली भावित भी है।

रघु ने अपनी भाषा में रूपक भी खूब रचे हैं। बूढ़े पिता के प्रति बेटे के उपेक्षा भाव को देखते हुए रचा गया यह रूपक सटीक बन पड़ा है–

"बूढ़ा उसके लिये उस पढ़ी हुई किताब की तरह था, जो न दिलचस्प थी, न उपयोगी लेकिन जो रैक में पड़ी होने के कारण नज़र आ जाया करती थी।" (106)।

सरकारी-खरीद के कार्य में अधिकारी-व्यक्ति किस तरह पैसा खाते हैं, इसका एक रोचक रूपक 'बीच का आदमी' में है–

"क़ागज़ों पर साफ-सुधरी, नियमानुसार नज़र आने वाली 'परचेजिंग' असल में उस मुर्गी जैसी होती है जो दाना तो सरकार का चुगती है लेकिन अण्डे देती है, साहब के बंगले जाकर।" (25)।

एक भिन्न आस्वाद का रोमानी रूपक 'कोई ईश्वर तो नहीं' में देखा जा सकता है। संयोग ने जिस व्यक्ति से बार-बार मिलने के अवसर दिये, उससे मिल कर शीतल ने महसूस किया कि–

"भीतर कुछ फूल हैं जो खिलना चाहते हैं, तो क्या यह किसी नये मौसम का आना है?" (220)।

लेखक की भाषा की एक बड़ी ताकत उसकी व्यंग्ययात्मकता है। व्यंग्य जैसे उसके स्वभाव में गूँथा हुआ है, वैसे ही, उसकी रचना में भी 'इनबिल्ट' जान पड़ता है। 'असल में वजह कुछ और है' में हर कार्य में कम रिश्वत देने को साजनदास दंपति जिस मासूमियत से ग्रहण करते हैं, उसके भीतर छिपा व्यंग्य का दंश पाठक को चुभते चलता है। 'पॉश एरिया' में भी कदम-कदम पर व्यंग्य है–

"इनकम टैक्स के छापे से भटनागर साहब की प्रतिष्ठा या उनके सुख-साधनों में कोई कमी आई हो, ऐसा नहीं लगता। आज भी वे शहर के प्रतिष्ठित नागरिकों में से एक हैं।"

चन्द्रा देवनानी पर किया गया व्यंग्य तो और भी तीखा है। 'चल खुसरो'... में दफ्तर का चित्र व्यंग्ययात्मक है–

"रजिस्टर में हाज़री ज़रूरी है काम भले करो न करो।"

'स्कूलगाथा' में हैडमास्टर का चित्रण व्यंग्यात्मक है। इतने बच्चे, इतने मास्टर और इतने व्यापक अधिकार सँभालने वाले मुखिया का एक परिचय यह भी है–

"सबसे ऊपर हैडमास्टर–हुक्म चलाने वाला, छुट्टी मंजूर करने वाला। स्कूल से नाम काटने वाला और हर शनिवार को अपने घर (शहर) जाने वाला।"

कैसे चलेगा स्कूल शनिवार को इसकी चिंता उसे नहीं है।

पिता की मौत से राहत अनुभव करने वाला बेटा, अपने बच्चों से अपनी उपेक्षा पाकर तिलमिला जाता है–

"महँगे आम है परन्तु दरवाज़े पर झोला लेने वाला कोई नहीं। बच्चे टीवी देख रहे है!"

पिता के घर लौटने पर बच्चों द्वारा किया गया उसका यह स्वागत और भी व्यंग्यात्मक है–

"घर में पाँव रखते ही सचिन आउट हो गया। कमरे में जाकर बैठते ही गांगुली गया। पत्नी चाय लेकर आई, तब तक द्रविड़ भी। बच्चे नाराज। अपशकुन हो गया आदमी का अपने घर लौटना भी। उल्टे पाँव आदमी घर से बाहर।" (350)।

यहाँ एक संकेतित पहलू यह भी है कि कैसे टीवी ने बच्चों से शिष्टाचार भी छीन लिया है लेकिन वास्तविक व्यंग्य पिता के प्रति बच्चों का खुला अनादर है।

ठंडे लहजे में किया गया तीखा व्यंग्य 'अनुकूलन' में है–

"शान्ति पति को जानती है, उसमें कोई बुरी आदत नहीं। लेकिन उसे जर्दे की आदत है और कभी-कभार दुकान से लौटते वक्त उसके मुँह से दारू की बास आती है..."

'असल में वजह..' में साजनदास का व्यंग्य भी इसी प्रकृति का है। ब्याज व्यंग्य।

भाषा का ही एक रूप शीर्षक में भी देखा जा सकता है। रचना का, भाषा में, निचुड़ा हुआ रूप शीर्षक होता है। रघु का प्रयत्न रहा है कि कहानी शीर्षक में समाई रहे। इस दृष्टि से 'अनुकूलन', 'बेचारा', 'कैरियर', 'पौरुष', 'बीच का आदमी अप्रत्याशित', 'विभाजक रेखा', 'अपने लोग', 'नारायणराव : एक केस हिस्ट्री' ऐसे ही शीर्षक हैं जिन्हें सटीक कहा जायेगा। कुछ नाम कुछ विचार के बाद इस सूची के लिये ही उपयुक्त जान पड़ेंगे। शिव अपनी आकांक्षा का जीवन जीने के लिये धन-संपदा, पद-प्रतिष्ठा सभी कुछ ठुकरा देता है, इस अर्थ में कहानी का शीर्षक अपनी तरह ज़िन्दगी उचित ही है यद्यपि इस भाव को समेटने वाला एक शब्द लेखक ढूँढ़ पाता तो अधिक उपयुक्त होता। यही बात 'चेतराम', 'अनिकेत' जैसे शीर्षकों के लिये भी समझनी चाहिये। व्यक्तिवाची नाम रचना के केन्द्रीय भाव को कम ही समेट पाते हैं।

कुछ शीर्षक वस्तु व्यंजक हैं- 'पॉश एरिया', 'रेसकोर्स के घोड़े', 'गड्ढ़ा', 'स्कूलगाथा', 'रोने वाला कमरा', 'टॉयलेट', 'इन्द्रजाल', 'दो हजार पचास में परीकथा' आदि।

कुछ शीर्षकों का औचित्य कहानी पढ़ते हुए समझ में आता है। 'गाँठें' पुत्र के मन में पिता के प्रति बन रही गाँठें हैं; 'स्थितियाँ' प्रेम की चार अवस्थाएँ हैं; 'चरित्र' चार प्रकृति के व्यक्ति हैं; 'दुष्चक्र' नाते-रिश्तों का खोखलापन है, 'नज़रिया' प्रायश्चित के

लिये आई औरत का नज़रिया है, अपने नज़रिये से ही देखने की जिद के कारण पादरी उसे समझ नहीं पाता है। 'तुम्हें जानता हूँ' व्यक्ति के अंतर्मन की आवाज़ है; वही उसकी कायरता को जानता है इसलिये वही उसे धिक्कारे, यह उचित ही है। बीस वर्ष से सोया पड़ा जिस्म एक औरत के प्रस्ताव पर पचास की उम्र में जाग गया है।

कुछ शीर्षक कहानी के प्रति पाठकों में जिज्ञासा जगाने के लिये ही रखे गये हैं; 'एक कहानी की कहानी', 'खोई हुई चीज़', 'चोर ज़िन्दगी के', 'खास खबर', 'असल में वजह कुछ और है', 'बंद आदमी', 'वह लड़की अभी जिन्दा है' इसी श्रेणी के शीर्षक हैं यद्यपि पिछले दोनों शीर्षक कहानी का सनसनीखेज होना सूचित करते हैं जबकि 'वह लड़की अभी जिन्दा है' कहानी में सनसनीखेज जैसा तो कुछ भी नहीं है!

कुछ शीर्षक लेखक ने गहन विचारपूर्वक रखे हैं परन्तु वे पाठकों को उलझाते ही अधिक हैं। 'एक दार्शनिक की प्रेम पहेली', 'जुलाई में दिसम्बर', 'आप ही तय करें', 'सही अंत', 'वर्ग चरित्तर', 'नायक की खातिर' ; 'चन्दर', 'किन्नी', 'मैं', 'सुनन्दा' और 'एक टुटा हुआ पुल' इसी प्रकृति के शीर्षक हैं। 'गुफावासी' और 'यह ट्रेजेडी' उलझाते नहीं हैं लेकिन 'सेफ्टीवॉल्व' और 'हद' तो पहेली ही है यद्यपि गहराई से विचारने पर मानव-मन का उत्खनन भी यदि इनमें उभरता जान पड़े तो आश्चर्य नहीं होना चाहिये।

शीर्षकों पर किया गया यह विचार अधूरा है क्योंकि अनेक शीर्षक छूट गये हैं। यह अधूरा इसलिये भी है कि वर्गीकरण कठोरतापूर्वक नहीं किया जा सका है। इसमें विरोधाभास भी मिलेंगे। लेकिन मोटे तौर पर कहानियों के शीर्षकों को सुविचारित ही कहना होगा।

रघु की कहानियों के इस विश्लेषण के बाद हम कह सकते हैं कि उसकी अलग पहचान चाहे उसकी प्रश्नांकित या जटिल और उसी के शब्दों में 'टेढ़ी-मेढ़ी' कहानियों के कारण मानी जाय, प्रभावी उसकी सरल कहानियाँ ही अधिक हैं। स्वयं लेखक भी निम्न कथन में ऐसा ही मानता प्रतीत होता है–"यो भी दोस्त कहते हैं सीधी-सादी ज़िन्दगी से उठायी गई कहानी में जो रस मिलता है वह उलझन भरी पहेलियों जैसी कहानियों में कहाँ।" (325)।

विधागत बंदिशें नकारते हुए

कुमार अंबुज : इच्छाएँ

कवि कुमार अंबुज की नई पुस्तक 'इच्छाएँ' उनकी गद्य रचनाओं का संग्रह हैं। इसकी कई रचनाओं में लेखक के भावात्मक और वैचारिक उद्वेलन ने विधागत बंदिशों से मुक्त अभिव्यक्ति पाई है, लेकिन लेखक ने इसे कहानी संग्रह कहा है। इस दृष्टि से देखें तो 'खुशी' एक मुकम्मल कहानी है, हालाँकि अतिशय भावुकता इसमें भी अखरती है। अन्यथा रचनाओं में सतही प्रायोगिक-वृत्ति अधिक मिलती है, प्रौढ़ता कम। 'मुश्किलें' चार प्रसंगों की श्रृंखला हैं। ये सभी प्रसंग मिलकर पिता-पुत्र का टकराव दिखाते हैं। 'कहना-सुनना' भी इसी प्रकृति की रचना है। हिन्दी में पिता को लेकर कई कहानियाँ लिखी गई हैं, लेकिन उनके रहते भी 'मुश्किलें' में पिता-पुत्र के वैचारिक मतभेद का चित्रण पठनीय है।

'संसार के आश्चर्य' श्रृंखला के अंतर्गत समय की भूलभुलैया में लेखक ने फैंटेसी का सहारा लेकर इकतीसवीं सदी के जीवन की कल्पना की है, लेकिन इसे पढ़ते हुए लगता है कि यह हमारे समय के लिए भी कम मौजूँ नहीं है। इसमें एक बालक को प्रधानमंत्री बनाने के लिए निकाली जाने वाली रैली में समाजसेवी ही नहीं, बुद्धिजीवी और वैज्ञानिक भी शामिल होते हैं, इसकी व्यंजना हम आज के युग-संदर्भ में बखूबी समझ सकते हैं। 'सनंक' का कहानी-पक्ष उसकी अतिरंजना में व्यंग्य है। एक सफल सेल्समैन वही है जो व्यक्ति को वह चीज़ भी बेच दे, जिसकी उसे कोई दरकार नहीं है। 'आर्ट-गैलरी' में लेखक ने रंगों की भाषा में अपनी गति दर्शाई गई है। इसे उसने चित्रकार और दर्शक के संवाद के रूप में लिखा है।

आज प्रायोगिक कहानियाँ सभी विधाओं का विनियोग करने लगी हैं। लेकिन यह आद्यंत संवादात्मक होने की वजह से कहानी के निकट कैसे ठहरेगी? 'अप्रत्याशित रोग की कथा' सात-स्वतंत्र प्रसंगों की श्रृंखला है। ये किसी सूत्र से जुड़े हुए नहीं हैं जैसे कि 'मुश्किलें' के चित्र पिता के सूत्र से जुड़े हुए हैं। इसमें अंतिम दो या कि तीन प्रसंग स्पष्ट रूप से व्यंग्य रचनाएँ हैं। व्यंग्य इनमें साधनभूत नहीं है, साध्य है। प्रसंग-दो में नैरेटर के पड़ोसी वर्माजी की एक सड़क-दुर्घटना में मृत्यु हो जाती है। एक बार तो भीड़ सड़क पर इकट्ठी हो जाती है, लेकिन उन्हें उठाकर अस्पताल ले जाने की चिन्ता कोई नहीं करता, धीरे-धीरे सभी बिखर जाते हैं। आदमी के पति आदमी की हृदय-हीनता दिखाने

वाली यह एक लघुकथा हैं, लेकिन इसे कहानी के रूप में देखे जाने का एक सूत्र लेखक ने दिया है, वर्माजी के विलक्षण परिचय के रूप में, लगभग एक विशेषण उपवाक्य के रूप में एक लड़का माईनस चार का लेंस पहनता है, एमबीए में उसका चयन हो जाने के बाद भी फीस नहीं भर पाने के कारण वह प्रवेश नहीं ले सका, वर्माजी उसके पिता हैं। हम कह सकते हैं कि लेखक ने कहानी का रसास्वाद रच दिया है और पाठक से अपेक्षा की है कि वह उसे पूर्णता दे ले। इसी तरह का एक अन्य चित्र पुलिस द्वारा एक औरत को पागल कहकर पीटते हुए वैन में डाल कर ले जाने का है। नैरेटर से यह प्रसंग सुनकर उसकी माँ विचलित हो जाती है क्योंकि उसे स्मरण आता है कि उसकी एक बहन पागल थी और वह बचपन में ही घर से भाग गई थी। व्यंजना यह कि कहीं यही तो वह नहीं थी, जिसे पुलिस ले गई।

संग्रह में कुछ रचनाएँ ऐसी भी हैं, जिन्हें विधागत बंदिश या प्रयोग के रूप में ही देखना हो, तो भी कहानी कहना कठिन होगा। 'मैं तुम्हारा कोई काम नहीं करना चाहता' शीर्षक रचना ऐसी ही है, जिसे लेखक ने मन की मौज में रचा है। यह व्यवस्था की मार से पीड़ित एक कलाकार का आत्मलाप है (जैसे 'आर्ट गैलरी' संलाप है)। व्यवस्था का चरित्र यह है कि वह अपना ही काम व्यक्ति से कराती है, लेकिन ऐसे छद्म से मानो वह करने वाले का अपना काम हो। कलाकार की आत्म व्यवस्था की इस मक्कारी के विरुद्ध विद्रोह करती है। उसके अपने लेखे तो जब वह शून्य में या प्रकृति को निहारता है या बांसुरी बजाता है, तब अपना काम कर रहा होता है, लेकिन व्यवस्था की नज़र में यह कोई काम नहीं है। कलाकार तल्ख स्वर में कहता है, 'इसे (बांसुरी वादन को) तुम भी काम कह सकते हो, लेकिन केवल तब जब मैं तुम्हारे कहने से तुम्हारे किसी सभागार में बांसुरी बजाऊँ।' स्पष्ट है यह रचना द्वारा किए जाने वाले कलाकार के तिरस्कार और कला के व्यवसायीकरण पर एक तीखी टिप्पणी है। व्यंग्य इसमें है, लेकिन इसका शिल्प व्यंग्य-रचनाओं से भिन्न है।

'उस सुबह मैं कुछ होना चाहता था' शीर्षक भी लेखक के मन की मौज सूचित करता है, लेकिन इसमें कथ्य लेखक के अपने तईं भी स्पष्ट नहीं है, इसलिए सर्जक मन भी तरंगायित नहीं हो सका है। नारी के पारिवारिक शोषण पर व्यंग्य का छींटा इसमें भी है, लेकिन रचना-विन्यास में वह एक पैबंद ही रहा है।

'हकला' एक भिन्न स्वभाव की रचना है। इसमें व्यक्ति की जन्मजात अक्षमता, निरूपायता और तज्जनित विकल वेदना ने अच्छी अभिव्यक्ति पाई है। हकले व्यक्ति को सुकून तब मिलता है जब वह सरपट बोलने वालों में भी जब-तब हकलाहट लक्ष्य करता है। इस सूत्र को पकड़ कर लेखक ने हकलाहट की जीवन में जो पड़ताल की है, उससे रचना ललित-निबंध के निकट चली गई है। ऐसा ही कुछ लालित्य 'पीतल का आदमी' में भी लक्ष्य किया जा सकता है।

'बारिश' रचना में प्रकृति की बारिश लेखक के भीतर का संगीत छोड़ देती है और वह उसमें भीगने लगता है। यह हमें गद्य-काव्य का-सा आस्वाद देती है।

इस संग्रह में भले कहानियाँ हैं, इसे कहानी-संग्रह कहना उचित नहीं है, क्योंकि कहानी के रूप में देखे जाने पर कई रचनाओं को आस्वादन बाधित होगा। कहानी को हम चाहे कितना ही लचीला बन जाने दें, उसमें अन्य विधाओं की आवाजाही चाहे कितना ही स्वीकार करें, अन्य विधाओं को प्रतिस्थापित यह कैसे करेगी?

इन रचनाओं को पढ़ते हुए कहीं-कहीं भाषा में नई सूक्तिपरकता भी हमारा ध्यान आकर्षित करती है। कुछ उदाहरण द्रष्टव्य है, अब वे दिन हवा हुए कि बबूल बोओगे तो बबूल और आम बोओगे तो आम मिलेगा (आज तो बबूल बोने वाले भी आम पाते हैं), यदि आप बरबाद नहीं हो रहे हैं तो सच मानिए आप अपने मन का काम कर ही नहीं रहे हैं, जो विस्मित नहीं हो सकते वे अधूरे मनुष्य हैं आदि।

एक समर्थ लेखक का कमजोर अनुवाद

पन्नालाल पटेल : मानवी नी भवाई

राजस्थानी अनुवाद : डॉ. नृसिंह राजपुरोहित

पन्नालाल पटेल का उपन्यास 'मानवी नी भवाई' गुजराती ही नहीं, भारतीय भाषाओं में प्रतिष्ठित एक क्लासिक रचना है। डॉ. नृसिंह राजपुरोहित ने इसी नाम से इसका राजस्थानी अनुवाद किया है। जिस तरह प्रेमचंद ने गोदान में, उसी तरह पटेल ने इस उपन्यास में, भारतीय किसान की व्यथा-कथा रची है। गोदान की कथा होरी की पारिवारिक कथा है, लेकिन प्रेमचंद ने उसे व्यापक फलक दिया है। वह संक्रमण काल में अंगड़ाई ले रही और कृषि से नाता तोड़ रही गाँव की नई पीढ़ी की कथा है, गाय और खेत उसके कथा-उपादान भी हैं और परम्परा से मोह के प्रतीक भी और इनसे नाता टूटने विद्रोह का प्रतीक भी। पटेल की रूपा भी कम विद्रोही नहीं है। उसका विद्रोह इस उपन्यास को नया आयाम देता है। नारी होकर भी, और गाँव भर का विरोध झेलकर भी, वह अकेली हल जोतने की हिम्मत दिखाकर पूरे गाँव को चकित कर देती है। विरोध करने वाला समूह उसके इस दो टूक उत्तर से सहम जाता है- 'थैं यूँ चावौ के म्हूँ मूंढो बाँध नै भूखाँ मरती घर में पड़ी रहूँ। म्है आ पूछुं के मजूरी में कांई मेहणी है? मेहणी तो दूजाँ रो ओसियाव्वै बण'र जीवन में है।' 'पूस की रात' का हल्कू भी कुछ ऐसी ही टिप्पणी करता है जब वह खेती छोड़कर मजदूरी अपनाता है। वहाँ दबाव गाँव का नहीं, शोषक साहूकार है। लेकिन यही रूपा अपने बेटे कालू की राजू से सगाई तोड़ने का न्यात गंगा का अन्यायी निर्णय कैसे सह लेती है, यह समझना कठिन है। मुझे लगता है, पटेल ने कथा को परिवारों का झगड़ा बल्कि देवरानी-जेठानी का कलह बनाकर उसकी महत्ता कम कर दी है। यद्यपि दूसरी ओर छप्पणिये अकाल को कथा का अंग बनाकर और उसकी वीभत्सता और तंगी का जीवंत चित्रण करके पटेल ने उसे एक नया आयाम भी दिया है।

पटेल ने यह कथा कालू की स्मृति के माध्यम से रची है। मृत्यु के किनारे आया हुआ कालू अपने अतीत को चलचित्र की भाँति देखता है। इस अंतिम घड़ी में उसे अपनी प्रिय राजू को नहीं पाने और पुत्र प्रताप को खो देने की असह्य पीड़ा है। लेकिन जो चलचित्र हम देखते हैं, उसमें यह कहीं नहीं पाते कि उसके कोई पुत्र था भी! इसी तरह, समूह से किनारा करते हुए कालू अपनी पत्नी 'भली' को छोड़ देता है, प्रिया राजू ही उसके साथ होती है। जब राजू उसके साथ चली आई और उसी ने तृषातुर कालू की प्यास अपने

अमृत से बुझाई। इसका चित्रण लेखक ने अत्यन्त सधे हाथों से किया है। तब उसकी उसे (पत्नी) खोने की वेदना को समझना कठिन है। यह एक रचनात्मक असंगति है।

नृसिंह एक मंजे हुए कथाकार है, इस अनुवाद में भी कथा प्रवाह बनाए रखने में और वर्णन-चित्रण की सजीवता में उन्हें सफलता मिली है। राजस्थानी मुहावरों की गुंथावट ने कई जगह अनुवाद को मूल से भी ज़्यादा प्रभविष्णु बना दिया है। लेकिन साहित्य अकादेमी के इस राजस्थानी प्रकाशन ने छापे की भूलें बेशुमार हैं, 'ख' तो प्रायः 'र', 'व' की तरह छपा है। कई जगह अनुवादक की असावधानी भी खटकती है, 'अस्सी बरस री डोकरी लुगाई' जैसे प्रयोग ऐसे ही हैं। 'आवाज़' का पुल्लिंग प्रयोग भी खटकता है, एक जगह तो 'वेदनाभरी आवाज़' है, लेकिन 'खुलण रौ आवाज़', 'कूकण रौ आवाज़', 'झाड़ू रौ आवाज़' जैसे प्रयोग भी हैं। 'वुई जावै' का अर्थ रास्ते चल पड़ना है लेकिन 'वा रसोईघर में वुई गई' जैसे प्रयोग भी हैं। कई एक हिन्दी शब्द ऐसे हैं, जिनके राजस्थानी रूपान्तर कठिन नहीं है, लेकिन अनुवाद में उन्हें हिन्दी में उसके मूल वर्तनी में ही रहने दिया गया है यद्यपि ये नृसिंह जैसे लेखक की असामर्थ्य के नहीं, असावधानी के निदर्शक ही समझे जाने चाहिए। पति, पत्नी, व्यंग्य, गुड़, विश्वास, मात्र, आग्रह, प्रति, महत्त्व, दृश्य, शूली, शीतल, श्वास, किसान, पत्थर, प्रसन्न, पक्षी, प्रसंग, प्रथम, प्रयत्न, प्रबंध, विचित्र, विशेष, उचित, असह्य, साधारण, उदारता, नम्रता ऐसे ही शब्द हैं। यह सूची बढ़ाई जा सकती है। बहरहाल, इस अनुवाद से राजस्थानी साहित्य समृद्ध हुआ है, इसमें संदेह नहीं।

तिब्बती जीवन का अंतरंग चित्रण

कामतानाथ : पिघलेगी बर्फ

प्रतिष्ठित कथाकार कामतानाथ ने अपने उपन्यास पिघलेगी बर्फ में तिब्बती संस्कृति और सभ्यता का चित्रण किया है। एक उपन्यासकार जब किसी अन्य देश या जाति को अपनी रचना-वस्तु के रूप में ग्रहण करता है, तब हम यह तो देखना चाहते ही हैं कि उसने उस जीवन के वैशिष्ट्य से हमारा कितना साक्षात्कार कराया है। साथ ही, देखने की बात यह भी हो जाती है कि उस जीवन को उसने कथा में कैसे ढाला है और कहाँ तक वह हमें अपने चित्रण की स्वाभाविकता का कायल कर सका है। इस दृष्टि से जब हम 'पिघलेगी बर्फ' पर विचार करते हैं तो पाते हैं कि तिब्बती-जीवन को चित्रित करने में लेखक को दूर तक सफलता मिली है, हालाँकि उपन्यास उसी में निश्शेष नहीं हुआ है।

यह उपन्यास आत्म-कथात्मक शैली में लिखा गया है। वाचक खुद कथानायक है। इसलिए उसका जीवन ही उपन्यास है। उसने तिब्बत में सुर्खांग-परिवार के साथ जो जीवन बिताया है, उसने ही उपन्यास का मुख्य कथानक संघटित हुआ है। लेखक ने तिब्बती रहन-सहन, खान-पान, जीवन-प्रणाली, धर्म, शासन पद्धति आदि के बारे में बहुत-सी जानकारियाँ जुटाई हैं, लेकिन उपन्यास की विशेषता यह है कि इसे पढ़ते हुए हम इन्हें पाते उस जीवन के रूप में ही हैं जिसे पात्र जी रहे हैं, हमारे ज्ञान में इजाफा करने के लिए जोड़ी गई सामग्री के रूप में नहीं।

कुछ निरी जानकारियाँ भी हैं, लेकिन लेखक ने उन्हें भी कथा प्रवाह में मिलाए रखने का प्रयत्न किया है। इस तरह, रचना का प्रमुख लक्ष्य तिब्बती जीवन ही है। पर यह जीवन चीन द्वारा तिब्बत के पददलन के प्रारम्भ के साथ ही समाप्त हो जाता है। इस प्रकार, यह आधी सदी पहले का तिब्बत ही है जिसे हम पाते हैं। अपेक्षा होती है कि लेखक वर्तमान तिब्बत का भी जीवन साक्षात्कार कराता। तब पिघलेगी बर्फ शीर्षक भी अपनी चरितार्थता पा लेता।

उपन्यास का शुरुआती हिस्सा तिब्बत से जुड़ा हुआ नहीं है। इसमें वाचक के घर से भागने, ब्रिटिश फौज में भर्ती होने, द्वितीय विश्वयुद्ध में ब्रिटेन के पस्त होने, जापान क उभरने, आज़ाद हिन्द फ़ौज के संगठित होने और वाचक के उससे जुड़ने और बाद में उससे पलायन करने के प्रसंग हैं। संक्षेप में, नैरेटर के सुर्खांग के सम्पर्क में आने से पहले का भाग कथानक का प्रारम्भिक भाग है। ये तमाम जानकारियाँ ऐतिहासिक हैं।

लेखक ने यहाँ वाचक के जीवन के उतार-चढ़ाव से पाठक को बाँधे रखने का प्रयास किया है, लेकिन तिब्बती जीवन के बरक्स इस जीवन को रखकर हम रचित ज्ञान और संचित ज्ञान का अंतर देख सकते हैं।

कमोबेश यही बात हम उत्तरार्द्ध के लिए कह सकते हैं जो एक ओर तिब्बत में चीन के हस्तक्षेप से और दूसरी ओर वाचक नीमा के तिब्बत से भारत की यात्रा से संघटित हुआ है। न्यूनाधिक इसलिए कि यह निरा तथ्य संग्रह नहीं है। चीनी-सेना के दखल से तिब्बती जीवन में मचे उद्वेलन का साझा भी हम करते हैं। नैरेटर नीमा के दुर्गम-पथ से भारत आने के चित्रण में भी केवल इस अछूते पथ की जानकारी भर नहीं है, इसमें मुनमुन और गुलदे की हार्दिकता भी हमें छूती है। लेकिन काफी खींचतान भी इस उत्तरार्द्ध में है। लेखक ने अपने कथा-कौशल से इस कमजोरी को ढकने का प्रयास किया है, लेकिन उसे सफलता नहीं मिली है।

यह लेखक का एक शैलीगत प्रयोग है कि वाचक यह कथा सीधे पाठक को नहीं कहता, अपने पड़ोसी को तीन-चार बैठकों में सुनाता है। लेखक ने यह सावधानी बरती है कि कहीं भी नैरेटर पाठक को सम्बोधित नहीं करे। नैरेटर को अंतरालों में बाँटकर लेखक ने यह प्रयत्न भी किया है कि कथा को एकरसता से बचा लिया जाए। लेकिन सच्चाई यह है कि ये अंतराल कथा-प्रवाह में रहे व्यवधानकारी ही हैं। वाचक ने यह कथा पड़ोसी की एक जिज्ञासा के समाधान में कहीं है कि उसने (वाचक ने) ज्योतिषी कहाँ और किससे सीखी है? इस प्रश्न के संदर्भ में रहने से लेखक को एक अवसर-मिल गया है कि वह फलित ज्योतिष के प्रति अपनी चिढ़ पर एक लम्बा भाषण दे सके। उसके अनुसार यह अंधी कमाई वाला दायित्वहीन धंधा है। लेकिन लेखक का ध्यान इस ओर गया ही नहीं है कि इस बेमानी-सी जिज्ञासा के समाधान में कथा कहे जाने के प्रस्ताव ने संरचना के धरातल पर स्वयं कथा को दोयम दर्ज़े पर धाकेल दिया है जबकि यह जिज्ञासा और उसका समाधान दोनों की चस्पां की गई चीज़ें हैं।

लेखक के जेहन में इस कथा को फिल्मोपयोगी बनाने का दमित विचार भी रहा जान पड़ता है। आरम्भ और अंत का गतिशील घटना-चक्र भी इसी दृष्टि से नियोजित जान पड़ता है। "लैप पर जिस मुहावरेदार भाषा की बात कही गई है, वह उपन्यास में कहीं नहीं मिलती। लेकिन इस दावे में सचाई है कि उपन्यास में कथारस है। इसने उपन्यास को पठनीय बनाए रखा है, इसमें संदेह नहीं।

भौतिक अति से ऊबा हुआ अमेरिकी जीवन
विष्णुचन्द्र शर्मा : बेगाने अपने

कवि-कथाकार विष्णुचन्द्र शर्मा का नया उपन्यास 'बेगाने अपने' कुछ मायनों में एक अलग प्रकार की रचना है। इसका घटना केन्द्र अमेरिका है। इसके अधिकांश पात्र विदेशी हैं। सभी विद्यानुरागी। कुछ शोधरत, कुछ कविता व संगीत-प्रेमी। अपने-अपने देश की कविता से सभी का प्रेम है। इनके बरक्स अमेरिका में बसे भारतीय हैं जिन पर अनुराग की तीखी टिप्पणी है कि विधान को छोड़कर एक भी भारतीय ऐसा नहीं मिलेगा जो निराला, सुब्रह्मण्यम् भारती और वल्लतोल का नाम भी जानता हो! दूसरी ओर, इजराइली युवती जैनेट है जो निराला की कविता ऐसे गाती है कि मंत्रमुग्ध कर देती है! वह निराला-काव्य को समझना भी चाहती है! विधान और अनुराग भी निराला-प्रेमी हैं (विष्णुजी की तरह ही), इसलिये निराला की कविताओं के अंश उपन्यास में आद्यन्त मिलेंगे।

लेकिन इस उपन्यास को कोई संगति निराला की कविता से नहीं मिलती; यत्किंचित् भी मिलती है तो उनकी आध्यात्मिक-भावना से। इसमें आध्यात्मिक-केन्द्र 'साधना टेंपल' है, जिसे विधान ने स्थापित किया है। रामानन्द और विवेकानन्द इस केन्द्र के आदर्श हैं। विश्व के कई देशों के लोग अपने जीवन की त्रासदी से या युद्ध के खौफ से उबरने और आध्यात्मिक शान्ति पाने के लिये यहाँ आते हैं। इसी अर्थ में बेगाने अपने बनते हैं और अपनी ही विभूति से विरल रहकर अपने बेगाने हो जाते हैं।

लेकिन यहीं हम एक अन्तर्विरोध लक्ष्य करते हैं। विधान का मित्र होते हुए भी अनुराग उसके आध्यात्मिक विचारों और प्रयत्नों से सहमत नहीं है। उसका मत है कि विश्व में जो रिक्तता महाशक्तियों के लोप से आई है, उसे न तो भारत का अध्यात्म भर सकता है, न अमेरिका या विश्व बैंक का वर्चस्व। यह रिक्तता कभी भरेगी तो समाजवाद से ही। आध्यात्मिक भारत का विजय-अभियान उसे हिटलर के 'आर्य विजय' जैसा या 'इंग्लैंड सिर्फ अंग्रेज़ों के लिये' जैसा जान पड़ता है! 'साधना टेंपल' को वह इस अभियान के अंगभूत ही देखता है। लेकिन इस टेंपल में ऐसी कोई संकीर्ण धार्मिक या संदिग्ध गतिविधियाँ लेखक ने नहीं दिखाई हैं कि उनमें अनुराग की आशंका की पुष्टि पाई जा सके। टेंपल तो अपने सदस्यों को बड़े विश्व में हिस्सेदारी के लिये प्रेरित करता है। साधक के लिये उसका संदेश है, 'तुम्हारी कोशिश में कितना बड़ा विश्व का नक्शा है, यही मूल संघर्ष है, एक साधक का।' कहने की आवश्यकता नहीं कि इस संदेश के साथ अनुराग

के संशय का कोई मेल नहीं बैठता। अवश्य ही, उसके इस आक्षेप में सच्चाई है कि लॉस एंजिल्स में जब भूकंप आया, तब टेंपल के साधकों ने पीड़ितों की कोई सहायता क्यों नहीं की? इसका कोई समाधान करते हम किसी साधक को नहीं देखते। लेकिन दूसरी ओर आक्षेपकर्ता अनुराग को भी हम निजी जीवन या राष्ट्रीय जीवन में कोई सक्रिय भूमिका निभाते नहीं देखते। उसकी पत्नी छलछद्म रहित और पति-परायण भी है परन्तु वह प्रेयसी काजल की ओर आकर्षित होकर उसे त्याग देता है। यह है उसकी नैतिकता!

इस उपन्यास का एक अन्य पक्ष यह भी है कि अमेरिकी सम्पन्नता का जो चेहरा हमें चौंधियाता है, उसके अंतरंग की वास्तविकता का उल्लेख भी जहाँ-तहाँ लेखक ने किया है। उसे एकत्र रूप में देखें तो कह सकते हैं कि अमेरिका में भी ऐसे क्षेत्र हैं, जहाँ पानी की समस्या है; वहाँ सूखा भी पड़ता है; वहाँ बंजर भूमि भी है और नंगे पहाड़ भी। हर मिनट में वहाँ एक बलात्कार होता है; राह चलते धोखाधड़ी होती है। एटलांटिक सिटी सेक्स, ब्लू फिल्म और अपराध का अड्डा हैं। वाशिंगटन काली सभ्यता का केन्द्र है। काले लोगों के प्रति उनमें गहरी घृणा हैं। युवा वर्ग में वहाँ जो आग धधकती है, वह 'जनवादी असंतोष' की आग नहीं है, वह वासना की आग है जो उसे 'अग्निवर्ण' की तरह क्षयग्रस्त करने वाली है। स्त्री-पुरुष संबंधों की नींव वहाँ विश्वास पर टिकी हुई नहीं है, उसका आधार है, कूटनीति, स्वार्थ, शर्तें और सनकें। अमेरिका विश्व-बाज़ार की सर्वोपरि आर्थिक शक्ति है, यह भी दुनिया का भ्रम ही है। इसी तरह की और भी कई जानकारियाँ हैं जो लेखक हमें देता चलता है। लेकिन हैं ये सब बिखरी हुई सूचनाएँ हीं। इनका कोई वस्तु-पक्ष और उसका सम्यक ढंग से कथायित रूप हमें उपन्यास में नहीं मिलता।

सच तो यह है कि संघटन के तल पर यह उपन्यास सर्वथा विशृंखलित है। इसे पढ़ना धैर्य की परीक्षा देना है। पात्रों की सूची भी इसमें इतनी लम्बी है और कथा की गतिशीलता में उनकी भूमिका इतनी नगण्य है कि उनके नामों को याद रखना भी कठिन है। वे कब, कहाँ, क्यों आते-जाते हैं, हम नहीं जान पाते। बहुत-से पात्र भरती के जान पड़ते हैं। लेखक उनके क्रियाकलापों को संयोजित नहीं कर पाया है। इस उपन्यास को एक प्रयोग के रूप में रचा जा सकता था लेकिन प्रयोग में एक कार्य टूटता है तो उसके भीतर हम एक नये कार्य को आकार लेते भी देखते हैं। लेकिन 'बेगाने अपने' में फार्म विशृंखलित इसलिये हुआ है कि लेखक अपनी वस्तु को सँभाल नहीं पाया है। यदि लेखक एक बार पुस्तक का प्रूफ़-पाठ कर लेता तो छापे की भूलों के साथ-साथ उसकी अपनी असावधानी से जो व्याकरणिक अशुद्धियाँ और तथ्यात्मक भूलें भी रह गई हैं, उनका भी मार्जन हो जाता।

तीक्ष्ण रंग चेतना को धुँधलाता वस्तुगत बिखराव

जयश्री राय : औरत जो नदी है

युवा लेखिका जयश्री राय का उपन्यास 'औरत जो नदी है', अपने रंग-चित्रण में मुग्धकारी है, लेकिन वस्तुभूमि इसकी निहायत कमजोर है। इसमें उकेरे गए प्रकृति-सौंदर्य और रूमानी जीवन के चित्र रमणीय है। इस चित्र में भाषायी सुघड़ता और काव्यात्मक रचाव है। एक जगह लेखिका ने लिखा है कि 'मौसम और मिजाज के साथ क्षण-क्षण में रंग बदलती थी, उसकी आँखें और त्वचा।' लेखिका ने इस बदलाव को आँकने का प्रयत्न किया है। पहले उसे देख लेना चाहिये।

नायिका दामिनी की त्वचा कहीं पारे की तरह चमकीली है, तो कहीं हरसिंगार की तरह उजली और कपास के फूल की तरह नरम; अपनी पारदर्शिता में वह बिल्लौरी है। आँखों के सौंदर्य का वैविध्य अपार है; कहीं उनमें मोतिया आब है, तो कहीं नीली लपटें धधकती है; कही वे जवा के फूल-सी हैं, तो कहीं काँच के फूल-सी; कहीं वे गहरी काली झील हैं, तो कहीं दो उजली कश्तियों में पूरा समन्दर सिमट आया है; कहीं उनमें चटकीले फूलों से भरी हुई सपनों की मृदुल क्यारियाँ खिली हुई हैं, तो कहीं वे अपने गुलाबी कोयों से निमन्त्रण के मादक संकेत देती हैं; कहीं उनसे होकर हँसी झरती है, तो कहीं वे आँसुओं के नमक में भीग कर मलिन हो गई हैं आदि।

प्रकृति-सौंदर्य के चित्र इसमें आद्यन्त मिलेंगे। सूर्यास्त का यह चित्र जहाँ प्रकृति की अनुपम छटा दिखाता है, वहीं वह रंगों की मंजूषा भी खोल देता है–

'ज़िंदगी में मैंने पहली बार आकाश और पानी के इतने सारे रंग देखे थे, हर पल बदलते और गहराते हुए हल्का नीला, फिरोजी, मयूरंकठी'। सूरज की सफेदी में पहले हल्के पीले रेशे पड़ते, फिर वासंती रंग में केसर घुलता और अंत में गहरा सिंदूरी, रक्तिम आँच में सूरज का गोल अदरक दहक उठता। फिर धीरे-धीरे कुमकुम की बिंदी-सा लाल सूरज ठंडा होकर पानी में बूँद-बूँद पिघल कर पूरी तरह घुल जाता। लहरों का इस्पाती नीला, तांबई और सुनहरा आँचल चमकते हुए धीरे-धीरे एक शीतल आग में तब्दील हो जाता है और फिर म्लान होते-होते आख़िर में बुझ जाता–अपने पीछे गहरा गेरुआ, काशनी, प्याजी और न जाने कितने अनाम, अनजाने रंग आकाश में छोड़ते हुए।'

नायिका दामिनी का रूप सौंदर्य भी इतना ही मोहक है–

'हरसिंगार-सी उजली काया-सांझ की ललछोंह धूप में केसर होती हुई...कमर तक लहराते हुए खुले बाल आग की सुनहरी लपटों की तरह बेतरतीब लहरा रहे थे।'

उसकी आतुरता का चित्रण करते हुए लेखिका ने लिखा है—'हल्के टकोर की प्रतीक्षा में सितार के कसे तार की तरह उसके शरीर के अवयव तने हुए थे अधीर।'

इसी रूप के नागपाश ने अशेष का मन बाँध लिया था। एक छोटे-से क्षण के सत्य ने उसके पूरे जीवन को झूठ में तब्दील कर दिया था। बच रहा था, उसकी देह का आकर्षण:

'एक बहुत बड़े शून्य में डूब रहा था मैं। अंदर कुछ शेष था तो बस कल्पना में उसकी मादक देह-गंध और मसृण त्वचा का नमकीन स्वाद—माँस के जवान पौधों पर गंधाते बौर का दुर्निवार निमन्त्रण।'

अपनी ही हवस के निरन्तर रिसाव का शिकार अशेष चाहने लगा कि—'कपड़ों और मुखौटों की सभ्यता से परे आज की रात एक बार—कम से कम एक बार—अपने खालिस मन और देह को जिऊँ, उसकी तमाम हवस और मुरादों के साथ!' किसी भी वर्जना और ग्लानि से परे होकर, एकदम उन्मुक्त, स्वच्छंद।

उधर, दामिनी की छवि, लेखिका ने चाहे ऐसी अंकित की हो कि 'खालिस जिस्म बन कर जीना उसके लिए कभी सम्भव नहीं हुआ।' अशेष से पहली ही भेंट में वह भी वर्जनामुक्त जीवन की चाह प्रकट करती है: 'जीवन को थोड़ी देर के लिए बिना शर्त, बिना पाबंदियों के जी लेने दो।'

यह वर्जनामुक्त भोग-लालसा दोनों में ही इतनी अधिक बढ़ जाती है कि घर में चल रही पार्टी को भुलाकर दोनों मैथुनरत हो जाते हैं! अशेष की तेज साँसें और दामिनी की सिसकियाँ, सीत्कार चलते रहते हैं; मीता अँधेरे में आकर अपना पर्स उठाकर ले जाती है, उन्हें पता तक नहीं चलता! पार्टी में से भी कोई इनकी खबर नहीं लेता। कब दिन ढल कर रात हो जाती है, इन्हें पता ही नहीं रहता!

इस प्रणय-प्रसंग के औचित्य को लेकर जो प्रश्न उठते हैं लेखिका ने पात्रों की कामातुरता की आड़ में उनका समाधान हुआ मान लिया लगता है। एक युवती सर्वथा अपरिचित युवक की ओर पल भर में ही आकर्षित हो जाय यह तो संभव है, 'भरे भौन में नैनन ही सों बातें' भी होती ही आई हैं, यहाँ भी हुई हों, यह भी संभव है और संभव यह भी है कि युवती अपने आदर्शों को भुला कर देह मात्र हो जाये लेकिन पार्टी की आयोजक और एक मात्र मेजबान महिला तमाम शिष्टाचार तो क्या, औपचारिकता से भी पल्ला झाड़ कर ऐसी अंतर्ध्यान हो जाय कि रात-भर सुध-बुध खोकर पड़ी रहे, यह संभव नहीं लगता। संभव यह बिलकुल भी नहीं लगता कि मेहमानों में मेजबान के लोप हो जाने पर कोई हलचल भी न मचे और नौकर-चाकरों में भी अफरा-तफरी न हो और वे कोई ढूँढ़-तलाश भी न करें!

इस स्थिति को लेखिका की निरंकुशता कहकर भी नहीं टाला जा सकता। यह तत्वत: ; लेखिका की रचनात्मक अपरिपक्वता है कि वस्तु-संयोजन वह कर ही नहीं पाई है।

वासना-भोग की अति स्वयं लेखिका को भी अखरी है इसलिये उसने संयोग का सहारा लिया है कि अशेष को पुत्री की बीमारी के कारण अपने घर जाना पड़ा लेकिन

उसके लौट आने के बाद की वस्तु भी लेखिका सँभाल नहीं पाई है। सुधारवाद के नाम पर नारी-निकेतन और निम्न-वर्ग में शिक्षा के प्रसंग, नौकरानी की उसके पति द्वारा की गई पिटाई के बहाने निम्न वर्ग में औरतों पर होने वाले अत्याचार का प्रसंग आदि बलात् चस्पां किये हुए प्रसंग ही है; कथानक का स्वाभाविक विकास उनमें नहीं है।

अशेष की भोग-लालसा और रची-लोलुपता दिखाने के लिये अशेष-रेचल प्रसंग भी गढ़ा गया है। लेकिन इस प्रेम-प्रसंग को देखकर कब दामिनी मारे ईर्ष्या के, जलने लगती है, तब वह ईर्ष्यालु औरत का तो जीवंत रूप लगती है लेकिन अपने उच्च आदर्श और असाधारण व्यक्तित्व का सारा मुलम्मा खो भी देती है; यह लेखिका देख ही नहीं पाई है।

अशेष को तो दामिनी का एकाकी जीवन भी विस्यमकारी ही लगा है लेकिन उसका औचित्य लेखिका ने पिता द्वारा की गई उसकी माँ की क्रूर उपेक्षा और घोर तिरस्कार में दिखाया है। इसी व्यवहार की वजह से माँ तिल-तिल जलती रही। अंततः इसकी परिणति माँ की मृत्यु में हुई। उसके बाद ही वह एकाकी रहने लगी है।

लेकिन यदि पिता द्वारा की गई माँ की इस उपेक्षा-प्रताड़ना का कोई वस्तु-पक्ष भी लेखिका रच पाती तो यह कथानक का अपेक्षया प्रभावी अंश होता।

एक ओर लेखिका की प्रखर और मुखर रंग-चेतना और मुग्धकारी चित्रण और दूसरी ओर वस्तु-पक्ष का विस्मयकारी बिखराव देखकर ऐसा जान पड़ता है जैसे यह दो भिन्न हाथों की रचना हो।

कहानी की रूमानी एकरसता शायद लेखिका को भी अखरी है। इसे तोड़ने के लिए उसने कुछ यथार्थ प्रसंग जोड़े हैं। बेटी की बीमारी की खबर पाकर अशेष का अपने घर जाना ऐसा ही प्रसंग है। इसी तरह, वहाँ से लौटने के बाद वह दामिनी से झोपड़ियों के बच्चों की पढ़ाई और नारी-निकेतन के बारे में पूछता है। दामिनी की एक दिवंगत सहेली की एकमात्र स्मृति एक साड़ी के फट जाने पर उसकी रुलाई का प्रसंग भी है। लेकिन ये सभी बलात चस्पां किए गए प्रसंग हैं। अंतिम प्रसंग तो अशेष को भी अखरा है।

घर में काम करने वाली उषा का प्रसंग हालाँकि आधी कहानी बीतने के बाद जोड़ा गया है, लेकिन निम्न वर्गों में औरतों के शोषण और शोषण के बावजूद औरतों की उदारता इस प्रसंग में है। पति के पीटे जाने से लहूलुहान और मरणासन्न औरत भी पति के विरुद्ध बयान नहीं देती! पति को जेल हो गई तो उसकी बच्ची को पालेगा कौन?

उपन्यास का एक पक्ष दामिनी की माँ से जुड़ा हुआ है। अशेष को तो दामिनी का एकाकी जीवन ही विस्मयकारी लगता है। उसका औचित्य लेखिका ने पिता द्वारा की गई उसकी माँ की क्रूर उपेक्षा और अंत में मृत्यु में दिखाया है। माँ का यों तिल-तिल कर मरना दामिनी के कलेजे को बेध जाए, यह अस्वाभाविक नहीं है, लेकिन अगर इस उपेक्षा-प्रताड़ना का कोई वस्तु-पक्ष भी लेखिका रच पाती तो वह उपन्यास का प्रभावी-पक्ष होता और दामिनी का दुख भी ओढ़ा हुआ नहीं लगता।

'दामिनी की माँ, अशेष की पत्नी उमा, प्रेमिका रेचल और मकान मालकिन मिसेज लोबो' ऐसे पात्र हैं, जिन्हें सम्यक वस्तु-धरा दी जाती और उनका विकास किया जाता तो यह रचना बहु-संवेदी होकर एक मुकम्मल उपन्यास बन जाती।

अशेष को लेखिका ने वासना-लोलुप, स्त्री-लोभी चित्रित किया है। वह खुद भी दो टूक कहता है कि देह साध्य नहीं, सिर्फ साधन होनी चाहिए, मैं इन तर्कों के मकड़जाल में उलझना नहीं चाहता। यह हाड़-मांस की स्थूल दुनिया ही मेरे लिए सच है। वह यह भी स्वीकार करता है कि मैंने दामिनी की देह के सुख बाँटे थे, मन के दुख सिर्फ उसके अपने थे। ऐसा व्यक्ति जब पत्नी उमा के रहते दामिनी में और प्रेयसी दामिनी के रहते रेचल की देह में डूबता है, तब वह उस भोग-धरातल पर ही होता है, जिस पर उसकी कल्पना लेखिका ने की है।

लेखक दामिनी को लेखिका ने असाधारण रूपवती ही नहीं बनाया है, असाधारण व्यक्तित्व भी उसे दिया है। उसके विचार उच्च हैं। उसकी नारी-दृष्टि भी आधुनिक है। भोग में वह भी रमती है, लेकिन वह उसका साध्य नहीं है, उसके लिए वह व्यक्ति को समाधि और मोक्ष जैसे अंतिम लक्ष्य तक पहुँचाने का साधन है; धरती और स्वर्ग के बीच का एकमात्र सेतु है। वह इसीलिए अपने शरीर से ऊपर उठकर सोच और अहसास बनकर जीना चाहती है। ऐसी औरत अशेष रेचल से लगाव लक्ष्य कर जब ईर्ष्या में जलने लगती है, तब यथार्थ तो बनी रहती है, लेकिन अपना सारा मुलम्मा खो देती है। और, जब पतलून-पलटन बना लेती है, तब नारीवादी होकर एक अलग ही व्यक्ति बन जाती है।

दरअसल, रचना का उत्तरार्द्ध, बल्कि कहना चाहिए कि रोमांस से इतर पक्ष लेखिका सम्भाल नहीं पाई है। स्वाभाविक तो प्रारम्भिक पक्ष भी नहीं है। दो अपरिचित व्यक्तियों का पहली ही भेंट में अनौपचारिक होकर घनिष्ठ होना और वजनामुक्त होकर हमबिस्तर हो जाना भी अखरता है। लेकिन अंतर-प्रेम जीवन का चित्रण निस्संदेह मुग्धकारी है।

दमित चाह की दुर्बल अभिव्यक्ति

मधुर कपिला : सामने का आसमान

नारी कथाकार मधुर कपिला का नया उपन्यास 'सामने का आसमान' कुछ नए विषयों को लेकर लिखा गया है, लेकिन इसमें रचनात्मक प्रौढ़ता का अभाव है। लेखिका ने स्त्रीपन और पारिवारिक जीवन के बजाय एक पुरुष-पात्र को केन्द्र में रखा और इसे आत्मकथात्मक शैली में यानी पुरुष के कोण से लिखा है। चूंकि प्रमुख पात्र मोहसिन खान मुस्लिम है और प्रमुख नारी पात्र केतकी हिन्दू, इसलिए इस राह से उसने इसमें साम्प्रदायिक सद्भाव भी रच दिया है। खान नाट्यकर्मी है, इसलिए नाटक के कई पहलू और प्रश्न सहज ही इसमें आ गए हैं। खान अपने घर वालों से नाराज होकर चंडीगढ़ आता है और झुग्गी बस्ती में रहने लगता है। अपनी नाट्य-संस्था 'अक्स' के नाटकों के लिए पात्र यहीं से चुनता है, इसलिए यह जीवन भी उपन्यास में जुड़ गया है।

लेकिन चूंकि लेखिका इस जीवन को कोई ठोस वस्तुगत आधार और औपन्यासिक रूप नहीं दे सकी है, इसलिए यह विच्छिन्न रूप में ही रचना में रहा है। झुग्गियों में पुरुष अपनी औरतों से धंधा कराते हैं, अपनी बच्चियों तक को नहीं छोड़ते, औरतों की कमाई शराब-जुए में उड़ाते हैं, पैसे और सेक्स के लिए औरतों को पीटते हैं आदि का उल्लेख करते हुए लेखिका ने शांति-प्रकरण का निर्माण किया है, लेकिन रचना-प्रवाह से वह जीवंत रूप से जोड़ा नहीं जा सका है।

यही स्थिति वहाँ की चुनावी-राजनीति के प्रसंग की रही है, इसलिए ये प्रसंग आरोपित ही रहे हैं। इन बच्चों के लिए एक स्कूल खोला जाता है और उसका उल्लेख बार-बार आता है, लेकिन उसका भी हम कोई चरितार्थ रूप नहीं देखते। इसलिए झुग्गी जीवन का कोई भरा-पूरा और प्रभावी औपन्यासिक रूप रचना में नहीं उभरता।

खान की 'अक्स' संस्था नुक्कड़ नाटकों और एक पूर्ण नाटक 'जिन लाहौर...' का मंचन भी करती है। इनके रिहर्सल की चर्चा बराबर चलती रहती है और इनके बहाने नाटक और मंच की समस्याओं पर कुछ विचार भी होता है, लेकिन किसी भी नाटक के मंचित रूप की मीमांसा इसमें कहीं भी नहीं मिलती। इसलिए एक अधूरापन इस पहलू पर भी रहता है। लेकिन लेखिका ने नाटक के सच में पैठ देने के लिए उपन्यास विधा का इस्तेमाल किया है, यह स्वयं में एक नया विषय है, एक नया प्रयोग है।

उपन्यास में कुछ नवीनताएँ और भी हैं। खान बेसहारा और घर से भागे हुए बच्चों को संरक्षण देता है। बीरू और राजीव ऐसे ही लड़के हैं। वह राजीव के नशे की लत छुड़ा देता है। लेकिन उसे समलैंगिता की नई लत लगा देता है।

लेखिका ने प्रमुख नारी पात्र केतकी को भी साहसी बनाया है। खान उससे प्रेम करता है, लेकिन व्यक्त नहीं कर पाता। केतकी भी उससे प्रेम करती है। एक दिन वह बेलाग कह देती है कि 'तुम्हें मुझसे ब्याह करना होगा।' वह खान की माँ को भी राजी कर लेती है। विवाह के बाद इस्लाम धर्म स्वीकार करने में भी उसे संकोच नहीं होता। वह इससे भी बड़े साहस के साथ निर्द्वंद्व होकर दूसरे ही दिन खान से नाता तोड़ लेती है। खान जान भी नहीं पाता कि कारण क्या है? बाद में जब वह यह कहती है कि तुम राजीव को छोड़ नहीं सकते इसलिए मैं तुमसे अलग हो रही हूँ, तब पिछले संकेतों के सहारे हम समझ लेते हैं कि खान समलिंगी है।

खान को छोड़ कर केतकी डॉ. राघवन सुब्रह्मण्यम से विवाह का फैसला करती है। वह खान के मुँह पर ही कह देती है कि "तुम मुझे सामाजिक स्तर पर वह सब कुछ नहीं दे सकते जो रघु दे सकता है।" यह कैसा प्यार है? खान और भी अधिक हैरान तब होता है जब रघु से विवाह की पूर्व रात्रि में वह खान के पास आती है और कहती है कि "उसे उससे बच्चा चाहिए, अपने प्यार की निशानी के तौर पर।" और वह उसके साथ हमबिस्तर हो जाती है। लेखिका ने केतकी से यह कहला कर उसे और भी साहसी और तथाकथित आधुनिक बना दिया है कि 'एक औरत एक ही पुरुष के साथ रहकर अपनी सारी ज़िंदगी गुजार दे, यह ज़रूरी नहीं है। किसी एक पुरुष से उसे मानसिक संतुष्टि मिल सकती है, किसी दूसरे से बौद्धिक और किसी तीसरे से शारीरिक।'

उसमें कोई उद्वेलन नहीं है। वह खान को छोड़कर रघु के साथ लन्दन चली जाती है। लेकिन निर्वाह वह रघु के साथ भी नहीं कर पाती। उसे छोड़कर भारत आ जाती है। लेकिन इस बीच खान दूसरा विवाह कर चुका होता है। खान की पत्नी केतकी को साथ रखने के लिए भी तैयार है, लेकिन प्रिय पर एकाधिकार चाहने वाली केतकी दूसरी पत्नी बनकर कैसे रह सकती है!

लेखिका ने नारी-स्वातंत्र्य की पक्षधर औरत जितनी आज़ादी चाह सकती है, उसकी बानगी केतकी के चरित्र में दिखाई है। लेकिन उस स्थिति में भी अपेक्षा यह होती है कि प्रचलित प्रथाओं की ध्वस्त करने वाले व्यक्ति के अंतर्मन में उठने वाले द्वंद्व को लेखक दिखाए। केतकी की माँग चाहे विवाह की हो, विच्छेद की या बच्चे की, इतनी तुच्छ नहीं है कि संवेदनशील औरत की जबान पर सहज ही आ जाएगी। लेकिन लेखिका ने केतकी को कठपुतली बनाकर उसे मनमाना नचाया है। कठपुतली सजीव कैसे हो सकती है!

केतकी का लंदन प्रवास अवश्य नई उद्भावना है, लेकिन राजीव का मुम्बई जीवन सर्वथा चस्पां किया हुआ है। उसकी चंडीगढ़-मुम्बई की बार-बार आवाजाही लेखिका में संयोजन-कौशल का सर्वथा अभाव ही दिखाती है। परांजपे से राजीव का सम्पर्क उसे जिस समलैंगिक संगठन से जोड़ता है उसमें ऐसा कुछ भी नहीं है, जो चंडीगढ़ में उसके समकामी मित्र शेखर की राह से नहीं दिखाया जा सकता था।

नौकरशाही का स्थूल चित्रण

रूपसिंह चंदेला : गुलाम बादशाह

सामाजिक उपन्यासों की रचना प्राय: किसी पारिवारिक या प्रेम-कहानी का आश्रय लेकर की जाती है। उसी के इर्द-गिर्द कुछ प्रसंग इस तरह गूँथ दिए जाते हैं कि उनके माध्यम से संबंधित क्षेत्र का जीवन अभिव्यक्ति पा लेता है। लेकिन रूपसिंह चंदेल ने अपना सामाजिक उपन्यास गुलाम बादशाह कुछ अलग ढंग लिखा है। किसी कथानक का क्रमिक विकास इसमें नहीं है। इसे लेखक ने रासुल विभाग के कार्यालयी-जीवन पर केन्द्रित किया है। यह विभाग संबंधित विभागों के वित्त संबंधी मामले देखता है। किसी भी चतुर अधिकारी के लिए यह विभाग एक हरा-भरा चारागाह है। इसके स्वतंत्र प्रभारी संयुक्त निदेशक अनिल त्रेहन और बाद में कुमार राणावत इसे भरपूर चरते भी है।

कार्यालय के कुछ चाटुकार कर्मचारी कैसे अफसरों के मुँह लग जाते हैं, कैसे उनके ऑफिस और घर के काम सरकारी धन और दिहाड़ी मजदूर से करवाते हैं और बीच में अपने कमीशन का जुगाड़ कर लेते हैं, कैसे वे अफसर से अपनी निकटता के बल पर अन्य कर्मचारियों को आतंकित किए रहते हैं, कैसे अधिकारी और ठेकेदारों में मिलीभगत चलती है। कैसे एक अधिकारी दो साल इस पद पर कार्य करके बीस लाख रुपए बटोर लेता है, इसका वर्णन लेखक ने किया है।

इस दृष्टि से चमनलाल हांडा नाम का प्रशासनिक अधिकारी लेखक की प्रभावी चरित्र सृष्टि है। घटनाओं का सूत्र चूंकि खुद लेखक ने थाम रखा है, इसलिए दफ्तर की बहुत-सारी अंतरंग बातें उपन्यास में घटित रूप के बजाय कथित रूप में ही आई हैं। जो घटित रूप में आई हैं, उनमें भी संभाव्यता की चिन्ता लेखक ने कम की है। उपन्यास ज़्यादातर सतही धरातल पर ही रहा है। किसी तरह का द्वंद्व पात्रों को नहीं छूता, नैतिक द्वंद्व तो कतई नहीं।

अनिल त्रेहन के कार्यालय में दो प्रमुख प्रसंग घटित होते हैं, संजना-प्रसंग और कुसुम-प्रसंग। इन्हें अनिल के छात्र जीवन की यौन-उच्छृंखलता के कथित प्रसंग से जोड़ कर देखें तो जान पड़ता है कि लेखक ने अनिल के चरित्र को केन्द्र में रखा है; लेकिन वास्तव में ऐसा नहीं है। इनका इस्तेमाल लेखक ने कार्यालय के शीर्ष अधिकारी की वासना-लोलुपता उजागर करने के लिए किया है। संजना अपना तबादला चाहती है। त्रेहन उसकी कीमत चाहता है, उसके देह-शोषण के रूप में या बीस हजार रुपए। प्रकारांतर

से लेखक ने यह भी दिखाया है कि परिवार से दूर रहकर नौकरी करने वाली औरत तबादले जैसा अनुग्रह चाहे तो त्रेहन जैसे भेड़िए अफसरों से खुद को बचा कर चलना उसके लिए कितना कठिन होता है।

त्रेहन जैसे नैतिकताशून्य व्यक्ति चतुर्थ श्रेणी कर्मचारियों का शोषण तो करते ही हैं, उनके परिवार को भी अपनी संपत्ति की तरह इस्तेमाल करना चाहते हैं, करते भी हैं। नंदलाल पांडे चपरासी की बेटी कुसुम से अपना खाना बनवाते-बनवाते एक दिन वह उसकी इज़्ज़त लूट लेता है। थानाधिकारी और डॉक्टर को रिश्वत देकर वह अपने विरुद्ध आपराधिक मामला रफा-दफा भी करा लेता है। महानिदेशालय स्तर पर भी ऐसा जुगाड़ बैठा लेता है कि न केवल उसके विरुद्ध कोई कार्यवाही होती है, बल्कि उसकी पदोन्नति भी हो जाती है। इस तरह, लेखक ने दिखाया है कि रिश्वत का जाल किस तरह ऊपर से नीचे तक फैला हुआ है कि भीषण दुष्कर्म करके भी अफसर बेदाग छूट जाता है।

यह आज के जीवन का यथार्थ है, इससे इनकार नहीं किया जा सकता है। लेकिन जीवन का सच जब रचना में लाया जाता है, तब लेखक से अपेक्षा होती है कि वह उसे विश्वसनीय बनाए। कुसुम-बलात्कार प्रकरण में जैसी उग्र और उत्तेजित भीड़ घटना-स्थल पर जमा होती है, जिस तरह के ज्वलन्त साक्ष्य वहाँ बिखरे हुए होते हैं और पुलिस के हाथ लगते हैं, यह प्रकरण सार्वजनिक चर्चा का विषय बनता है, जैसे संगठित यूनियन मेरठ की बताई गई और जिस तरह का वह त्रेहन के विरुद्ध कमर कसती है और मामला ऊपर तक ले जाती है, उस सबको देखते हुए मेडिकल रिपोर्ट बलात्कार की पुष्टि न करे और यूनियन के पदाधिकारी स्थानान्तरित कर दिए जाएँ और फिर भी यूनियन चुप रह जाए, यह सम्भव नहीं जान पड़ता। यूनियन की भूमिका यहाँ लेखक ने अविश्वसनीय रूप से कमजोर कर दी है।

ठेकेदार से कमीशन माँगने के प्रकरण में त्रेहन का बेदाग छूट जाना उतना नहीं अखरता है, क्योंकि यह प्रकरण सार्वजनिक विषय नहीं बना होता है, न पुष्ट साक्ष्य जुटते हैं, और फिर उसमें जांच-अधिकारी भी मित्र होता है, लेकिन बलात्कार-प्रकरण तो जग-जाहिर होने के बाद लेखक ने उसे जिस निरंकुश रूप से समेट लिया है, वह अखरता है।

सेक्शन अधिकारी सतीश का निलंबन भी स्वाभाविक नहीं बन पड़ा है। उसकी आत्महत्या और भी चौंकाती है। उसकी गलती एक निमंत्रण-पत्र पर नाम कुछ गलत टाइप हो जाने की है। इस छोटी-सी भूल की इतनी बड़ी सज़ा! अफसरों को निरंकुश दिखाते हुए लेखक ने अपने अधिकारों के प्रति आज के कर्मचारियों की सचेतनता को जिस तरह से नज़रअंदाज़ किया है, उसे भी गले उतारना कठिन है। यही बात सुशांत के स्थानान्तरण के लिए भी कही जा सकती है।

सुशांत का चरित्र लेखक की दोहरी किलता है। चरित्र-रचना और संरचना के धरातल पर भी। उपन्यास को कथानक के ढांचे से मुक्त करना चाहते हुए भी उसने सुशांत के क्षीण धागे से इसे बाँधा भी है। इसी वजह से उसने प्रारंभ सुशांत परिवार से किया है,

बीच में भी उसका दो-एक जगह अनपेक्षित स्मरण कर लिया है, और अंत भी उस पर तबादले के प्रहार से किया है, लेकिन वह यह देख ही नहीं सका है कि इस अंत के लिए न जाने कितने अनावश्यक प्रसंग गढ़ने का द्रविड़ प्राणायाम उसे करना पड़ा है! एक अर्थ में तो उपन्यास का उत्तरार्द्ध उसका स्वाभाविक भाग नहीं है; वह उस पर बलात चस्पां किया गया है। इसमें मुख्य प्रसंग विभाग की डेढ़ सौवीं जयंती का उत्सव है। इसके द्वारा भी आख़िरकार लेखक ने दिखाया यही है कि नौकरशाही धन बटोरने के लिए कैसे-कैसे नए रास्ते खोजती रहती है। दूसरे, उसकी तुनक मिजाजी तबादले के हथियार से किस तरह कर्मचारियों को आतंकित किए रहती है। कहने की आवश्यकता नहीं कि उपन्यास के पहले भाग में इन दोनों प्रयोजनों का निर्वाह हुआ है। इसलिए एक तरह से दूसरा भाग पुनरावृत्तिमूलक हो गया है और सुशांत का तबादला प्रकरण ठीक से नहीं सम्भल सकने के कारण उपन्यास शिल्प के धरातल पर और भी कमजोर हो गया है। उपन्यास अपने प्रारंभ में भी एक अप्रौढ़ रचना होने की प्रतीति कराता है।

उपन्यास का शीर्षक वस्तु-व्यंजक तो है, लेकिन आज कर्मचारियों में अपने अधिकारी के प्रति जो चेतना है, और कर्मचारी संघों के साथ-साथ ट्रिब्यूनल और न्यायालय जैसे संस्थानों का वे जो सहारा लेने लगे है, उसे देखते हुए कर्मचारी और अधिकारी के रिश्ते को गुलाम-बादशाह के रूप में परिभाषित करना उचित नहीं जान पड़ता है। इस शीर्षक से नंदकिशोर आचार्य का एक नाटक भी है। यह पुस्तक उसका भ्रम कराती है। बहरहाल, प्रेम-त्रिकोण की सस्ती कहानियों के बजाय यह एक पठनीय पुस्तक है।

निबंधात्मकता से बोझिल

मस्तराम कपूर : विषय-पुरूष

'विषय-पुरुष' मस्तराम कपूर का निबंधात्मक उपन्यास है। भारतीय समाज में नारी का जो उत्पीड़न होता आया है, लेखक ने उसे पर और नारी मुक्ति के प्रश्न पर भी, एकाधिक स्थलों पर विचार किया है। इसके अतिरिक्त प्रेम, वासना, अध्यात्म-साधना, भारतीय दर्शन, विशेषतः कश्मीर शैव-दर्शन आदि-आदि विषयों पर उसने जब-तब जो विचार कर रखा है, उसे भी उपन्यास में जहाँ-तहाँ समायोजित कर दिया है।

कपूर की वैचारिकता कितनी गहरी है, यह एक पृथक पड़ताल का विषय है, परन्तु कथा-संरचना की दृष्टि से देखें तो यही उपन्यास की एक बड़ी दुर्बलता है। कारण यह कि लेखक उन परिस्थितियों का सफल सृजन नहीं कर पाया है जो नायक द्वारा गोह-बगाहे दिए जाने वाले भाषणों का कथात्मक औचित्य पाठकों को अनुभव करा सके। परिस्थितियों का निर्माण तो उसने किया है; सेमिनार का प्रसंग, अपना घर छोड़ने का प्रसंग, आध्यात्मिक आश्रम निर्माण आदि ऐसे ही प्रसंग हैं। लेकिन सेमिनार का जो हश्र हम देखते हैं या कथानायक मन्मथ के घर छोड़ने के प्रसंग पर हम विचार करते हैं या आध्यात्मिक आश्रम को लाखों की आय स्त्रोत के रूप में हम देखते हैं, वह हमें अपनी विश्वसनीयता के प्रति आश्वस्त नहीं करता। लगता है, विभिन्न विषयक अपने विचारों को टाँकने के लिए लेखक जैसे-तैसे प्रसंगों की सृष्टि करके कथानक को मनमाना फिल्मी मोड़ देता चला गया है।

'विषय-पुरुष' शीर्षक भी इसी वैचारिकता से बोझिल है। इन दो शब्दों से लेखक का अभिप्राय यह है कि पुरुष सदैव नारी को विषय समझता आया है, वह विषयी याने 'सब्जेक्ट' भी हो सकती है, इसका कभी विचार उसने नहीं किया लेकिन अब समय है कि विषय-नारी हो और विषय-पुरुष। इसके अनुरूप ही मन्मथ स्वयं को विषय बनाने के लिए तत्पर दिखाई पड़ता है; सपना का गुड्डा बनना या निशा का बालक बनना उसे अतीव प्रिय है; इस ओर उसका ध्यान गया ही नहीं है कि विषय बनना उसे यौन-प्रसंगों में ही प्रिय है। अन्यथा समग्रतः देखें तो वह विषयी ही है और यह नारी ही है जिसे उसने उपन्यास में आद्यन्त विषय बनाए रखा है। लेकिन अपनी वैचारिकता के आवरण और आदर्श की तख्ती उठाए रहने के बावजूद उपन्यास कोई प्रभाव अंकित नहीं करता तो उसका कारण है, नायक की नारी-लोलुपता, और लेखक में कथा-संयोजन के कौशल का अभाव।

कविता

रीतेपन में प्रेम की व्यंजना

डॉ. नन्दकिशोर आचार्य : कविता में नहीं है जो

'कविता में नहीं है जो' डॉ. नन्दकिशोर आचार्य की कविताओं का संग्रह है। संग्रह की सभी कविताएँ छोटी हैं, किन्तु वे भावप्रवण भी है और चिंतन-कण से आलोकित भी। प्रायः ये प्रेम के रीतने की या रीतेपन में प्रेम के निदर्शन की कविताएँ हैं।

बहुधा गृहस्थ जीवन को प्रेम के रीतते जाने के रूप में देखा गया है। ऐसा समझा जाता है कि चूल्हा-चौका या गृहस्थी का गोरखधंधा, प्रेम की कोमलता, स्वप्निलता और उसकी कविता को छीन लेता है और शेष रह जाता है, झल्लाना और झींकना। लेकिन कवि की सूक्ष्म दृष्टि ने इस जीवन में झाँका है और दिखाया है कि यही वास्तव नहीं है। इस गोरखधन्धों में जो झल्लाहट होती है, वह निरी झल्लाहट नहीं है, उसमें सपने भी है। तभी कवि पूछता है–

"सुनो/सपने नहीं है तो/
झल्लाहट क्यों है?"

झल्लाहट होती ही इसलिये हैं कि सपने अभी भी शेष हैं और क्योंकि वे कुचले जाते है और उनका कुचला जाना सहन नहीं होता है इसलिये झल्लाहट होती है। यह झल्लाहट वस्तुतः प्रेम की ही प्रकारान्तर अभिव्यक्ति है। इस प्रकार, झल्लाहट के तल में सपना देख लेने वाली ये कविताएँ नारी जीवन में, और प्रेम-भावना में भी, एक नई पैठ देती हैं।

ये प्रेम कविताएँ वास्तव में प्रेम पर एक भिन्न कोण से किये गये विचार की कविताएँ हैं। नारी के रोज़मर्रा खटने वाले जीवन के घरेलू चित्र सामने लाकर ये कविताएँ उसके मौन-समर्पण और उसके त्याग-यज्ञ और उसी में सतत स्वाहा होते जाने वाले उसके अस्तित्व के प्रति एक कृतज्ञता का भाव जगाती हैं। 'राख' कविता इसकी सशक्त अभिव्यक्ति है–

"घर चूल्हे से है/और चूल्हा घर से/
जो उसमें होती रहती है/राख जल-जलकर/
हम केवल स्वाद लेते हैं/और झूठे बर्तन/
मंज-मंज कर/चमक जाते हैं/
फिर उसी राख से।"

एक अन्य कविता में भी कुछ ऐसे ही भाव की अभिव्यक्ति है–

"वह या तो बिस्तर होती है/या रोटी या/
धुले हुए कपड़े/या बुहारी/
उमंग भी होती है वह...
किसने देखा है?"

'राख' कविता अधिक सशक्त इसलिये है कि उसका व्यंग्य उसी में समाया जाकर कविता की प्रभविष्णुता बढ़ा गया है, कवि को उसे ऊपर से चिपकाने की ज़रूरत नहीं पड़ी है। बहरहाल, नारी के ये चित्र भारतीय मध्यमवर्गीय परिवारों के और निम्न वर्ग के भी आम चित्र हैं किंतु ये चित्र कविता में आकर हमें कोंचते हैं। 'हम केवल स्वाद लेते हैं', जैसी अभिव्यक्ति में, और इसी तरह झूठे बर्तनों के उसी राख से चमकने में भी एक तीखा व्यंग्य है और गहरी कविता भी।

'खण्डहर' खण्ड में खण्डहर स्मृति का प्रतीक है, और रीते 'प्रेम' का तो और भी सटीक। पथिक भूले भटके उसमें आ ठहरता है, तो वह उसका कृतज्ञ होता है लेकिन पथिक कब जान पाता है–

"गुजरती है जो खण्डहर पर
फिर से खण्डहर हो जाने में"

यह वस्तुतः पत्थर, चूने और गारे का निर्माण नहीं है जो खण्डहर हो गया है, कवि के लिये वह एक सजीव अस्तित्व है जो अपनाने वाले से वियुक्त होकर और भी खण्डहर हो गया है। एक जगह कवि कहता है–

यों ही आ गई थी तुम/खण्डहर पर हरियाली आ जाये/बरसात में
जैसे/इसलिये लौट ही जाना था तुमको/और खण्डहर करती हुई मुझे।

'खण्डहर' का एक अर्थ है और 'खण्डहर करती हुई मुझे' या 'फिर से खण्डहर हो जाने' जैसी अभिव्यक्ति का दूसरा।

'खण्डहर' की तरह ही 'शब्द' भी आचार्यजी के लिये प्रेम का प्रतीक है। काटा हुआ, छोड़ा हुआ, भूला हुआ, अनकहा, अनलिखा आदि अनेक विशेषणों से कवि ने शब्द के रीतेपन को व्यंजित किया है–

"शब्द भी एक दिन खण्डहर हो जाता है
कोई बसता नहीं उसमें
बस, निरन्तर गूंजता है। एक सूनापन।"

एक अन्य कविता में कवि कहता है–

"याद आता रहूँगा मैं
ऐसे ही किसी शब्द-सा तुम्हें
अपनी खामोश उपस्थिति को
बोलती अनुपस्थिति में बदल देता हुआ
तुम्हारे हर किसी परिदृश्य में।"

इस प्रकार, इस संग्रह के तीनों खण्डों की कविताओं में प्रेम के रीतेपन का भाव सर्वत्र विद्यमान है, खण्डों की भिन्नता के बावजूद। यह बोध एक सातत्य सूत्र की तरह सर्वत्र अनुस्यूत हुआ मिल जायेगा। इसी से इस संग्रह की विशेष पहचान है। अवश्य ही, एक भाव-विशेष के प्रभुत्व की वजह से कविताओं का फलक सीमित हो गया है। इसी से उसमें एकरसता भी आ गई है। इसी तरह, नारी की जो छवि इसमें अंकित हुई है, उसमें एकनिष्ठता की मध्ययुगीन वृत्ति ही अधिक फलित हुई है, आज के युग की संघर्षशील नारी इस फलक से बाहर है; लेकिन इस पहलू पर मैं एक भिन्न दृष्टि से भी विचार करना चाहता हूँ। मैं यहाँ दो चित्रों की ओर ध्यान आकर्षित करना चाहता हूँ जिनमें समानता के बाद भी वैषम्य है और जो मेरे जानते लक्ष्य योग्य है। एक चित्र यह है–

"तुम्हारा मिलना/जिस तरह धूप में/
फुहार पड़ रही हो कहीं।"

दूसरा चित्र यह है–

"बरसात-सी न सही/
फिर भी एक राहत है/तुम्हारी याद
लू में झुलसते मेरे प्राणों को एक राहत
किरकिराती सही।"

पहले चित्र में 'धूप में पड़ती फुहार' दूसरे में आकर लू की 'किरकिराहट' में बदल गई है। यह किरकिराहट क्या है?

कहा जा सकता है कि इस सादृश्य-विधान का एक हेतु रेगिस्तान के प्रति कवि के मन में रचा-बसा उसका विशेष आकर्षण है, जिसके वशीभूत हो उसने कई कविताएँ रची हैं; लेकिन मुझे संदेह है कि यह किरकिराना रेगिस्तान के प्रति आकर्षण के सबब से है यद्यपि देश तो इसमें है ही लेकिन क्या काल भी इसमें नहीं है?

कई बार कवि अपने समय को सजगतः भी रचता है लेकिन कई बार तो यह भी होता है बल्कि ज़्यादातर तो यही होता है कि जब वह सजग नहीं होता है, समय दबे पाँव उसमें अपना प्रवेश पा लेता है। क्या इस किरकिराहट में हम समय की आहट नहीं पाते? क्या यह उस प्रातिभ के दबाव से नहीं है, जो कृतिकार के समय को उसकी कृति में सहज या अनजाने में प्रतिच्छायित कर देता है? क्या ऐसा नहीं है कि नारी-पुरुष के प्रेम-सम्बन्ध आज धूप में आकर भिगो जाने वाली फुहार के नहीं रह गये हैं? प्रेम भाव तो आज भी है लेकिन जीवन की आधुनिकता के विभिन्न प्रकार के दबावों के तले उसकी मधुरता में कुछ किरकिराहट भी घुल आई है। नतीजतन, पुरुष द्वारा किये जा रहे नारी के स्वीकार में (और इसका विलोम भी सही है) एक किरकिराहट का स्वीकार भी आ गया है। क्या यह इसी तरह नहीं होता कि कविता कवि के अनजाने भी कुछ कह जाती है और इसी तरह अपने समय की पद्चाप भी दर्ज़ कर जाती है।

आचार्यजी की कविताओं में मिलने वाली अध्यात्म वृत्ति भी इस संग्रह में मिलती है। इसमें इसके दोनों रूप मिलते हैं। उद्धत रूप और निरीह रूप। उद्धत रूप में 'तू' के साथ 'मैं' भी एक अस्तित्व है–

"अंश हूँ जितना तुम्हारा मैं/उतना तो तुम्हारा भी/
होगा ही/मेरा दुख।"

यहाँ मुझे अज्ञेय की अनुगूँज सुनाई पड़ती है। व्यक्तित्व का स्वीकार, अज्ञेय के प्रेम में भी बना रहता है और अध्यात्म में भी। उनकी पिछली टीपों के संग्रहों में एक टीप में कुछ ऐसा भाव व्यक्त हुआ है कि तुम्हारी दुनिया में तो मैं रहता ही हूँ लेकिन मेरी भी एक दुनिया है जिसमें तुम रहते हो। ऐसा भाव आचार्यजी में भी है बल्कि उनमें वह उत्तरोत्तर बढ़ता गया है। एक जगह वे कहते हैं–

"तुम्हारा होना ज़रूरी नहीं है/जितना तुम्हें सोचना/
होकर भी क्या होता/सोचता ही नहीं मैं तुम्हें?/
चाहे तुम ईश्वर भी होओ।
तुम हो/क्योंकि मैं जो हूँ।"

एकाध स्थल पर तो यह भाव आगे बढ़ते हुए व्यंग्य और उपहास की सीमा तक चला गया है–

"तुम भी खूब/ईश्वर हो/छीन ले सकते हो मुझसे/
जब भी जो चाहो/किन्तु चाह कर भी वह/लौटा
नहीं सकते/विवशता की यह ताकत है तुम्हारी/
ईश्वर जो हो/वा रे! यह ईश्वरपन।"

रेखांकित अंश में व्यंग्य बढ़ते-बढ़ते उपहास की सीमा तक गया देखा जा सकता है।

अध्यात्म भाव का ही दूसरा पक्ष वह है, जहाँ कवि स्वयं को निरीह पाता है। उसका दूसरा छोर यह अतिवादी अभिव्यक्ति है–कि 'तुम हो, क्योंकि मैं जो हूँ', यह एक छोर से दूसरे छोर तक गई है, जहाँ कवि निरीह हो जाता है–

"लेकिन नहीं हूँ मैं/क्योंकि तुम जो
नहीं हो।
और उससे भी आगे बढ़कर यह कि–
न होने का होना भी कोई होना है?"

इस निरीहता का इस उद्धतपन के साथ समाहार कैसे होगा, यह विचारणीय है।

इस संग्रह में शब्द-कौतुक ने भी कवि को लुभाया है; कहीं एक ही शब्द को शेड्स बदल कर लाया गया है तो कहीं उस शब्द को युग्मवत प्रयुक्त करके और कहीं तुक का प्रयोग करके प्रभाव उत्पन्न किया गया है–

"मेरे सीने में एक झरना है/बस इसी बात का तो मरना है/"

इस झरना मरना की तुक की तरह ही, 'हरा' कहीं 'गहरा' और कहीं 'सेहरा' हो गया है। 'जल जायेगा सब जल' भी कुछ ऐसा ही कौतुक है। इसी तरह की, किन्तु कुछ भिन्न अभिव्यक्ति यहाँ है–

"पल-पल मुझको अपने में जीना चाहे/पर
तिल-तिल मुझमें अपने को मरने मत देना।"

इन पंक्तियों में कविता भी है लेकिन कौतुक भी छिपा नहीं रहा है। यहाँ भी नहीं, जहाँ एक टीस भी है–

"खिलखिलाहट थी/मेरे बिना भी/कम से कम/
खिलखिलाहट तो रहती/मेरे बिना भी तुम।"

कहीं-कहीं लगता है, कवि ने जान-बूझकर लय बदल दी है–

प्रेम से बड़ी है कविता/जिसमें हम प्रेम लिखते हैं।"

यहाँ 'जिसमें हम लिखते हैं प्रेम' जैसे विन्यास में क्या लय ज़्यादा सही और प्रभावी नहीं होती?

इस संग्रह से गुजर कर एक प्रभाव यह भी अंकित होता है कि कवि को अभी लम्बी कविता लिखनी है। लम्बी से मेरा आशय पृष्ठों की संख्या से नहीं है। मेरा आशय यह है कि आचार्यजी की कविता में चिंतनकण तो प्रचुर मात्र में हैं लेकिन कविता में किया गया सतत चिंतन यहाँ नहीं है। चिंतन सातत्य उनकी साहित्यलोचनाओं में भी कम है। आचार्यजी को इस ओर भी ध्यान देना होगा।

मोह भंग की कविताएँ

डॉ. रणजीत : झुलसा हुआ रक्त कमल/इतना पवित्र शब्द

मेरे सामने डॉ. रणजीत के सद्य प्रकाशित दो काव्य-संग्रह हैं, 'झुलसा हुआ रक्त कमल' और 'इतना पवित्र शब्द'। 'इतिहास का दर्द' के बाद ये ही उसके महत्त्वपूर्ण संग्रह हैं। एक में उनकी राजनीतिक कविताएँ संग्रहीत हैं और दूसरे में प्रेम-कविताएँ। कविताओं का यह विभाजन कवि ने जानबूझकर किया है ताकि एक क्षेत्र-विशेष में उसकी जो मानसिकता रही है, उसे हम एकत्र पा सकें। 'रक्त कमल' उसके विद्रोही कवि रूप का प्रकाशन है जिसने साम्यवादी राजनीति के अन्तर्विरोधों को उजागर किया है, जबकि 'इतना पवित्र शब्द' उसके निजी जीवन, उसके फ्रस्ट्रेशन और तदन्तर उसके प्रेम-जीवन की अकुंठित अभिव्यक्ति है। इस अभिव्यक्ति के हक में उसका तर्क यह है कि–

"फिलहाल मैं ज़िन्दगी को/ज़िन्दगी के आलेख पर प्राथमिकता दे रहा हूँ।" (पृष्ठ 25)

कवि रणजीत के जीवन में विडम्बना यह रही है कि वह प्रेम और राजनीति दोनों राहों पर छला गया है। प्रेम के क्षेत्र में उसका दर्द यह है कि–

"स्वयं राह ने जिसको लूटा/वह रोये किससे निजी दुखड़ा।" (पृष्ठ 26)

राजनीति के पथ पर भी उसका अनुभव कुछ इतना ही कडुआ रहा है। 'रक्त कमल' में संग्रहीत कविता 'मोहरे की यन्त्रणा' एक प्रकार से कवि की यन्त्रणा ही है–

"कैसी दारुण स्थिति है/
कि जिस लड़ाई को अपनी गहनतम
निजी और सैद्धान्तिक समझकर/
लड़ रहा था मैं पूरी निर्ममता से/
वह पहले से ही बिकी हुई निकली बाज़ार में/"

लेकिन कवि की यह छले जाने की अनुभूति ही नहीं, इससे भी बढ़कर जो बात मुझे इन दोनों संग्रहों के एक ही हाथ की रचना होने की प्रतीति कराती है, वह यह कि दोनों में कवि की प्रतिक्रियाएँ ही अधिक व्यक्त हुई हैं, प्रतिक्रिया को कविता की रचनात्मक संश्लिष्टता तक पहुँचाने वाला धैर्य कम ही फलित हुआ है।

किसी में आप व्यक्ति को तो देखते ही हैं, साथ में उस घटना को भी पा लेते हैं, जिसके प्रति वह प्रतिक्रिया होती है। कुछ इसी तरह डॉ. रणजीत की कुछ कविताएँ पढ़ते हुए आप उसके विचारों को तो स्पष्ट रूप से जानते चलते ही हैं, साथ ही, चाहें तो

उन घटनाओं का भी एक खाका तैयार करते चल सकते हैं जिनसे होकर डॉ. रणजीत को गुजरना पड़ा है और कविताएँ जिनके प्रति प्रतिक्रिया हैं। इस दृष्टि से, हम चाहें तो कह सकते हैं कि ये कविताएँ कवि की काव्यात्मक प्रतिक्रयाएँ है। संभवतः डॉ. रणजीत इन्हें (डॉ. नगेन्द्र के अभिप्रेत अर्थ में) आत्माभिव्यक्ति कहना चाहें (लेकिन मैं उन्हें स्मरण दिलाना चाहूँगा कि आत्माभिव्यक्ति का सिद्धान्त प्रतिपादित करते हुए डॉ. नगेन्द्र ने निश्छलता को आत्माभिव्यक्ति की शर्त ठहराया है। मुझे इसमें कोई संदेह नहीं कि डॉ. रणजीत एक निश्छल व्यक्ति हैं, उन्होंने स्वयं को ईमानदारी से व्यक्त किया है लेकिन साहित्य सृजन के क्षेत्र में आत्माभिव्यक्तिगत निश्चलता का अभिप्राय घटनात्मक सच्चाई से नहीं है, अहं के विसर्जन और व्यक्तित्व के रूपान्तरण से है। घटनात्मक सच्चाई कविता में रूपान्तरित होते हुए अपनी स्थूलता, कवि की निजता और उसके आत्म के संकीर्ण दायरे से मुक्त हो जाती है। निर्वैयक्तिकता उससे कोई भिन्न चीज़ नहीं होती। रणजीत की कविताएँ इस गुण को अर्जित नहीं कर सकीं हैं। वे आत्मबद्ध ही हैं, निदान निर्वैयक्तिक नहीं हो सकी हैं। निर्वैयक्तिकता व्यक्तित्वहीनता या रहितता नहीं है व्यक्तित्व से ऊपर उठ सकना, उसका अतिक्रमण कर सकना उसका आवश्यक लक्षण है। यदि कवि का अपना व्यक्तित्व ही नहीं हुआ तो वह अतिक्रम करेगा किसे? रणजीत एक व्यक्तित्ववान कवि हैं, लेकिन अपनी कविताओं में वे अपने व्यक्तित्व से ऊपर कम ही उठ पाये हैं। प्रमुखतः वे व्यक्तित्व की अभिव्यक्ति के कवि है। उनकी एक पहचान यही है कि हम उनकी कविताओं के पीछे उस व्यक्ति को पहचानते चलते हैं जो प्रतिक्रिया तत्पर हुआ है। ऊब, टूटन, अपनी खोई हुई अस्मिता के नाम एक अतीर्थयात्रा आदि कई एक कविताओं में तो उसका वैयक्तिक जीवन इतना अधिक हावी हो गया है कि कविताएँ कवि की वैयक्तिक रुचि-अरुचि और उसके निजी जीवन प्रसंगों का विवरण भर होकर रह गई हैं! 'एक अतीर्थ यात्रा' तो उनके नारी सम्पर्कों का एक ऐसा ब्योरा है जो वितृष्णा ही जगाता है। 'पुष्पयोनि', 'तुम और वह, 'प्राण प्रिये' आदि कविताओं में भी उनकी वासना-वृत्ति जुगुप्साकारक होती चली गई है। मैं नहीं समझता कि ये कविताएँ संवेदना या अभिव्यक्ति के धरातल पर कवि के लिये भी कुछ नया हासिल करके अपना औचित्य प्रमाणित करती हैं। अवश्य ही, कुछ कविताएँ जो टूटे प्रेम और रुग्ण गृहस्थी की रिरियाहट और खीझते-झींकते पारिवारिक जीवन की कुढ़न और चिड़चिड़ाहट व्यक्त करती हैं, वे एक नये स्वाद की कविताएँ हैं। हिन्दी में यह स्वाद अभी कम ही मिलेगा। यदि कवि निर्वैयक्तिकता अर्जित कर पाता तो इनका मूल्य कहीं अधिक होता।

अपनी राजनीतिक कविताओं में जहाँ डॉ. रणजीत ने अपने अहं को निर्ममता से छीला है, वहाँ कविता एक तीखी सच्चाई को उघाड़ कर रखती जान पड़ती है। मैं 'रक्त कमल' में संग्रहीत उनकी एक कविता 'चुप्पी' का उल्लेख विशेष रूप से करना चाहता हूँ जिसमें आपातकाल संदर्भित है:-

"मेरे भीतर उमड़ती है एक कविता/घुमड़ती है एक गाली...
मेरी आत्मा कचोटती है/कहती है-कायर, बोल!/पर मैं चूप हूँ।/

चुप्पी और चापलूसी में बँट गया है पूरा देश/पर मैं चुप्पी चुनता हूँ।/
पर एक तीसरा विकल्प भी है : जेल।/........
मैं कश्मीर से कन्याकुमारी तक फैली हुई/एक लम्बी चौड़ी जेल
में बन्द हूँ/पर और छोटी जेल में जाने से डरता हूँ/....."

यह कविता आपात्-काल की तो एक सच्चाई है ही; यह उस सदी के उत्तर-काल के बुद्धिजीवन की भी एक कड़वी सच्चाई है। कम ही कवियों ने अपनी कायरता को इतनी खुली ईमानदारी से स्वीकार किया है। लगता है, वह काल अभी बीता नहीं है।

रणजीत की अधिकांश राजनीतिक कविताओं में एक प्रशंसनीय साहसिकता मिलती है। मुझे लगता है कि हिन्दी कविता में रणजीत की पहचान वामपंथी राजनीति का मुखौटा हटाकर उसके अन्तर्विरोधों को उजागर करने वाले कवि के रूप में विशेष रूप से रहेगी। वामपंथ में संशोधनवादी धारा के कई एक लेखक हैं लेकिन उनका साहस साहित्य को पार्टी-निर्देशों की नकेल से मुक्त रखने के शिथिल स्वर से आगे जाते सुनाई नहीं पड़ता। वामपंथी राजनीति के अन्तर्विरोधों से सुपरिचित होते हुए भी उस पर खुला प्रहार करने का हौसला कम ही लेखकों ने दिखाया है। डॉ. रणजीत का नाम इनमें सर्वोपरि है। कट्टर वामपंथी हल्कों में रणजीत का विरोध ही हुआ है लेकिन वामपंथी राजनीति में जो मोड़ पिछले समय से आये हैं, उन्होंने रणजीत को ही प्रमाणित किया है।

'झुलसा हुआ रक्त कमल' में अधिकांश कविताएँ वामपंथ से रणजीत के मोहभंग की कविताएँ हैं। 'साल्झेनित्सिन के नाम' कविता में उसने लिखा है कि जब से तुमने 'स्तालिनवाद के सूत्र लेनिनवाद की कोख से निकलते दिखाये हैं, तब से मेरी (कवि रणजीत की) दुनिया बदल गई है।' अब तक वह वामपंथी राजनीति की 'बेहूदगियों' को भी 'तर्क संगत, न्याय संगत साबित करने की जी-तोड़ कोशिश' करता रहा था, लेकिन 'गुलाग' ने उसकी आँखें खोल दीं–

"पूँजीवादी राजसत्ता से मैं/बीस साल से नफरत कर रहा हूँ/
साल्झेनित्सिन! तुम्हारा गुलाग पढ़कर/मैं सर्वहारा राजसत्ता
पर भी थूकता हूँ/
एक अकूत साम्यवादी घृणा के साथ/ क्योंकि सब सत्ताएँ घृणास्पद हैं/
पर जो जितनी अधिक प्रभुत्व सम्पन्न है/वह उतनी ही ज्यादा
नफरत के काबिल है।/" (पृ. 38)

जो कट्टरपंथी, साल्झेनित्सिन को गद्दार कहते हैं, उनके लिये डॉ. रणजीत ने लिखा है–

"उसने जितना देखा-सहा/उसका एक चौथाई भी सहना पड़े/
तो उसे बुरा-भला कहने वालों में से तीन-चौथाई गद्दार हो जायेंगे/
देखते-देखते।/"(पृ. 44)

अब वह सिर्फ-

स्तालिन के यातना शिविरों में सड़ने
वाले/बेगुनाह साम्यवादियों

से ही नहीं/
लेनिन के समय क्रांतिकारी अदालतों
द्वारा दंडित समाजवादी
क्रांतिकारियों से ही नहीं/
बल्कि आर्थोडॉक्स चर्च के पेट्रियार्क
लिखनकोव तक से/सहानुभूति करने
लगा... है। उसे स्वयं हैरानी होती है कि–
पाखण्डों के रक्षक, शोषकों के प्रतिनिधि
पादरियों तक से सहानुभूति
उफ! मेरे वर्ग-दृष्टिकोण को क्या
हो गया है?" (पृ. 43)

हुआ यह है कि रूस के निष्कासित लेखकों ने वहाँ की जो हकीकत सामने रखी है, और स्वयं कवि ने खुली आँखों से जो वास्तविकता देखी है, उससे उसका सपना टूट गया है। साम्यवादी राजनीति ने कवि के लिये मानव-मन में पैठने के मार्ग में जो अवरोधक लगा रखे थे, कवि के अनुभवों के बल ने उसको एक ओर धकेल दिया है। अब उसकी सहानुभूति का दायरा व्यापक हो गया है। पाखण्डों के रक्षक पादरियों तक से सहानुभूति वस्तुतः उनके भीतर के मानव से सहानुभूति है।

रणजीत ने वामपंथ का परित्याग नहीं किया है। 'एक मित्र के प्रति' निवेदित कविता में उन्होंने जो कुछ कहा है उसे याद करना यहाँ प्रासंगिक होगा–

"तुम अपने इतिहास से चाहे मेरा
नाम काट दो/पर आश्वस्त रहो/
तुम्हारे दुश्मनों के इतिहास में नाम
लिखाने की/मेरी कोई इच्छा
नहीं है।" (पृ. 53)

लेकिन उसने अपने 'वाम' का विस्तार कर लिया है। अपनी कविता 'निरन्तर वाम' में उसने लिखा है कि–

"कितने ही वामपंथी शामिल कर लो/
तुम अपनी सत्ता में/
या खुद बन जाओ कितने ही
वामपंथ/पर एक वाम ऐसा है/
जो निरन्तर तुम्हारे वाम रहेगा/
और विरोध करता रहेगा तुम्हारी अकर्मण्यता या अत्याचारों का।"

मैं उसी के साथ हूँ और इसी के अनुरूप डॉ. रणजीत अब साधारण जन को वामपंथी या वाम-विरोधी जैसे सरलीकृत खानों में वर्गीकृत नहीं करते हैं:–

"तुम्हारे समर्थकों और विरोधियों के

बाद भी/बहुत से लोग बचे रह जाते हैं
दुनिया में हमेशा कुछ लोग तो ऐसे
रहेंगे ही जो मेरी भाषा समझ लेंगे
और वह कम संतोष की बात नहीं है।" (पृ. 53)

वास्तव में, कवि रणजीत इन्हीं के साथ है। इसकी पुष्टि उनकी इस घोषणा से भी होती है कि–

"वे जो उसके गेहुँओं को जोर से
रेखांकित करने के लिये/
उसके गुलाबों का गला घोंट देना
चाहते हैं/मैं उसके साथ नहीं हूँ।
गुलाबों के बिना मुझे उसके गेहूँ भी
धुन लगे और अखाद्य हैं।" (पृ. 46)

जहाँ एक ओर संशोधनवादी रणजीत वामपंथी अन्तर्विरोधों को मुखर करते हुए भी दृढ़तापूर्वक अपने को वामपंथी घोषित करते हैं, वहीं दूसरी ओर, ऊपर उद्धत उदाहरणों जैसे अंश भी उनमें हैं जो कुछ और भी व्यंजित करते हैं। लगता है, उनमें आये वैचारिक परिवर्तन की प्रक्रिया अभी जारी है, परिवर्तन का धरातल केवल वैचारिक ही नहीं है, उसने कहीं गहरे में भी कवि को मथ दिया है। उसका पहले वाला विश्वास हिल गया है।

प्रारम्भ का कवि कहता है कि 'प्रकृति में प्रतिबिम्बित किसी परोक्ष सत्ता में मेरा विश्वास नहीं, (इतिहास का दर्द, पृष्ठ 138), लेकिन 'इतना पवित्र शब्द' में उसने कहा है–

"कितना अच्छा है कि सब कुछ आदमी के हाथ में नहीं है। उसकी विवेकपूर्ण मक्कार व्यवस्था के समान्तर, प्रकृति की एक अविवेकपूर्ण पर सदाशय व्यवस्था है।" (पृष्ठ 69)

'अविवेकपूर्ण' शब्द सुचिंतित नहीं है, विशेषकर 'सदाशय' के पार्श्व में। कवि का आशय भी शायद विवेकरहित से नहीं, विवेक से ऊपर से है। जो हो, यह देख लेना कठिन नहीं है कि 'इतिहास का दर्द' में जो ईश्वर 'मर चुका' घोषित कर दिया गया था बल्कि जिसे दफना भी दिया गया था, उसी 'बन्दा परवर' का अब वह 'हर यात्रा के बाद' शुक्रगुजार हो उठता है–

"कितना शुक्र है तेरा/ऐ बन्दापरवर!/ कि हर यात्रा के बाद आदमी को/
लगभग ज्यों का त्यों मिल जाता है/अपना घर।/" (पृष्ठ 75)।

इस प्रकार, वामपंथ से मोहभंग ने रणजीत के विचारों को ही नहीं, उसके विश्वासों को भी जाने-अनजाने बहुत दूर तक ही नहीं, बहुत गहरे तक भी, प्रभावित किया है।

लेकिन इन कविताओं से गुजरते हुए मुझे बार-बार यह भी लगता रहा है कि यह वास्तव में इनमें व्यक्त हुआ कवि रणजीत की विचारधारा का बदलाव है जो मुझे कुछ अपने अनुकूल लगता रहा है और वही मुझे प्रभावित भी करता रहा है, इनका कवित्व उतना नहीं। मैं इस बात के प्रति भी आश्वस्त नहीं हूँ कि ये संग्रह जैसे उसके वैचारिक

विकास के सोपान हैं, वैसे ही, उसके काव्यात्मक विकास के सोपान भी हैं। 'इतिहास का दर्द' में भी कवि प्रतिक्रिया-तत्पर और मुखर कम नहीं है, लेकिन यह चिंत्य है कि इन संग्रहों में यह मुखरता और भी बढ़ी है। मेरा आशय यह नहीं है कि इनका कवित्व मुझे अपील नहीं करता, कई स्थल ऐसे हैं, जो अपील करते हैं लेकिन रणजीत की काव्य प्रकृति वह नहीं है। मैं 'रेल यात्रा' कविता का एक अंश उद्धृत करना चाहता हूँ जो नारी-चित्रण में नैतिक-उत्कर्ष के कारण मुझे अनायास ही छू गया–

"उसे छुओ मत/तुम्हारे लिये यह सिर्फ एक/हल्की-सी जुगुप्सा से भरा/थोड़ा-रोमांचक खेल-भर है/पर उसके लिये यह मूल्य है, इज्जत है, अस्मत है। किसी की इज्जत से यों ही मत खेलो/तुम्हें कुछ नहीं मिलेगा।

पर वह जाग गई तो उसका बहुत कुछ खो चुका होगा/तन की लज्जा, मन की शांति/ आत्मा का अभिमान/"

आपातकालीन भारतीय-जन की निरीहता का यह चित्र भी कितना सटीक है–

"जहाँ एक लाख लोग गिरफ्तार हो जायें/एक ही रात में/उतनी ही सरलता से जितनी सरलता से मटर की पूरी फसल को मार जाता है पाला/"

इसी तरह, बिलकुल सामान्य-सी लगने वाली निम्नलिखित पंक्तियाँ मुझे आदमी की एक विशेष वृत्ति, किसी बड़े दायित्व को स्वीकार कर फिर उससे जी चुराने और छोटे कामों में स्वयं को उलझाकर मन को झूठी तसल्ली देने वाली वृत्ति, उसकी आत्म-प्रवंचना को अत्यन्त सहज ही में उद्घाटित करती जान पड़ती है–

"कितना अच्छा है कि हर बड़े काम की जगह/ले लेता है एक छोटा और फिर भी ज़रूरी काम/और हमें बड़े काम के न हो/पाने की निराशा/उतनी नहीं घेर पाती।"

(इतना पवित्र शब्द, पृष्ठ 44)

कहीं स्वयं कवि रणजीत ने तो किसी बड़े काम को धकिया कर अपने को छोटे-छोटे कामों में तो नहीं उलझा रखा है। शायद ऐसा है। उसके बिना यह कविता सम्भव नहीं थी। हमें कवि के उस बड़े काम की प्रतीक्षा रहेगी।

ओक्ताविओ पॉज़ की कविताएँ

मैक्सिको के नोबेल पुरस्कार विजेता कवि ओक्ताविओं पॉज़ की स्पानी भाषा में रचित कविताओं का हिन्दी अनुवाद 'ओक्ताविओं पॉज़ की कविताएँ' शीर्षक से प्रकाशित है। मूल स्पानी भाषा से अंग्रेज़ी अनुवाद कुछ प्रतिष्ठित अंग्रेज़ी कवियों का किया हुआ है। प्रस्तुत संग्रह उन अंग्रेज़ी कविताओं का ही हिन्दी रूपान्तरण है। अंग्रेज़ी अनुवाद में स्वयं पॉज़ का भी योग रहा है इसलिए यह मानने का पर्याप्त कारण है कि ये उनकी प्रतिनिधि कविताएँ हैं। अधिकांश कविताओं का हिन्दी अनुवाद 'प्रयाग शुक्ल' ने किया हैं।

कवि ओक्ताविओं पॉज़ चित्रकला के सर्रियलिष्ट आन्दोलन से भी जुड़े रहे। इस जुड़ाव ने कविताओं की संश्लिष्टता ही नहीं दी, उन्हें दुर्बोध भी बनाया है। प्रयाग शुक्ल कवि हैं और चित्रकला समीक्षक भी, इसलिए दुर्गम होते हुए भी इन कविताओं में उनकी पैठ संभव हुई है। लेकिन चित्रकला के इस दोहरे प्रभाव ने इन कविताओं को दुर्बोध ही अधिक बनाया है। पॉज़ की 'चित्रकार स्वामीनाथन के लिए' शीर्षक कविता की दो पंक्तियाँ हैं:

"चित्र एक देह है
ढकी हुई अपने रहस्य से।"

ठीक इसी तरह इस संग्रह की कविताएँ हैं, ढकी हुई अपने रहस्य से जिनके अंतर में पैठ के लिए उन्हें कई-कई बार पढ़ना पड़ता है और कभी तो उसके बाद भी उनका मर्म पूरी तरह नहीं खुलता।

ओक्ताविओ पॉज़ सन् 1968 से 1974 तक भारत में मैक्सिको के राजदूत रहे। इस दौरान उन्होंने भारत के कई स्थानों का भ्रमण किया। अपने इस भ्रमण का प्रभाव उन्होंने कुछ कविताओं में अंकित किया है यद्यपि यह अंकन भी बहुत संश्लिष्ट प्रकृति का है। जैसे कोई चित्रकार अपने भ्रमण को किसी अमूर्त चित्र में अंकित करता है, कुछ-कुछ वैसी ही पॉज़ की ये कविताएँ हैं। इनमें स्थूल रूप में पहचाने जाने योग्य उदयपुर, मैसूर या मदुरै नहीं हैं, लेकिन उनके प्रभाव का चित्रांकन है। एक बार तो हमें लग सकता है कि अमीर खुसरो के मकबरे या उदयपुर की झील और महल की रमणीयता में भी उनकी दृष्टि वहाँ की भूख, कोढ़ और गंदगी की ओर ही अधिक गई है, लेकिन वास्तव में ऐसा है नहीं। दिल्ली की सड़कों और गलियों की गंदगी को लेकर पॉज़ में जो भाव है, वह व्यंग्य या उपहास का कतई नहीं, एक पीड़ा का है। 'बाल्कनी' शीर्षक कविता में दिल्ली के चित्रण की ये पंक्तियाँ द्रष्टव्य हैं-

"झुग्गियाँ और झोंपड़ियाँ
जमीन पर पसरे हुए लोग और जानवर
झाड़ियाँ, उलझे हुए स्वप्नों की उनकी
पुरानी दिल्ली बदबूदार
गलियों और छोटे चौराहे और मस्जिदें
हों मानों चाकू से घोंपी हुई देह।"

इसी तरह, एक और कविता है, 'रविवार को एलिफैन्टा'। इसका 'शाम' उप शीर्षक अंश गौर करने योग्य है-

"चरणों के पास वहाँ अद्‌भुत मूर्तियों के
क्षतिग्रस्त किया जिन्हें कभी मुसलमानों ने
कभी पुर्तगालियों ने
कूड़ा-कचरा सारा
छोड़कर गए हैं लोग
गाय और कुत्तों के खाने को
जूठन सब।
शाप उन्हें देता हूँ
पैदा हों कई योनियों में वे।
बैठें वे कूड़े के ढेर पर
और कई दूसरे,
कल्पों तक झुलसें सब नर्क में...
डाले जहाँ जाते हो सारे मूर्तिभंजक।"

यानी इन पावन स्थलों पर गंदगी फैलाने वाले सैलानी भी उतने ही निंदनीय और नरक के भागी भी हैं, जितने मूर्तिभंजक विदेशी।

इस देश से जुड़ी हुई और भी कविताएँ हैं जैसे 'हुमायूँ का मकबरा', 'लोदी गार्डेन्स', 'ऊटकमण्ड', 'मैसूर के मार्गों पर' आदि-आदि लेकिन अन्य कविताएँ सहजगम्य नहीं है। यद्यपि 'दो शरीर', 'चिड़िया', 'मैत्री', 'इबारत', 'दृष्टिबोध', 'मार्गस्थ', 'ऊषा', 'यहां', 'अन्य', 'सुबह', 'संक्षिप्त प्रेमगीत', जैसी कविताओं का फिर भी आस्वाद लिया जा सकता है, किन्तु संग्रह की अधिकांश कविताएँ दुर्बोध्य हैं; उन्हें समझने की राह यही है कि उन्हें बार-बार पढ़ा जाए।

आगत-विगत की कविताएँ
सवाई सिंह शेखावत : पुराना डाकघर

'पुराना डाकघर' सवाई सिंह शेखावत की कविताओं का सद्यः प्रकाशित संग्रह है। उनकी कविताएँ प्रायः आसपास के जीवन और नाते-रिश्तों के सतत निरीक्षण और उन पर किए गए मनन-मंथन से उपजी आत्मीयता से परिपूर्ण कविताएँ होती हैं, चाहे वे 'घर के भीतर घर' की कविताएँ हों (जो उनका पहला संग्रह है) या 'पुराना डाकघर' की कविताएँ। उनके उपादान चिर-परिचित ही हैं लेकिन फिर भी ये कविताएँ अपनी ताजगी में अपील करती हैं।

'डाकघर' शेखावत के लिए प्रतीक है; सम्प्रेषण और संवाद का ही नहीं; स्मृतियों और सम्बन्धों का भी, आगत और विगत पीढ़ियों का भी; और उसी नाते से वह अतीत और भविष्य का सेतु भी है। (इस दृष्टि से इस संग्रह के शीर्षक में डाकघर संज्ञा के साथ जोड़ा गया 'पुराना' विशेषण मुझे उतना अपरिहार्य था कि आवश्यक भी नहीं लगता।) बहरहाल, प्रतीक प्रकटतः चाहे नाते-रिश्तों में सिमटा हुआ हो, संवाद, सम्प्रेषण, आगत एवं विगत पीढ़ियों एवं अतीत व वर्तमान को संकेतित करने के नाते ये कविताएँ जीवन के न्यूनाधिक अन्य रूपों को भी आयत कर लेती हैं।

सवाई सिंह शेखावत 'समकालीन हिन्दी कविता के परिदृश्य में बहुत कम दिखाई पड़ने वाले कवि' कहे गए हैं लेकिन वास्तविकता कि आज की कविता भी जीवन के व्यापक क्षेत्र को खँगालते हुए जिस पारिवारिकता में अपना पड़ाव देख रही है और सुकून भी पा रही है, शेखावत की कविता उससे ज़्यादा दूर नहीं है। रोचक बात तो यह है कि अपने मुहावरे में शेखावत जहाँ तक निषेध और स्वीकार के पारस्परिक विरोध से जो बल संचित करते और चमत्कार उत्पन्न करते चलते हैं, उसमें वे श्रीकान्त वर्मा का स्मरण कराते हैं। जिन्होंने श्रीकान्त की कविता, विशेषकर 'मगध' के मुहावरे को लक्ष्य किया है, वे देखेंगे कि वह मुहावरा शेखावत में भी विद्यमान है और वह उनका निरा शब्द-कौतुक नहीं है, वह उनकी कविता भी है। यह बात मैं इसलिए कह रहा हूँ कि इस मुहावरे के शब्द-क्रीड़ा में बदलने की आशंका बहुत रहती है। अवश्य ही, श्रीकान्त ज़्यादा सधे हुए हैं और अपने विरोधों में ज़्यादा तीखे और विचारोत्तेजक है जबकि शेखावत में तीखापन कम है, उनमें समाहार की वृत्ति अधिक है–

"बहिश्त रचने के ठीक बाद/आदम निकाल दिया जाएगा/बहिश्त से/अगला बहिश्त रचने के लिए।" (पृष्ठ 62)

(आज हो तो यह रहा है कि बहिश्त रचने वाला निकाल दिया जाता है बहिश्त से, अगला नकर भोगने के लिए। अस्तु)।

"हत्या के बाद भी/बचा रहेगा आदमी/हत्यारों को ठेंगा दिखाता हुआ।" (पृष्ठ 100)

उदाहरण दूसरी तरह के भी है–

"न होता/नष्ट आदमी/ तो ईश्वर हो जाता/ और ईश्वर/ कभी नहीं निभा सकता/ दूसरे ईश्वर से।" (पृष्ठ 38)

(क्या आदमी निभा सकता है, दूसरे आदमी से, समान्तर सत्ता)। बहरहाल, 'तो ईश्वर हो जाता' की व्यंजना भी गौरतलब है और शेखावतजी का यह कल्पांश भी–

"....आदम/एक दिन खुदा हो जाएगा/फिर उसके बहिश्त में/कोई आदम/वर्जित फल नहीं चख पाएगा।"

हम लक्ष्य कर सकते हैं कि विरोध शेखावत में भी है, परन्तु तीखे विरोध से वे बचते रहे हैं।

हम यह भी देख सकते हैं कि मानव-मनोविज्ञान को कवि ने इन कविताओं में सहजता से गूँथ दिया है। पारिवारिक रिश्तों में अपने ढंग से मनोविज्ञान पढ़ने वाली ये कविताएँ कई स्थलों पर रिश्तों का अनचीन्हा रहस्य उजागर करती चलती हैं–

"पिता बनकर लौटा पुत्र/अचानक जीने लगेगा एक दिन/अपने पुत्र की स्मृति में पिता का स्वप्न बनकर।" (पृष्ठ 54)

रेखांकित अंश में मनोविज्ञान भी है और कविता भी।

'पिता' खण्ड की कुछेक कविताएँ अनायास ही ज्ञानरंजन की प्रसिद्ध कहानी 'पिता' का स्मरण करा जाती है। लेकिन 'पितृ भार' अलग किस्म की रचना है, पितृ भार से छटपटाते और उससे मुक्ति को आकुल पुत्र की मानसिकता की रचना-मुक्त करो/ पिता/. ../..अपने विराट/पितृव्य से परे मुझे भी/पिता होने दो। (पृष्ठ 53)

इसी तरह, माँ का मनोविज्ञान भी कई कविताओं में प्रतिफलित हुआ है, "माँ की स्मृति में ठहरा बेटा/एक दिल लाँघता है दहलीज/और माँ से आँख बचाकर/पति और पिता के हलके में जाता है/फिर ठिठक कर वहीं ठहर जाता है/और बरसों बाद/टुकुर-टुकुर देखता है/अपने बेटे को/दहलीज बाँधते हुए।" (पृष्ठ 31)

पीढ़ियों के अन्तराल के पार ये कविताएँ जिस सहजता से चली जाती हैं और व्यक्ति और उसके पिता (या माता) और उसके पुत्र में तीन पीढ़ियों को जिस तरह एक साथ ला खड़ा करती हैं, उससे मानव मन की विचलन पाठक तक इस ढंग से संप्रेषित होती है कि वहाँ संशय के लिए अवकाश नहीं रह जाता। मनोविज्ञान की जटिलता सरलीकृत हो आती है। अवश्य ही जहाँ सवाई सिंह अपने निरीक्षण को निष्कर्षात्मक तौर पर व्यक्त करते हैं और ऐसा वे प्राय: करते भी हैं वहाँ और जहाँ वे नारी या पुरुष के विभिन्न रूप संक्षेप में एक जगह ले आते हैं, वहाँ प्रभाव यह अंकित होता है कि कवि एक सुविचारित निष्कर्ष लेकर चला है इसलिए कविता पद्यमय निष्कर्ष में पर्यवसित होकर रह गई है। वहाँ शेखावत से अपेक्षा यह होती है कि वे कविता की भाषा में भी बात करें,

लेकिन शेखावत की कठिनाई यह जान पड़ती है कि उसका पाठक वर्ग उसका अभ्यस्त नहीं है और वे उसकी अभ्यस्तता के घेरे को तोड़ने की कोई जोखिम उठाना नहीं चाहते।

संग्रह के प्रारम्भ में शेखावत ने आक्टेवियो पॉज़ की ये पंक्तियां उद्धृत की हैं–

"एक शब्द से दूसरे तक जाते/मेरा कहा मिट जाता है/मैं जानता हूं कि मैं जीवित हूं/दो वाक्यांशों के बीच।"

लेकिन शेखावत की कविताएँ इससे दूरे हैं। सच तो यह है कि वे इस पथ के पथिक नहीं हैं, आदर्श चाहे यह उनका हो। वे बहुधा बात को। खोलकर रखना चाहते हैं। वे थीम लेकर चलते हैं और उसे कविता में निश्चयात्मक तौर पर ढालते हैं।

एक प्रभाव उन्हें पढ़ते हुए यह भी अंकित होता है कि प्रेरणा उनमें रागात्मक चिंतन के कण जगाकर चुक जाती है। यही कारण है कि संवेदन-विस्तार में जाते हुए वे प्रायः अपने को दोहराने लगते हैं या एक पैटर्न बना लेते हैं और कविता को उसमें ढालने लगते हैं जिससे वहाँ कविता कम, विवेचन अधिक मिलने लगता है। नारी-विषयक कुछेक कविताओं में यह बात विशेष रूप से अखरती है। संग्रह का यह भाग अपेक्षया दुर्बल है यद्यपि नारी जीवन का यथार्थ इसमें निबद्ध है। बहरहाल, अपनी सहजता और आत्मीयता के कारण ये कविताएँ उन लोगों को भी पठनीय जान पड़ेंगी, कविता पढ़ना जिनकी प्राथमिकताओं में नहीं है। कुछ अंश पाठकों को बरबस रोक सकते हैं और ऐसे अंश संग्रह में काफी हैं। बानगी द्रष्टव्य है–

- ☐ दुनिया की सबसे भयानक खबर भी/एक दिन चिट्ठी ही लाएगी/और उसके बाद/कोई चिट्ठी नहीं आएगी।
- ☐ तुम लौटे हो उसे विदाकर/वह चिट्ठियों में चला आया है/ जैसे फागुन के बाद चैत।
- ☐ उम्र भर हमने लिखी/औरों की चिट्ठी।
- ☐ घरों से घिरी दुनिया में/स्त्रियाँ करती हैं हर बार/एक नए घर का आविष्कार।

सीधे तीखे व्यंग्य 'डाकघर' में अधिक नहीं हैं लेकिन समकालीन राजनीति पर यह व्यंग्य खूब सटीक है–

"हिस्त्र भेड़ियों की गिरफ्त से/ वे भेड़ को बचाते हैं/फिर तसल्ली से रोज/ थोड़ी-थोड़ी खाते हैं।"

कवि की भाषा में कोई खास आग्रह नहीं है। राजस्थानी का रचनाकार जब हिन्दी में लिखता है तब वह बहुधा हिन्दी की व्यंजना शक्ति बढ़ाने के नाम पर राजस्थानी शब्द ठूँसने या आरोपित करने लगता है। शेखावत इस वृत्ति से दूर रहे हैं, कुछ शब्द सहज प्रवाह में आ गए हैं और वे सटीक बन पड़े हैं, खूटना, खिरना, माँडना ऐसे ही प्रयोग हैं। एक पंजाबी प्रयोग 'खिलंदड़ी' भी खूब सटीक है। ये हिन्दी शब्द का भंडार बढ़ा सकते हैं।

पुस्तक की छपाई-सफाई सुन्दर है। आविष्कार, मूल साधार प्रेस की भूलें ही हैं। ढंक (या ढक), बोने (या बौने), वृत (या व्रत) यदि प्रेस की भूलें हैं तो क्षम्य हैं क्योंकि अन्यथा छपाई निर्दोष है। गेट-अप भी सुन्दर है। इसके लिए रचना प्रकाशन, जयपुर को

साधुवाद। पुस्तक का आवरण पृष्ठ चित्रकार सुरेन्द्र जोशी द्वारा उरेहा गया 'बियोंड द सिटी' चित्र है। यह चित्र काव्य-संग्रह के 'डाकघर' और 'पुराने' की व्यंजना लिये तो है लेकिन मुझे सन्देह है कि यह वर्तमान का भी वैसा ही निदर्शक है जैसाकि वह संग्रह में आकलित है यद्यपि चित्र में एक सीढ़ी दर्शाई है, चाहें तो उसकी व्याख्या इस रूप में की जा सकती है। आशा की जा सकती है कि शेखावत का अगला संग्रह उनकी कविता-यात्रा के विकास का अगला सोपान भी होगा।

आक्रोश ही नहीं, आर्द्रता भी

हरभगवान चावला : कुंभ में छूटी औरतें

हरभगवान चावला का काव्य-संग्रह है, 'कुंभ में छूटी औरतें।' मानव-जीवन ही कवि का मुख्य सरोकार है। अपनी एक कविता 'हमें ही बचानी होगी सृष्टि' में उसने इन सरोकारों का और भी खुलासा करते हुए लिखा है कि–'हमें ही बचानी होगी सृष्टि/और इसके लिए/हमें जल बचाना होगा/हमें बचाने होंगे जंगल और जमीन/और प्यार/और बेटियाँ।'

तद्नुरूप ही, उसकी अधिकांश कविताएँ इन्हीं विषयों पर केन्द्रित हैं। इनके अलावा जो कुछेक विषय हैं, उनमें से एक प्रमुख विषय की ओर इसी कविता में एक इशारा है– 'ईश्वर सृष्टि को कभी बेहतर नहीं बनायेगा। ईश्वर सृष्टि पर धुंध की तरह छा जायेगा।' इस ईश्वर पर कवि की कोई आस्था नहीं है; उसे उसने कठघरे में खड़ा किया है। इसी श्रेणी में उन कविताओं की गणना भी की जायेगी जिनमें उसने मिथकों को प्रश्नांकित किया है। ये प्रश्न बड़ी शिद्दत से और तल्ख स्वर में उठाये गये हैं।

'गोत्र' कविता में सत्यकाम जाबाल से एक ऋषि पूछते है कि 'तुम्हारा गोत्र क्या है जाबाल?' निरीह बालक उत्तर देता है, 'मुझे नहीं पता/मेरी माँ जानती होगी मेरा गोत्र।' ऋषि के पूछने पर माँ कहती है, 'सचमुच मुझे नहीं पता/किसका पुत्र है जाबाल/आपने भी तो मेरे साथ/रमण किया था ऋषि/क्या आप देंगे/जाबाल को अपना गोत्र?' इसी तरह, विष्णु अवतार राम को निरुत्तर करती हुई अहिल्या कहती है, 'तुम्हारी चरण-रज में/पाषाण में प्राण फूँकने का बल है/पापियों को दंड देने का बल क्यों नहीं?' इस प्रश्न की समकालीन व्यंजना भी कम तीखी नहीं है। 'राम से' कविता में कवि राम से पूछता है, 'तुम्हे वनवास हुआ तो सारे सुख छोड़/तुम्हारे साथ वन को चली पतिव्रता सीता/जब स्वयं तुमने उसे वनवास दिया/तो तुम क्यों नहीं गये उसके साथ/..ओ राम!/यह कैसा रामराज है/कि जिसमें/जो-जो कर्म नारी के लिये गौरव का विषय हैं/....नर के लिये निषिद्ध और गर्हित है।' ये प्रश्न लेखक का सोच और उसकी तार्किकता दर्शाते हैं और हमें आलोड़ित भी करते हैं लेकिन विचारणीय यह भी है कि इस सोच ने लेखक की भाषा पर प्रभाव डालते हुए उसके स्वर को आक्रोश से भर दिया है। मिथकों में हमारी विरासत ने अपनी रूपकीय अभिव्यक्ति पाई है, इस पहलू को यदि हम छोड़ भी दें तो इस प्रकृति की कविताओं में एक खतरा यह भी रहता है कि कवि पर उद्देश्य और युक्तिपरकता ही हावी हो जाय और कविता पीछे छूट जाय और सपाट होकर रह जाय।

अवश्य ही, कई कविताओं में आर्द्र स्वर भी मिलता है। औरतों को लेकर लिखी गई कविताओं में विशेष रूप से। ये कविताएँ मोटे तौर पर दो प्रकार की हैं; कुछ वृद्धाओं को लेकर लिखी गई हैं और कुछ कन्याओं या बेटियों को लेकर। बेटियों से संबंधित कविताओं में उनका खिलंदड़ा रूप भी मिलता है और संजीदा रूप भी। चुनरी, दोनो एक-सी, घास और बेटियाँ, तब आऊँ तेरे द्वार, मायके लौटती लड़कियाँ आदि इसी प्रकार की कविताएँ हैं। 'मैं रहूँगी' कविता का शीर्षक यद्यपि पढ़ने के लिये उकसाता नहीं है (और यह शिकायत चावला की अधिकांश कविताओं से की जा सकती है), परन्तु बतौर कविता यह इस वर्ग की बल्कि इस संग्रह की भी एक श्रेष्ठ कविता है। इसमें एक बेटी के घर छोड़ने के दर्द ने और ससुराल में भावात्मक अनुकूलन की आशंका ने बड़ी अर्थपूर्ण अभिव्यक्ति पाई है। वह ससुराल में कैसे घुल-मिल पायेगी जबकि वह तरह-तरह से पिता के घर में रसी-बसी है! बेटी अमूर्तन में अपनी उपस्थिति ज़्यादा मूर्त कर देती है-'मैं बसी रहूँगी तेरे घर में कमी की तरह।' घर की निम्न-वित्त दशा ने भी यहाँ अनायास ही अपनी व्यंजना पा ली है। अभाव झेलते परिवारों में औरत के स्वभाव में आ जाने वाले कसैलेपन की यह सुंदर व्यंजना है, 'मैं मौजूद रहूँगी सदा तेरे कोसनों में।' और यहाँ माँ के प्रेम की व्यंजना है-'तेरे गीतों में भी मैं रहूँगी बनी/कैसे जा पाऊँगी मैं समूची ससुराल।' 'बनी' शब्द यहाँ खास अर्थगर्भित है। आशय यह है कि जब यह 'बनी' कण-कण में यहीं बसी हुई है, तब वह ससुराल से अपने को कैसे जोड़ पायेगी? लज्जा मिश्रित हल्के-से विनोद की यह अभिव्यक्ति निरी-सहज और सादगीपूर्ण ही नहीं है, किंचित बंकिम भी है।

वृद्धाओं की पारिवारिक-सामाजिक दुर्दशा का चित्रण भी कवि का एक प्रमुख अभीष्ट जान पड़ता है। शीर्ष कविता 'कुंभ में छूटी औरतें' और 'वृंदावन-2' वृद्धाओं का कारूणिक चित्र उपस्थित करती हैं। 'कुंभ में.....' यह बिंब अनायास ही हमारा ध्यान खींचता है-'ये बूढ़ी औरतें अपने बेटों के सिर पर/पाप की गठरी की तरह/लदी रही होती है।' बेटे इनसे छुटकारा पाना चाहते हैं। अतः ये कुंभ में छूटी नहीं, असल में, 'छोड़ दी गई' औरतें हैं। इसके बरक्स यह इन औरतों का वात्सल्य है कि ये अपने बेटों की 'कुशलता' को लेकर चिंतित होती हैं।' यही स्थिति 'बूढ़े-2' में बूढ़े बाप की है। प्रवासी बेटे की प्रतीक्षा में अकेले में रोते हुए बूढ़ा ईश्वर से प्रार्थना करता है कि 'कहीं भी हों हमेशा सलामत रहें बेटे।' बूढ़ों की वर्तमान दुर्दशा और उनकी दमित कामना को कवि ने 'बूढ़े-3' में अच्छी अभिव्यक्ति दी है-बूढ़े फिर से इंसान होकर पैदा होना चाहते हैं/ पर इस बार थोड़े और खूबसूरत/थोड़े और तन्दुरुस्त/थोड़े और... थोड़े और... थोड़े और अमीर होकर। बूढ़े व्यक्ति के अमीर होने के लज्जा मिश्रित संकोच को 'थोड़े और' में तिहरा कर कवि ने और भी प्रभावी बना दिया है। इसी तरह 'इंसान होकर' में व्यंग्य की तीक्ष्णता व्यंजित है।

पानी-विषयक कविताओं में कवि के मानवीय दर्द ने अपनी अभिव्यक्ति पाई है। इन कविताओं में 'अभिसार' एक सशक्त कविता है, खासतौर से अपने कुपित रूपक की

वजह से। बादल की देह में नहीं होता स्पंदन/तो धरती फोड़ देती है अपनी चूड़ियाँ/पूर्र वर्ष धरती रोती है/बड़बड़ाती है बादल के बारे में/पूरा वर्ष गाँव के लोग सुनते हैं/धरती का प्रलाप।'

संग्रह की कविताओं में कहीं-कहीं हम कवि को शब्दों से खेलते हुए भी देखते हैं। 'नींद' कविता में ट्रेन में बैठे घर लौट रहे श्रमिक की झपकी का यह अच्छा चित्र है– 'कुत्ते-सी चौकन्नी नींद/नींद में भी जागती रहती है।' काम-धंधो में खटने वाले को गहरी नींद भी कहाँ नसीब हो पाती है, इसकी भी अच्छी व्यंजना यहाँ हुई है।

बहुत-सी कविताएँ विचार-बोझिल हैं। हम आशा कर सकते हैं कि कवि-हृदय विचारों को संवेदित करने की ओर भी उन्मुख और उन्मुक्त होकर भी रचेगा।

धार्मिक आस्था वाला मार्क्सवादी कवि
किशन कबीरा : दलित टोला

किशन कबीरा के काव्य-संग्रह 'दलित-टोला' में नामकरण के अनुरूप ही अधिसंख्य कविताएँ दलित-जीवन पर केन्द्रित हैं (यद्यपि इसमें अन्य विषयों पर भी कविताएँ हैं) लेकिन अपनी पुनरावृत्तियों की ओर लेखक सजग नहीं है।

जिन कविताओं में दलित-जीवन वस्तुभूत है, उनका स्थूल वर्गीकरण किया जा सकता है। 'दलित', 'कचरे के ढेर में', 'पुल के उस पार', 'ज़िंदगी गंदे नाले के किनारे', 'प्रकाश-पर्व' आदि कविताओं में दलित-जीवन का यथार्थ चित्रण है, तो 'देवपुत्र', 'भद्र पुरुष', 'आस्थाओं की लाज', 'बाज', 'गुरु दक्षिणा के नाम पर', 'एकलव्य और अर्जुन' जैसी कविताओं में धार्मिक आडंबरवादियों और तथाकथित सभ्य वर्ग पर व्यंग्य किया गया है। कुछ कविताओं में दलितों में अंगड़ाई ले रही नई चेतना का निदर्शन है; 'दूरी और दरार', 'अब वे पढ़ने-लिखने लगे हैं', ऐसी ही कविताएँ हैं। लेकिन यह विभाजन मोटे तौर पर ही किया गया समझना चाहिये क्योंकि एक वर्ग की कविता में दूसरे की छाया मिल जाती है। शीर्ष कविता 'दलित टोला' में भी यथार्थ चित्रण है परन्तु यह एक फर्क कविता इस अर्थ में है कि इसमें दलित-वर्ग के क्रीमी लेयर की भी बखिया उधेड़ी गई है—जो भी शहर गया/इस बदलाव में/शहर का होकर रह गया/वहीं मकान-बंगले बन गये/अपनी-परायी जात में/बेटे-बेटियों के ब्याह हो गये/...भरसक लगे रहे सभी/छिपाने को अपनी पहचान/...सोचा था/कुछ तो याद होगा उन्हें/धरती समाज-पुरखों और माँ-बाप का कर्ज/''' पर वे भूल चुके हैं सब कुछ/पर कर्ज तो बाकी है/उनके नाम। कर्ज अभिधा में भी बाकी हो सकता है, व्यंजना में तो है ही। असली कर्ज तो धारती, समाज और पुरखों का है जो उन्हें याद भी नहीं है! 'उसके सपनों का संसार', 'असली चेहरा' आदि कविताओं में भी इसी थीम की आवृत्ति हुई है।

पुनरावृत्ति की वजह से इस संग्रह की कई कविताओं को एक के बाद एक पढ़ने पर नई कविता की ताजगी नहीं मिलती, एकरसता की प्रतीति ही होती है।

ये मानव-बस्तियाँ सब तरह के अभावों से पीड़ित हैं। सभी जगह ये गंदी जगहों पर बसी हुई हैं यह सभ्यता के लिये शर्मनाक स्थिति है, कवि ने इसे भलीभाँति रेखांकित किया है लेकिन एक ही बात जब बार-बार दोहराई जाती है, तब उसकी अर्थवत्ता क्षीण हो जाती है। अनेक कविताओं की अन्तर्वस्तु यही है 'ज़िंदगी गंदे नाले के किनारे' कविता

में कवि कहता है, 'गुजारनी होगी ज़िंदगी गंदे नाले के किनारे'; 'पुल के उस पार' में, 'गंदे नाले के पास बनी झोंपड़ियों में आवारा सुअरों के बच्चों के साथ खेलते नन्हें-नन्हें बच्चे'; 'कचरे के ढेर में' है गंदे नाले की बदबू और मक्खी-मच्छरों की भिनभिनाहट से बेखबर मन; 'प्रकाश-पर्व' में 'अपशिष्ट ढोते गंदे नाले पर बनी झुग्गी झोंपड़ियाँ'; 'दलित टोला' में तो इस गंदे नाले का स्मरण कोई तीन-चार जगह है!

दलित-जीवन के चित्रण में गंदा नाला और मक्खी-मच्छर, सुअर आदि का उल्लेख रहना स्वाभाविक है लेकिन संग्रह में इनकी आवृत्तियाँ अखरने वाली न हों, यह भी तो कवि को ही देखना होगा।

अन्यान्य कविताओं में देश और जीवन के अन्य पहलू भी आये हैं। 'हमारे नेता' में छुटभय्ये नेताओं की चाटुकारिता पर अच्छा व्यंग्य है-'आस्थाओं से अधिक/आकाओं के प्रति वफादारी का जिन्न/हर वक्त उसे दबाता है।' 'सितारे देखते हैं' में आदर्श और अपराध की साठ-गाँठ का निदर्शन है। 'खुशहाली के नाम पर' कविता में कवि ने योजनाओं के दावों का खोखलापन दिखाया है। वैसे तो, अभिधा में रची गई इन पंक्तियों में भी एक तरह की विदग्धाता है-'वे कहाँ से ले आते हैं/ स्वस्थ बच्चों की तस्वीरें/ऐसे बच्चे क्यों दिखाई नहीं देते/इस बस्ती में', लेकिन यही कविता लक्षणा में और भी प्रभावी हो गई है। योजनाओं का धन जब बिचौलिये ही हड़प लें, तब वह आम आदमी तक कैसे पहुँचे, इसे कवि ने नदी और बाँध के रूपक में व्यक्त किया है-'जाने कहाँ अवरूद्ध हो जाती है/हिमालय से निकली नदी/मजबूत बाँध रोक लेना चाहते हैं/नदी का सारा पानी।'

गगनचुम्बी अट्टालिकाओं के मालिकों को अपनी तलहटी में दलितों की झुग्गियाँ रास नहीं आतीं, उन्हें वे 'नई नवेली चादर पर/बदनुमा दाग-सी दिखती हैं उनकी बस्तियाँ।'

दलितों में अंगड़ाई ले रही नई चेतना से भद्रजनों को होती है पीड़ा। 'मखमली बिछौने पर/चढ़ गया हो जैसे/कोई कीड़ा।' मानसिकता क्रीमी लेयर की भी भिन्न कहाँ है। अतीत के स्मरण-'सब बिगाड़ देते हैं/उनके मुँह का स्वाद/उसके ख़ूबसूरत सूट पर जैसे/लग जाते हैं/बदनुमा टाट के कई पैबंद।' कहीं-कहीं अच्छे बिंब कवि ने रचे हैं लेकिन वहाँ भी हम देख सकते हैं कि अंततः वह एक ही बिंब है जिसकी आवृत्ति बार-बार हुई है।

स्पष्ट है, जहाँ कवि तथ्यों को संवेदित कर सका है, वहाँ वह रचना को वक्तव्य के धरातल से उठाकर अच्छी कविता रच सका है। लेकिन संग्रह में ऐसे स्थल कम हैं। पुनरावृत्तियाँ कवि सबसे बड़ी कमजोरी है।

कुछ कविताएँ लेखक ने आतंकवाद और अमन को लेकर भी लिखी हैं; 'जेहादी', 'अमनपरस्ती के दुश्मन', 'जाने उसको क्या हो गया', 'वहाँ', 'सरहदें', 'क्या ही अच्छा होता' आदि ऐसी ही कविताएँ हैं। परन्तु ये भी वक्तव्यपरक ही अधिक हैं। लेखक के विचार स्पष्ट हैं, उसने उनका पद्यान्तरण कर दिया है।

दलित-जीवन के चित्रण में, और अन्यथा भी, प्रेम, नारी-सौंदर्य, प्रकृति-सौंदर्य आदि पर कवि की दृष्टि नहीं गई है।

इसका संकेत कई जगह मिलता है कि कवि आस्थावादी है। उसे ईश्वर का भय भी है; 'राजा रूठे तो/अपनी मनमानी करे/राम रूठे तो/क्या हो जाये/कहा नहीं जाये।' उसकी आस्था अवतार में भी है, उसे प्रतीक्षा है, 'जंगियों से दो-चार करने/कब होगा अवतरण राम का।' वह एक साथ ईश्वरवादी है और मार्क्सवादी भी!–'ईश्वर देख ही लेता है/प्रार्थना में उठे हाथ/वह सुन लेता है/हृदय से निकली पुकार/कबीर और बाबा नागार्जुन की तरह/गोर्की और लू-शुन कर जाते हैं अंकित/मेरे दिल पर अपने निशान!'

संग्रह में ग्रहस्थी, मख्खी, शुद्र, थाति, विशिष्ठ, झकड, उझाड, विभत्स, भागिरथी, खूश्बू, गढ़मढ़ा जैसे अनेकानेक अशुद्ध प्रयोग दिखाते हैं कि कवि वर्तनी के प्रति कतई सजग नहीं है। यह एक चिंतनीय स्थिति है। बहरहाल, दलित-जीवन के यथार्थ में झाँकने के लिये यह संग्रह पढ़ा जा सकता है।

मर्म कम दर्प ज़्यादा

श्रीकान्त उपाध्याय (सं.) : ये रहीम दर दर फिरहि

मध्ययुगीन कवियों का पुनरावलोकन और पुनर्सम्पादन साहित्य के लिए एक हितकारी अभ्यास है, बशर्ते पाठालोचन और व्याख्या आदि का कार्य पूर्ववर्ती प्रयासों की समीक्षा से लाभान्वित होते हुए किया जाए। रहीम दोहावली का 'ये रहीम दर दर फिरहिं' शीर्षक से श्रीकांत उपाध्याय ने जो पुनर्सम्पादन किया है, उसमें कुछ ऐसा ही दावा किया गया है। इसकी भूमिका में लेखक ने कुछ दोहों में आए रमसरा, रिनियाँ, राई करौंदा, ओछो आदि शब्दों को लेकर जो विमर्श किया है, उससे लगता है उसने कुछ शोध-श्रम किया है। लेकिन आगे बढ़ने पर उसकी दर्पोक्तियाँ और व्याख्या का सतहीपन ही हाथ आता है, शीर्षक तो विकर्षित करता ही है।

पूर्व में बाबू, ब्रजरत्नदास, लाला भगवानदीन, पं. अयोध्याप्रसाद शर्मा, पं. याज्ञिक, सरयूप्रसाद अग्रवाल, विद्यानिवास मिश्र, सत्यप्रकाश मिश्र प्रभृति विद्वान रहीम दोहावली संपादित कर चुके हैं। उपाध्याय ने इन सभी में मीन-मेख निकाले हैं। उनकी दर्पोक्ति है कि 'रहीम दोहावली पर कोई मानक टीका लिखी ही नहीं गई।' इससे आशा बंधती है कि प्रस्तुत सम्पादन को उपाध्याय ने सर्वथा निर्दोष बनाया होगा। विद्यानिवास मिश्र की 'रहीम ग्रंथावली' पर टिप्पणी करते हुए उन्होंने लिखा है कि 'प्राचीन प्रतियों का उल्लेख कर देने मात्र से किसी रचना को प्रामाणिक नहीं बनाया जा सकता। सम्पादक को प्राचीन प्रतियों का अनिवार्य परिचय देना होता है।' (या परिचय देना अनिवार्य होता है)। लेकिन स्वयं उपाध्याय ने कहीं भी प्रतियों, स्त्रेतों, पाठांतरों का कोई उल्लेख नहीं किया है, उन्होंने दूसरों का श्रम यथावत अपना लिया है। फिर दूसरों पर छींटाकशी क्यों?

जहाँ तक व्याख्या का प्रश्न है, पूर्ववर्तियों पर कहीं पिष्टपेषण का और कहीं अन्यत्र से व्याख्या लेने का आक्षेप करने वाले व्याख्याकार ने स्वयं जो व्याख्या की है वह कई जगह अधूरी, अधकचरी और आरोपित और भ्रामक है। बानगी द्रष्टव्य है–'उस तुरग नारी नृपति, नीच जाति हथियार। रहिमन इन्हें संभारिए, पलटत लगै न वार।' की व्याख्या में कहा गया है, 'इन चारों से बचिए।' लेकिन रहीम ने तो चार नहीं, छह से बचने का निर्देश किया है। एक अन्य दोहा है–'रहिमन थोरे दिनन को, कौन करे मुँह स्याह। नहीं छलन को पर तिया, नहीं करन का ब्याह।' इसकी व्याख्या में लिखा गया है–'रहीम अब इन थोड़े-से दिनों के लिए अपने सिर के बाल काले करके, उम्र को कम दिखाकर

निर्धन परिवार की सुंदर बेटियों को क्यों छले.....।' जाने कहाँ से सिर के काले बाल, निर्धन परिवार और सुंदर बेटियाँ आ गई! मूल दोहे में तो मुँह स्याह और पर तिया है। रहीम कहते हैं, अमृत-वचन में 'रिस की गाँस' मिश्री में फाँस की तरह होती है। लेकिन व्याख्या तो कुछ और ही कहती है–संतों की वाणी में रोष के गाँसे ऐसे मनोहारी होते हैं जैसे मिश्री की डली में नीरस बांस की ?टी शोभायमान लगती है।' क्या मिश्री में फाँस सचमुच शोभायमान होती है? इस तरह के बहुतेरे उदाहरण इसमें मिलेंगे। वस्तुतः मूल में जो शब्द नहीं है व्याख्या में उसका बलात समावेश करने और मूल अर्थ को हटाकर व्याख्या को अनर्थकारी बनाने की वृत्ति व्याख्याकार पर हावी रही है। यदि इस विस्तार को हटाकर व्याख्याओं में अंतर्कथाओं का समावेश किया जाता, अन्य कवियों के तुलनीय अंशों का निदर्शन होता तो व्याख्याएँ ज़्यादा रोचक और अर्थपूर्ण होतीं।

पुस्तकों में छापे की भूलों को अति गंभीर मानने वाले उपाध्याय चाहें तो अपनी 'कठपुतली' (90) को सही मान लें, मुझे तो उनकी 'सम्राटता' (XVI) ज़्यादा चिंत्य जान पड़ती है। हिन्दी में प्रामाणिकता असंदिग्ध होती है, उपाध्यायजी के लिए वह 'निर्विघ्न निर्भीक' (XV) होती है! दोहों का विवेचन तो होता ही आया है, यहाँ 'दोहों पर' विवेचन है! लेखक की दर्पोक्ति है कि उसने यह 'मानक टीका' नहीं लिखी होती तो यह कहा जाता कि 'बीसवीं सदी में किसी ने दोहावली पर टीका लिखी ही नहीं।' इस पर क्या कहा जाए? क्या यह नहीं कहा जा सकता कि इस टीका का प्रकाशन नहीं होता तो रहीम की छवि एक बड़बोले सम्पादक के हाथों बिगड़ने से बच जाती। यहाँ एक जानकारी जोड़ना प्रासंगिक होगा कि रहीम की एक जीवनी, शायद पहली जीवनी, जोधपुर के विद्वान मुंशी देवीप्रसाद मुंसिफ ने लिखी थी। हाल ही में जसवंत सिंह ने इसका पुनर्प्रकाशन करवाया है।

किंवदंतियों के कोहरे से आनंदघन की मुक्ति का प्रयास

इमरै बंघा : सनेह को मारेगा

हमारे प्राचीन और मध्ययुगीन कवियों में से अधिकतर का जीवन-वृत्त आज भी अनुसंधान का विषय बना हुआ है। रीतिकाल के कवि घनानन्द आनन्दघन पर इमरै बंघा की कृति 'सनेह को मारग'।

एक महत्त्वपूर्ण रचना है। हंगरी के एक हिन्दी साहित्यिक प्रेमी की रचना होने के कारण और रीतिकाल में उसकी विशेष रूचि होने के कारण और भी अधिक। बंघा ने आनन्दघन के जीवन के प्रमुख पहलुओं की तथ्यपरक पड़ताल की है। उन्होंने कवि के नाम पर भी विचार किया है। आचार्य शुक्ल ने कवि का नाम घनानन्द लिखा है। विश्वनाथ प्रसाद मिश्र ने भी, जिन्होंने अपनी शोध से कवि का जीवन ही नहीं, कृतित्व भी प्रकाशित किया है, कवि का नाम घनआनंद ही लिखा है। लेकिन, बंघा का कहना है कि 'घनआनंद' का प्रचलित विकृत रूप, 'घनानंद' या 'घनानन्द' कवि का असली नाम कतई नहीं है। उन्होंने अपनी कबितों में अपनी छाप 'घनआनंद' या 'आनंदघन' रखी। ये दोनों रूप कबितों की लय का अनुसरण करते हैं। कवि ने पदावली में और अन्य कृतियों में अपनी छाप 'आनंदघन' या कभी-कभी 'आनंदघन' के रूप में रखी।

बंघा ने अठारहवीं और उन्नीसवीं शताब्दी के कोई तीसेक उद्धरण जुटाकर यह निष्कर्ष निकाला है कि 'जहाँ' भी लय की आवश्यकता नहीं हुई, वहाँ 18वीं-19वीं शताब्दी के लेखकों ने आनंदघन नाम का ही उल्लेख किया है। यह सचमुच बड़े खेद की बात है और विडम्बना भी कि हिन्दी के अधिकतर साहित्यकार आज भी 18वीं शताब्दी के प्रमुख कवि का विकृत नाम लिखते हैं!

नाम के अनन्तर बंघा ने कवि के दिल्ली-दरबार में रहने और सुजान के साथ उनके संबंध के प्रसंग को लेकर विशेष विचार किया है। किंवदंती इनका मुहम्मदशाह के दरबार में होना मानती है और इनका मीर मुंशी होना भी बताती है और सुजान वेश्या पर इनकी आसक्ति भी स्वीकार करती है। लेकिन इमरै बंघा ने इन धारणाओं को तथ्य-पुष्ट नहीं पाया है। लेखक ने 'उमरा-ए-हुनूद' और 'बदई वकई' जैसे ग्रंथों की छानबीन भी की है, जो तत्कालीन प्रमुख दरबारियों का और ऊँचे पदों पर आसीन हिन्दुओं का विवरण देने के नाते विशेष महत्त्वपूर्ण है। उन्होंने पाया है कि इनमें आनंदघन या घनआनंद नाम के मीर मुंशी तो क्या किसी मुंशी तक का उल्लेख नहीं है। अगर आनंदघन मीर मुंशी

होते तो उनका उल्लेख ज़रूर मिलता क्योंकि मीर मुंशी का पद महाराजाओं जैसा ऊँचा था। मिसाल के लिए इखलास खाँ सन् 1719-20 में मीर मुंशी था और उसका मनसब 7000 सवारों का था। (यह एक विचित्र विरोध है कि मीर मुंशी पद का महत्त्व बताने के बाद बंघा ने लिखा है कि 'मीर मुंशी का पद क्या था, यह शोधकर्ता को स्पष्ट नहीं हो पाया।') इस सारे ऊहापोह के बाद बंघा का निष्कर्ष यह है कि आनंदघन शायद दिल्ली दरबार में एक साधारण मुंशी रह होंगे। यानि आनंदघन का दिल्ली दरबार में साधारण मुंशी होना भी उन्हें संदेहास्पद जान पड़ा है! इसीलिए उन्होंने यह अनुमान भी लगाया है कि 'सम्भव है कि आनंदघन दिल्ली में न रहकर इन (अन्य) दरबारों में से किसी में रहे हों, चूंकि किंवदतियों के अलावा दिल्लीवास का कोई और साक्ष्य नहीं मिलता।' ये अन्य भरतपुर और जयपुर के दरबार हैं। लेकिन कवि का वहाँ रहना भी अनुमान और किंवदंती आश्रित ही रहा है। और बंघा अपने इस प्रश्न से इस अनुमान को स्वयं ही निरस्त कर देते हैं कि अगर आनंदघन को दरबार में रहते प्रसिद्धि मिली तो उनका उल्लेख किसी तत्कालीन दरबार में क्यों नहीं मिलता।'

तात्पर्य यह है कि कवि का किसी भी दरबार में रहने का कोई अकाट्य प्रमाण लेखक को नहीं मिला है। परन्तु फिर भी लेखक ने आनंदघन के दिल्ली-दरबार को त्यागने के प्रसंग पर विचार किया है। जब कवि का दिल्ली दरबार में होना ही संदिग्ध है, तब उसे त्यागने के मुद्दे पर विचार करने का औचित्य क्या है? क्या यह किंवदंती का निषेध करके भी उसी की शरण में जाना नहीं है?

लगभग यही स्थिति सुजान-प्रसंग की है। लेखक ने सुजान के अस्तित्व पर शंका की है, क्योंकि उसके होने का काई लिखित साक्ष्य या अकाट्य प्रमाण नहीं मिला है।

तारीख-ए-शाकिरखानी में मुहम्मदशाह के दरबार की आठ-दस प्रमुख नर्तकियों का उल्लेख भी है। लेकिन उनमें सुजान क्या सुजानराय का नाम नहीं मिलता। आगे भी भारतेन्दु और लाला भगवानदीन तक के लेखक भी सुजान के बारे में मौन हैं। इनके अलावा डॉ. मोहन अवस्थी ने भी अपने आलेखों में सुजान का अस्तित्व स्वीकार नहीं किया है। जिन विद्वानों ने अवस्थी के मत का खंडन किया है, उनका मत भी बंघा को गवारा नहीं हुआ है। उनकी आपत्ति है कि 'सुजान की वास्तविकता के लिए वे कोई भी अकाट्य प्रमाण नहीं दे सके हैं।' इस प्रकार तथ्यों के आलोक में या अँधकार में बंघा यही मानते प्रतीत होते हैं कि सुजान नाम की वेश्या का घनानन्द के जीवन में कोई अस्तित्व नहीं था। लेकिन विचारणीय यह है कि यह निषेध भी उनसे अंत तक निभ नहीं पाया है।

वस्तुतः किंवदंतियों के प्रति इमरै बंघा की दृष्टि सुचिंतित नहीं है। आगे वे लिखते हैं-'सुजान के अस्तित्व को सिद्ध करने के लिए पूरा साक्ष्य मिले या ना मिले, मुहम्मदशाह के जमाने का वातावरण ऐसा तो था ही कि उसमें मुंशी का एक नर्तकी या वेश्या से संबंध होना पूरी तरह सम्भव था।'

जब आनंदघन को मुंशी मान लिया जाता है और उधर मुंशी का वेश्या से संबंध होना भी सम्भव मान लिया जाता है तब मुंशीगिरी मुहम्मदशाह के दरबार में किए जाने

को संशयग्रस्त मानने और इस वेश्या के सुजान होने में आपत्ति करने का कोई औचित्य नहीं रह जाता। इन दोनों ही मुद्दों पर 'भडुवा छंद' से भी प्रकाश पड़ता है।

आनंदघन के जन्म-समय, जन्म-स्थान की सही तिथि आदि गुत्थियाँ अभी सुलझी नहीं है लेकिन बंघा ने इस दिशा में प्रयत्न किया है और नाम की गुत्थी को तो उन्होंने प्रभूत प्रमाण जुटाकर सुलझा ही लिया है।

लेखक ने एक शिकायत यह की है कि आनंदघन का साहित्य के इतिहास में उल्लेख कम हुआ है, वे हाशिए पर डाल दिए गए हैं–लेकिन यह बात पूर्णतः सत्य नहीं है। वे मध्यकाल के अँधेरे में खोए हुए लेखकों में से नहीं हैं। अठारहवीं-उन्नीसवीं शताब्दी में उनके प्रभूत उल्लेखों के जो संदर्भ स्वयं बंघा ने जुटाए हैं, वे उनका महत्त्व सूचित करते हैं। आचार्य शुक्ल ने चाहे उनको फुटकर खाते में डाला हो उनके महत्त्व का जो प्रतिपादन उन्होंने किया है, वह कई तथाकथित रीति-दिग्गजों को भी नसीब नहीं हुआ है। दिनकर ने तो उनको छायावाद का अगुवा कहा है। अवश्य ही, आधुनिक आलोचना ने इनका महत्त्व नहीं पहचाना हैं आशा की जानी चाहिए कि बंघा अपनी शोध को पृष्ठभूत रखते हुए आलोचना में भी प्रवृत्त होंगे।

●●●

www.ingramcontent.com/pod-product-compliance
Lightning Source LLC
LaVergne TN
LVHW100320181026
850499LV00039B/919